Manuel Vermeer

Am seidenen Faden

Vom Autor bisher bei KBV erschienen:

Mit dem Wasser kommt der Tod
Tod am Taj Mahal

Prof. Dr. Manuel Vermeer, Sohn einer indischen Mutter und eines deutschen Vaters, studierte klassische und moderne Sinologie in Heidelberg, Shanghai und Mainz. Er lehrt am Ostasieninstitut der HWG Ludwigshafen, an der PFH Göttingen und weiteren Institutionen in Asien und Europa und ist Inhaber der Dr. Vermeer Consult, einer Unternehmensberatung für asiatische Märkte. Seit über vierzig Jahren bereist er Indien, China und andere asiatische Länder. Er ist Autor von Sachbüchern zu Indien und China; zahlreiche Interviews in Radio und TV, Podcasts und Youtube-Videos. *Am seidenen Faden* ist sein vierter Thriller um die deutsche Heldin Dr. Cora Remy.

MANUEL VERMEER

AM SEIDENEN FADEN

KBV

MIX
Papier | Fördert gute Waldnutzung
FSC® C083411
www.fsc.org

Originalausgabe

www.kbv-verlag.de
E-Mail: info@kbv-verlag.de
Telefon: 0 65 93 - 998 96-0
Umschlaggestaltung: Ralf Kramp
unter Verwendung von © Vladimir Melnik und
© Rawpixel.com - stock.adobe.com
Lektorat: Nicola Härms, Rheinbach
Druck: CPI books, Ebner & Spiegel GmbH, Ulm
Printed in Germany
ISBN 978-3-95441-624-0

MONGOLEI
Beijing / Peking
NORD-
KOREA
SÜDKOREA
JAPAN
CHINA
TAIWAN
LAOS
HAILAND
PHILIPPINEN
Bangkok
VIETNAM
KAMBOD-
SCHA
ALAYSIA
SINGAPUR
INDONESIEN
PAPUA-
NEUGUINEA
Bougainville
AUSTRALIEN

BEIJING, CHINA

Seine im Tod tiefschwarz verfärbte Zunge reflektierte die ersten zarten Sonnenstrahlen eines verheißungsvollen, erstaunlicherweise tadellos unbewölkten Frühlingsmorgens in Beijing. Zu Lebzeiten hätte der künstlerisch interessierte Politiker den ungewöhnlichen Effekt sicher zu schätzen gewusst.

China first! Das hatten sie wirklich gesagt! Was bildeten sich diese Chinesen eigentlich ein? Gerade erst noch hatten sie amerikanische Produkte kopiert, und nun wollten sie die Welt beherrschen? Das stand wohl nur einem Land zu, God's own country, den United States of America! Die amerikanische Delegation war entsetzt, die Stimmung im Bus entsprechend schlecht. Manche waren schlicht wütend, weil sie derart unhöflich behandelt worden waren, andere gaben die Schuld ihrem eigenen Chef, der damals in Hongkong die demonstrierenden Studentenvertreter besser nicht hätte treffen sollen. Heftige Diskussionen entbrannten, wie man auf diesen Affront reagieren solle. Als der ultramoderne Elektrobus schließlich von der auch um diese späte Uhrzeit noch sehr belebten Hauptstraße auf den weiten Platz einbog, der sich vor dem riesigen Delegationshotel erstreckte, starrten die meisten nur noch missmutig aus dem Fenster. Viel zu schnell fuhr der Fahrer den Bus die links und rechts von je einem weiblichen und einem männlichen meterhohen Steinlöwen bewachte Auffahrt hinauf und bremste dann abrupt ab. Taschen und Jacken fielen durcheinander; zwei Journalisten, die unvorsichtigerweise schon aufgestanden waren, stießen heftig zusammen. Es reichte wirklich. Übellaunig stiegen sie aus und trotteten durch die Drehtür in die wie immer in China völlig überdimensionierte und taghell erleuchtete Lobby. Während Minister McKinley und sein Team direkt den Aufzügen zustrebten, bogen die Journalisten und einige andere Delegationsteilnehmer nach rechts ab, wo sich der Eingang zu der hoffentlich gut ausgestatteten Bar befand. Jetzt ein Drink, und zwar etwas Vernünftiges, Bourbon vielleicht, nicht dieses chinesische Zeugs, das man noch Tage später spürte, weil es immer wieder hochkam …

Einmal im Aufzug, verständigten sich auch McKinley und seine Assistentin wortlos, mit einem Blick, auf einen Drink an der Hotelbar. Während der kurzen Fahrt im völlig überfüllten Aufzug sagte niemand auch nur ein Wort; vielmehr waren alle krampfhaft bemüht, den Blicken der anderen auszuweichen, was einigen nur mit diffizilen Verrenkungen gelang. Endlich öffneten sich die Türen, und gemeinsam stapften sie den sich schier endlos dahinziehenden Flur entlang, bis sie nach einer gefühlten Ewigkeit ihre Suiten erreichten. Nr. 1414, war die Vier nicht Unglück verheißend in diesem verdammten Land? Das sah denen ähnlich, dachte McKinley, während er seine Zimmerkarte vor den Kontakt an der Tür hielt, bis das Lämpchen grün aufleuchtete und er die Tür aufdrücken konnte. Ihm hatten sie den Tod gewünscht, jedenfalls bedeutete es das doch, diese Kombination aus eins und vier, hatte er irgendwo gelesen. Die Vier stand für den Tod, weil die Aussprache im Chinesischen wohl gleich war, und die Eins klang wie das Wort für »müssen«, also Vierzehn gleich »müssen sterben« …

Aber nicht mit ihm! Mit finsterer Miene knallte er die Tür zu und warf sein Handy wütend auf das riesige Kingsize-Bett. So eine Enttäuschung! Er hatte gehofft, auf CNN positiv rüberzukommen, als Chinakenner, als harter Hund, der nach jahrelangem Handelskonflikt wieder Schwung in das erstarrte amerikanisch-chinesische Freundschaftsverhältnis gebracht hatte. Und nun würde man sich über ihn lustig machen! Hätte er nur auf seine Berater gehört und wäre damals nicht nach Hongkong gefahren. Jetzt brauchte er erst mal eine Dusche und dann einen starken Drink!

Frisch geduscht traf er eine halbe Stunde später unten an der Bar ein. Sein Team hatte sich schon um einige Flaschen Bier versammelt und diskutierte eifrig die Vorkommnisse. McKinley entschied sich nach einem kritischen Blick auf das leider sehr überschaubare Sortiment für einen Whisky. Single Malt natürlich, alles andere war seiner Meinung nach nicht trinkbar und verdiente den Namen Whisky nicht. Seine schottischen Vorfahren hätten sich bei diesem Bourbon, den man in Amerika Whiskey (mit e!) nannte, im torfigen Grab gewälzt. Die Auswahl war erstaunlich schlecht, und er entschied sich dafür, mangels eines schön rauchigen Lagavulin mit einem taiwanesischen Kavalan zu beginnen. Ein in Portweinfässern direkt abgefüllter Single Malt, knapp über siebenundfünfzig Prozent stark. Es würde sicher nicht bei einem bleiben …

Als er sich zu seinen Leuten umwandte, wäre er beinahe mit einer jungen Chinesin zusammengestoßen, die sich gerade an die Bar begeben wollte. Unwillkürlich fasziniert starrte er in ein von langen, seidig schwarz glänzenden Haaren eingerahmtes zartes Gesicht; das schmale Kinn und die anmutige Nase betonten die Ebenmäßigkeit und schienen den Blick direkt zu den schmalen, mandelförmigen Augen hinaufzuzwingen. Zu den tiefschwarzen Augen über den hohen Wangenknochen, die ihn unter langen Wimpern hervor direkt und geradezu schamlos herausfordernd ansahen.

Beinahe hätte er seinen kostbaren Whisky verschüttet. Er stotterte etwas unbeholfen eine Entschuldigung, dann fiel ihm auf, dass einige der Kollegen bereits interessiert herübersahen. Schnell weiter! Auf dem Weg zum Tisch, an welchem sein Team saß, wandte er sich noch einmal um, unauffällig, wie er glaubte. Sie stand jetzt an der Bar, leicht auf die Theke gelehnt, wodurch sich ihr rotes, eng anliegendes Seidenkleid wie eine zweite Haut an ihren Körper schmiegte. Der hohe seitliche Schlitz gab den Blick auf ein durchaus interessantes Bein frei, was offensichtlich mehreren Herren aufgefallen war, wie McKinley jetzt registrierte. Unwillkürlich schüttelte er den Kopf und ließ sich auf einen Stuhl fallen, um sich endlich seinem Kavalan zu widmen.

Es war fast Mitternacht, als McKinley, bis auf drei lärmende Chinesen in einer Ecke der letzte Gast in der Bar, beschloss, endlich auf sein Zimmer zu gehen. Alle anderen hatten schon vorher aufgegeben und waren in Anbetracht des für den nächsten Tag angesetzten frühen Rückfluges nach und nach verschwunden. Wohl nicht jeder in sein eigenes Zimmer, aber was kümmerte ihn das. Auch den für ihn abgestellten Secret-Service-Agenten hatte er auf sein Zimmer geschickt, was dieser nur unter (nicht ganz ernst gemeinter) Strafandrohung befolgte. McKinley wollte einfach allein sein. Aber jetzt reichte es. Konzentriert hievte er sich aus seinem tiefen Sitz – von dem auf Dauer unbequemen Stuhl hatte er zu einem weichen Sofa in einer etwas schummrigen Ecke gewechselt –, schenkte der bedenklich leeren Flasche Whisky vor ihm auf dem Tisch einen letzten, bedauernden Blick, drückte seinen Rücken durch und bemühte sich, möglichst zielstrebig zu den Lifts zu gehen, die sich auf der anderen Seite der Lobby befanden. Es gelang ihm, mehreren Sesseln und kleinen Tischchen mit Blumengestecken auszuweichen, die sich ihm unvermittelt und geradezu aggressiv in den Weg stellten. Elegant, und darauf war er schon ein wenig stolz, nahm er die letzte Kurve um eine riesige Vase mit Strohblumen und stand vor den Aufzugtüren. Während er noch angestrengt überlegte, was der nächste logische Schritt sein müsse, öffneten sich bereits die Türen, und er machte einen entschlossenen Schritt nach vorn in den Lift hinein. Sofort erfasste ihn Schwindel. Rasch lehnte er sich an die verspiegelte Wand und schaffte es dennoch, die Zahl vierzehn aus der erstaunlich großen Auswahl an Tasten zu drücken, die auch noch verwirrend angeordnet waren. Lautlos glitten die Türen gerade wieder zu, als er undeutlich registrierte, wie sich draußen auf dem Marmorboden klappernde Absätze näherten und eine zierliche Hand versuchte, die Türen aufzuhalten. So rasch, wie sein Zustand es erlaubte, drückte er die Taste mit den in gegensätzliche Richtungen zeigenden Dreiecken, dem Symbol zur Türöffnung; sanft schoben sich die Türen wieder auseinander. Eine langhaarige, schlanke Chinesin in einem eng anliegenden, hochgeschlitzten roten Kleid betrat den Aufzug, lächelte ihn dankbar an und lehnte sich sodann erfreulich dicht neben ihn an die Wand.

McKinley wusste noch, dass er sie schon einmal irgendwo gesehen hatte, aber er kam nicht darauf, wann und wo. War es eben an der Bar gewesen oder schon früher? Er wünschte, er wäre nüchtern, und suchte verzweifelt nach einem witzigen, originellen Spruch, um sie zu beeindrucken. Schließlich brachte er ein: »Gan bei!«, hervor. Hieß das nicht: »Guten Tag?« Oder war es ein Trinkspruch? Nicht wirklich originell, es war jedoch das Einzige, was ihm gerade einfiel, und ohnehin das Einzige, was er auf Chinesisch sagen konnte. Hilflos lächelte er und versuchte, seinen Blick nicht auf ihren schneeweißen Oberschenkel zu fokussieren, der aus dem geschlitzten Kleid hervorlugte – was ihm nicht gelang. Er beschloss, gar nichts mehr zu sagen, bevor er etwas Dummes sagte. Wieso fuhr dieser Aufzug nicht endlich los? Ach ja, die Zimmerkarte! Er musste sie erst vor den entsprechenden Sensor halten, um sich als Zimmergast auszuweisen. Jetzt setzte sich der Aufzug sanft in Bewegung, schon nach wenigen Sekunden bremste er wieder ab, und die Türen öffneten sich im vierzehnten Stock. McKinley wandte sich zu der Chinesin um, die mit geschlossenen Augen direkt neben ihm stand, ihren Oberarm an sein Hemd gedrückt. Er löste sich von der Wand und damit auch von ihr. Sie machte einen Schritt nach vorn, stützte sich an ihm ab und schob ihn sanft und wortlos aus dem Aufzug. Bevor er reagieren konnte, schlossen sich die Türen, und McKinley stand allein auf dem weichen, mit diesen komplizierten Schriftzeichen verzierten Teppich des Flures. Goldene Zeichen auf tiefblauem Grund, das hatte wohl auch eine tiefsinnige Bedeutung, wie alles in diesem verdammten Land, aber er hatte sie vergessen. Langsam wankte er zu seinem Zimmer. Schon im zweiten Anlauf gelang es ihm, mit der Zimmerkarte, die er spontan in seiner Hemdtasche fand – hier zahlte es sich aus, Gewohnheiten beizubehalten –, die Tür zu öffnen. Er machte zwei Schritte in den dunklen Gang hinein, schob die Tür hinter sich zu, stolperte weiter ins Zimmer und ließ sich auf das herrlich weiche Bett fallen. Die Vorhänge waren zugezogen. Die Dunkelheit des Zimmers wurde nur von der penetrant strahlenden roten Leuchtdiode des Flachbildschirms erhellt. Er musste unbedingt ein Buch oder etwas anderes vor dieses Licht stellen, dachte McKinley noch.

Das rote Licht der Leuchtdiode war das Letzte, was McKinley in seinem Leben sehen sollte.

DIE KARTE

Aufmerksam betrachtete er die auf dem großen Schreibtisch ausgebreitete Weltkarte. Prüfend glitt sein Blick von den USA aus nach Osten, über Europa hinweg nach Süden, zögerte kurz in Nordafrika, dann hinüber nach Indien, er lächelte versonnen. Aber nein, noch nicht. Dann fokussierten seine Augen auf den Himalaya, weiter nach Nordosten, und blieben schließlich an Beijing hängen. Langsam, ohne seinen Blick von der Karte zu nehmen, griff er in eine kleine, mit roten Stecknadeln gefüllte Plastikbox, nahm eine heraus und steckte sie dann mit festem Druck genau in die Hauptstadt Chinas. Nachdenklich strich er sich eine Haarsträhne aus seiner Stirn. Ja, so war es richtig. Aus einer anderen Box nahm er eine kleine Holzfigur und stellte sie neben die Nadel. Dann warf er sie mit einer nachlässigen Handbewegung um. Mit einem Stück Kreide zog er einen raschen Strich von den USA nach Beijing und versah ihn mit einer kleinen Pfeilspitze. Dann malte er auch eine Spitze an das andere Ende des Strichs. Die USA würden China verdächtigen. Und China die USA.

RANGUN, MYANMAR

Reisfelder, durch die sich ein bräunlicher Fluss schlängelte. Palmen, wenige flache Häuser. Ein blauer Himmel strahlte über alldem, und als das Flugzeug nach links schwenkte, war Cora für einen Sekundenbruchteil von der Sonne geblendet, die durch ihr Fenster hereinschien. Erstaunlich flach war das Land, aus irgendeinem Grund hatte sie sich eine dschungelbewachsene Berglandschaft vorgestellt. Wahrscheinlich hatte sie zu viele von den Berichten über brutale Kämpfe während des Zweiten Weltkrieges in Burma gelesen.

Der Kapitän kündigte die Landung an. Der Flughafen schien klein, die Landebahn begann und endete auch direkt an einem Reisfeld. Cora streckte sich nach dem langen Flug und freute sich auf ein heißes Bad im Hotel. Der Pilot schaltete die Triebwerke ab, und wie immer in Asien standen die ersten Passagiere schon auf, bevor die Anschnallzeichen erloschen waren. Geduldig wartete Cora, bis die üblichen Drängler vorbei waren, stand dann auf und zog ihre Tasche aus dem Gepäckfach, bevor sie der Schlange in die Ankunftshalle folgte. Freundlich lächelnde Menschen empfingen sie, Mitarbeiter des Flughafens, die ihr höflich den Weg wiesen.

Die Fahrt in die Stadt zum Shangri-La Hotel dauerte nur eine halbe Stunde; schnell standen sie mitten im üblichen Verkehrsgewühl Asiens. Aber es wurde erstaunlich wenig gehupt, auch kam es Cora vor, als führen die Autos etwas langsamer, gelassener, als sie dies aus China oder Indien kannte. Ihr Fahrer jedenfalls war die Ruhe in Person und ließ höflich jeden Wagen sich in die Schlange einreihen, der aus einer Seitenstraße oder einer Hofeinfahrt kam. So konnte Cora sich gezwungenermaßen in Ruhe die Stadt ansehen. Sie betrachtete im Kolonialstil erbaute Villen, zweistöckig, mit wunderschönen Holzdächern, mit Nebengebäuden, vieles aber verfallen und die ehemals weißen Mauern schwarz vom Monsun und der allgemeinen Feuchtigkeit der Tropen. Die Natur begann sich ihr Terrain zurückzuerobern, die Bananen- und Palmenstauden wucherten bedenklich nahe an die Gebäude heran, die Hofeinfahrten, einst für vornehme Limousinen gedacht, grasbewachsen. Das kannte sie aus Indien, überhaupt erinnerte sie die Stadt bisher viel mehr an Indien als an China.

Dazwischen standen Wohnblöcke, gesichtslos wie überall auf der Welt, und immer wieder kleinere Häuser, die sich eng an die großen zu drücken schienen. Die Bürgersteige, wie man die Begrenzung der Straße in Deutschland nennen würde, waren oft ebenfalls mit Hütten zugebaut; kleine Verkaufsstände, die Waren aller Art anboten. Immer wieder konnte Cora zwischen den Häusern hindurch einen Blick auf einen Tempel erhaschen. Zu ihrer Linken schimmerte zwischen den Häusern etwas golden in der Sonne. Sie sah die Spitze einer riesigen Pagode, plötzlich war sie da, imposant und in der Sonne geradezu unwirklich golden schimmernd.

»Shwedagon!«, sagte der Fahrer plötzlich, der sie im Rückspiegel aufmerksam beobachtet hatte. Er zeigte stolz auf die goldene Pagode. Das war sie also, die höchste Pagode Myanmars, vermutlich über zweitausend Jahre alt, ein gewaltiger Tempelkomplex eigentlich, hatte Cora in ihrem Reiseführer gelesen. Sie nahm sich vor, die Shwedagon, eines der wichtigsten Heiligtümer Burmas, auf jeden Fall zu besuchen.

Ihr Fahrer fuhr gemächlich die kurze Auffahrt zum Hotel hoch, und schon eilte ein freundlich lächelnder Portier an die Wagentür und öffnete sie für Cora.

»Welcome, Madam!«, sagte er und freute sich so offensichtlich über diesen neuen Gast, als würde er persönlich davon profitieren. Cora lächelte ihn an und probierte das einzige burmesische Wort aus, das sie kannte: »Mingalaba!«

Jetzt ging ein noch größeres Lächeln über das Gesicht des Mannes. Eifrig erwiderte er den Gruß: »Mingalaba! Bless you!«, und faltete die Hände vor der Brust. Während er ihre Tasche aus dem Kofferraum hievte, ging Cora durch einen Scanner, wie man ihn von der Flughafenkontrolle kannte, ins Hotel. Es piepte zwar, aber außer einem freundlichen Lächeln des zuständigen Sicherheitsmitarbeiters schien dies keinerlei Reaktionen hervorzurufen.

Cora betrat die weitläufige Hotelhalle. Direkt vor ihr führten einige Stufen hoch zu einer Lounge, in der sich einige Gäste zu einem Kaffee niedergelassen hatten; links und rechts erstreckte sich die Lobby. Nach dem Einchecken fuhr sie rasch auf ihr Zimmer. Und da war er, und er wartete schon ungeduldig auf sie. Ganesh, ihr Ganesh, der von Indien direkt hierhergeflogen war, sodass sie sich hier im Hotel verabredet hatten, um endlich ihren gemeinsamen Urlaub zu erleben. Als er die Tür öffnete, flog sie in seine Arme. Er wirbelte sie voller Freude herum und küsste sie lange auf den Mund. Dann stieß er die Tür mit dem Fuß zu und trug sie aufs Bett.

Später verließen sie das Hotel und beschlossen, ein wenig durch die Straßen zu schlendern. Die Sonne brannte bereits unbarmherzig, obwohl es noch nicht einmal Mittag war und sie ihren höchsten Stand somit noch nicht erreicht hatte. Rangun lag deutlich nördlich des Äquators, aber noch in den Tropen. Schon nach wenigen Metern lief ihnen der Schweiß über das Gesicht, und Cora war froh, die enge Jeans gegen den indischen Salwar Kameez und ein Paar Sandalen eingetauscht zu haben. Sie liebte es eigentlich, sportlich und praktisch gekleidet zu sein, besaß kaum Sommerkleidchen, aber in der feuchten Hitze war sie doch froh, dieses bequeme und luftige Outfit tragen zu können, das sie sich in Indien gekauft hatte. Das lange Oberteil reichte bis über die Knie hinab, umschmeichelte den Körper und ließ den Wind damit spielen; die am Knöchel enge, an der Hüfte aber weite Hose war ebenfalls luftig und leicht zugleich. Ganesh schien die Hitze ohnehin nicht zu spüren, er kannte das aus seiner Heimatstadt Mumbai, und sein weißes Leinenhemd, das er lässig über der dunkelblauen Hose trug, zeigte keinerlei Spuren von Schweiß. Entspannten Schrittes, wie die meisten Inder, schlenderte er an den fliegenden Händlern vorbei, die die Straßen säumten. Cora, wie gewohnt zielstrebig unterwegs, auch wenn sie gar kein Ziel hatte, musste sich bremsen, um ihn nicht ständig zurückzulassen. Er hatte ja recht, bei diesen Temperaturen war ihre dynamische Art der Fortbewegung einfach unsinnig.

Gerade war Ganesh wieder an einem Stand mit Büchern stehen geblieben. Ein hölzerner Klapptisch, ein weit ausladender Sonnenschirm darüber als Schutz gegen die Sonne ebenso wie gegen einen plötzlichen Schauer, mit dem immer zu rechnen war, unzählige Bücher, übereinander- und nebeneinandergestapelt – was brauchte die Verkäuferin mehr? In diesem Falle ein junges Mädchen, vielleicht in Vertretung ihres Vaters, die selbst in einem ihrer Bücher las und die Kunden kaum beachtete. Cora blickte die belebte, von mehrstöckigen Häusern aus der Kolonialzeit gesäumte Straße entlang, überall das gleiche

Bild. Kleine, billige Läden für Kleidung oder Elektroartikel, Restaurants, vor ihnen der Bürgersteig vollgestopft mit allem, was zu verkaufen war: Bücher, antike (und vermutlich nicht ganz so antike) Münzen, Armbanduhren zweifelhafter Provenienz, Sonnenbrillen, Handyhüllen ... Laufen musste man besser auf der Straße, dort war mehr Platz. Die Autos fuhren gemächlicher als in China; lautes Hupen, ja, aber doch insgesamt ein deutlich ruhigeres Straßenbild als in den meisten anderen Ländern Asiens. Die Häuser hier im Stadtzentrum waren einst wunderschön gewesen, wie an den verzierten Fassaden noch zu erkennen war, aber seit den Zeiten der britischen Herrschaft, die erst 1948 geendet hatte, offensichtlich auch nicht mehr restauriert worden. Bunte Häuserfronten, grün, weiß, sogar orange – aber die Balkone wirkten baufällig, der Putz bröckelte und fiel in großen Flocken herab. *Traurige Tropen*, fiel Cora das berühmte Buch von Claude Lévi-Strauss ein. Nein, dachte sie sogleich, Unsinn. Die Menschen hier schienen nicht aufgeben zu wollen, es war ihnen in den kurzen Jahren der relativen Freiheit zumindest besser ergangen als während der letzten Militärdiktatur, auch wenn man ihnen nun erneut die Freiheit und damit die Hoffnung auf ein wirklich freies Leben genommen hatte. Myanmar stand wieder unter der brutalen Herrschaft der Generäle, die sich mit chinesischer Hilfe an der Macht hielten und das ressourcenreiche Land gnadenlos ausbeuteten. Die Schuld der Briten, die auch diese Region der Welt unbarmherzig geplündert hatten, lag weit zurück. Cora sah trotz der angespannten Lage viel Lachen, Geschäftigkeit, auch verstohlene Blicke auf die blonde Ausländerin. Das hier war trotzige Aufbruchstimmung, aber eben noch im verblichenen Glanz britischer Kolonialzeit. Optimismus trotz, nicht weil. Von außen war das alles schwer zu beurteilen, aber die Menschen und ihr Mut gefielen ihr.

»Für dich!«, stupste Ganesh sie von der Seite an und hielt ihr ein kleines, grünliches Taschenbuch vor das Gesicht. Cora nahm es erfreut und betrachtete interessiert den Titel.

»*Burmese Days*«, las sie. »Oh, von George Orwell! Ist das *der* Orwell? *1984* und so?«

»Spannend, nicht wahr?« Ganesh war begeistert über sich selbst und seinen Fund. »Orwell war in den Zwanzigerjahren des letzten Jahrhunderts als Polizeioffizier hier stationiert. Also nicht genau hier, sondern oben im Norden. Aus seinen Erlebnissen hat er dann später dieses Büchlein gemacht, eine erstaunlich kritische Abrechnung mit der britischen Kolonialmacht und dem arroganten Gehabe der Briten, die auf ihren oft einsamen Posten in ihrer eigenen Welt lebten. Hier wie überall in den Kolonien, die sie in Asien verwalteten und gleichzeitig ausbeuteten, versuchten sie, die Abwesenheit des Londoner Clublebens und des Five o'clock High Tea wie auch den eklatanten Frauenmangel in Alkohol zu ertränken. Jede Menge Gin Tonic, gegen die Malaria. Es ist ein tolles Buch, das musst du lesen!«

Interessiert schaute Cora ihn an. »Gin Tonic gegen Malaria? Wieso das denn?«

»Na ja, Tonic ist ja nur Wasser mit etwas Chinin. Früher war es das einzige Mittel gegen Malaria. Die Briten haben das in den Tropen gelernt, dann mit dem ihnen bekannten Gin vermischt. Dieses Getränk war immer eine gute Ausrede, um Alkohol zu sich zu nehmen, vor allem für die Damen. Wenn es zu früh war für einen Drink, also einen Scotch, dann war der Tonic als Medizin ja geradezu eine erfreuliche Pflicht.«

Schon war er weiter am nächsten Stand und nahm eine der Münzen, die dort auslagen, in Augenschein. Der Verkäufer witterte sofort den unerfahrenen Touristen und scharwenzelte um Ganesh herum.

»British East India Company!«, pries er seine Ware an. »Very rare! Old! I have more, wait!«, und schon öffnete er den Kofferraum eines alten Suzuki, den er strategisch günstig direkt neben seinem Stand geparkt hatte. Erst jetzt fiel Cora auf, dass der ganze Straßenrand von rückwärts an den Bürgersteig geparkten Autos gesäumt war, die ihren Kofferraum teils weit offen stehen hatten und aus welchem die Händler direkt verkauften. Wer brauchte schon einen Verkaufsstand? Inzwischen hatte Ganesh eine ganze Schachtel Münzen ausgehändigt bekommen und wühlte interessiert darin herum.

»Schau mal, Cora, das sind wirklich alte Münzen aus der Zeit des Raj, der britischen Kolonialherrschaft. Ich glaube, die sind echt. Hier sind so wenige Touristen, da lohnt das Fälschen doch gar nicht.« Cora lächelte ihn an, fand ihn sehr süß, wenn er alles um sich herum vergaß, weil er an einem Straßenstand in Rangun einen angeblichen Schatz entdeckt hatte. Sie wusste, dass sie nichts dazu sagen musste, er hätte es wohl ohnehin nicht mitbekommen.

Sie waren beide Ingenieure, auf Wasserkraft spezialisiert, und hielten sich für sehr rationale Menschen, interessiert an technischen Details. So hatten sie sich im Studium in Deutschland kennengelernt. Was mit gegenseitiger Sympathie, gemeinsamen Interessen und ihrer Neugier auf seine indische Herkunft begonnen hatte, hatte zu Coras völliger Überraschung zu einem Heiratsantrag geführt, den er ihr aus heiterem Himmel auf einem Fest gemacht hatte. Überrumpelt hatte sie abgelehnt, Ganesh war verletzt und enttäuscht nach Indien zurückgekehrt. Erst nach Jahren hatten sie sich, inzwischen als Dr. Cora Remy aus Rheinland-Pfalz und Dr. Ganesh Sethna aus Mumbai, wiedergefunden, als sie spontan seine Hilfe bei einem Tibet-Abenteuer, bei welchem sie beinahe im Base Camp des Mount Everest ums Leben gekommen wäre, benötigt hatte.

Und seit gemeinsamen Erlebnissen in Indien, als die indische Sandmafia Ganesh bedroht und ihn am Taj Mahal gefangen gehalten hatte, waren sie ein Paar. Seltsam, es war noch nicht lange her, aber sie konnte sich ein Leben ohne ihn schon jetzt nicht mehr vorstellen. Als ob es immer schon so gewesen wäre und alles vorher nicht existiert hätte. Aber auf der anderen Seite hatte sie ihren Beruf als Hydroingenieurin in Deutschland beibehalten, wenn sie die Aufträge auch immer wieder in fremde Länder führten, weil das Ingenieurbüro, für das sie arbeitete, weltweit aktiv war. Und Ganesh war ebenfalls viel unterwegs, zumeist in Indien, welches unter immensem Wassermangel litt und gewaltige Hydroprojekte zu Flussumleitungen im Norden des Landes vorantrieb. Sie sahen sich daher nicht regelmäßig, und sie hatten es noch nicht geschafft, sich über diese Art des Zusammenseins oder auch Nicht-Zusammenseins wirklich Gedanken zu machen. Aber jetzt endlich hatten sie etwas Zeit für einen gemeinsamen Urlaub gefunden. Beide hatten mit einem von den Chinesen in Myanmar geplanten Wasserkraftwerk zu tun und hatten die erforderlichen Termine vor Ort so gelegt, dass sie gemeinsam ein paar Tage hier verbringen und anschließend noch reisen konnten. Kein Strandurlaub also, das war in einer Militärdiktatur nicht angemessen, und darauf hatten auch beide keine Lust, sondern Interesse an einem faszinierenden Land und seinen Menschen.

Cora schlenderte weiter. Ganesh hatte sie inzwischen eingeholt und zeigte stolz, was er erworben hatte. Eine Kupfermünze mit dem Schriftzug der East India Company, der damals mächtigsten Handelsgesellschaft der Welt, und dem Datum 1616, also nur wenige Jahre nach deren Gründung im Jahre 1600. Auf der Vorderseite war über der Jahreszahl der Wert der Münze geprägt, darüber das Kürzel EIC, East India Company. Auf der Rückseite war, wenn auch vom jahrhundertealten Gebrauch abgenutzt, noch ein Kuhhirt zu erkennen, der auf einer Flöte blies.

»Wer ist das?«, fragte Cora und deutete auf die Darstellung.

»Krishna«, kam postwendend die Antwort. »Er wird oft als Kuhhirt dargestellt, da er unter Hirten aufwuchs. Meist spielt er auf seiner Bambusflöte und stellt den Gopis nach, den Hirtenmädchen.«

»Soso«, neckte Cora ihn. »So seid ihr Inder also. Unschuldige Mädchen necken? Was hat er denn getan?«

»Nun …«, meinte Ganesh gedehnt. »Also … er hat ihnen zum Beispiel, als sie badeten, die Kleider weggenommen und ist damit auf einen Baum geklettert. Um ihre Kleider wiederzubekommen, mussten sie einzeln nackt zu ihm kommen. Viele der Geschichten um Krishna haben eine erotische Komponente.«

»Faustdick hinter den Ohren haben es deine Götter«, meinte Cora lachend. »Dein Namenspatron Ganesh, dessen Vater ihm den Kopf abschlug, Shiva, der Tanzende, und jetzt Krishna und seine Erotik … bin ja mal gespannt, was ich noch so über die indischen Götter lerne.«

Lächelnd hängte sie sich bei Ganesh ein, und gemeinsam schlenderten sie weiter. Cora war glücklich, hier mit ihrem Ganesh durch das faszinierende Myanmar zu laufen. Neues entdecken, zusehen, wie er sich wie ein Kleinkind über eine alte Münze freuen konnte, war alles, was sie in diesem Moment wollte. Und so entspannt hatte sie ihn selten erlebt. Ganesh hatte ihren Blick in das Schaufenster des Juweliergeschäftes, in dem allerhand Schmuckstücke aus Jade ausgestellt waren, bemerkt.

»Du magst Schmuck? Das wusste ich gar nicht«, bemerkte er.

»Du weißt so vieles nicht über mich …«, stellte sie fest. »Aber im Ernst, nein, ich habe mich nie für Jade interessiert.

In Deutschland trägt das niemand, ich habe nur gehört, dass es in China beliebt sein soll, das hat mein chinesischer Freund Ma mir erzählt. Wir hatten auf unserer Zugfahrt nach Tibet ja viel Zeit, und er erzählte so vieles von seiner Kultur. Scheinbar gibt es hier in Burma auch einen Markt dafür.« Cora dachte an den chinesischen Ingenieur Ma Danli zurück, der ihr vor Jahren in Tibet das Leben gerettet hatte und ein enger Freund geworden war. Wie es ihm wohl ging?

»Einen Markt?«, fragte Ganesh erstaunt. »Weißt du nicht, dass burmesische Jade die beste der Welt ist? Wenn sie beste Qualität wollen, kaufen die Chinesen nur burmesische Jade. Es gibt wohl große Unterschiede, jedenfalls für Kenner. Die tiefgrüne ist die seltenste. Da wurde, ich glaube auf einer Auktion in Hongkong, vor einiger Zeit ein Armband oder Halsband aus grüner Jade für viele Millionen Dollar verkauft.«

»Oh ja!«, rief Cora und blickte ihn mit aufreizendem Augenaufschlag bittend von unten an. »Kaufst du mir so was?«

»Klar, kein Problem!«, erwiderte Ganesh trocken. »Gleich nachher im Hotel kümmere ich mich darum. Wohin darf ich es liefern lassen, Mylady?«

Sie gingen weiter, Richtung Rangun-Fluss. Auf dem Weg kamen sie an der kleinen, aber sehr hübschen Sule-Pagode vorbei, dann überquerten sie einen großen Platz, eingerahmt von geschmackvoll restaurierten Kolonialbauten. Vor ihnen erstreckte sich ein Markt, überall saßen fröhlich schwatzende Marktfrauen auf Plastikstühlen; sie hatten Handtücher wie einen Turban um den Kopf gewickelt. Fleisch lag zum Verkauf ausgebreitet auf Holztischen in der Sonne, Jugendliche spielten mit ihren Handys. Ein friedliches Bild, das so gar nicht zu der Diktatur passen wollte, die Myanmar doch wieder geworden war.

Durch enge Gassen hindurch gelangten sie dann schließlich zum Fluss. Jetzt war die Straße breit und auf der Hafenseite von den üblichen trostlosen Fabrikgebäuden gesäumt. Auf der anderen Seite standen immer wieder hübsche alte Häuser neben trostlosen Zweckbauten. Die Sonne brannte inzwischen unbarmherzig, da sie die schattige Enge der kleinen Gassen verlassen hatten.

»Irgendwo hier ist das Strand, das berühmteste Hotel Myanmars und eines der Kulthotels Asiens, so ähnlich wie das Raffles in Singapur«, erzählte Ganesh. »Es soll sehr schön renoviert worden sein, da können wir sicher eine Erfrischung bekommen. Orwell hat hier übrigens auch mal gewohnt, ebenso wie Rudyard Kipling, Somerset Maugham oder Mick Jagger. Ich könnte etwas Kühles gut vertragen … Komm, das machen wir jetzt!«

Nach wenigen Hundert Metern erreichten sie das alte Grand Hotel. Eher unscheinbar sah es aus, geduckt zwischen den höheren, hässlich gesichtslosen benachbarten Bauten, die die Straße säumten. Aber als sie die kurze Auffahrt hinaufgingen und dann die Lobby betraten, tauchten sie in die alte Kolonialzeit ein, so fühlte es sich jedenfalls in Coras Fantasie an. Wunderschöne Architektur, viel dunkles Holz, der grünliche Teppich, der jeden Laut zu verschlucken schien, gedämpfte Gespräche – so war das wohl damals schon gewesen. Ergriffen blieben sie kurz stehen und bewunderten das Dekor. Ein echtes Grand Hotel, im alten Stil renoviert und behutsam modernisiert.

Nach einem kurzen Rundblick betraten sie die rechts neben dem Eingang gelegene Bar, einst berühmt in ganz Asien. Auch hier dunkles, fast schwarzes Holz, der Inhaber hatte sich offensichtlich Mühe gegeben, das Flair des 19. Jahrhunderts zu erhalten. Sie fanden einen freien Tisch am Fenster und vertieften sich in die Karte. Beide waren so durstig und erschöpft, wie man das in den Tropen nach einem längeren Gang durch die Stadt eben ist. Die Kleidung klebt am Körper, die Haare sind verschwitzt, man hat wie immer zu wenig Flüssigkeit zu sich genommen, man sehnt sich nach Kühle und der Möglichkeit, tief einzuatmen ohne das Gefühl, direkt vor einem heißen Föhn zu stehen. Und dann tritt man in einen Raum mit Klimaanlage, ein Hotel, ein Restaurant, und es ist herrlich. Aber man weiß, dass man später wieder hinausmuss, in diese feuchte Hitze … und genau das macht den Reiz aus.

»Hier, Strand Historical Cocktails, das sieht doch gut aus«, meinte Cora. »Hier gibt es einen Strand Sling, ich kenne nur Singapore Sling. Rum, Cherry Brandy, Ananassaft, Grenadine, Sodawasser, das nehme ich, und du?«

»Strand Sour klingt gut. Mit Rum aus Mandalay, Lime Juice und Zucker. Vielleicht noch etwas zu knabbern?«, meinte Ganesh. Er bestellte Erdnüsse, die in einer schwarzen Lackschale serviert wurden.

Cora bat den Kellner, ein Foto von ihnen beiden zu machen, und sandte es ihrer Freundin Britta in Mainz, der sie versprochen hatte, viele Bilder von der Reise und von Ganesh und ihr zu schicken. Britta wollte unbedingt wissen, was sie machten, wohin sie fuhren und – natürlich – wie es mit diesem attraktiven Inder, diesem Ganesh, lief. Sie hatte ihn noch nicht persönlich kennengelernt, aber dass Cora mit verträumtem Blick von einem Mann auch nur erzählte, geschweige denn schwärmte, das war ihr neu. So kannte sie Cora nicht, und das machte Ganesh interessant. Cora mochte es nicht, alberne Selfies um die Welt zu schicken, aber sie tat ihrer Freundin den Gefallen. Eigentlich war es keine wirklich enge Freundin. Sie hatten zusammen Abitur gemacht, damals waren sie eng befreundet gewesen, hatten sich dann aber aus den Augen verloren. Erst vor wenigen Monaten waren sie sich zufällig in Mainz über den Weg gelaufen und hatten sich seither ein paarmal getroffen und über alte Zeiten geredet. Britta arbeitete in der Personalabteilung des Maschinenbauunternehmens ihres Vaters nahe Mainz und war eigentlich nie wirklich aus Rheinland-Pfalz, geschweige denn aus Deutschland herausgekommen.

Cora und Ganesh lehnten sich zurück. Sie waren nur eine Stunde unterwegs gewesen, aber die kalten Drinks taten gut. Sie ließen die Kühle auf sich wirken, tranken und genossen einfach die gemeinsame Zeit. Selten genug kamen sie dazu, es gelang ihnen nicht oft, die Termine so zu koordinieren, dass sie sich sehen konnten. Als Ganesh ihr am Telefon erzählt hatte, dass er nach Myanmar zum Myitsone-Staudamm müsse, hatte Cora die Gelegenheit sofort genutzt und eine anstehende Reise dorthin kurzerhand vorverlegt. Das Koblenzer Ingenieurbüro, für welches sie arbeitete, hatte weltweit Aufträge, und die reisefreudige Cora war stets begeistert dabei, wenn es in exotische Regionen ging. Sie verstand überhaupt nicht, dass manche Kollegen lieber in der Pfalz blieben, abends nach Hause gingen und brav ihre Hypothek auf das Reihenmittelhaus abzahlten, statt die Welt zu sehen und Abenteuer zu erleben. In China seltsame Dinge zu essen, in Indien unglaubliche Gerüche und Geschmacksrichtungen auszuprobieren, in Tibet zum Mount Everest zu fahren oder wie jetzt in Myanmar auf den Spuren von Orwell und Kipling zu reisen, das war doch das richtige Leben! Sie war auch in Südamerika gewesen, mit ihrem Ex-Mann, einem Spanier, daher sprach sie einigermaßen Spanisch. Aber Asien faszinierte sie besonders, seit sie das erste Mal nach China reisen durfte und, angefangen von der alten deutschen Kolonie Qingdao über Shanghai bis Tibet, Unglaubliches gesehen und am eigenen Leib erfahren hatte. Auch wenn sie beinahe dabei umgekommen wäre, sie liebte diesen Teil der Erde.

Cora und Ganesh hatten beide genug erlebt, um zu wissen, dass man das Leben auskosten sollte, wann immer es ging. Alles konnte sich blitzschnell ändern. Das hatten sie am Taj Mahal erfahren, als Ganesh gefangen gehalten worden war und Cora ihn retten musste; in den Slums in Mumbai, als Cora gerade noch aus einer Hütte hatte fliehen können, oder auch als sie in Rajasthan im Nordwesten Indiens im Haus einer Freundin beinahe umgebracht worden wäre ... Cora schauderte bei dem Gedanken daran. Jetzt wollte sie nur Urlaub machen mit ihrem Ganesh. Von Rangun aus wollten sie, sobald sie ihre Arbeit am Staudamm im Norden des Landes beendet hatten, über Bangkok nach Tibet fliegen und einen heiligen Pilgerpfad entlangwandern. Körperlich war das anstrengend, ja, aber auch ruhig, einsam, mit klarer Luft, wenig Menschen – genau, was sie suchten. Sie freuten sich bereits darauf. Keine Abenteuer diesmal. Nur Ruhe und sie beide. Zusammen.

»Willkommen in Rangun! Mingalaba!«, tönte es plötzlich auf Deutsch vom Nachbartisch. Ein freundlicher Mittvierziger, Weißer, dessen rundliche Figur gut zu seiner ebensolchen Brille passte, hob grüßend sein Glas. Sein weißes Hemd trug er wie alle Männer hier über der Hose, die dunklen, vollen Haare lagen leicht verschwitzt dicht am Kopf. Neben ihm saß ein weiterer Weißer, schmal gebaut, in verwaschenen Jeans und einem T-Shirt.

»Danke!«, erwiderte Cora überrascht den Gruß. »Sieht man mir die Deutsche an oder haben Sie uns gehört?«

»Gehört, tut mir leid. Ich wollte nicht lauschen, aber so oft hört man vertraute Töne nun auch wieder nicht, hier in der historischen Bar des Strand Hotel. Wo kommen Sie her, wenn ich fragen darf?«

»Dürfen Sie, gern! Aber setzen Sie sich doch zu uns, das ist bequemer«, lud Cora ihn und mit einem Seitenblick auch seinen Begleiter an ihren Tisch ein. Erstaunlich behände erhob der Deutsche sich und trat näher heran, bevor der Dünne auch nur reagiert hatte. Er faltete die Hände vor der Brust und deutete einen formvollendeten Diener an.

»Mingalaba, wie man hier auf Burmesisch sagt. Mögest du gesegnet sein oder so ähnlich. Der übliche Gruß, wenn Sie jemandem begegnen. Am besten mit gefalteten Händen vor der Brust, wie das indische Namaste.« Er blickte kurz prüfend zu Ganesh hinüber, der lächelnd nickte.

»Dachte ich mir. Gestatten, Mayntz, mein Name. Und das ist ein deutscher Bekannter, Herr Feld«, fügte er hinzu und zeigte auf den Jeansträger, der sich inzwischen erhoben hatte und auch an den Tisch der beiden Ingenieure getreten war. »Ich lebe schon seit vielen Jahren in Asien, seit fünf Jahren nun hier in Myanmar, und da freut man sich immer, wenn man jemanden aus der Heimat trifft. Na ja, nicht immer, wenn ich da so an manche Politiker denke, die hier vorbeikommen …«, lächelte er verschmitzt.

Nachdem sie sich gesetzt hatten, winkte Mayntz dem Kellner und bestellte sich, da sein Glas leer war, ebenfalls einen Strand Sour, wie Ganesh, und auch gleich einen für seinen Bekannten, der Cora und Ganesh freundlich zugenickt hatte und sich nun setzte. Cora und Ganesh stellten sich kurz vor und erzählten, dass sie hier waren, um ein paar Tage Urlaub zu machen, etwas im Norden zu arbeiten und dann noch durch Asien zu reisen. Mayntz wiederum erklärte, dass er hier für eine deutsche Stiftung arbeite.

»Und was machen Sie genau?«, wollte Ganesh wissen. »Dürfen Sie als Nicht-Regierungsorganisation denn ungestört arbeiten?«

»Oh, dies und das ...«, meinte Mayntz achselzuckend. »In der kurzen Zeit der relativen Freiheit berieten wir die verschiedenen Ministerien beim Aufbau demokratischer Institutionen, schickten Leute nach Deutschland zur Ausbildung, versuchten den inoffiziellen Kontakt zu deutschen Regierungsstellen aufrechtzuerhalten. Solche Sachen. Das ist jetzt unter den Militärs natürlich praktisch unmöglich. Ich bin einer der wenigen, die noch hier ausharren. Und Myanmar wird ja immer wichtiger in den internationalen Beziehungen, daher muss auch Deutschland hier unbedingt vertreten sein, obwohl das Militär noch immer die herrschende Macht ist. Aung San Suu Kyi hat nichts mehr zu sagen. Sie wird im Westen oft falsch gesehen. Auch das ist eine unserer Aufgaben, nämlich ein realistischeres Bild von Myanmar zu zeichnen.«

Cora war verwirrt. Wovon sprach er? Neugierig beugte sie sich nach vorn, angelte sich eine Erdnuss aus der schwarzen Lackschale vor ihnen und fragte: »Entschuldigung, aber ich kenne mich hier in der Politik nicht so aus. Aung ... Kyi oder so ist doch diese Dame, die den Friedensnobelpreis bekommen hat, nicht wahr? Ist sie nicht so eine Art Heldin der Freiheitsbewegung? Wieso hat sie keine Macht? Sie hat doch irgendein Amt inne, oder?«

»Ja«, meinte Mayntz nachdenklich. »Mein Bekannter könnte das eigentlich besser erklären, er ... äh, arbeitet an der deutschen Botschaft in Bangkok, politische Abteilung, und das schon seit vier Jahren. Macht hatte sie nur nominell, wie ich schon sagte, das Militär hat das Sagen. Aber das ist kompliziert, das erkläre ich Ihnen gern mal in Ruhe bei einem Glas Wein. Man weiß außerdem nicht, ob aufgrund der Seidenstraße nicht auch hier schon, wie in China, die Wände Ohren haben ...« Er deutete mit dem Kinn auf einen Kellner, der mit völlig unbeteiligtem Gesicht, aber doch in Hörweite an einer Säule stand.

»Seidenstraße?«, fragte Cora. »Dieses chinesische Projekt, um die Infrastruktur zwischen China und Europa zu verbessern? Sie investieren jede Menge Geld und fangen an, unsere Firmen zu kaufen? Aber was hat das mit Myanmar zu tun?«

Mayntz nahm einen kräftigen Schluck aus seinem Glas. »Sie wollen wirklich alles wissen! Ist sie immer so?«, fragte er dann grinsend zu Ganesh hinüber, der nur ergeben nickte.

»Ganz so einfach ist es leider nicht, dass es nur um die Infrastruktur ginge. Schon 2013 hat Xi Jinping, der chinesische Staatspräsident, seine Seidenstraßeninitiative ausgerufen. Ursprünglich war die Intention tatsächlich, die eurasische Landmasse, also alles zwischen Lissabon und Shanghai, durch Straßen und Eisenbahnlinien, Schiff- und Flugverkehr zu verbinden. Daher der Name Seidenstraße, denn vor zweitausend Jahren schon kam ja unter anderem Seide aus dem Fernen Osten nach Europa, genauer nach Rom. Deswegen nannte der deutsche Geograf Freiherr von Richthofen diese Verbindung Seidenstraße. Das war natürlich zu keiner Zeit eine echte Straße, sondern ein Wirrwarr von Eselspfaden, Karawanenrouten und so weiter. Na ja, jedenfalls ist das inzwischen viel mehr, China dehnt seinen Machtbereich weit nach Westen aus, über die GUS-Staaten der ehemaligen Sowjetunion bis nach Europa, aber auch Afrika und Südamerika sind mittlerweile Teil dieser weltumspannenden Initiative, wie die Chinesen das nennen.«

Er hielt inne, und Cora und Ganesh verdauten diese Informationen erst mal. Weltumspannend? Das hatten sie nicht gewusst.

»Aber noch mal«, hakte Cora nach. »Was hat das mit Myanmar zu tun? Bauen die Chinesen hier auch Straßen? Und wenn ja, warum? Was haben sie denn davon?«

Während der Botschaftsangehörige ruhig sein Whiskyglas betrachtete und kein Bedürfnis zu haben schien, sich an der

Konversation zu beteiligen, hielt es Mayntz kaum auf seinem Sessel.

»Aber das ist ja das Spannende!«, rief er aus und lehnte sich vor. Sein Gesicht war vor lauter Aufregung rot angelaufen, er wischte sich mit einem seidenen Taschentuch den Schweiß von der Stirn. Dann senkte er wieder seine Stimme, als wäre ihm plötzlich eingefallen, dass man ja vorsichtig sein müsse.

»Denken Sie doch mal geopolitisch! Aus unserer europäischen Perspektive ist Myanmar irgendwo hinter Indien und unterentwickelt und eine Militärdiktatur oder so, wer weiß in Europa, geschweige denn in den USA schon viel über dieses wunderschöne Land und seine Menschen? Aber wenn Sie mal auf die Weltkarte schauen, werden Sie sehen, dass Myanmar strategisch von hoher Relevanz ist. Es liegt nämlich genau zwischen den beiden Großmächten China und Indien, eingeklemmt, aber mit Zugang zum Indischen Ozean. Es ist reich an Bodenschätzen, wir reden von Gold, von Jade und übrigens auch Opium. Aber ein anderes Argument ist viel wichtiger und macht Myanmar zu einem wichtigen Mitspieler in der Seidenstraßeninitiative, in Chinas großem Spiel um die Herrschaft über den Osten: der Zugang zum Indischen Ozean. Hier, ich male Ihnen das mal auf!«

Mayntz schob eifrig sein inzwischen ohnehin fast leeres Glas beiseite, ebenso die Schale mit den Erdnüssen. Dann tunkte er seinen Finger in den Rest seines Whiskys und zeichnete die Umrisse Chinas und Indiens grob auf die schwarz lackierte Tischplatte. Dazwischen markierte er mit einigen Erdnüssen Myanmar. Und eine grüne Wasabinuss legte er etwas weiter unten separat auf den Tisch.

»So!«, meinte er zufrieden und betrachtete sein Werk. »Die grüne Nuss ist Singapur. Hier, durch die Meerenge von Malakka, fährt fast die Hälfte aller Öltanker der Welt, um China und

Japan und Korea mit Öl zu versorgen. Sie kommen von hier«, er legte eine weitere grüne Nuss weiter westlich auf den Tisch, »das ist die Straße von Hormus, also Iran und die Vereinigten Arabischen Emirate, und bringen das Öl und andere Produkte nach Ostasien. Und sie müssen alle hier durch.« Er nahm eine Erdnuss, die einen Tanker darstellen sollte, und fuhr langsam die Route von der westlichen Wasabi Richtung Singapur und dann an dieser Wasabinuss vorbei Richtung China.

»Verstehen Sie? Alle Tanker und alle Containerschiffe müssen durch diese schmale Meerenge bei Singapur. Deswegen ist Singapur doch so reich und wichtig geworden. Aber nun stellen Sie sich vor, es gäbe hier ein Unglück!« Er zerquetschte mit seinen mächtigen Händen eine Nuss direkt vor Singapur; sehr anschaulich, dachte Cora bei sich.

»Ein Tankerunglück, sei es ein Unfall oder … ein Anschlag! Die Straße von Malakka ist an manchen Stellen gerade einmal zwei Kilometer breit. Wie soll Ostasien versorgt werden, wenn hier etwas passiert? Das ist für China ein extrem hohes Risiko, und deshalb planen sie Folgendes.«

Sorgfältig nahm er eine Handvoll Erdnüsse aus der Schale und legte eine kleine Spur ausgehend von China quer durch Myanmar an den Indischen Ozean. »Eine Straße, eine Erdöl- und Erdgaspipeline quer durch Myanmar! Das würde alle Probleme lösen, könnte China sein Gas und Öl doch direkt durch Myanmar beziehen und müsste sich nicht um die Straße von Malakka sorgen. So einfach ist das. Myanmar, das aus unserer Sicht so irrelevante unbekannte Land, steht plötzlich im Mittelpunkt einer geostrategischen Planung der Macht, die sich anschickt, die größte Weltmacht zu werden: China!«

Mayntz lehnte sich zurück und betrachtete stolz sein Werk. Der kleine Tisch war übersät mit Nüssen und Flecken, und was er als eine Detailkarte Südasiens sah, war in den Augen des Kellners, der sie schon länger misstrauisch beobachtet hatte, eine unnötige Schweinerei. Hatten diese Ausländer denn gar keine Manieren?

»Okay, ich verstehe ...«, murmelte Cora. »Also, Myanmar ist strategisch wichtig für China. Und damit auch für Indien, das natürlich nicht zulassen kann, dass China zu mächtig wird. Also hat auch Indien strategische Interessen in Myanmar. Opium ist wichtig, sagten Sie. Das berühmte Goldene Dreieck, davon habe ich schon gehört. Thailand, Laos, Burma. Riesige Mohnplantagen, die die ganze Welt mit Opium versorgen. Afghanistan soll ja auch davon leben, da den Bauern kaum eine Alternative bleibt. Aber was hat es mit der Jade auf sich? Was ist daran so besonders?«

Mayntz' Augen funkelten vor Freude, dass er sein Wissen ausbreiten durfte. Seine jahrelangen Erfahrungen in verschiedenen Ländern Asiens hatten dazu geführt, dass er zu vielen Themen ausführlich Auskunft geben konnte, von denen viele Nicht-Asiaten nichts verstanden. Leider wurde er viel zu selten gefragt.

»Ja«, sagte er gedehnt und nahm – sehr zum Missfallen des Kellners – schon wieder eine grüne Wasabinuss zur Hand. »Also, stellen Sie sich vor, dies sei ein Stück Jade. Nicht irgendeine Jade, sondern die beste, die reinste. Die gibt es nur hier, in Myanmar. Oben im Norden, da dürfen Sie nicht hin, das ist für Ausländer gesperrt. Riesige Jademinen, in denen unter unglaublichen Bedingungen Tausende schuften, um die Jade abzubauen. Alles fest in chinesischer Hand. Das Militär hält sich scheinbar raus und bekommt dafür seinen Anteil an den Gewinnen. Die großen Minen gehören den reichen Militärs, die hier in Rangun«, er deutete mit dem Kinn aus dem Fenster, »ihre Villen direkt am See haben. Das alles ist ein Milliardengeschäft. Der Großteil der Jade wird direkt über die chinesische Grenze nach Yunnan gebracht und dort dann weiterverarbeitet. Jade ist ein Glücksbringer, viele Chinesinnen tragen die Steine auf der nackten Haut. An allen möglichen und manchmal auch unmöglichen Körperstellen …« Er sah Coras erstaunten Blick und fügte rasch hinzu: »… hat mir, äh, meine Frau erzählt, natürlich …«

Sogar Ganesh, der sich bisher wie immer zurückgehalten hatte, musste lachen, als sie den verlegenen Blick Mayntz' sahen, dessen Gesicht sich jetzt mit einer leichten Röte überzog. Asienfachmann, ja, offensichtlich.

»*Ship me/somewheres/east of/Suez,/where the/best is/like the/worst, where there/aren't no/Ten Com/mandments/an' a/man can/raise a/thirst*!«, rezitierte Mayntz plötzlich lauthals, sodass sich einige Gäste in der Bar zu ihnen umdrehten. Dazu hob er sein Glas und prostete Cora und Ganesh zu.

»Ja, der gute alte Rudyard Kipling. Jüngster Literaturnobelpreisträger aller Zeiten. Hier, in dieser Bar, hat er angeblich gesessen. Haben Sie mal seinen weltberühmten Roman *Kim* gelesen? Toller Spionageroman. Und natürlich das *Dschungelbuch*, Mogli, Balu der Bär, der Panther Bagheera und so … Es gibt sogar eine Spinnenart, die nach ihm benannt wurde, *bagheera kiplingi!* Nun, was ich sagen wollte, Kipling hat nicht nur getrunken, er fand die burmesischen Mädchen so wunderschön, dass er meinte, nach seinem Tod ein Burmese zu werden, mit einem mandeläugigen Mädchen natürlich. Deswegen hat er sein berühmtes Gedicht über Burma *Mandalay* genannt, das ist eine Stadt oben im Norden. Viele britische Offiziere, die hier stationiert waren, haben von der Schönheit burmesischer Mädchen geschwärmt. Haben Sie übrigens das Buch von Orwell gelesen?«

Stolz holte Cora das Buch, das Ganesh ihr geschenkt hatte, aus ihrem Rucksack. »Hier auf der Straße gekauft«, fügte sie hinzu. »Authentischer geht es wohl nicht. Ich werde es auf jeden Fall lesen! Aber«, fügte sie dann neugierig hinzu: »Also, diese Minen … Davon habe ich noch nie gehört. Wie muss ich mir das vorstellen? Kinderarbeit, Armut, Elend, so wie in den Kobaltminen im Kongo?«

»Das wollen Sie sich gar nicht vorstellen«, meinte Mayntz ruhig. »Das ist grauenvoll. Das ist schlimmste Sklavenarbeit, unmenschliche Zustände. Aber die Welt interessiert das auch nicht wirklich. Sogar die furchtbare Kinderarbeit in den Kobaltminen im Kongo verdrängt die Welt. Vor allem, wenn es um den neuen Hype E-Mobility geht. Da glaubt man, mit dem Kauf eines Elektrofahrzeugs etwas für die Umwelt getan zu haben, aber in Wirklichkeit, wenn man die Kinderarbeit in Afrika einrechnet, die Umweltschäden bei der Lithiumgewinnung in Südamerika oder Tibet, das Problem der Entsorgung der Batterien, schadet man der Umwelt mit einem alten Diesel wohl weniger. Aber wer weiß schon etwas über Jademinen in Myanmar? Na ja«, schloss er resigniert. »Als Spekulationsobjekt ist das alles natürlich interessant. Aktien von Unternehmen, die Lithium produzieren, können interessant werden, oder, wenn Sie eher an Wasserstoff glauben, investieren Sie besser dort. Und Jade ist auch ein Spekulationsobjekt geworden, sie erzielt fantastische Preise in China, und niemand denkt an die furchtbaren Umstände in den Minen. Es geht immer nur um Geld.«

Mayntz schüttelte frustriert den Kopf. Cora und Ganesh schwiegen betroffen. Nein, das interessierte wirklich niemanden, das stimmte, jeder sprach von Elektromobilität in Europa, gerade auch in Deutschland, aber eine echte Diskussion über die gesamte Wertschöpfungskette, von Anfang bis Ende, *cradle to cradle* sozusagen, blieb aus. Obwohl es jeder Ingenieur besser wusste. Von den Jademinen ganz zu schweigen, das war nun wirklich unbekannt, die meisten wussten ja kaum, wo Myanmar lag.

Mayntz winkte dem Kellner, der zögernd herbeikam und vorwurfsvoll die Tischplatte betrachtete. Ganz offensichtlich erschloss sich ihm die weltpolitische Relevanz der Wasabinuss Singapur in Verbindung mit der Erdnussspur von Hormus nach China nicht in ihrer vollen Tragweite.

Während Mayntz zahlte und ein großzügiges Trinkgeld hinzufügte, sagte er zu Cora und Ganesh: »So, genug davon. Ich schlage vor, Sie gehen zurück ins Hotel und ruhen sich aus, und heute Abend hole ich Sie ab. Feld, kommen Sie mit? Nein? Schade. Dann fahren wir zu der größten Attraktion der Stadt, einem der schönsten von Menschenhand überhaupt errichteten Bauwerke: die berühmte Shwedagon-Pagode! Wir müssen unbedingt zum Sonnenuntergang dort sein, ein unvergessliches Erlebnis. Ich habe schon viel gesehen, aber abgesehen vom Taj Mahal in Indien gibt es nichts vergleichbar Schönes auf der Welt! Der indische Nobelpreisträger Tagore hat das Taj Mahal *eine Träne auf der Wange der Zeit* genannt. Waren Sie mal da?«

Cora und Ganesh zuckten gleichzeitig zusammen, was ihr belesener Gesprächspartner aufmerksam registrierte. Sie nickten nur und erhoben sich. Dass das wunderschöne Taj Mahal sie nicht nur zusammengeführt, sondern ihnen beiden beinahe den Tod gebracht hatte, behielten sie lieber für sich.

WASHINGTON, USA

Im Oval Office hatten sich fünf Personen versammelt, und keiner von ihnen sagte ein Wort. Nervös schauten sie auf ihre Schuhe oder blätterten in Unterlagen, die mit Sicherheit nichts enthielten, was nicht ohnehin alle wussten. Als die Tür aufging und der Präsident mit großen, raumgreifenden Schritte das Zentrum amerikanischer Macht betrat, sprangen alle von dem Sofa auf, auf welchem sie sich niedergelassen hatten. POTUS, wie der *President of the United States* meist bezeichnet wurde, nickte allen kurz zu und verschränkte die Arme. Seine bullige Figur und der grimmige Gesichtsausdruck verhießen nichts Gutes. Sein Jackett hatte er ausgezogen, die Ärmel hochgekrempelt. Ein schlechtes Zeichen, wie alle Anwesenden wussten.

»Update, bitte. Warum ist mein Außenminister Sean McKinley gestorben? Und keine Spekulationen, nur Fakten!«

Der CIA-Director hob die Hand, wie ein Schuljunge. Und so fühlte er sich auch.

»Mr President, die Obduktion hat eine Vergiftung ergeben. Vermutlich Rizin, das wird noch geprüft, aber es erscheint am wahrscheinlichsten. Rizin kann man aus dem Samen der Rizinuspflanze herstellen, es gilt als biologischer Kampfstoff. Es ist einfach zu beschaffen, kein Gegengift ist bekannt. Es gab früher Anschläge auf Dissidenten, einen bulgarischen zum Beispiel, der wurde wohl vom bulgarischen Geheimdienst so ermordet. Auch wurde ein Brief mit Rizin an einen Ihrer Vorgänger gesandt, ebenso an einen New Yorker Bürgermeister. Und die Russen sind ja gern mit biologischen Kampfstoffen gegen Regimegegner unterwegs, wie wir alle wissen. Aber Rizin als Mordinstrument ist selten; es dauert meistens einfach zu lange, bis es wirkt. Manchmal bis zu zwei Tage, und auch dann tötet es nur, wenn es wirklich durch die Haut in den Körper eingebracht wurde. Aber es gibt die Möglichkeit, es als Aerosol einzuatmen. Das nennt man die inhalative Aufnahme von Rizin, sie führt zu Husten, Atemnot und relativ schnellem Lungen- und Kreislaufversagen. Bei sofortiger medizinischer Hilfe kann man da was machen, aber wir vermuten, dass Sean durch die halbe Flasche Whisky, die er wohl in der Bar, ähm, zu sich genommen hatte, gar nicht gemerkt hat, was passierte. Wahrscheinlich ist erst die Lunge kollabiert, dann der Kreislauf. Mit etwas Glück ist er aber friedlich gestorben, weil er zu betrunken war …«

Der Director sah von dem Blatt auf, von dem er die medizinischen Fakten abgelesen hatte, und räusperte sich kurz. Er blickte in die entsetzten Gesichter seiner Kollegen. Da niemand etwas zu sagen wagte, fuhr er fort: »Das Rizin kann ihm nur in Beijing zugefügt worden sein, aber da es nicht direkt wirkt, geschah dies eventuell schon am Vortag, spätestens am Abend vor seinem Tod. Wir haben die ganze Delegation verhört, einzeln, nichts. Seinen Bodyguard, den Secret Service Agent, hatte er auch schon weggeschickt, obwohl das gegen die Vorschriften ist. Alle hatten die Bar vor ihm verlassen, und auch während des Abends hat niemand etwas Besonderes bemerkt. Nur der Barkeeper meinte, Sean sei zum Aufzug gegangen – getorkelt war sein genauer Ausdruck –, und dann sei noch eine chinesische Schönheit zu ihm in den Aufzug gehuscht. Sie war dem Barkeeper aufgefallen, da sie als Letzte noch in der Bar gesessen hatte, als ob sie auf jemanden wartete. Das war vermutlich nicht der einzige Grund, warum sie ihm auffiel. Und nein, die Kameraauswertung hat nichts ergeben. Wir sehen eine schlanke Frau in einem sehr engen, roten Kleid, aber ihr Gesicht bleibt verborgen. Sie muss genau gewusst haben, wo die Kameras angebracht sind. Sie könnte theoretisch das Rizin als Aerosol im Aufzug ausgebracht haben. Wenn sie selbst Handschuhe trug, ist das denkbar. Dann hat er es gerade noch auf sein Zimmer geschafft, ist betrunken eingeschlafen, und … ja. Hm. Brennender noch als das Wie ist allerdings die Frage nach dem Warum. Erstens, warum bringt man ihn ausgerechnet in China um? Und dann natürlich, warum überhaupt? In seinem persönlichen Umfeld haben wir keine Hinweise auf Motive gefunden. Als Außenminister hatte er natürlich Feinde, so wie wir alle, aber es gab keine konkreten Anzeichen einer Bedrohungslage. Es ergibt einfach keinen Sinn. Und theoretisch kommen alle üblichen Verdächtigen infrage, also die Russen, die Nordkoreaner, Al-Qaida. Die Chinesen können wir wohl ausschließen, so dämlich, Sean in ihrem eigenen Land zu ermorden, wären sie wohl nicht.«

»Oder genau deshalb sind sie verdächtig!«, warf der Verteidigungsminister ein. Klein, glatzköpfig, hatte er die Statur eines Boxers. Er war bekannt dafür, keinem Asiaten über den Weg zu trauen. Der CIA-Director wusste, dass das bei Asiatinnen durchaus anders war, aber das behielt er für sich. Wissen war Macht, und das konnte er woanders sicher noch besser einsetzen als hier.

»Ihn gerade in China zu ermorden, damit sie nicht zu den Verdächtigen zählen, das hätte doch was«, ließ der Verteidigungsminister nicht locker. »Wir sollten diese Möglichkeit nicht von vornherein ausschließen. Die ChiComs … ich meine, die chinesischen Kommunisten legen es doch schon lange auf eine Provokation an!«

Die Nationale Sicherheitsberaterin schüttelte energisch ihre schwarzen Locken. Ihre Augen funkelten, und das erklärte, warum sie trotz ihrer gerade einmal ein Meter sechzig diesen Job bekommen hatte. Sie war nicht nur brillant, Studium und Promotion in Princeton und Duke, sondern ließ niemals locker, wenn sie sich einmal in eine Aufgabe verbissen hatte. Mit ihr wollte sich niemand anlegen, nicht einmal der Präsident, wenn er ehrlich war.

»Bullshit! Übrigens reden wir nicht mehr von ChiComs, das sind längst keine Kommunisten mehr. Warum sollten die Chinesen das denn tun? Das wäre ein Kriegsgrund, das wäre doch Wahnsinn! Die wollen doch keinen heißen Krieg, dann verdienen sie doch nichts mehr an uns. Niemand bringt den Außenminister der mächtigsten Militärmacht der Welt ungestraft um! Nein, meine Herren, da müssen Sie schon weiter denken. Sean war kein Feind der Chinesen, er war doch eher ein Freund. Er mochte diese asiatische Art des Verhandelns, keinen Gesichtsverlust, keine direkte Kritik … er kam gut an, unser Sean. Die wären doch dumm, ihn auszuschalten. Vergessen Sie die Chinesen. Die Russen haben auch nichts davon – da sie immer die Ersten sind, die wir verdächtigen, wäre das viel zu riskant. Nordkorea, ja, die haben sicher allen Grund, uns zu schaden. Aber ob die das technisch könnten? Ich bezweifele das. So etwas erfordert eine Menge Insiderwissen, Planung, Organisation. Nein, nein, ich denke eher an eine terroristische Organisation. Kein Nationalstaat. Und wenn wir an den hohen Grad der Professionalität denken, den wir hier konstatieren müssen, bleiben nicht viele. Der sogenannte IS, Al-Qaida, dann wird es schon dünn …«

»Den IS gibt es doch nicht mehr! Die haben wir doch in Syrien schon ins Paradies bombardiert, zu ihren fünfundsiebzig Jungfrauen, da wollen sie doch sowieso hin!«, wetterte jetzt der Verteidigungsminister. Das ließ er nicht auf sich sitzen; nicht der IS. Das ging direkt gegen ihn und seine Unfähigkeit, diese Islamisten endgültig zu besiegen.

»Nun, nein«, konterte die Sicherheitsberaterin. »Der IS ist ganz im Gegenteil wieder auf dem Vormarsch, es gibt genug verzweifelte Jugendliche, die nicht wissen, wohin mit sich. Das gilt für Syrien wie für den Irak. Und außerdem rekrutieren die inzwischen weltweit, wie Al-Qaida übrigens auch. Auf den Philippinen bei Abu Sayyaf, bei den Rohingya in Bangladesch, überall.« Dass es im Übrigen im Islam um zweiundsiebzig Jungfrauen ging und nicht fünfundsiebzig, behielt sie für sich. Und im Grunde nicht einmal um Jungfrauen, das war wohl auch ein Übersetzungsfehler, wie die Jungfräulichkeit Marias im Christentum. Sie wollte nicht zu besserwisserisch erscheinen, und sie wusste, dass es der Verteidigungsminister mit diesen Details nicht so genau nahm. Weder mit den Zahlen noch mit den Jungfrauen, um genau zu sein.

Der Präsident ließ seine Augen wohlwollend auf der Sicherheitsberaterin ruhen. Genau deshalb hatte er sie für diesen Job haben wollen. Sie war intelligenter als alle anderen in diesem Raum zusammen, und da nahm er sich ausnahmsweise nicht aus. Ihr messerscharfer Verstand, aber auch ihre ausgeprägte Fähigkeit, sich in andere Menschen, gerade auch aus anderen Kulturen, hineinzuversetzen, waren ein unschätzbarer Vorteil in ihrer Funktion. Sie verfiel nicht wie die Jungs in alte Klischees aus dem Kalten Krieg. Viele bezeichneten die angespannte Situation mit China als einen neuen kalten Krieg, und manche warnten auch vor einem heißen Krieg. Hatte man diese Sichtweise erst einmal eingenommen, wie es der Verteidigungsminister tat, war es schwer, die Dinge anders als aus diesem Blickwinkel zu betrachten. Jede Aktion der Chinesen wurde von den Falken im Kongress unter dem Aspekt einer Konfrontation interpretiert. Es war nun einmal so: Hatte man als Werkzeug nur einen Hammer, erschien einem jedes Problem als Nagel.

Eine weitere Diskussion ohne neue Fakten führte zu nichts. POTUS beendete das Treffen mit einem Nicken zu seiner Nationalen Sicherheitsberaterin. Er selbst hatte sich nicht geäußert; er hatte früh gelernt, dass man als Chef zunächst alle anderen anhören sollte, bevor man seine eigene Meinung kundtat. Das war klüger und im Übrigen auch eindrucksvoller. Und ihm war längst klar, dass es nicht die Chinesen gewesen sein konnten. Aber wer dann? Und vor allem, warum? Wer war daran interessiert, den amerikanischen Außenminister zu töten und die Gefahr eines Weltkrieges heraufzubeschwören? Religiöser Fundamentalismus war da schon ein überzeugender Grund, das musste er der Nationalen Sicherheitsberaterin lassen.

ERFURT, DEUTSCHLAND

»Und ich sage es noch einmal: Wir dürfen uns nicht von den Chinesen abhängen lassen!« Mit hochrotem Kopf, der nicht nur der sengenden Hitze geschuldet war, die in diesem Sommer auch Erfurt im Griff hatte, schlug Messner seine beeindruckende Faust auf den Tisch. Die Kaffeetassen hüpften bedenklich, und die Runde verstummte schlagartig. Messners Wutausbrüche waren legendär, aber in einer Vorstandssitzung dermaßen auszurasten, war grenzwertig. Schließlich war er nur der Betriebsratsvorsitzende und als solcher zwar Mitglied des Vorstands, aber aus Sicht der anderen eben kein echter Vorstand.

Er fuhr fort: »Ich sage: Wir reden mit denen, hören uns ihre Bedingungen an, aber es gibt keine Alternative! Wir verlieren sonst den Anschluss, und das kostet Arbeitsplätze! Tausende, wenn wir nicht aufpassen, und das wird es mit mir nicht geben!« Messner nahm einen großen Schluck aus der Wasserflasche, die ihm Padura, sein Sitznachbar, unauffällig zugeschoben hatte, in der berechtigten Hoffnung auf eine Pause in dessen Redefluss. Und die nutzte der Einkaufsleiter dann rasch selbst aus.

»Schon richtig, du hast ja recht. Aber wenn wir unsere komplette Batterieproduktion von den Chinesen beziehen, was dann? Sind wir dann nicht auch ausgeliefert? Es ist ein schmaler Grat zwischen sich von den Chinesen abhängen lassen und von ihnen abhängig sein.«

Anerkennendes Gemurmel folgte dieser Argumentation, wobei nicht ganz klar war, ob die meisten wirklich inhaltlich zustimmten oder sich nur an der spitzfindigen Ausdrucksweise erfreuten, für die der Spanier mit seiner erstaunlichen Beherrschung des Deutschen bekannt war. Padura war als Einkaufsleiter in den Vorstand berufen worden; der Ruf als gefürchteter Kostenkiller eilte ihm voraus. Jede Abteilung zitterte, wenn er seine Jungs losschickte, um versteckte Kosten zu finden und einzusparen, was möglich war. Manchmal auch mehr, als möglich war. Aber wenn es auch einigen der Kollegen missfiel, was er sich immer wieder herausnahm, so mussten sie ihm diesmal doch recht geben. Es war undenkbar, dass sich ein deutscher OEM, ein Original Equipment Manufacturer, also ein Fahrzeughersteller, von den Chinesen überholen ließ. Schließlich war Deutschland weltweit führend in der Automobilproduktion, hier wurden die besten Autos der Welt gebaut, hier war das verdammte Auto doch erst erfunden worden! Jedes Kind kannte die Geschichte um den Erfinder Carl Benz, seine Frau Bertha, die 1888 die erste Autofahrt der Welt unternommen hatte, von Mannheim nach Pforzheim, wohlgemerkt ohne das Wissen ihres Mannes. Und zwischendurch einen Tankstopp benötigte, an der Stadt-Apotheke in Wiesloch bei Heidelberg, der somit ersten Tankstelle der Welt.

Das war lange her. Jetzt schickten sich die Chinesen an, die Vorreiterrolle in der Automobilbranche zu übernehmen, steckten gewaltige Investitionen in die E-Mobility und zwangen somit den Rest der Welt, namentlich die Deutschen, die das völlig verschlafen hatten, nachzuziehen. Was also tun? Während Messner und Padura weiterdiskutierten, verfolgte

Dr. Dolger, der Vorstandsvorsitzende, die Nachrichten, die auf seinem Smartphone einliefen. Das größte deutsche Unternehmen im Bereich der Elektronik, welches alle OEM belieferte, hatte beschlossen, ebenfalls mit einem chinesischen Batteriezulieferer zusammenzuarbeiten. Und das hier in Thüringen, wo die Chinesen gerade eine riesige Batteriefabrik errichteten. Deshalb traf man sich ja hier in der Erfurter Niederlassung. Die chinesische Delegation war für den Nachmittag angekündigt. Davon hing alles ab. Wenn es ihm, Dolger, nicht gelang, einen guten Deal mit den Chinesen auszuhandeln, würde sein Unternehmen nicht mit den anderen OEM mithalten können. Das würde ihn über kurz oder lang den Kopf kosten. Sie brauchten die Chinesen, egal was Padura sagte. Eine eigene deutsche Batterieproduktion rechnete sich nicht für sein Unternehmen, das waren sie oft genug durchgegangen.

Ohne die Chinesen war die deutsche Automobilindustrie nicht mehr denkbar. Weder in China, wo die meisten Autos verkauft wurden, noch in Europa, wo man die Chinesen inzwischen sogar brauchte, um bei der E-Mobilität mit ihnen Schritt zu halten. Sie waren auf Gedeih und Verderb an China gebunden. Jedes dritte Auto aus deutscher Produktion wurde inzwischen in China verkauft. Ja, Menschenrechte, klar, dass die immer in den Ring geworfen wurden, wenn es galt, deutsche Konzerne und ihr China-Engagement zu kritisieren. Auch er wusste, was in China vor sich ging, aber mein Gott, was sollte er denn tun? Die chinesische Politik anklagen und damit nicht nur seine eigene Karriere, sondern den Bestand seines gesamten Unternehmens riskieren? Das war keine Option, auch wenn die, die keine Verantwortung auf ihren Schultern trugen, das nie verstehen würden. Deutschland hatte sich nun einmal in die Abhängigkeit von China begeben, daran führte kein Weg mehr vorbei. Das hätte man sich 1984 überlegen sollen, als ein Audi-Vorstand nach Shanghai gefahren war, um dort das erste deutsche Automobilwerk in China hochzuziehen. Sehr erfolgreich, damals wie heute. Jetzt war es zu spät zum Jammern darüber, dass die Chinesen deutsche Technologie kopierten und Unternehmen aufkauften.

»Weiß eigentlich einer, woher die Chinesen ihr Lithium beziehen, das sie in den Batterien verwenden? Gibt es das nur in China oder importieren die das selbst?«

Der Einwurf eines Vorstandskollegen richtete sich an Schäfer, den CTO, Chief Technical Officer, der als Ingenieur natürlich mit den Details einer Batteriefertigung bestens vertraut war.

»Ja, natürlich wissen wir, wo die größten Vorkommen lagern. Und es geht nicht nur um Lithium, für Lithium-Ionen-Batterien benötigt man außerdem Mangan, Grafit, Kobalt und Nickel. China hat die weltgrößten Vorkommen an Grafit, wohl circa sechzig Prozent, und verfügt auch bei den anderen Elementen über die größten Verarbeitungskapazitäten. Das wird auch so bleiben. Kobalt kommt derzeit hauptsächlich aus der Demokratischen Republik Kongo, aber aufgrund der Menschenrechtssituation schaut man sich weltweit nach anderen Lagerstätten um. Ihr wisst, dass in den Minen immer wieder Kinder eingesetzt werden, die dort unter unmenschlichen Bedingungen schuften müssen. Nickel kommt aus Indonesien und Australien, Mangan derzeit vor allem aus Südafrika. Übrigens, Manganknollen lagern in riesigen Mengen auf dem Meeresgrund, das ist eine völlig neue und sehr spannende Entwicklung. Wem gehört der Meeresgrund? Wer darf die Manganknollen dort ernten? Das wird noch zu internationalen Konflikten führen. Nickel oder auch Kupfer werden oft vergessen, wenn es um den Rohstoffbedarf von E-Autos geht, aber vor allem Kupfer wird ja nicht nur für die Batterien, sondern auch für die Stromerzeugung und den Stromtransport benötigt. Auch hierbei wird es zu Lieferengpässen kommen, wenn nicht weitere Vorkommen erschlossen werden. Ja, und Lithium kommt, das wissen wir alle, primär aus dem Dreieck Bolivien, Argentinien und Chile. Dort befinden sich wohl so um die sechzig Prozent der weltweiten Lithiumvorkommen, aber sie sind nur sehr aufwendig zu extrahieren, und auch das nur unter immensen Umweltschäden. Ach ja, Funfact: Nach russischen Angaben verfügt Afghanistan über die größten unerschlossenen Lithiumvorkommen der Welt. Angeblich im Wert von einer Billion US-Dollar! Das Problem ist das der Ausbeutung dieser potenziellen Vorkommen – solange da Chaos herrscht, wird das nicht möglich sein. Also, wir bleiben bei China.«

Kurz herrschte Stille an dem langen Tisch. Die Kekse lagen unberührt auf ihren Tellern; niemand traute sich, jetzt in der angespannten Situation ein Desinteresse an der Diskussion zu signalisieren, welches mit dem Verzehr von Keksen ja unterschwellig mitschwang.

»Aber wenn es euch hilft, es gibt auch in Europa Lithiumvorkommen, in Deutschland circa hundertachtzigtausend Tonnen, sogar in Österreich wohl fünfundsiebzigtausend Tonnen auf der Koralpe. Immerhin«, meinte Schäfer achselzuckend. »Damit könnten wir uns vorläufig weitgehend unabhängig von chinesischen Lieferungen machen. Und denkt auch an die inhumanen Abbaumethoden, die wir in den Ländern sehen, aus denen bisher Lithium bezogen wird. Wenn wir das in Deutschland hinbekämen … Kupfer aus der Lausitz oder Lithium aus der Region Zinnwald im Osterzgebirge! Aber das wird dauern, noch müssen die Vorkommen erst erschlossen werden. Jetzt brauchen wir China, tut mir leid. Und das gilt auch für die Batterieproduktion, auch da baut

China seine Kapazitäten sukzessive aus. Auch mit Werken in Deutschland, aber es sind dennoch chinesische Produzenten.«

Nach einer weiteren Viertelstunde ergebnisloser Diskussion beendete der Vorstandsvorsitzende das Meeting. Mit sorgenvollen Gesichtern verließen alle den Saal und begaben sich in ihre Büros. Von China hatten sie erst mal genug.

Einige, die noch auf dem Flur standen, zuckten zusammen, als sie plötzlich die wütende Stimme von Dr. Dolger, dem CEO, hörten: »Nein, verdammt noch mal!«

Er hatte gerade auf seinem Handy die Nachricht seiner Frau erhalten, die anfragte, ob es okay sei, wenn sie sich heute Abend Essen vom Chinesen holten.

NAYPIDAW, HAUPTSTADT MYANMARS

Nachdenklich zog Than Maung an seiner Zigarre. Er liebte seine Cohibas und legte großen Wert darauf, dass sie stets frisch aus Kuba eingeflogen wurden. Seine chinesischen Freunde sorgten dafür, so viel waren sie ihm schuldig. Die Asche schnippte er nachlässig auf den Boden; es kam ihm nicht einmal in den Sinn, dass jemand sich darum würde kümmern müssen. Das war nicht seine Welt. Er musste sich mit den wirklich wichtigen Dingen beschäftigen, mit Geldverdienen zum Beispiel. Seine Jademinen liefen prächtig. Seit er das Management dem lokalen Warlord der Kachin weggenommen und an die Chinesen übertragen hatte, sprudelten die Gewinne mehr denn je. Das musste man ihnen lassen, Marktwirtschaft hatten sie schnell gelernt, diese Chinesen! Noch vor wenigen Jahren tief im Kommunismus oder Sozialismus oder einfach der Diktatur Maos oder was auch immer das wirklich gewesen war in den vierzig Jahren der maoistischen Herrschaft, und nun schickten sie sich an, die Weltwirtschaft zu erobern! Chapeau! Und er profitierte mit Millionengewinnen – was er für wenige Kyat aus dem Boden der nordöstlichen Provinz, des Kachin-Staates, herausholen ließ, brachte in China Tausende Dollar und auf dem Weltmarkt wiederum ein Vielfaches. Jade war ein Milliardengeschäft.

Langsam ließ er seinen Blick durch die bodentiefen Fenster des Meeting Rooms im Naypidaw Hilton schweifen. Draußen hatte sich die tropische Nacht über den flachen, im traditionellen burmesischen Stil errichteten Hotelkomplex etwas außerhalb der neu errichteten Hauptstadt Myanmars gesenkt, und nur der beleuchtete Infinity-Pool ließ erahnen, wie weitläufig das Gelände wirklich war. Mächtige Marmortreppen einer römischen Therme führten hinab zum Wasser, welches sich bis in den angrenzenden Dschungel zu erstrecken schien. Wirklich schade, dass er jetzt hier drin sitzen musste, statt sich mit einer seiner Assistentinnen im Pool zu vergnügen. Nun, das würde warten müssen. Ihn schmerzte noch sein Rücken vom Vorabend, als seine derzeitige Favoritin ihn auf eine der Liegen, die den Pool säumten, gezogen hatte, breit und mit weichen Kissen ausgestattet, Himmelbetten ähnlich, durch ausladende Seidentücher den neugierigen Blicken der Bediensteten entzogen. Was sie dort, direkt am Wasserrand, mit ihm gemacht hatte, hatte er seinen Freunden noch gar nicht erzählen können. Ihre Favoritinnenrolle hatte sie damit definitiv gefestigt. Er würde sie heute Abend wieder zu sich bestellen, aber diesmal direkt auf sein Zimmer, nicht wieder an den Pool. Sein Rücken erinnerte ihn schmerzhaft an sein Alter, mit sechzig waren manche Übungen offenbar nicht mehr so einfach zu genießen …

»So, wir sind uns einig?«, unterbrach die dünne, hohe Stimme seines Kollegen zu seiner Rechten seine abschweifenden Gedanken. Obwohl dieser einen Stern mehr als er selbst auf den breiten Epauletten trug, nahm ihn niemand wirklich ernst, und dazu trug seine Fistelstimme sicher bei, die in umwerfend komischem Gegensatz zu seiner mächtigen Statur stand.

Than Maung nickte bedächtig wie alle Anwesenden, die sich um den ovalen Tisch versammelt hatten. Fünf waren sie, das innerste Gremium, das sich mit den neuesten chinesischen Aktivitäten beschäftigte. Einen neuen Staudamm wollten sie bauen, die Chinesen, und das mitten in Myanmar! Der Strom, der sich daraus gewinnen ließ, würde vollständig in die benachbarte chinesische Provinz Yunnan geleitet werden. Myanmar würde also nicht profitieren, im Gegenteil, es war mit immensen Umweltschäden zu rechnen, mit Umsiedlungen der Bevölkerung aus der betroffenen Region, mit der Abholzung weiterer Wälder, der endgültigen Auslöschung seltener Tierarten, der weiteren Verseuchung der Flüsse. Aber im Gegenzug für die Genehmigung würden die beteiligten Generäle weitere Gewinne aus den Jademinen erhalten, noch reicher werden, sich noch mehr Villen in Rangun kaufen können, die sie dann zu horrenden Preisen an naive Ausländer vermieteten, die vom angeblich so unberührten Burma gehört hatten und jetzt hier der Bevölkerung Gutes tun wollten. Selbst NGOs zahlten, ohne mit der Wimper zu zucken, Mieten, die man in New York nicht verlangen konnte. Dummköpfe! Ein gutes Gewissen erkauften sie sich damit und trugen doch zum Reichtum der Generäle bei. Und die Sanktionen, die sich westliche Staaten immer wieder einfallen ließen, um die Herrschenden in Myanmar zu bestrafen, trafen ohnehin nur die Armen, wenn die Märkte sich leerten. Ihn betraf es nicht, er hatte genug Geld und Möglichkeiten, sich alles zu leisten, was er wollte. Ein wirkliches Engagement des Westens, deutliche Forderungen nach Demokratie, gar eine Stärkung der einheimischen Demokratiebewegung, ja, das wäre problematisch. Aber dazu würde es nicht kommen, den Mumm hatten sie nicht.

Than Maung verachtete den Westen. Nur hohle Worte, keine Taten. So kam man in Asien nicht weit. Die Chinesen dagegen, ja, die taten etwas. Sie boten Geld, Technik, Know-how. Klar, es war zu ihrem eigenen Nutzen, sie wollten unbedingt diese Eisenbahnlinie von Kunming in Yunnan quer durch sein Land bis an den Golf von Bengalen bauen. Und eine Pipeline wollten sie auch, ebenfalls quer durch Myanmar. Die konnten sie kriegen, an ihm würde es nicht scheitern. Die Inder investierten wenig, die Amerikaner nicht, die Japaner nicht, die Europäer sowieso nicht – nur die Chinesen. Also, wer erhielt den meisten Einfluss?

Wie sollten sie entscheiden? Für China oder gegen China? Vor wenigen Jahren wäre die Antwort einfach gewesen, natürlich den Chinesen alles erlauben, um sich daran zu bereichern. Nun aber gab es mehr internationale Aufmerksamkeit, es gab diese nervige Friedensnobelpreisträgerin, diese Suu Kyi, die im Rampenlicht der internationalen Medien stand, und es gab auch zunehmend Kritik aus den eigenen Reihen. Die burmesische Bevölkerung war mutiger geworden, und dank Social Media drangen Berichte über Menschenrechtsverletzungen in Myanmar in Echtzeit nach außen. Man musste vorsichtig sein, aber letztlich blieb die Macht doch bei ihnen, beim Militär. Die Amerikaner trauten sich nicht, etwas dagegen zu unternehmen, sondern drohten nur mit Sanktionen. Lächerlich! Und die Chinesen waren dem Militär gegenüber sowieso sehr aufgeschlossen, das konnten sie besser einschätzen als eine Demokratie. Also hatte er nichts zu befürchten. Der Staudamm würde gebaut werden, er konnte seiner Freundin in Bangkok wieder einmal einen kostspieligen Besuch abstatten, und vor allem: Die langweilige Sitzung war endlich vorbei. Jetzt freute er sich auf sein Zimmer. Hoffentlich hatte »sie« wieder eine neue Idee mitgebracht, um ihn zu verwöhnen. Er mochte es, überrascht zu werden.

LEH, BUNDESSTAAT LADAKH, NORDWESTINDIEN

Er hatte die dünne Luft unterschätzt. Sicher, er befand sich auf fast dreitausendzweihundert Metern Höhe im Himalaya, aber dass das schon so viel ausmachte … Jeder Schritt eine Anstrengung, sein Kopf dröhnte, jetzt wurde ihm auch noch übel, und immer wieder verschwamm ihm alles vor den Augen. Dass sich die Straße von der billigen Unterkunft, in der er die Nacht verbracht hatte, steil hinauf zur eigentlichen Hauptstraße zog, machte es nicht besser. Er hatte kaum geschlafen, solche Kopfschmerzen hatte er gehabt, und essen konnte er auch nichts. Mit jedem Schritt ging es höher hinauf, wie machten die Leute hier dies bloß? Links und rechts säumten kleine, dunkle und irgendwie nach Provisorium aussehende Läden die ordentlich geteerte Straße, von Plastikeimern bis zu Gebetsfahnen und (vermutlich amerikanischen) Keksen gab es alles zu kaufen. Gebetsfahnen! Sein Hass auf diese Ungläubigen wuchs mit jedem Schritt. Er wusste, dass er für die richtige Sache kämpfte, und er würde belohnt werden. Im nächsten Haus auf der linken Seite bot ein Motorradverleih Touren hinauf ins Tal des Indus an, man konnte sich offensichtlich die Maschinen, die ebenso heruntergekommen und unzuverlässig wie in seiner Heimat aussahen, ohne jegliche Papiere ausleihen. Leh, die Hauptstadt des neuesten indischen Unionsterritoriums Ladakh, gerade einmal dreißigtausend Einwohner stark, war die letzte größere Stadt, bevor es ins unwirtliche tibetische Hochland hinaufging, das letztlich an die chinesische Grenze führte. Wie gern hätte er sich eine Royal Enfield geschnappt und wäre die wenigen Meter bis zur Kreuzung hinaufgefahren. Aber das ging nicht, weil er nicht wusste, wie man so ein Motorrad fuhr, und er sowieso kein Geld dafür hatte. Und vor allem: Er durfte so wenig wie möglich auffallen.

Als er die Kreuzung endlich erreicht hatte, hielt er inne und holte tief Luft. Obwohl er wusste, dass ihn hier niemand kannte (aber wer kannte ihn schon dort, von wo er kam?), drehte er sich doch noch einmal um und musterte die wenigen Fußgänger hinter ihm. Da er nichts Auffälliges feststellen konnte, wandte er sich nach links. Die Hauptstraße Lehs war nur eine schmale, zweispurige Straße, die hier als Fußgängerzone auf beiden Seiten von Läden flankiert wurde. Hübsche Holzhäuser luden in Restaurants im ersten Stock ein, die Erdgeschossflächen waren nahezu ausnahmslos mit Geschäften belegt, die hier weniger Haushaltsgegenstände, sondern eher touristisch interessanten Tand anboten. Buddhistische Reliquien, indische Ganesha-Statuen, Edelsteine aus Kaschmir, alles von bester Qualität natürlich und echt antik, wie die Inhaber jedem Interessenten lautstark versicherten. Er aber hatte für all dies keine Augen, selbst die aufwendig restaurierten Holzfassaden fanden nicht die ihnen gebührende Aufmerksamkeit. Was er sah, was ihn interessierte, war einzig und allein der Brunnen in der Mitte der Straße.

Auf einer etwas erhöhten Plattform stehend luden die Bänke, die sich zu allen vier Seiten befanden, zum Verweilen ein. Eine vermutlich aus Europa oder Amerika stammende Familie mit zwei blonden Kindern im Kindergartenalter hatte sich dort niedergelassen. Während der Vater mit seinem Handy beschäftigt war und nur nachlässig auf die Kinder achtete, die, jedes eine Puppe in der Hand haltend, fröhlich kreischend um den Brunnen rannten, bewunderte die junge Mutter die Auslage eines Edelsteingeschäftes direkt gegenüber. Eine alte, traditionell tibetisch gekleidete Frau saß lächelnd dabei und beobachtete mit abwesendem Gesichtsausdruck die Kinder. Sie ließ einen Rosenkranz durch ihre Finger gleiten und murmelte etwas vor sich hin. Die Sonne spiegelte sich in einem silbrig-glänzenden Schmuckstück, welches sie an einer blau-roten Korallenkette um den Hals trug. Es war ein kostbarer alter und so nur noch selten anzutreffender tibetischer Gau, ein Reliquienbehälter, mit einer kleinen Statue einer tibetischen Gottheit, der grünen Tara.

Das wusste er alles nicht, aber auch dies wäre ihm egal gewesen. Seine Mission bestand nicht in der Wertschätzung bestimmter Gegenstände, sondern eigentlich im Gegenteil: der Missachtung jeglicher materieller und immaterieller Dinge, jedenfalls sofern sie nicht seine eigene Religion betrafen. Er war zu Höherem bestimmt, dafür hatte er all das gelernt, was man ihm in den letzten Wochen aufgetragen hatte, und er hatte es gern getan. Endlich hatte er ein Ziel in seinem Leben, etwas, für das es sich zu leben lohnte. Oder besser noch, zu sterben. Für die Menschen, die da so leichtsinnig am Brunnen saßen und ihr Leben vergeudeten, hatte er kein Mitgefühl übrig. Sie waren Ungläubige, sie hatten es verdient.

Mit dem für diese Höhe typischen tiefblauen Himmel, der brennenden Sonne und dem tiefen Frieden, den dieses Bild ausstrahlte, hätte der Kontrast zu dem entsetzlichen Anblick, wie er sich kurz darauf den angstgeweiteten Augen der Überlebenden darbot, größer nicht sein können. Als die Bombe detonierte, schien die Zeit stillzustehen. Als sie irgendwann –

Minuten, Stunden, Tage später – weiterlief, war der Brunnen verschwunden. Nicht verschwunden aber war die Mutter der blonden Kinder, die auf das starrte, was die Wucht der Detonation ihr in die Arme getrieben hatte. Die Überreste einer Puppe, und daran klebte etwas, was einmal eines ihrer Kinder gewesen war.

DIE KARTE

Er nahm eine weitere Stecknadel und drückte sie vorsichtig in die Stadt Leh in der Mitte des indischen Ladakh. Dann griff er sich eine Handvoll Holzfiguren und stellte sie vorsichtig neben die rote Stecknadel, die direkt in Leh steckte. Kurz betrachtete er sie, schließlich warf er sie um. Dann zeichnete er wieder einen Strich, der auf beiden Seiten eine Pfeilspitze hatte, diesmal zwischen Beijing und Delhi, und dann einen weiteren zwischen Delhi und Islamabad. Delhi würde Pakistan verdächtigen, eventuell auch China. China wiederum würde Indien im Verdacht haben, den Anschlag selbst verursacht zu haben, um China als Aggressor zu beschuldigen. Zufrieden trat er einen Schritt zurück und betrachtete die Karte. Dann sah er auf die Plastikbox mit den roten Stecknadeln. Sie war noch nicht leer.

UYUNI-SALZEBENE, BOLIVIEN

Ein Wehlaut entrang sich dem kleinen Körper, einem Lama-Fohlen, nur wenige Tage alt. Es klang herzzerreißend, und ihr liefen die Tränen über die Wangen. Sie hielt das Tierchen fest in ihren Armen, drückte es zärtlich und beschützend an sich. Es half nichts, es schien sie direkt und geradezu vorwurfsvoll anzublicken, dann fiel das kleine Köpfchen zur Seite. Das Cria, wie die Inkas die Fohlen der Lamas nannten, war tot.

Als sie es später unter einem Stein begrub, um es vor den Raubvögeln zu schützen, blickte sie über die Ebene, die sich vor ihr erstreckte. Salzbrocken, so weit das Auge reichte. Früher, vor vielen Tausend Jahren, war hier einmal ein See gewesen, aber nun kniete sie am Rande des größten ausgetrockneten Salzsees der Welt, über zehntausend Quadratkilometer groß, was sie natürlich nicht wusste. Aber dass diese riesige, lebensfeindliche Fläche der Grund war, warum ihr Cria gestorben war, das wusste sie. Denn darunter lagerte ein Schatz, der wertvoller als alles andere war, wertvoller sogar als Gold, und das war es doch, weswegen die Weißen damals überhaupt gekommen waren und die Inkas getötet, ja nahezu ausgerottet hatten. Wie konnte etwas wertvoller als Gold sein? Sie verstand es nicht.

Was hieß das schon, sie wusste ja sowieso fast nichts, niemand hatte Zeit, ihr etwas beizubringen. Aber die großen

Firmen, die hier alles aufkauften, wussten, dass es in großer Tiefe, fünfzig bis hundert Meter unter der salzigen Oberfläche, noch Wasserläufe gab, die etwas mit sich führten, was die großen Minenkonzerne haben wollten. Sie hatten das ganze Wasser der Umgebung aufgekauft, da sie es benötigten, um dem Boden das wertvolle weiße Gold zu entreißen. Sie pumpten das Wasser an die Oberfläche und ließen es in riesigen Becken verdunsten, das kostbare Wasser, das die Inkas eigentlich zum Leben brauchten! Die Inkas hatten kaum noch Wasser, sie mussten verzichten, damit es in den künstlichen Seen der Konzerne in der glühenden Hitze der Wüste verdampfte. Dann nahmen die Gringos sich, was sie aus der übrig gebliebenen klebrigen Masse brauchten, und das salzige und jetzt auch mit toxischen Chemikalien verseuchte Wasser wurde wieder in den Boden zurückgespült. Und die Grundwasserquellen, aus denen auch ihr Cria trinken sollte, versiegten. Oder waren versalzen. So starben die Tiere, erst die Fohlen, dann die großen. Und irgendwann auch die Menschen.

Und die Minenkonzerne wurden immer reicher. Damit irgendwo, am Ende der Welt, sie hatte ja keine Ahnung, wo das war und warum sie das taten, damit also irgendwo reiche Menschen, die sicher auch genug Wasser hatten und deren Fohlen nicht starben, umweltfreundliche Elektroautos fahren konnten. Und sich gut fühlten, weil sie so die Umwelt schützten. Mit Elektroautos, die mit Lithiumbatterien fuhren. Mit Lithium, das von hier kam, aus Bolivien, aus dem Salar de Uyuni. Und deswegen war ihr Cria jetzt tot. Wie sollte sie das verstehen?

COX BASAR, BANGLADESCH

Vorsichtig stahl er sich aus dem schäbigen Zelt, das er mit seinen Eltern und seinen jüngeren Geschwistern bewohnte. Atmen! Das Gefühl, in der Enge und Hitze des Zeltes zu ersticken, war unerträglich. Zu viele Menschen auf zu wenig Raum. Das war nicht richtig, und es war gut, dass es bald vorbei sein würde. Für ihn jedenfalls. Alles war besser als das hier. Samir huschte rasch zwischen den anderen Zelten hindurch, wich einem der vielen stinkenden Wasserlöcher aus, die seit dem Monsun überall entstanden waren und dafür sorgten, dass sich Ruhr, Malaria und Cholera im Lager ausbreiteten. Trotz des nur fahl zu erkennenden Mondes versuchte er, nicht auf eines der Bündel zu treten, die am Rand der Wege lagen, manchmal auch mitten auf dem Weg. Waren es Kleider, waren es Menschen? Und wenn Menschen, waren sie lebendig oder schon tot? Samir wich geschickt einem großen Hund aus, der plötzlich vor ihm auftauchte; Hunde waren gefährlich, sie hatten Hunger, sie bissen und übertrugen die Tollwut.

Er war, wie alle hier, inzwischen ohne jegliche Hoffnung. Als man sie aus Myanmar vertrieben hatte und sie, die Rohingya, die doch auch rechtmäßige Bürger dieses Landes gewesen waren, vor der brutalen Armee hatten fliehen müssen, die ihnen die Dörfer niedergebrannt hatte, die drohte, sie alle zu töten, nur weil sie Muslime waren und keine Buddhisten – als sie also aus Myanmar über die Grenze nach Bangladesch geflohen waren, da hatten sie noch geglaubt, wieder zurückkehren zu können, irgendwann. Diese Hoffnung hatten sie aufgegeben, sie wollten nicht wieder zurück in den Terror, selbst wenn Myanmar es ihnen erlaubt hätte. Aber Bangladesch wollte sie auch nicht; sie waren zwar auch Muslime wie alle hier, aber das Land hatte genug eigene Probleme. Also waren sie in Lagern wie diesem hier gelandet; unzumutbare Zustände, Dreck, Krankheiten, Armut, Hunger, Tod. Die Welt hatte die Rohingya schon vergessen. Und junge Männer wie Samir hatten keine Chance mehr auf ein Leben in Freiheit und Selbstbestimmtheit. Nicht in den Lagern, die sie nicht verlassen durften.

Nach wenigen Hundert Metern bog er scharf rechts ab, er kannte den Weg inzwischen im Schlaf. Jede Nacht stahl er sich fort, jede Nacht traf er sich hier mit seinen Freunden. Eine Hütte, etwas abgelegen, etwas größer. Stockdunkel war es darin; ein Licht anzuzünden, wäre zu gefährlich. Rasch gewöhnten sich seine Augen an die Dunkelheit, und Samir sah die Schatten, die in Gruppen beieinanderstanden. Langsam ging er nach vorn, zum Lehrer, der auf einem Teppich auf dem Boden kauerte. Samir beugte sich nieder, berührte flüchtig die Füße des Sitzenden, führte seine Hand dann zu seiner Stirn, in der Geste der Ehrerbietung. Dann trat er zurück, in die Reihen der anderen. Er war stolz, hier zu sein, auserwählt worden zu sein. Er würde der Erste aus seiner Gruppe sein, dem die große Ehre zuteilwurde, sich zu opfern, für das höhere Ziel, zur Ehre Allahs. Er würde sterben, aber er würde viele mitreißen, Ungläubige, die es verdient hatten, die ihn und seine Glaubensbrüder hassten und sie töten wollten. So hatte der Lehrer es ihnen erklärt. Und er war bestimmt worden, die Gruppe anzuführen; die ganze Welt würde von ihm wissen, sein Vater würde stolz auf ihn sein.

Schon bald, wusste er, schon bald. Alles war vorbereitet. Eine große Reise müsse er antreten, hatte der Lehrer ihm gesagt, es werde nicht einfach werden, für ihn, den Jungen aus dem Lager. Er werde unglaubliche Dinge sehen, die ganze Dekadenz der Ungläubigen erkennen. Aber der Ruhm, die Ehre, all dies würde die Mühe überstrahlen. Zu einem höheren Zweck. Viele andere würden ihm folgen, immer wieder, immer mehr. Bis die Ungläubigen ausgelöscht waren. Das hatte er so gelernt.

ERFURT, DEUTSCHLAND

Langsam füllte sich der Konferenzraum »Lhasa«. Alle Räume hier auf der Vorstandsetage trugen Namen, und man hatte sie mit Bedacht ausgewählt. Lhasa, das war die Hauptstadt Tibets, das würde den Chinesen gefallen. Dr. Dolger, der CEO, hatte den Namen für diesen Raum bestimmt; er war ein großer Freund Tibets, hatte das Buch *Sieben Jahre in Tibet* von Heinrich Harrer schon als Kind verschlungen und sogar einmal dem Dalai Lama die Hand geschüttelt! Dafür war er zusammen mit seiner kranken Tochter extra nach Heidelberg gereist, damit der Dalai Lama, der dort zu Gast war, sie segnete. Und er hatte es geschafft, sie wurde gesegnet. Ja, er liebte Tibet, und jetzt würden sie eine chinesische Delegation in diesem Raum treffen. Er hielt dies für eine gute Idee, und darauf kam es ja schließlich an. Über die Empfindlichkeit Chinas beim Thema Tibet war ihm nicht viel bekannt, er wusste nur, dass Tibet Teil von China war, die Chinesen also sicher stolz waren, dass er diesen Raum ausgewählt hatte.

Alle seine Vorstandskollegen waren versammelt, die Stimmung war angespannt. Wie würden die Chinesen reagieren? Welche Konditionen würden sie verlangen? Dolger spielte nervös mit seinem edlen dunkelblauen Füller, den seine Frau ihm zu Weihnachten geschenkt hatte. Sie war der Meinung, jemand in seiner Position müsse einen angemessenen Füller benutzen. Er hatte sich an das Kopfende des riesigen, ovalen Glastisches gesetzt, der einen Großteil des holzgetäfelten Raumes einnahm. Bodentiefe Fenster sorgten für strahlende Helligkeit, ein weicher Teppichboden schluckte jedes Geräusch. Auf dem Tisch standen Kaffeetassen, Zucker und Milch für die Gäste, neben der Standardausrüstung an Saft- und Wasserflaschen.

Seine Assistentin stürmte herein.

»Herr Dr. Dolger, sie sind da! Der Bus mit den Chinesen fährt gerade vor. Vielleicht wäre es angemessen, wenn Sie …« Sie machte eine einladende Handbewegung, als wollte sie sagen, er solle sich nach draußen begeben.

»Bringen Sie sie bitte einfach hoch, Frau Komar. Danke. Chinesen wissen Hierarchie zu schätzen, ich empfange sie hier.« Er lächelte seiner Assistentin gönnerhaft zu. Das musste sie nun wirklich ihm überlassen. Komar zuckte kaum merklich; es war wirklich eine grobe Unhöflichkeit ihres Chefs, die Chinesen nicht in der Eingangshalle persönlich zu begrüßen! Ein deutlicher Gesichtsverlust für die Delegation und damit eben auch für die deutsche Seite. Nun, dann musste sie eben an Höflichkeit und Gesicht retten, was noch zu retten war.

Dolger und die anderen Herren des Vorstands waren inzwischen aufgestanden und versammelten sich an der Tür. Krawatten wurden geradegerückt, mancher fuhr sich noch einmal durchs Haar oder räusperte sich. Niemand sprach ein Wort. Allen war die Bedeutung des heutigen Treffens klar. Sie brauchten die chinesischen Batterien, um ihre Fabrik zu retten.

Als sich die Aufzugtüren öffneten und die Stimme der Assistentin zu hören war, die die Delegation ins Sitzungszimmer geleitete, machte der Vorstandsvorsitzende einen entschlossenen Schritt nach vorn. Er stand in der Tür und begrüßte den an der Spitze der Delegation kommenden Chinesen mit ausgestreckter Hand.

»Ni hao!«, rief er enthusiastisch. »Welcome to Germany!«

Dann blickte er sich erwartungsvoll um, da die chinesische Seite ihn informiert hatte, dass sie einen eigenen Dolmetscher mitbringen würde. Als niemand aus der Gruppe Anstalten machte zu sprechen, ließ er etwas verwirrt die Hand des Chinesen los. Dieser lächelte verlegen, trat beiseite und sagte in akzentfreiem Deutsch, während er mit ausgestreckter Hand auf eine etwa dreißigjährige elegante Dame in einem topmodischen blauen Kostüm deutete, die direkt hinter ihm stand: »Darf ich vorstellen, Frau Dr. Zhang. Frau Zhang ist die Delegationsleiterin. Ich bin der Dolmetscher, mein Name ist Liu.«

Peinlich berührt ob seines Protokollfehlers begrüßte Dolger nun diese Frau Dr. Zhang; der Dolmetscher stellte ihm und den anderen Herren nun nach und nach die ganze siebenköpfige Delegation vor. Die Gäste waren perfekt in grauen oder blauen Anzügen gekleidet wie die Deutschen auch, die drei Damen in teuer aussehenden Kostümen sowie eleganten Pumps. Die sehen aber verdammt jung aus, dachte Dolger bei sich. Das sollte nicht zu schwer werden, viel Erfahrung in Verhandlungen konnten sie ja nicht haben, er dagegen hatte in den letzten Jahrzehnten so viele Projekte erfolgreich gemanagt, dass er den Verhandlungen jetzt doch viel entspannter entgegensah. Die Chinesen zückten bei jeder einzelnen Begrüßung eines Deutschen ihre Visitenkarten, die sie ihrem Gesprächspartner entgegenstreckten, mit beiden Händen, wie es in China üblich war. Die Deutschen entschuldigten sich wortreich, sie hätten die Karten noch in ihrer Laptoptasche oder gerade keine griffbereit; wieso hatten sie nicht daran gedacht? Das wusste man doch, dass diese Asiaten auf solche Förmlichkeiten Wert legten. Dass Frau Komar genau dies bereits vor Tagen vorgeschlagen hatte, nämlich ausreichend Karten zu drucken, aus Sicht des Einkaufsverantwortlichen dafür aber kein Budget zur Verfügung gestanden hatte, sollten sie erst später erfahren.

Die Chinesen nahmen die deutschen Entschuldigungen mit höflichem Lächeln, teils auch mit ausdrucksloser Miene wortlos zur Kenntnis. Nachdem nun endlich jeder jeden begrüßt hatte, betraten sie den Raum. Dass Herr Liu sichtbar zusammengezuckt war, als er den Namen des Raums auf dem kleinen Schild neben der Tür gelesen hatte, bemerkte Dr. Dolger ebenso wenig wie seine Kollegen. Tibet war in China ein Tabuthema; die Gäste ausgerechnet in diesem Raum zu begrüßen, wurde von der chinesischen Seite reflexartig als Affront gedeutet. Jede Aussage war eine Botschaft, so war das in China.

»Nehmen Sie doch Platz!«, lud Dr. Dolger die Gäste nun ein. »Ganz zwanglos, wir sind da nicht so streng. Kaffee?«

Er blickte auffordernd zu Frau Komar hinüber, die sich beeilte, den Damen und Herren Kaffee anzubieten. Die meisten lehnten höflich lächelnd ab, nur die Deutschen ließen sich Kaffee einschenken. Es würde ein langer Nachmittag werden, da brauchte man schon einen Wachmacher. Dass Chinesen zumeist lieber Tee tranken, hatte das für den Raum zuständige Catering nicht gewusst und daher auch nichts Entsprechendes vorbereitet. Gern hätte Frau Dr. Zhang eine Tasse Tee getrunken, wie der Dolmetscher an ihren suchend über den Tisch schweifenden Augen sah, er vermerkte es als weiteren Minuspunkt der deutschen Verhandlungspartner.

Nach einer kurzen Stille flüsterte Frau Zhang, die wie die ganze Delegation noch nicht Platz genommen hatte, sondern noch immer verlegen nahe der Eingangstür stand, dem Dolmetscher etwas zu. Dieser räusperte sich und sagte schließlich: »Äh, Frau Zhang fragt Herrn Dr. Dolger, wo Sie sitzen werden?«

Der Angesprochene lächelte jovial.

»Mein Platz ist hier, am Kopfende, Sie können sich gern hierhin setzen.« Er zeigte auf den Platz zu seiner Linken. Leises Gemurmel auf der chinesischen Seite; schließlich, nach erneuter Beratung mit dem Dolmetscher, setzte sich Frau Zhang auf den Platz zur Rechten von Dolger, und nun nahmen auch die anderen Gäste Platz. Der vom Gastgeber aus gesehen rechte Platz war der Ehrenplatz, wie er dem höchsten Gast zustand. Jetzt hatte alles seine Ordnung, und endlich kehrte Ruhe ein.

Der Vorstandsvorsitzende Dr. Dolger, schon leicht genervt, nickte.

»Ja also. Wir freuen uns sehr, dass Sie hier sind. Wir wissen alle, worum es geht, müssen uns also nicht mit irgendwelchen Spielchen aufhalten, etwa langen Floskeln und unnötigen Fragen nach dem Wohlbefinden. Ich sage es geradeheraus: Wir sind interessiert, unsere Batterien für die gigantische Produktion von Elektroautos, die wir planen, über Sie zu beziehen. Natürlich nur, wenn die Bedingungen stimmen, das ist klar …«

Er lachte und blickte sich Beifall heischend um, seine Kollegen, die das kannten, stimmten halbherzig ein und lächelten. Die Chinesen dagegen verzogen keine Miene, nachdem der Dolmetscher mit seiner erstaunlich langen Übersetzung geendet hatte. Seine Version hatte fast doppelt so viel Zeit in Anspruch genommen wie die deutsche, und Dr. Dolger fragte sich, ob er wohl noch etwas hinzugefügt hatte. Zu gern hätte er gewusst, was der Chinese wirklich gesagt hatte. Seine Assistentin, die schon einige Jahre in China gelebt hatte und ein paar Worte Chinesisch sprach, hatte dazu geraten, einen eigenen Dolmetscher mitzubringen, aber das Geld hatte er dann doch nicht unnötig ausgeben wollen. Jetzt ärgerte er sich. Egal, das würde schon okay sein. Nach seinem Statement blickte er erwartungsvoll auf Frau Zhang und wartete ab, wie sie auf seine deutlichen Worte reagieren würde. Keine Spielchen, das war ihm spontan eingefallen. Und es gefiel ihm – klare Kante, so war er. Die Chinesen sollten wissen, mit wem sie es hier zu tun hatten.

Frau Zhang lächelte freundlich. Sie spielte eine Weile schweigend mit ihrem Smartphone. Die Deutschen bemerkten, dass es die neueste Generation war, gerade erst auf den Markt gekommen und in diesem Goldton in Deutschland gar nicht zu bekommen. Schließlich legte sie es beiseite und sagte einige Sätze auf Chinesisch. Alle anderen saßen schweigend auf ihren Plätzen und rührten sich nicht. Aus ihrer undurchdringlichen Mimik wurde Dr. Dolger nicht schlau, ebenso wenig wie seine Kollegen.

Herr Liu, der Dolmetscher, ergriff wieder das Wort, nachdem Frau Zhang geendet hatte.

»Wir danken Ihnen sehr für die freundliche Einladung. Wir freuen uns sehr, in Ihrem wunderschönen Thüringen zu sein. Natürlich haben wir alle schon viel von Ihren berühmten Dichtern Goethe und Schiller gehört, und wir werden daher auch in den nächsten Tagen noch Weimar besuchen. Wir hoffen ebenso, dass Sie auch einmal Gelegenheit haben werden, uns in China zu besuchen. Wir laden Sie schon jetzt sehr herzlich dazu ein.«

Schweigen breitete sich am Tisch aus. Während die Chinesen erwartungsvoll zu Dr. Dolger blickten, sah dieser ratlos zu seinen Kollegen hinüber. Was sollte das jetzt? Aus diesen Chinesen sollte jemand schlau werden! Weimar? Mein Gott, er selbst war noch nie da gewesen, obwohl seine Frau sich mehrfach gewünscht hatte, sie würden nur für ein Wochenende mal … Und selbst wenn – was sollte das jetzt? Er wollte über die Batteriepreise sprechen, das hatte er doch wohl deutlich gemacht. Hatte der Dolmetscher etwa falsch übersetzt? Was zum Teufel sollte denn das mit dem alten Goethe?

»Äh, ja, also, danke für die Einladung nach China …«, stammelte er. »Wir kommen natürlich sehr gern, sobald wir die Zeit dazu finden. Aber das wird sicher noch dauern, wir wollten ja zunächst einmal über die Batterien sprechen. Haben Sie sich schon einmal Gedanken gemacht, wie eine Kooperation aussehen könnte? Dazu sind wir heute schließlich hier versammelt, und wir würden uns sehr freuen, wenn wir das schnell vom Tisch hätten. Also, zum Wesentlichen: Sie haben vor, in China eine riesige Batterieproduktion aufzubauen. Dies wäre für uns natürlich eine hervorragende Gelegenheit, direkt von Ihnen zu beziehen. Sie Ihrerseits wüssten bereits jetzt, dass Sie einen Großteil Ihrer Produktion direkt an uns verkaufen können. Was meinen Sie, das klingt doch nach einer perfekten Zusammenarbeit und einer Win-win-Situation. Wir könnten daher …«

Hier wurde er abrupt und, wie er fand, ziemlich unhöflich von Frau Zhang unterbrochen. Sie sprach mehrere Sätze sehr schnell hintereinander, die nur so aus ihr heraussprudelten. Der Ton schien scharf, aber Dr. Dolger war sich nicht sicher, ob er das wirklich beurteilen konnte. Die anderen Chinesen saßen mit versteinerten Gesichtern daneben.

Auf der Stirn von Herrn Liu bildeten sich Schweißtropfen. Er zupfte an seiner Krawatte, dann begann er zu dolmetschen: »Ja, also, Frau Zhang ist ein wenig verwundert, dass Sie davon ausgehen, Ihre Batterien von uns beziehen zu können. Wir hatten uns im Vorfeld dazu noch nicht geäußert. Sie müssen wissen, wir haben sehr viele Anfragen von verschiedenen Automobilherstellern in Deutschland und der Welt. Sie dagegen haben kaum Alternativen. Wir haben Ihnen daher einen Vorschlag mitgebracht, und wenn Sie einverstanden sind und diesen unterzeichnen, wäre das sicher zum beiderseitigen Nutzen.«

Er verstummte und sah sich Hilfe suchend um. Frau Zhang nickte ihm kurz zu, was immer das bedeuten sollte. Dann erhob sich eine der anderen Damen der chinesischen Delegation, nahm aus ihrer Laptoptasche einige Dokumente und begann sie an die Anwesenden zu verteilen. Als Dr. Dolger sein Exemplar vor sich liegen hatte, zuckte er leicht zusammen. *Memorandum of Understanding* stand darauf geschrieben. Die Chinesen hatten offenbar schon einen kompletten Vertrag ausgearbeitet. Darauf war er nicht vorbereitet, er hatte auch seine Juristen nicht mit am Tisch. Er hatte gedacht, es handelte sich hier um einen ersten Kennenlerntermin, um sich gegenseitig abzuklopfen, man wusste ja, wie langwierig Verhandlungen mit Chinesen oft waren. Kryptische Gespräche, seltsame Formulierungen, undurchsichtige Gesichter, umständliche Redensarten, die niemand verstand. Und jetzt dies? Die waren perfekt vorbereitet, hatten alle Eventualitäten eingeplant und alles bereits ausformuliert und ausgedruckt!

»Frau Dr. Zhang möchte noch etwas ergänzen«, fuhr Liu fort. »Wie wir vorhin schon sagten, würden wir sehr gerne Ihre bedeutenden Dichter in Weimar kennenlernen. Sie wissen sicher, dass Goethe auch chinesische Schriftzeichen geübt hat? Und in seinem Haus in Frankfurt eine chinesische Tapete hatte? Und die Verbindung zwischen Schiller und Turandot ist Ihnen bekannt? Das Stück wird ja heute Abend als Open Air hier auf den Erfurter Domstufen gegeben. Da verstehen Sie sicher, dass wir den Wirkungsort dieser berühmten Deutschen sehen möchten. Wenn Sie einverstanden sind, fahren wir jetzt direkt nach Weimar. Es ist alles arrangiert. Wir schlagen vor, dass wir uns morgen Abend hier in Erfurt wieder zum Essen treffen und Sie den *MoU* unterzeichnet haben.

Sollten Sie nicht einverstanden sein, steht es Ihnen natürlich frei, nicht mit uns zu kooperieren. Wie gesagt, wir haben auch andere Interessenten.«

Herr Liu endete und wischte sich nochmals den Schweiß von der Stirn. Dann nickte er Frau Zhang zu. Diese erhob sich daraufhin, in perfekter Synchronisation mit den anderen Mitgliedern der Delegation, packte ihr Smartphone in ihre elegante Handtasche und strebte zur Tür. Sie wartete kurz, bis einer der Chinesen ihr die schwere Tür öffnete, und verschwand.

Als sich die massiven braunen Holztüren hinter ihnen geschlossen hatten, saßen Dr. Dolger und seine Vorstandskollegen wie gelähmt in ihren Sesseln.

»Was war das denn?«, hörte der CEO sich sagen, als spräche eine fremde Person. »Kann mir verdammt noch mal jemand erklären, was das eben war?« Jetzt schrie er. »Wieso weiß ich nicht, dass die so gut vorbereitet sind? Was soll das Gelaber von Goethe und Turandot und was weiß ich? Komar! Kommen Sie mal her!«

Es war ein Befehlston, mit dem er seine Assistentin zu sich rief. Sie hatte still in einer Ecke gestanden und die Szene schweigend beobachtet.

»Sie waren doch schon mal bei diesen Chinesen, in Shanghai oder was weiß ich. Was sollte das? Können Sie mir das erklären?« Sein Gesicht wurde immer dunkler, seine Assistentin begann sich Sorgen zu machen. Er hatte deutliches Übergewicht, und diese Aufregung tat ihm gar nicht gut.

»Ja, also, es ist so …« Sie zögerte, aber als sie merkte, dass sich alle, offensichtlich verzweifelt, ihr zugewandt hatten, wurde sie zunehmend selbstsicherer. Sie hatte einige Jahre in China gelebt und dort für einen Automobilzulieferer gearbeitet, bevor sie die Stelle als Assistentin des CEO hier angenommen hatte. Ihre Chinaerfahrung war somit größer als die aller anderen im Raum zusammen, war aber bisher nie genutzt worden. Wie in so vielen deutschen Unternehmen glaubte jeder, der schon einmal in China gewesen war, die beste Chinakompetenz seit Marco Polo zu besitzen, und hörte nicht auf die, die vielleicht doch etwas mehr wussten. Auch vierzig Jahre nach der Öffnung Chinas, kurz nach dem Tod Mao Zedongs 1976, war das Wissen über China im Westen zumeist klischeehaft und undifferenziert, als wären alle Chinesen gleich, was bei eins Komma vier Milliarden unwahrscheinlich war.

»Chinesen sind immer sehr gut vorbereitet, die Klischees von früher stimmen meist nicht mehr«, begann Christine Komar. »Sie sprechen häufig sehr gut Englisch, wissen alles über uns, haben ebenso gute Laptops und Smartphones wie wir, und vor allem, sie haben ihre Hausaufgaben gemacht. Gehen Sie davon aus, dass der Vertrag von den besten Anwälten aufgesetzt wurde, dass die chinesische Seite sehr gut weiß, wie sehr wir sie brauchen, und dass sie keinen Cent nachgeben werden. Die Abreise jetzt nach Weimar ist Zeichen ihrer Selbstsicherheit, das ist zwar nicht nett, aber sehr deutlich. Und im Übrigen wollen die tatsächlich Weimar sehen, Goethe und Schiller sind sehr berühmt in China. Turandot … das ist diese Oper von Puccini, spielt in China, und Schiller hatte das Bühnenstück geschrieben, bevor Puccini daraus eine Oper machte. Ich bin mir nicht sicher, aber das könnte eine, äh, interessante Anspielung gewesen sein. In dem Stück geht es darum, dass die chinesische Prinzessin Li Si jedem Freier, der um ihre Hand anhält, ein Rätsel aufgibt. Löst er es nicht, wird er hingerichtet. Also vielleicht wollen sie uns zeigen, dass sie alle Trümpfe in der Hand haben, und wenn wir nicht mitspielen, also unterschreiben, wird unser Unternehmen darunter leiden. Sicher weiß ich das zwar nicht, aber diese kleine Anspielung wäre sehr typisch. Vielleicht war es auch nicht wichtig, und sie wollten damit nur Bildung zeigen und dass sie mehr über Deutschland wissen als wir über China. Was ja auch stimmt …« Sie zögerte. War sie zu weit gegangen?

Aber Dr. Dolger hatte die Unsicherheit gar nicht mitbekommen.

»Und, noch was? Was haben wir denn angeblich noch alles falsch gemacht? Raus damit, ich will das jetzt wissen, noch so eine Szene kann ich nicht gebrauchen!«

»Nun ja, also, wir hatten ja gestern kurz darüber gesprochen, als ich Sie gebrieft hatte. Natürlich hätten wir Tee anbieten sollen, keinen Kaffee. Und ausgerechnet den Raum Lhasa zu nehmen, na ja, Tibet ist ein schwieriges Thema in China, das war nicht gut … Es wäre auch gut gewesen, einen eigenen Dolmetscher zu haben, dem wir vertrauen können. Daran zu sparen war sicher nicht richtig, wir brauchen eine Kontrolle über das, was die andere Seite sagt und vor allem meint. Alles andere ist nicht so wichtig, aber der Ehrenplatz, also der Platz, auf den Sie die Chefin der Gegenseite hätten platzieren sollen, ist immer rechts von Ihnen, nicht links. Aber nun können wir es auch nicht mehr ändern … Wir sollten jetzt unbedingt genau die Bedingungen durchlesen, die die Chinesen stellen, und dann überlegen, was wir tun. Und dann …«

Erschrocken hielt die Assistentin inne. Jetzt war sie wirklich zu weit gegangen, jetzt hatte sie schon: »Wir sollten«, gesagt, als ob sie ein Mitspracherecht hätte! Würde ihr Chef wieder einen seiner gefürchteten Wutausbrüche bekommen?

Der CEO eines der größten deutschen Automobilkonzerne schaute sie ruhig an, dann ließ er seinen Blick langsam in die Runde schweifen. Die anderen saßen da wie begossene Pudel, keiner wagte, ihn auch nur anzusehen. Schließlich ergriff er das Wort: »Frau Komar, ich danke Ihnen. Sie scheinen der einzige Mann hier im Raum zu sein. Keiner meiner Kollegen hier hat die Eier, mir mal so den Marsch zu blasen! Ich muss wohl zugeben, mich nicht ausreichend vorbereitet zu haben. Sie hatten ja schon vorher gesagt, Sie könnten mich unterstützen ... Wie auch immer, im Gegensatz zu dem, was meine Feinde und auch meine lieben Freunde hier«, sein Blick ruhte lange auf jedem einzelnen Anwesenden, »sagen, bin ich übrigens durchaus noch lernfähig. Wir gehen jetzt den *MoU* der Chinesen durch. Sie bleiben hier, Frau Komar. Ich brauche Sie. Wenn wir das nicht in Ordnung bringen, können wir uns alle neue Jobs suchen. Wir brauchen die Chinesen und ihre Batterien, das ist ein Fakt. Noch etwas, Frau Komar?«

Seine Assistentin antwortete ruhig, sich ihrer Relevanz nun bewusst.

»Ich stelle Ihnen mal ein bisschen Lektüre zusammen, wenn Sie erlauben, Herr Dr. Dolger, ja? Das wird Ihnen nicht die Batterien sichern, aber es wird helfen, einen guten Eindruck zu machen. Unterschätzen Sie nie den Stolz der Chinesen auf ihre Kultur. Und ich habe mir erlaubt, noch etwas vorzubereiten.« Sie legte einen Umschlag vor ihren Chef auf den Tisch.

Als alle hinausgegangen waren, tippte der Vorsitzende etwas in sein Smartphone. Seine Frau las seine Nachricht kurz darauf, als sie gerade überlegte, auf welches Essen sie heute Lust hatte. Sie musste lächeln, als sie seine Nachricht las, in der er sie fragte, ob sie nicht diesen neuen Chinesen ausprobieren sollten, der gerade in ihrer Nachbarschaft eröffnet hatte. Und dann strahlte sie – er hatte Karten für die Oper heute Abend besorgt! Das hatte er schon lange nicht mehr getan, sie schick ausgeführt, und sie freute sich sehr darauf, das neue Seidenkleid zu tragen, das sie sich in Singapur hatte anfertigen lassen. Das passte perfekt zu der Oper, die er ausgesucht hatte. Puccini, Turandot, auf den Domstufen in Erfurt. Erste Reihe! Wie hatte er das nur geschafft?

BOUGAINVILLE, PAPUA-NEUGUINEA

Wie eine riesige Wunde klaffte das Loch am Fuße der Berge. In all dem tropischen Grün dichter Wälder plötzlich graue, steile Abhänge, die sich konzentrisch immer tiefer in die Erde fraßen. Tiefe, beängstigende Stille; kein Mensch war zu sehen, nicht einmal die Tiere, sonst allgegenwärtig auf der Insel, schienen sich in dieses Loch, das geradezu in die Hölle zu führen schien, hineinwagen zu wollen. Noch brannte die Sonne unbarmherzig von einem hellen, weiß-blauen Himmel. Am Horizont waren jedoch schon die ersten dunklen Wolken zu sehen, die das Gewitter, das jeden Nachmittag fast auf die Minute genau zur selben Zeit über diesem Landstrich niederging, ankündigten. Ein einsamer Greifvogel kreiste in der flirrenden Hitze über den staubigen Schotterstraßen; gedämpft klang Geschrei von Affen und Papageien vom Waldrand herüber.

Als er von dem gegenüberliegenden Hang in die Mine hinabschaute, sich selbst vorsichtig im Schutz der Bäume haltend, konnte er sich nicht vorstellen, dass hier Arbeiter wieder geschäftig hin und her eilen, Lkw in langen Schlangen auf den Zufahrtsstraßen stehen und Wachmannschaften mit Maschinenpistolen an allen Ein- und Ausgängen stehen würden, sollte die Mine doch wieder eröffnet werden. Aber sie war einfach zu lukrativ. Es winkte so viel Gewinn. Sogar die Politiker, die einander spinnefeind gegenüberstanden, würden sich einigen. Aber nicht so schnell, wie sie dachten. Wenn er seine Aufgabe beendet hatte, würde die Wiedereröffnung der Mine deutlich länger dauern als derzeit geplant. So hatte man es ihm gesagt, und alles, was den Ungläubigen schadete, war gut. Er würde seinen Teil dazu beisteuern.

Kaum jemand in dem Teil der Welt, aus dem seine Auftraggeber stammten, hatte je von dieser Insel gehört. Nur Blumenliebhaber kannten den Namen und bewunderten die roten, violetten oder gelben dreiblättrigen Blüten. Aber diese wunderschöne Blume stammte aus Südamerika, nicht von dieser Insel, sie war nur nach dem französischen Seefahrer benannt, der auch diese Insel entdeckt und in aller Bescheidenheit gleich nach sich selbst benannt hatte: Louis Antoine de Bougainville. Als Teil des Salomon-Archipels in Papua-Neuguinea hatte die Insel ab 1886 zu den deutschen Schutzgebieten in der Südsee gehört. Die Einwohner wurden vom Deutschen Reich gewohnt einfühlsam als Kannibalen bezeichnet; eine deutsche Regierungsstation hatte es auch gegeben, nur interessierte das niemanden mehr. Aber es gab etwas Einzigartiges auf dieser kleinen, unbekannten, abgelegenen Insel: die wohl größte im Tagebau betriebene Kupfermine der Welt. Bis zu einer Milliarde Tonnen Kupfer lagerten hier angeblich, dazu Gold und Silber. Und genau dies hatte schon lange das Interesse diverser Minenbetreiber erweckt, obwohl die Mine aufgrund gewalttätiger Auseinandersetzungen und der üblichen politischen Querelen seit Jahren stilllag. Vor allen anderen Staaten war hauptsächlich die Volksrepublik China daran interessiert, die Mine wieder zu öffnen. Das hier zu fördernde Erz wurde immer kostbarer. China selbst war arm an Kupferlagern. China kam es sehr gelegen, dass die Insel nach Unabhängigkeit von Papua-Neuguinea strebte. Sollte ihr dies gelingen, bedeutete das, dass sie dann eine eigene Stimme bei jeder Abstimmung in den Vereinten Nationen besaß; für China, das seinen weltweiten Einfluss über die Seidenstraßenpolitik auszudehnen suchte, ein wichtiger Punkt. Jede Stimme zählte gleich viel, und da die westlichen Staaten, allen voran die USA, sich nicht um diese kleinen und ihnen fremden Staaten kümmerten, nutzte China dieses Desinteresse aus und half mit Geld und Investitionen. So konnte es gleich doppelten Einfluss gewinnen: als Investor und als Freund der Regierung. Und so geriet die seit Jahrzehnten stillgelegte Mine und damit Bougainville, das winzige ehemalige deutsche Protektorat, zwischen die Fronten der geopolitischen Auseinandersetzungen zwischen China und den USA. Damit trafen die beiden Weltmächte auch in der Südsee aufeinander.

Als nahe der Panguna-Mine, gerade nahe genug, um umfangreiche Aufräumarbeiten vor einer erneuten Öffnung erforderlich werden zu lassen, aber weit genug entfernt, um sie nicht ernsthaft zu beschädigen, eine gewaltige Explosion die Insel erschütterte, geriet zunächst die lokale Unabhängigkeitsorganisation in Verdacht. In Washington, Beijing und auch in Berlin und Brüssel dagegen sah man andere Zusammenhänge. Aber man verstand sie nicht. Wer um Himmels willen steckte dahinter?

DIE KARTE

Bougainville Island. Weit im Süden gelegen, war es nur winzig auf der Karte verzeichnet. Er drückte eine weitere Nadel fest hinein. Diesmal zog er einen Kreidepfeil von dort nach Beijing und einen weiteren nach Deutschland. Nun war auch Europa involviert, auch wenn Beijing die größeren wirtschaftlichen Interessen auf der Insel hatte. Es wurde komplexer. Gut so.

HANGZHOU, CHINA

»Aiyaa!«, entfuhr es Lao Hu. Er war mit dem Ellbogen gegen sein Weinglas gestoßen, als er die Zigarette auf dem Aschenbecher in der Mitte des Tisches ablegen wollte, und hatte es umgeworfen. Die Flasche des teuren südafrikanischen Pinotage, den er speziell zu diesem Anlass hatte besorgen lassen, ergoss sich in die Schale mit fettigem Schweinefleisch, auf das er sich so gefreut hatte. Der Wein hatte ihm ohnehin nicht geschmeckt, er hatte ihn nur bestellt, weil er so teuer war. Nicht zu teuer, das war hohen Beamten wie ihm aus Kostengründen und um der Korruption Einhalt zu gebieten, schon lange nicht mehr erlaubt, aber immerhin teuer genug, um vor seinen Kollegen sein Gesicht zu wahren. Aber der Wein war zu trocken, fand er und hatte ihn mit ein wenig Limonade versüßt, außerdem war er zu warm, obwohl er ihn hatte kalt stellen lassen. Die Ausländer tranken Rotwein immer warm, das verstand er gar nicht. Weißwein wurde ja schließlich auch gekühlt! Verärgert winkte er der Kellnerin, die gelangweilt in einer Ecke des Séparées stand und mit ihrem Handy spielte. Er ließ seine Schale abtragen und eine neue bringen, die er dann rasch mit einer großen Portion der leckeren Delikatesse füllte. Es war angeblich die fast nur aus Fett und Schwarte bestehende Lieblingsspeise eines berühmten chinesischen Dichters der Songzeit gewesen, Su Shi, der hier in Hangzhou am Westsee gelebt hatte. Und auch nach fast tausend Jahren warb dieses spezielle Restaurant noch damit, das einzige Restaurant zu sein, das genau diese Speise so zubereiten konnte, wie der Meister sie geliebt hatte. Lao Hu konnte nicht genug davon bekommen. Und hierher, in dieses Restaurant direkt am Ufer des Westsees westlich von Shanghai, hatte er daher auch seine Kollegen eingeladen, um über die gewaltigen Probleme zu sprechen, die vor ihnen lagen.

»Hao le«, sagte er schließlich, nachdem ein erleichternder Rülpser ihn für seine längere Ansprache vorbereitet hatte. Er ließ seinen Blick schweifen. Das gebuchte Séparée gewährte einen einzigartigen Ausblick über den berühmten Xi Hu, den Westsee. Wunderschöne weiße und rosafarbene Lotospflanzen säumten das Ufer, unterbrochen von Trauerweiden, deren lange Zweige tief hinunter ins Wasser reichten. Das klassische China, so musste es wohl früher fast überall ausgesehen haben, dachte Hu. Der Raum, in welchem sie sich befanden, war mit edlen Holzmöbeln ausgestattet, ein brauner Tisch in der Mitte, rund natürlich, im eckigen Raum. Rund und eckig, weiblich und männlich, weich und hart, feucht und trocken – die ewigen Symbole des Yin und Yang.

Acht Stühle darum herum – die Glück verheißende Zahl acht –, von welchen aber nur sechs besetzt waren. Auf Seide gestickte Bilder zierten die grünlichen Wände, die Szenen aus der klassischen chinesischen Literatur wiedergaben. Hangzhou, etwa hundertsiebzig Kilometer südwestlich von Shanghai gelegen, galt als eine der schönsten Städte Chinas. Schon Marco Polo war angeblich hier gewesen; ja, er hatte sogar von den Frauen geschwärmt und sie als die schönsten der Welt bezeichnet. Aus Hus Sicht höchstens ein Beweis dafür, dass der Typ nie hier gewesen sein konnte. Der kannte die Frauen Yunnans nicht, da gab es dieses Volk der Dai, ganz im Südwesten, keine Chinesen, das nicht, aber das war doch etwas ganz anderes ... na gut, er sollte sich konzentrieren. Die Sitzung musste jetzt beginnen, das Essen war zum großen Teil verspeist, und schließlich waren sie ja aus offiziellem Anlass hier.

»Gut, also, wo stehen wir? Nachdem Xi Zhuxi, der Vorsitzende Xi, schon 2013 seine einzigartige und geniale Strategie der Neuen Seidenstraße verkündet hat, um der Welt zu zeigen, wie mächtig China ist und wie sehr die anderen Nationen uns brauchen und von uns lernen können, hat sich viel getan. Wir als Kommunistische Partei haben Hunderte von Milliarden Dollar investiert, um Straßen, Bahnlinien, Staudämme, Häfen, Flughäfen und mehr in vielen Ländern der Welt zu errichten. Und dies ist erst der Anfang! Wir haben neue Verbindungen zwischen Westeuropa und China geschaffen, haben auch in Afrika viel erreicht, vielen afrikanischen Bruderländern geholfen, ihre Infrastruktur zu verbessern, Arbeitsplätze geschaffen, und sogar Südamerika wird von unseren Investments profitieren. Denkt nur an das kostbare Lithium, welches wir dort aufkaufen, um es dann in die Batteriefertigung zu integrieren. Weltweit wird China als hilfsbereit und führend in vielen technologischen Bereichen angesehen. Nur für außerirdische Pläne ist unsere Abteilung nicht verantwortlich ...«, fügte er kichernd hinzu. Ein höfliches Lächeln der Kollegen war die Antwort. Die Zuständigkeit für die Pläne des Parteichefs, in den nächsten Jahren eine bemannte Expedition zum Mond zu schicken und gleichzeitig eine Sonde auf dem Mars landen zu lassen, hatten sie gerade noch abgeben können. Das war denn doch zu riskant; wenn das schiefging, hatte man den Zorn des mächtigsten Mannes, der in den letzten vierzig Jahren China beherrscht hatte, zu befürchten. Und sogar der Jupiter war in der Mittelfristplanung verankert … Nein, danke. Dann lieber die GUS-Staaten der ehemaligen Sowjetunion. Im Übrigen ein warnendes Beispiel, diese Sowjetunion, was passierte, wenn die Kommunistische Partei nicht flexibel blieb. Das hatte China deutlich besser gemacht. Hundert Jahre KP! Jedenfalls war er lieber zuständig für das sehr heikle Thema, weswegen sie heute zusammengekommen waren. Als zuständige Unterabteilung des Planungsbüros des Sonderausschusses der Kommunistischen Partei für die Strategie der Neuen Seidenstraße – die One Belt One Road Initiative, wie sie in China genannt wurde – hatten die fünf Personen, die er in dieses Séparée im besten Restaurant Hangzhous geladen hatte, die Verantwortung für einen sehr speziellen Abschnitt der Seidenstraße: den CPEC, den China-Pakistan Economic Corridor, der von der chinesischen Provinz Xinjiang im Nordwesten direkt durch das umstrittene Gebiet an der indischen Grenze nach Pakistan führte. Aksai Chin hieß die Region, von Indien als Teil Kaschmirs beansprucht, aber natürlich in Wirklichkeit eindeutig chinesisches Staatsgebiet und, da es die einzig mögliche Verbindung mit Pakistan darstellte, geradezu lebenswichtig für Chinas Ölversorgung, wie er den Kollegen jetzt erklären musste.

»Hao, gut, also weiter. Ich bin der Einzige hier, der sich schon länger mit der Region beschäftigt hat und auch schon dort war, daher werde ich die komplexe Situation kurz zusammenfassen.«

Er tupfte sich etwas Fett aus dem Mundwinkel und legte seine Essstäbchen demonstrativ auf die dafür vorgesehenen Bänkchen. Ein klares Zeichen für seine rangniedrigeren Kollegen, es ihm gleichzutun und aufmerksam zuzuhören. Folgsam und nicht ohne bedauernde Blicke auf die noch vollen Schüsseln vor ihnen legten alle ihre Stäbchen ab.

»Indien wurde 1947 unabhängig von den Briten. Da die Muslime, in Indien wie auch bei uns eine Minderheit, einen eigenen Staat wollten, wurde Indien aufgeteilt in die überwiegend hinduistische Republik Indien und in ein muslimisches Pakistan, das wiederum in ein westliches und ein östliches Gebiet getrennt war. Das östliche wurde dann später, 1971, Bangladesch. Die Fürstentümer durften grob gesagt entscheiden, ob sie Pakistan oder Indien zugehören wollten, nur der Herrscher von Kaschmir bestand darauf, unabhängig zu bleiben. Er war Hindu und herrschte über eine muslimische Bevölkerung. Aber da es immer wieder zu muslimischen Unruhen kam – das kennen wir ja, dass die Muslime nichts als Unruhen verbreiten –, bat er Indien um Hilfe und schloss sich dem indischen Staatsgebiet an. Das hat Pakistan nie anerkannt und sogar Kriege darum geführt. Wir, China, haben, wie wir alle wissen, das Anrecht auf die Provinz Tibet und auf alles, was dazugehört. Tibet war schließlich schon immer ein Teil Chinas! Wir haben in Kriegen mit Indien unser Recht auf das Gebiet Aksai Chin erkämpft, das früher sowieso zu Tibet, also China, gehörte und damit heute wieder uns gehört. Genau genommen haben wir es bei der Befreiung Tibets einfach besetzt, und die Inder haben es nicht gemerkt. Jetzt wollen sie es unverschämterweise nicht anerkennen. So, und jetzt kommt der spannendste Teil: Pakistan, das einen Teil Kaschmirs besetzt hält und für sich beansprucht, hat uns Chinesen noch ein kleines Gebiet rund um den K2, den zweithöchsten Berg der Welt, abgegeben, weil wir ihnen geholfen haben, eine Straße durch das Karakorumgebirge zu bauen. Und ihren Anspruch auf Aksai Chin haben sie auch aufgegeben, das heißt, wir haben durch Kaschmir, also den von Pakistan besetzten Teil, einen direkten Zugang von China nach Pakistan und damit in der Verlängerung an das Arabische Meer.

Versteht ihr? Darum geht es in dieser ganzen komplizierten Kleinteiligkeit: dass wir eine Verbindung durch Pakistan direkt ans Arabische Meer aufbauen, seien es Bahnlinien oder natürlich auch Öl- und Gaspipelines, eine Verbindung, die es uns erlaubt, den ganzen langen und riskanten Umweg über Singapur zu umgehen.«

Erschöpft hielt Hu inne, hustete und nahm einen weiteren Schluck von dem Tee, der in kleinen Tässchen vor ihnen stand. Er vertrug nicht mehr so viel Alkohol, aber das konnte er hier ja nicht zugeben. Also ließ er viel Schnaps und Wein kommen, versuchte aber selbst, möglichst wenig davon zu trinken. Die Leber … Er hatte viele gute Jahre gehabt, viele Bankette, als der Parteichef die feinen und teuren Bankette noch nicht verboten hatte. Von wegen Korruption besiegen! Es gab ausreichend Möglichkeiten, die Verbote zu umgehen; es war geradezu chinesischer Nationalsport, in jedem Gesetz die Schlupflöcher zu finden.

Zweifelnd blickte er in die Gesichter ringsherum. Die Materie war komplex, aber er musste sicher sein, dass alle verstanden hatten, worum es hier ging. Das hier war Weltpolitik, das hier war existenziell für China. Der Zugang zum Arabischen Meer musste unter allen Umständen bestehen bleiben, ja ausgebaut werden. Den pakistanischen Hafen Gwadar beherrschte China schon, aber die Entwicklungen im indischen Kaschmir gefielen ihm gar nicht. Die Atommächte Indien und Pakistan und ihr Streit um Gebiete und Religion stellten für China ein massives Gefahrenpotenzial dar. Und der Zugang zu Pakistan war wichtig, das zeigte doch schon ein Blick auf die Karte. Dafür würde China viel riskieren; einen Krieg mit Indien hatten sie mehr als einmal geführt. Daran sollte es nicht scheitern. Militärisch waren sie diesen Indern doch haushoch überlegen, das war schon immer so gewesen. China würde

Tibet, das seit Jahrhunderten ein fester Bestandteil des chinesischen Reiches war, nie wieder hergeben. Im Gegenteil, Ladakh im westlichen Tibet wie auch im östlichen Himalaya der Bundesstaat, den die Inder Arunachal Pradesh nannten, das war ebenfalls rechtmäßig China. Es musste sich nur eine Gelegenheit ergeben, da auch einzumarschieren. Und deswegen saßen sie heute hier. Um nach Gelegenheiten zu suchen. Und sie auch zu finden. Ihr aller Chef wollte es so. Und wenn der etwas verlangte, war das sicher kein nur zu diskutierender Vorschlag.

Hu rülpste befriedigt. Seine Aufgabe bestand darin, dafür zu sorgen, dass der Weg nach Pakistan durch das von Indien beanspruchte Gebiet frei blieb. Frei für den chinesischen Handel. Damit kannte er sich aus, war er doch selbst schon häufig dort auf pakistanischem Gebiet gewesen. Eine interessante Gegend. Hoffnungslos zurückgeblieben, unterentwickelt, klar. Aber sehr interessant für private Nebengeschäfte, wenn man schon mal dort war … Ein Freund hatte ihn auf die Idee mit den Mädchen gebracht. Im Grunde war es einfach und geradezu zwingend logisch: In China herrschte eklatanter Frauenmangel. Durch die Ein-Kind-Politik der Achtzigerjahre des letzten Jahrhunderts hatte sich das Verhältnis von Jungen zu Mädchen in sehr ungesunder Weise entwickelt, da natürlich alle Eltern einen Sohn haben wollten. Söhne brachten Ehefrauen, also Arbeitskräfte, mit nach Hause, Töchter hingegen kosteten nur Geld und verschwanden dann zu ihrem Mann, und wer kümmerte sich dann um ihre Eltern? Nein, Töchter wollte niemand in den ersten Jahren nach der Öffnung Chinas nach Maos Tod 1976. Also gab es jetzt zu wenig Frauen, Millionen fehlten. Und daher war die Idee geboren worden, pakistanische Mädchen zu kaufen und als Ehefrauen nach China weiterzuverkaufen. *Kaufen* und *verkaufen* – das chinesische Wort für *handeln* bestand aus genau diesen beiden Wörtern.

Na gut, manchmal kaufte er die Mädchen nicht wirklich in Pakistan, es war eher ein Tauschgeschäft … Wie auch immer, lukrativ war es. Schon deshalb durfte dieser Weg nach Pakistan nicht versperrt werden. Aber es wurde schwieriger, die Taliban machten Ärger und wollten die Preise für die Mädchen erhöhen, da sie Geld brauchten, die Inder begannen sich zu wehren, und nun schaute auch noch die ganze Welt auf diese unsichere Region, weil die dummen und arroganten Amerikaner endlich aus Afghanistan hinausgeworfen worden waren! Das war ein großer Sieg für China, welches die Taliban immer unterstützt hatte, obwohl es die Sorge gab, dass islamistische Kämpfer auch in China aktiv wurden. Und dann hatten die Inder sich beklagt, China hätte die Grenze verletzt … So ein Unsinn! Die Grenze war nie definiert worden, es war chinesisches Hoheitsgebiet, schon seit Jahrhunderten! Indien, lachhaft, unterentwickelt und militärisch hoffnungslos unterlegen, denen müsste man mal eine Lektion erteilen! Und dann war die Strecke nach Pakistan frei, und China konnte seine Ölversorgung aus den arabischen Staaten sichern.

Aber bis dahin lag noch viel Arbeit vor ihnen. Dazu mussten sie sich stärken, fand er, und wie ginge dies besser als mit diesem wunderbar fetten Schweinefleisch? Er winkte der Kellnerin, sein Glas aufzufüllen. Nein, keinen Wein mehr. Er brauchte jetzt etwas Richtiges, Hochprozentiges, auch wenn er es die ganze Nacht bereuen würde. Sein Sodbrennen wurde immer schlimmer, aber was soll's, dachte Hu bei sich. Sollten die mal zeigen, was sie hier im Restaurant draufhatten. Zufrieden mit sich selbst griff er nach seinen Essstäbchen, und erleichtert griffen auch die anderen wieder zu.

Endlich hörte der auf zu reden! Pakistan, Kaschmir, Arun … irgendetwas, niemand hatte ganz verstanden, was Hu, oder

Lao Hu, wie sie ihn ehrenhalber nannten, eigentlich wollte. Lao hieß »alt«, das war in China jedoch eine ehrenvolle Anrede für Ältere oder eben auch Höhergestellte. Alt zu sein, das bedeutete, Wissen zu haben, Erfahrung, das war positiv. Und Erfahrung hatte der Alte, das wussten sie. Hoffentlich zwang er sie nicht, da hinzufahren, in diesen Himalaya. Dreckig war es dort, unzivilisiert, nicht chinesisch eben. Alles Wilde, davon hatte man doch oft gehört. Beteten irgendwelche Götter an, aber saubere Toiletten konnten sie nicht bauen. Nein, sie blieben lieber in Hangzhou. Im Himmel das Paradies, auf Erden Suzhou und Hangzhou, so hieß es doch in dem chinesischen Sprichwort. Suzhou war die andere wunderschöne Stadt in dieser Region. Hier war das Paradies, jede Menge schöne Frauen, jedenfalls für die hohen Kader, und dazu zählten sie ja glücklicherweise. Was sollten sie da in Tibet? Bei den Barbaren, gefährlich und unzivilisiert?

Befriedigt aßen sie weiter. Man wusste ja nicht, ob Lao Hu noch eine Rede anfing, und dann mussten sie wieder aufhören zu essen. Pakistan würde ihnen schon nicht weglaufen. Hu hatte sicher einen Plan, und sie würden ihm einfach zustimmen. Dann war er zufrieden, und ihre Position war gesichert, und damit ihre weiteren lukrativen Nebeneinkünfte! Solange alles im Einklang mit den übergeordneten Richtlinien des Vorsitzenden geschah, waren sie sicher. Und Lao Hu würde sie wieder in ein schickes Restaurant einladen. Darauf zum Wohl! *Ganbei*!

BEIRUT, LIBANON

Sara Khoury freute sich auf den Abend wie schon lange nicht mehr. Ihren Eltern hatte sie erzählt, sie übernachte bei ihrer Freundin Amani und natürlich blieben sie zu Hause, Netflix schauen und nicht mehr ausgehen. Das, was Mädchen überall im Lande ihren Eltern eben erzählten, wenn sie vorhatten, richtig Spaß zu haben und in einen schicken Club zu gehen. Sie trug die übliche, westliche, aber konservative Kleidung, wie es sich für eine Siebzehnjährige gehörte: Jeans, Sweat-Shirt, Sneaker. Einen kleinen Rucksack hatte sie sich auf den Rücken gebunden.

Gegen neunzehn Uhr fuhr ihr Bruder Adel sie mit seinem Motorroller zu ihrer Freundin. Er war nicht eingeweiht, denn er hätte das, was sie vorhatte, nie erlaubt. Aber sie sah nicht ein, dass er ausgehen und Freunde (und sie war sich sicher, auch Freundinnen!) treffen durfte und sie nicht. Kaum hatte er sie abgesetzt und war wieder nach Hause gefahren, verschwand sie mit Amani kichernd in deren Zimmer, und sie malten sich aus, wie sie den Abend verbringen würden. Gegen halb elf gingen die Eltern schlafen, perfekt. Sara und Amani machten sich fertig und schlichen aus dem Haus. Es war nicht weit, vielleicht zehn Minuten zu Fuß in dieser Gegend, die als sehr sicher galt.

Sie rannten durch die um diese Zeit noch immer gut gefüllten Straßen, denn die Hitze ließ viele Menschen nicht schlafen. Viele Jugendliche, jedenfalls die, die es sich leisten konnten, waren unterwegs. Beirut, das Paris des Ostens, wie es aufgrund seiner breiten Boulevards, der luxuriösen Boutiquen und auch nicht zuletzt wegen des ausschweifenden Nachtlebens oft genannt worden war, bot noch immer das breiteste Spektrum an Abwechslung im gesamten Nahen Osten. Inzwischen hatte sich das Sortiment der angebotenen Waren allerdings verändert; russische Kalaschnikows waren einfacher zu bekommen als teure Parfums. Der nahe Krieg in Syrien und die Massen von Geflüchteten hatten das Land grundlegend verändert.

Aber die Mädchen interessierten sich dafür nicht, sie hatten andere Pläne und eilten vorbei an den Händlern, die den berühmten Minztee anboten, an Ständen mit gefüllten Teigtaschen, gestohlenen Handys und nachgemachten amerikanischen Turnschuhen.

Schließlich erreichten sie den großen Parkplatz. Sie liefen quer über den Platz und gelangten an eine Treppe, die mitten in der großen Fläche steil in die Tiefe führte. Sara und Amani schauten sich noch einmal nervös um, ob nicht zufällig irgendein Bekannter sie sah, dann eilten sie die Treppe hinunter. Unten stand ein Bodyguard, ein riesiger Kerl, der sie abschätzend anschaute und dann, ohne sein Gesicht zu verziehen, eine große, schwere Stahltür öffnete, die in einen Club führte. Waffenkontrollen gab es hier nicht, es wäre auch sinnlos gewesen. So viele Libanesen führten Waffen bei sich, dass man keine Gäste mehr gehabt hätte, würde man jeden abweisen, der irgendeine Form der Bewaffnung mit sich trug.

Laute Technomusik erwartete sie, und sie betraten vorsichtig und zum ersten Mal in ihrem Leben einen richtig coolen

Club! Dreihundert bis vierhundert Gäste standen herum oder tanzten auf der Fläche, die sich um eine kreisrunde Bar in der Mitte des Raumes erstreckte. Ringsherum an den Wänden standen schwere, weiße Ledersofas, auf denen dicht an dicht stark geschminkte und aufregend gekleidete Mädchen saßen, eifrig tuschelnd und kichernd. Links führte ein schmaler Gang zu den Toiletten; dort waren die beiden Neuankömmlinge genau richtig. Rasch verschwanden sie in einer Kabine und zogen sich um, die braven Klamotten stopften sie in den Rucksack und hängten ihn an die Garderobe. Die beiden jungen Damen, die dann auf der Tanzfläche erschienen, hätte niemand mit den beiden Mädchen, die gerade bei den Toiletten verschwunden waren, in Verbindung gebracht. Hautenge, weiße Jeans, hochhackige Schuhe, enge Tops, die der Fantasie keinen Spielraum mehr ließen; das übertriebene Make-up zeugte von ihrer Unerfahrenheit. Nervös und unsicher standen sie in einer Ecke der Tanzfläche. Und jetzt? Sie hatten nur bis hierhin gedacht und geplant, aber jetzt fühlten sie sich plötzlich sehr unsicher. Als der Barkeeper zu ihnen herüberblickte, beschlossen sie, sich erst mal einen Drink zu holen. Vorsichtig staksten sie auf ihren hohen Schuhen an die Bar, vorbei an den Typen, die sie wie Frischfleisch begutachteten und abschätzend bewerteten. Die Musik war ohrenbetäubend, und eigentlich gefiel sie ihnen gar nicht. Sara sah fragend zu Amani herüber – sollten sie etwas Alkoholisches bestellen? Die lächelte aufmunternd und zeigte auf eine der bunten Flaschen an der Bar. Der Barkeeper nickte, drehte sich um und holte die Flasche mit einer geschickten Handbewegung herunter. Dann warf er sie in die Luft, fing sie auf und wollte sie gerade öffnen …

Die schwere Stahltür, die den Eingang zum Club verschloss, sah nicht nur aus wie eine Safetür, sie war auch mindestens so dick, sodass der Druck der drinnen im Club explodierenden Bombe keine Möglichkeit hatte, nach außen zu entweichen und seine volle Wucht somit auf die Menschen entfaltete, die sich dort aufhielten. Die eindeutige Identifikation auch nur einer einzigen Person war völlig unmöglich, wie die Polizei später bestätigte. Es gab einfach nicht genug feste Masse mehr.

DIE KARTE

Als er die Nadel in den Namen Beirut auf der Karte drückte, konnte er ein Grinsen nicht unterdrücken. Rasch zog er einen Kreidestrich vom Libanon in die USA, einen weiteren nach Beijing. Die auf dem Tisch ausgebreitete Karte war nun nicht nur mit roten Nadeln gespickt, sondern auch mit zahlreichen, sich kreuzenden weißen Kreidestrichen, die quer über die Kontinente zogen. Langsam nahm er eine weitere rote Stecknadel in die Hand. Entschlossen rammte er sie in den Ort, den er dafür vorgesehen hatte.

BEIJING, CHINA

Das Weiße Haus. Der Kreml. Downing Street Nr. 10. Weltbekannte Synonyme für die Zentren der Macht ihrer jeweiligen Bewohner. Wer aber außerhalb Chinas kannte Zhongnanhai? Hier wurden seit Jahrhunderten, lange bevor es die anderen Machtzentren überhaupt gab, Entscheidungen getroffen, die weit über das chinesische Reich hinaus bedeutsam waren. Seit die Kommunisten 1949 die Gebäude rund um den Mittleren und den Südlichen See, Zhongnanhai, wieder als Machtzentrum deklamiert hatten, bestimmten die hier im Sanctum sanctorum von der chinesischen Machtelite diskutierten und beschlossenen Strategien und Pläne das Wohl und Wehe Chinas. Und mit dem Machtantritt des neuen Generalsekretärs 2012 auch das der Welt, nicht minder als das Weiße Haus es tat. Die Lage, direkt am westlichen Rand des Kaiserpalastes, der sogenannten »Verbotenen Stadt«, war kein Zufall, sondern ein Symbol für die Macht, die der chinesische Kaiser zweitausend Jahre lang gehabt hatte, Herr *über alles unter dem Himmel, Tianxiu,* und somit auch Symbol für die Macht, die China nun wieder anstrebte.

Zhongnanhai, das rief bei jedem Chinesen, jeder Chinesin weltweit ein Gefühl hervor, je nach Einstellung zwischen Furcht, Ehrfurcht, Angst oder auch schlicht Hass schwankend. Viele Geheimnisse rankten sich um die Gebäude, die an den Ufern der beiden Seen errichtet worden waren. Der dritte See, der Beihai, der Nördliche See, war der Öffentlichkeit als beliebter Ausflugsort und Park zugänglich. Einige der höchsten Politiker Chinas, darunter Mao Zedong selbst, hatten auch ihre Privatwohnungen hier gehabt – und in seinem Falle unzählige minderjährige Gespielinnen hier empfangen. Welche Intrigen hier geschmiedet worden waren und noch immer wurden, über wie viele Menschenleben entschieden worden war und noch immer wurde: Nichts drang nach außen, hier wurden keine Touristen durchgelotst.

Von hier aus hatte Mao knapp dreißig Jahre lang über die von ihm 1949 gegründete Volksrepublik China geherrscht, hatte das im Chaos versunkene und vom Bürgerkrieg zerstörte Land vereint und wiederaufgebaut, um es dann in der Großen Proletarischen Kulturrevolution zwischen 1966 und seinem Tod 1976 wieder in den Untergang zu reißen. Hier herrschten heute die Politiker, der engste Führungskreis von sieben Mitgliedern des Ständigen Ausschusses des Politbüros, die letztlich über das Leben und das Schicksal von einem Fünftel der Menschheit entschieden.

In einem kleinen Gebäude am Westufer des Zhonghai, des Mittleren Sees, kamen die Mitglieder der Kommission für Angelegenheiten der One Belt One Road Initiative zusammen, *yi dai yi lu*, wie es auf Chinesisch viel poetischer und völkerverbindender klang.

Die Kommunisten hatten nach der Machtübernahme neue, moderne Gebäude errichtet, aber jenes, in dem die heutige Sitzung stattfand, war eines der alten, im klassischen chinesischen Stil gehalten: Das geschwungene Dach, mit den berühmten gelblich lackierten Ziegeln bedeckt, überspannte einen Pavillon, zu dem vom See herauf eine weiße Marmortreppe führte. Hier befand sich ein hochmoderner Konferenzsaal, abhörsicher gegen ausländische Spionagetätigkeit. Die Technologie, die der chinesische Geheimdienst selbst installiert hatte, um auch die Politiker abzuhören, die hier im Geheimen tagten, war gut versteckt, aber nicht wirklich ein Geheimnis. Wollte man wirklich sicher sein, nicht abgehört zu werden, empfahl sich ein Spaziergang am Seeufer. Oder, nein, auch in den Bäumen und Sträuchern waren Mikrofone und Kameras installiert. Die Gesichtserkennungssoftware galt als die beste der Welt; selbst mit Maske wurden hervorragende Trefferquoten erzielt, und wenn das nicht reichte, erkannte die Software die Sprecher auch am Gang. Den konnte man viel schlechter verändern als das Gesicht. Und schließlich konnte jeder Moskito, der sich auf einem niederließ, jede Kakerlake, die über den Weg huschte, auch eine kamerabestückte Drohne sein. Also, für ein wirklich geheimes Treffen blieb nur ein Ort außerhalb dieser mächtigen Mauern, am besten außerhalb der Nördlichen Hauptstadt, Beijing.

»Tongzhimen, Genossen, kaishi ba! Fangen wir an!« Der Kommissionsvorsitzende Yang Wenhua strich sich seine erst am Vortag frisch schwarz gefärbten Haare aus der Stirn und nahm einen Laserpointer zur Hand. Er war sich seiner Macht bewusst; jahrelang hatte er sich geschickt im Windschatten des Mannes gehalten, dem viele eine große Zukunft voraussagten. Als dieser dann tatsächlich zum Generalsekretär der Partei aufgestiegen war, hatte er Yang für seine Treue belohnt und ihn nach Beijing geholt. Es ging nicht nur um Treue, sondern auch um Vertrauen. Da sie jahrelang in der Provinz zusammengearbeitet hatten, kannte man sich gut, im Guten wie im weniger Guten. Der Generalsekretär war ständigen Angriffen auf seine Machtposition ausgesetzt; es war ratsam, sich mit

Menschen zu umgeben, denen man vertrauen konnte. Qualifikationen waren wichtig, ja, aber persönliche Beziehungen, *guanxi*, noch immer in weitaus höherem Maße. Und Yang hatte sehr gute *guanxi*.

Es war ein kleiner Kreis von neun anwesenden Personen. Wirklich wichtige Entscheidungen wurden nicht im Plenum getroffen, sondern hier, in diesen kleinen Zirkeln von Eingeweihten. Yang, selbst im Rang eines Vize-Ministers, hatte sich wiederum längst beim Premierminister rückversichert, der die heute zu treffenden Maßnahmen schon abgesegnet hatte. Alles andere wäre politischer Selbstmord gewesen. Und Widerspruch war in diesem Kreis nicht zu erwarten. Nicht öffentlich. Aber er wusste, dass ein oder zwei der Teilnehmer nicht einverstanden sein und hinter verschlossenen Türen gegen ihn arbeiten würden … Er war sich nur nicht ganz sicher, wer genau dies war, daher ließ er sicherheitshalber alle abhören. In ihren Autos, ihren Wohnungen, ja selbst in den Wohnungen ihrer Freundinnen – gerade dort erfuhr man ja die interessantesten Dinge. Und das ging noch besser, wenn diese Freundinnen von ihm persönlich ausgesucht und instruiert worden waren. Wie sagte man doch: *Shun wo zhe chang, ni wo zhe piaochang: Wer mir folgt, wird gewinnen, wer gegen mich ist, geht (auch) zu Prostituierten.* Sollte heißen, dass man jeden Gegner mit schmutzigen Geschichten diffamieren konnte. Mit Dissidenten wie politischen Feinden war das beliebte Praxis. Er hatte sie alle in der Hand. So wie jemand auch ihn in der Hand hatte, da machte er sich keine Illusionen. So funktionierte China eben.

»Also, seit 2013, als unser Generalsekretär die Initiative erstmals verkündete, haben wir viel erreicht. Sie sehen hier«, er deutete auf den überdimensionierten Bildschirm hinter sich,

»die derzeitigen Ausmaße und somit die Erfolge, aber wir sehen auch, dass noch viel Arbeit vor uns liegt. Das Projekt wurde damals in sechs verschiedene Korridore aufgeteilt. Die Staaten der ehemaligen Sowjetunion haben wir gut im Griff, sie brauchen unser Geld, und die USA trauen ihnen nicht, das ist gut für uns. Afrika ist auch interessant, hier besteht unser Interesse primär in der Sicherung der Bodenschätze für unsere Zwecke. Neben Öl und Gas sind das vor allem Erze wie Koltan, woraus wir Tantal gewinnen, welches in fast jedem elektrischen Gerät steckt. Unsere dortigen Aktivitäten sind ein großer Erfolg, da die Europäer in Afrika aufgrund der Kolonialgeschichte schlecht angesehen sind und sich gerade aus den Staaten, die sie als Diktaturen bezeichnen, völlig heraushalten. Wir machen sehr gute Geschäfte mit diesen Staaten, da sie unsere Kredite benötigen, um die Infrastruktur zu finanzieren, die wir wiederum für sie bauen. Mit unseren Arbeitern, so verdienen wir gleich mehrfach an jedem Projekt. Auch Südamerika wird immer interessanter. Da es Venezuela derzeit schlecht geht, Argentinien bereits seit Jahren zunehmend verarmt und andere Staaten ebenfalls unter der Arroganz der USA leiden, kommen wir auch hier gut ins Geschäft. Der brasilianische Präsident hat uns darüber hinaus Schürfrechte im Amazonas in Aussicht gestellt, sogar in den Indianerreservaten, die bisher tabu waren. Der weltweite Niedergang der einstigen Weltmacht USA wird sich fortsetzen, und wir können dieses Vakuum mit unserem Geld und Einfluss füllen.

Unser Hauptaugenmerk muss daher jetzt auf Europa und Westasien oder, wie die Amerikaner es nennen, dem Nahen Osten liegen; wir müssen die Schwäche und Arroganz der USA ausnutzen und dort weitere Freunde finden. Ja, und dann haben wir noch das etwas heikle Thema Indien, mit dem Korridor nach Pakistan und der latenten Gefahr, dass die Auseinandersetzungen im Himalaya eskalieren. Wir provozieren die Inder natürlich weiter, um zu sehen, wie weit sie gehen und wie es um ihre militärische Stärke in der Region steht, aber eine tatsächliche Eskalation wollen wir natürlich nicht riskieren. Ein Funke genügt bei der derzeit angespannten Situation, und wir stehen wieder im Krieg mit Indien, wie 1962. Das gilt es zu verhindern, wir wollen Geschäfte machen, Einfluss gewinnen, nicht Geld und Zeit mit militärischen Auseinandersetzungen verschwenden, wie das die Amerikaner seit Jahrzehnten in ihren Kriegen in Afghanistan, Irak und Syrien tun.«

Das waren riskante Worte; schließlich war die Anweisung zu den erneuten Scharmützeln mit den Indern von ganz oben gekommen. Man musste diesen Halbwilden mit ihren seltsamen Göttern zeigen, wer hier das Sagen hatte. Die glorreiche Volksbefreiungsarmee würde sich von diesen Elefantenhütern sicher nicht das ihr zustehende Gebiet streitig machen lassen! Aber Yang wusste, wie weit er gehen durfte. Jedes Wort, jede Geste war genau berechnet. Auf dieser Ebene der Macht sprach man besser nicht spontan aus, was man wirklich dachte. Und die interaktive Weltkarte, die Yang hinter sich auf den Bildschirm projiziert hatte, war in der Tat beeindruckend. Sie zeigte den jeweils aktuellen Umfang der Belt and Road Initiative oder der Neuen Seidenstraße, wie dieses Projekt vor allem im Westen genannt wurde. Da dieser Name irgendwie positive Schwingungen mit sich brachte, zumal im Westen niemand zu wissen schien, was es mit der eigentlichen Seidenstraße auf sich gehabt hatte, beließ es China bei diesem Namen. Von China aus erstreckten sich Eisenbahnlinien über den Nordwesten und die GUS-Staaten bis hin nach Teheran und weiter in die Türkei und schließlich bis Rotterdam, Duisburg oder Lissabon. Blinkende Lämpchen zeigten Häfen an, die China weltweit entweder teils gekauft hatte, wie Piräus in Griechenland, oder gebaut hatte, wie Gwadar in Pakistan, oder auch schlicht übernommen hatte, da die zuständigen Regierungen die zum Bau nötigen und bei chinesischen Staatsbanken aufgenommenen Kredite nicht mehr bedienen konnten, wie Hambantota auf Sri Lanka. Blaue Linien verdeutlichten den Verlauf der sogenannten Seidenstraße des Meeres, also der Schifffahrtslinien, die China bedient, bezahlt oder auch erst etabliert hatte. Auch diese erstreckten sich von China aus in die ganze Welt, bis nach Afrika, Südamerika oder auch über das Nordpolarmeer bis Hamburg.

»Gut, wir hatten ja bereits eine separate Arbeitsgruppe zu Pakistan und dem Korridor durch Kaschmir gebildet. Nun zu Westasien. Xiao Hu, fassen Sie die Lage bitte kurz zusammen?«

Xiao Hu war der Jüngste der Gruppe, und es stand dem Vorsitzenden daher zu, ein *Xiao* vor seinen eigentlichen Namen, Hu, zu setzen. Sein imposanter Körperbau, er war fast einen Meter fünfundneunzig groß, stand in deutlichem Widerspruch zu diesem *Xiao*, was ursprünglich »klein« bedeutete, und seine dünnen Ärmchen ließen auch nicht gerade an einen Tiger denken. Hu, das war der Tiger, das gefährlichste Tier im Dschungel. Und dann passte es doch wieder, denn Hu war lang und dünn, und seine widerspenstig nach allen Himmelsrichtungen abstehenden Haare machten ihn nicht attraktiv, aber er war gefährlich. Niemand, der nicht einen ausgeprägten Ehrgeiz besaß, erlangte so viel Macht, hier in diesem Gremium in Zhongnanhai zu sitzen. Xiao Hu, der kleine Tiger. Der Vorsitzende wusste, dass er ihn nicht unterschätzen durfte.

Wo cao! *Fuck*! Hu hatte gehofft, heute noch nicht berichten zu müssen. Diese verdammte Situation in Westasien war dermaßen undurchsichtig, dass jedes falsche Wort seine Karriere beenden konnte. Er stand der Central Asia-West Asia Economic Corridor Gruppe vor, da er Arabisch sprach, und war sich seiner Bedeutung, aber auch seiner relativen Unerfahrenheit bewusst. Er setzte eine selbstsichere Miene auf und hoffte, damit durchzukommen. Hier lauerte jeder auf einen Fehler, eine Schwäche der anderen, um sich selbst zu profilieren.

»Also, wir verfolgen auch hier eine völlig andere Vorgehensweise als die USA. Sie setzen auf einen Regimewandel in Syrien und in der Folge auf eine wirtschaftliche Erholung der Region. Wir glauben nicht, dass das funktioniert, es muss im Gegenteil erst eine wirtschaftliche Erholung stattfinden, damit die Region zur Ruhe kommt, und dann kann es auch zu Frieden kommen. Wir sehen den Libanon hier als wichtiges Bindeglied. Der Libanon ist praktisch insolvent, politisch zerrissen. Wenn wir diesem Land helfen, sich zu entwickeln, kann das als Ausgangspunkt für eine wirtschaftliche Erholung dienen und dann auf Syrien und die Region übergreifen. Also bauen wir hier Straßen, vergeben Kredite zum Hafenbau, planen sogar die Erneuerung der alten Eisenbahnlinie von Tripoli im Nordlibanon nach Homs in Syrien. Also Frieden durch Entwicklung. Die Amerikaner machen sich, auch das ist unser Vorteil, alle Staaten der Region zum Feind, indem sie die traditionellen Handelsbeziehungen kappen. Auch Jordanien leidet darunter, dass Beirut nicht mehr über Syrien bis in den Iran Handel treiben kann, und die amerikanischen Sanktionen gegen den Iran verschlimmern die Situation rapide.«

Hier brach Hu ab, da er die wachsende Ungeduld seiner Kollegen wahrnahm. Hatte es funktioniert? Hatten sie ihm seine Version abgenommen? Im Grunde war ihm die Situation in Westasien genauso schleierhaft wie den Amerikanern auch. Was wollten diese Araber eigentlich? Krieg oder Frieden? Geld hatten sie doch alle wie Heu, wieso bauten sie nicht selbst eine Infrastruktur auf, versorgten die Bevölkerung, ließen es sich gut gehen? Religion behinderte die Wirtschaft, so sah er das. Und was nutzte es ihnen? Sie starben früher, weil sie sich gegenseitig umbrachten. In China gab es das nicht. Ja, es gab Christen, Muslime, auch wenige Buddhisten. Aber sie bekriegten sich nicht. Sie verdienten Geld und genossen das Leben im Hier und Jetzt statt in einer ungewissen Zukunft nach dem Tod. Am schlimmsten waren die Inder, fand er. Tausende von Wiedergeburten, wer glaubte denn so etwas? Das Hündchen, das er seiner Frau geschenkt hatte, war ihre Großmutter gewesen oder so ähnlich. Kein Wunder, dass aus dem Land nichts wurde und die Menschen auf der Straße wie die Fliegen starben. Na ja, egal.

Die Muslime, genau. Statt zu arbeiten, aufzubauen – es gäbe doch wirklich genug zu tun –, fingen sie immer neue Kriege an, Muslime gegen Juden, Christen gegen Juden, Sunniten gegen Schiiten, im Libanon gab es dann noch die Drusen und wer weiß was noch für Splittergruppen. Nicht zu vergessen die Palästinenser, die einen eigenen Staat ersehnten, was Israel wiederum verhindern wollte. China versuchte gar nicht erst zu vermitteln, sondern bot schlicht Geld und Infrastruktur an. Das war es, was China interessierte: freie Logistik, freie Häfen für seine Waren. Ob das funktionieren würde, wusste Xiao Hu auch nicht. Aber das wusste ja niemand so genau. Mit etwas Glück war er nicht mehr zuständig, falls sich ein Misserfolg abzeichnete.

»Ja, also, wir sind auf einem sehr guten Weg, bauen unseren Einfluss in Westasien aus, und dem Libanon bleibt nichts übrig, als auch nach China zu schauen«, behauptete er frech. »Der Westen hat ihn im Stich gelassen. Wie überall in der Welt müssen wir uns gar nicht so sehr bemühen, Freunde zu gewinnen, sondern es reicht, dass sich die USA alle anderen zu Feinden machen.«

»Ja«, grätschte ihm der Vorsitzende Yang hier ins Wort, bevor Hu noch weiter ausholen konnte. »Und das ist sicher eine gute Überleitung zu Europa. Danke, Xiao Hu. Sehr gut. Kommen wir abschließend zu Europa, Lao Wei, bitte.« Er wusste nur zu gut, dass die Situation keineswegs so gut war, wie Hu sie geschildert hatte. Aber das würde er für sich behalten. Wie hatte Sunzi vor zweitausend Jahren gesagt? *Wenn du schwach bist, erscheine stark. Und wenn du stark bist, erscheine schwach.* Sollte Hu sich ruhig stark fühlen, das wiegte ihn in Sicherheit.

Wei, innerhalb dieses Projekts für Europa zuständig, schaltete seinen Bildschirm für alle frei, sodass sie genau verfolgen konnten, was er sagte.

»Der große Vorteil für uns ist, dass Europa wie immer völlig uneins ist. Mit oder ohne Großbritannien, es gibt keine einheitliche Außenpolitik, geschweige denn Wirtschaftspolitik, auch nur eine konsistente Strategie uns Chinesen gegenüber. Sie streiten sich, wie mit dem Aufstieg Chinas umzugehen sei. Während wir vor allem im Osten schon gute Freunde gewonnen haben, wie Ungarn und Serbien, sind es die großen wichtigen Staaten in Westeuropa, die eher kritisch eingestellt sind. Das ist logisch, da sie schon immer amerikafreundlich waren, aber genau das ändert sich seit einigen Jahren rapide. Die amerikanische Regierung hat es auch hier geschafft, ihre eigentlich besten Verbündeten mit einer Mischung aus Arroganz und Dummheit zu verärgern, immer neue Forderungen zu stellen und zu erwarten, dass sich alle auf die Seite der USA und damit gegen uns stellen. Daher ist es in Europa, vor allem in Deutschland, fast schon Mainstream geworden, auf die USA zu schimpfen und sich vor allem intellektuell für überlegen zu halten. Die deutsche Regierung wird zwar deutlich kritischer China gegenüber, als sie es früher war, aber Europa braucht uns, und wir haben ja mit Italien schon den ersten Partner für unser Seidenstraßenprojekt auch innerhalb der G7 gewonnen. Wir halten zwar den Kopf nicht mehr bescheiden unten wie früher« – den Namen Deng Xiaopings auszusprechen, der in den Achtzigerjahren genau dies gefordert hatte, traute er sich denn doch nicht –, »sondern zeigen unsere Fähigkeiten deutlich, aber dennoch gilt unser Sprichwort, *mozhi shitou guo he: sich von Stein zu Stein tastend den Fluss überqueren*, also langsame Fortschritte machen. Und dies gelingt uns sehr gut.«

Das sah doch alles sehr gut aus, dachte Yang, und auch wenn ihm klar war, dass man ihm nicht die ganze Wahrheit sagte, so war doch nach außen der Schein gewahrt. Er ließ abschließend über die nächsten Schritte abstimmen, die zu ergreifen waren, und erzielte erwartungsgemäß Einstimmigkeit. Somit konnte er dem Premier Bericht erstatten. Um alles andere würde sich der chinesische Geheimdienst kümmern, das Ministerium für Staatssicherheit, guojia anquan bu, das ein alter Schulfreund von ihm leitete. Er würde schon herausbekommen, wer in diesem Kreis hier der *pantu*, der Verräter, war, der das letzte Mal wichtige und leider negative Informationen aus diesem Kreis an den Premier durchgestochen und somit ihn, Yang, in Schwierigkeiten gebracht hatte. Und dann würde er eine Lösung finden. Jeder, der es in China bis in die höchsten Gremien gebracht hatte, hatte etwas zu verbergen, und sein Freund würde es herausbekommen. Und wenn nicht, würde er etwas konstruieren. Korruption, Konkubinen, eine unvorsichtige Äußerung im privaten Kreis – das genügte, um jemanden für immer zu eliminieren. Aus allen Ämtern. Aus allen wichtigen Gremien und Seilschaften. Und, falls nötig, aus dem Leben.

China hatte ein Ziel: 2049, hundert Jahre nach der Staatsgründung am 1. Oktober 1949, würde es wieder die Nummer eins in der Welt sein, so wie es vor dem Aufstieg Europas vor dreihundert Jahren über anderthalb Jahrtausende lang die wichtigste und nach Wirtschaftskraft größte Macht der Welt gewesen war. Und dazu, zu diesem Wiederaufstieg auf die China zustehende Machtposition, trug er mit seiner Belt and Road Initiative sehr viel bei. Er musste die Truppe nur im Griff behalten. Und dafür sorgen, dass die Schuld nicht auf ihn fiel, wenn etwas schiefging. Denn das war das unkalkulierbare Risiko, wenn man so dicht am Machtzentrum arbeitete, wenn der Parteichef persönlich einen im Auge behielt. Heute war es gut gelaufen. Er hatte die Schwachstellen der anderen identifiziert und würde daran arbeiten. Seine eigene Agenda dagegen hatte niemand durchschaut. Zufrieden blickte er aus dem großen Fenster und hinüber zu der großen rötlichen Mauer, die Zhongnanhai von der eigentlichen Verbotenen Stadt, dem früheren Kaiserpalast, abgrenzte. Dort war das eigentliche Machtzentrum Chinas gewesen, und dort würde es auch wieder sein. China würde herrschen, über alles *unter dem Himmel. Tianxia.*

BERLIN, DEUTSCHLAND

»Was sagte denn INTCEN dazu?«

Die Verteidigungsministerin stellte die Frage bewusst an den Kanzleramtsminister, der keine Gelegenheit ausließ, sie bloßzustellen. Jetzt sollte er einmal erfahren, was es hieß, auf dem falschen Fuß erwischt zu werden. Unmöglich konnte er die entsprechenden Informationen bereits gesammelt haben. Aber auch diesmal sollte sie sich geirrt haben. Er verzog seinen Mundwinkel zu einem Lächeln, aber dieses Lächeln erreichte seine Augen nicht. Die blickten sie verächtlich an, als wollte er sagen, da habe er mehr erwartet.

»INTCEN hat die Lage beurteilt und kommt vorläufig zu dem Ergebnis, dass es sich um eine bisher nicht bekannte Zelle innerhalb des islamistischen Terrorismus handelt. Sie stehen mit allen europäischen Kollegen in Verbindung, und nichts deutet auf einen chinesischen Hintergrund hin, vom Offensichtlichen einmal abgesehen, das aber eben zu offensichtlich ist.«

Das Intelligence Analysis Centre der Europäischen Union, kurz INTCEN, hatte die Aufgabe, innerhalb der EU nachrichtendienstlich tätig zu sein. Allerdings sollte es nicht selbst Informationen sammeln, sondern sie nur aus den Nachrichtendiensten der Mitgliedsstaaten geliefert bekommen. Seine Aufgabe war es, die wachsende terroristische Bedrohung auch innerhalb der EU zu überwachen und eingehende Informationen zu bündeln. Die Bedrohung der EU durch den sogenannten Islamischen Staat war nach den Anschlägen in den USA 2001 plötzlich auch in Europa zum alles dominierenden Thema ernannt worden, und zu den einzelnen Dschihadisten, die nach und nach aus den Kriegsgebieten des Nahen Ostens zurückkehrten und hier als Gefährder eingestuft wurden, kamen immer neue Risiken hinzu. So hatte man auch die allein über dreihundert Kinder ehemaliger deutscher Dschihadisten im Visier, die noch immer in Gebieten in Syrien oder dem Irak lebten, aber irgendwann zurückkehren würden. Ging man von vierzig zivilen Personen aus, die einen einzelnen Gefährder überwachen mussten, war es unmöglich, alle potenziell als gefährlich eingestuften Islamisten auch nur ansatzweise zu kontrollieren. Und das war nur Deutschland. Frankreich war weitaus gefährdeter, wie aus den zahlreichen, mit furchtbaren Folgen verbundenen Anschlägen in Paris und anderen Städten ersichtlich war.

»Und daher sollten wir uns die Hintergründe der Anschläge noch einmal sehr genau anschauen. Gerade auch in Aksai Chin«, führte der Kanzleramtsminister weiter aus.

»Wo genau liegt dieses ... Ak... Aksai irgendetwas?«

Er rollte verzweifelt mit den Augen. Wieso musste er alles erklären? Sollte die Verteidigungsministerin nicht selbst Bescheid wissen? Die Runde, die sich um den langen Tisch im Kanzleramt versammelt hatte, bestand aus den wichtigsten Ministern, also Außen, Verteidigung, Wirtschaft, sowie deren engsten Beratern. Dennoch schienen die geografischen Kenntnisse überschaubar, soweit es China und Indien betraf. Der Kanzler selbst hatte sich kurzfristig entschuldigen lassen, Profi durch und durch.

»Also«, beantwortete er geduldig die Frage der Ministerin, »China und Indien grenzen im Himalaya auf ungefähr dreitausend Kilometer aneinander. Diese Grenze ist aber nie einvernehmlich geklärt worden, sondern hat sich durch Verträge und Kriege im Laufe der letzten hundert Jahre ergeben. Das heißt aber nicht, dass sie bilateral akzeptiert ist. Und im Westen, wo Indien und Pakistan in Kaschmir aneinandergrenzen, ist es noch komplizierter. Kaschmir, aus indischer Sicht ein Bundesstaat der indischen Republik, ist teilweise von Pakistan besetzt. Und genau dort, im westlichen Himalaya, wo also die Atommächte China, Indien und Pakistan aufeinanderstoßen, dort liegt Aksai Chin. Ungefähr so groß wie Baden-Württemberg und von China besetzt, aber von Indien beansprucht.«

»Und wen kümmert es, wem die paar Quadratkilometer in viertausend Metern Höhe gehören? Gibt es da irgendetwas Interessantes? Öl? Gold?«

Der Wirtschaftsminister dachte naturgemäß nur an potenzielle Ressourcen. Der geopolitische Zusammenhang war ihm nicht klar. Der Kanzleramtsminister sah, wie die Verteidigungsministerin Luft holte und zu einer weiteren vermutlich überflüssigen Frage ansetzte; schnell übernahm er wieder die Gesprächsführung.

»Nein, kein Öl, natürlich kein Öl in dieser Höhe! Etwas viel Wichtigeres gibt es da. Kein Öl, kein Gold, kein Uran. Sondern Macht. Genauer gesagt Zugang zur Macht. Dieses Stückchen Land zwischen China und Pakistan ist nämlich der einzige Zugang Chinas zum Arabischen Meer. Durch dieses Stückchen Land kann China eine Pipeline bauen, um Öl direkt von den arabischen Tankern in einem pakistanischen Hafen entladen zu lassen und dann auf ebendiesem Landweg nach China zu transportieren. Verstehen Sie? Der ganze Umweg über

Südostasien, vor allem durch die Meerenge von Malakka bei Singapur, entfällt. Das ist geostrategisch an Relevanz kaum zu überschätzen! Und das geht eben nur, wenn den Chinesen dieser Zugang nicht verwehrt wird. Und damit sind wir beim Thema: die Anschläge. Wer und warum?«

Stille. Die Anschläge. Deswegen waren sie heute hier. Begonnen hatte es in der Stadt Leh, im indischen Nordwesten, eine Explosion im Touristenviertel. Steckten Muslime dahinter? Der ewige Rivale Pakistan? Indien hatte seine Streitkräfte umgehend in Alarmbereitschaft versetzt, denn seit Kaschmir sich Indien angeschlossen hatte, hatte es immer wieder pakistanische Angriffe und Anschläge im indischen Teil Kaschmirs gegeben. Pakistan als Drahtzieher des Anschlages, so wie auch die Terroristen der Angriffe auf Mumbai 2006 aus Pakistan gekommen waren, das war der natürliche erste Verdacht. Beweise für diese Vermutung gab es keine. Wo war der Zusammenhang? Als dann eine Mine in der ehemaligen deutschen Kolonie auf Bougainville, nördlich von Australien, bei einer unaufgeklärten Explosion beschädigt wurde und nun sogar eine deutsche Botschaftsangehörige in Beirut ums Leben gekommen war, musste sich auch das deutsche Auswärtige Amt um die Sache kümmern. Hatten die ersten Anschläge in Asien beziehungsweise Ozeanien stattgefunden, näherten sie sich jetzt Europa. Immer wurden sie mit großer Brutalität durchgeführt, ohne Rücksicht auf Kinder sogar, und nie gab es Bekennerschreiben, wie es sonst doch üblich war. Wer steckte dahinter? Welchen Zusammenhang gab es zwischen der Hauptstadt von Ladakh, einer einsamen Südseeinsel und dem einstigen Paris des Ostens, Beirut? Wo würde der nächste Anschlag stattfinden? Wie konnte man die Bevölkerung schützen? Aus amerikanischen Geheimdienstkreisen hieß es, Kräfte des IS seien vermutlich verantwortlich; das war neben den Russen oder Nordkorea ja immer eine gute Erklärung, wenn man nicht über gesicherte Informationen verfügte.

Das Kanzleramt wie auch das Auswärtige Amt standen in enger Verbindung zu ihren Verbündeten in der Nato, aber auch zu Russland und China. Keine Nation konnte pauschal beschuldigt werden, zu willkürlich schienen die Ziele ausgewählt. Und stand dies in Zusammenhang mit der Ermordung des amerikanischen Außenministers? Auch dieser Anschlag war noch nicht geklärt, die ermittelnden Geheimdienste tappten völlig im Dunklen. Und der chinesische Geheimdienst, von dem nicht einmal der genaue Name bekannt war, gab ohnehin keine Stellungnahmen ab. Der Stand der dortigen Ermittlungen war nicht bekannt.

Gerade wollte der Außenminister das Wort ergreifen, als sein Handy klingelte. Er nahm ab, hörte aufmerksam zu, dann erbleichte er. Langsam legte er sein Handy auf den Tisch, nachdem er das Gespräch abrupt und grußlos beendet hatte.

»Das war mein Staatssekretär. In Beirut wurden Spuren eines Attentäters gefunden, der bei dem Angriff ums Leben kam. Die Untersuchungen laufen noch, aber die vor Ort gefundene DNA ist mit hoher Wahrscheinlichkeit asiatisch, also eventuell sogar chinesisch. Nicht semitisch.«

Die Runde der versammelten Minister schwieg. Leh in Indien nahe der chinesischen Grenze. Die Kupfermine auf Bougainville, die für die rivalisierenden Mächte USA und China wirtschaftlich interessant war. Und nun ein womöglich chinesischer Attentäter in Beirut? Was ein möglicherweise doch chinesischer Hintergrund der Anschläge im Kontext der »America First«- und »China First«-Politik bedeutete und für die Welt noch bedeuten konnte, verstand sogar die Verteidigungsministerin. Eine Eskalation drohte, die die beiden Supermächte, aber potenziell auch weitere Atommächte wie Indien und Pakistan in einen verheerenden Krieg führen konnte. Was sollte sie dem Kanzler raten? Noch hörte er auf sie, aber das konnte sich täglich ändern.

Die Runde löste sich auf, ergebnisoffen, wie man das nannte, wenn keiner eine Ahnung hatte, worum es eigentlich ging. Die Verteidigungsministerin verließ eilig das Kanzleramt und ließ sich sofort zurück zum Bendlerblock fahren. Noch im Wagen forderte sie telefonisch eine Verbindung zum Leiter des BND an. Von dessen Leuten hatte sie noch gar keine Informationen erhalten. Das war sicher wieder so eine Rivalitätssache, wo kein Dienst dem anderen etwas gönnte. Nicht mit ihr! Das Risiko einer globalen Eskalation war zu hoch. Eine gute und vielleicht einmalige Gelegenheit für sie, sich zu profilieren.

RANGUN, MYANMAR

Es war halb sechs, und Cora und Ganesh warteten in der Hotelhalle auf ihren deutschen Bekannten. Cora war wieder in ihre Jeans und einen dünnen blauen Sweater geschlüpft, der ihre blonden Haare unterstrich. In den Tropen wurde es abends sehr schnell dunkel und dann auch oft erstaunlich frisch. Aber noch war es heiß, und die Sonne brannte. Auch hatte sie die Sandalen gegen bequeme Turnschuhe getauscht, so fühlte sie sich besser. Schon winkte Mayntz fröhlich vom Eingang her und eilte auf sie zu; seine Geschmeidigkeit war in Anbetracht seiner Körperfülle wirklich erstaunlich. Er schwitzte kaum, das weiße Hemd und die dunkle Hose, natürlich aus Leinen wie in den Tropen immer angeraten, waren auch jetzt wieder tipptopp. Er schien sich nach all den Jahren akklimatisiert zu haben. Wo genau er die letzten Jahre verbracht hatte, musste Cora noch herausbekommen. Sein Wissen war unerschöpflich. Im Taxi, das draußen auf sie gewartet hatte, erklärte er ihnen die politische Lage Myanmars mit ebensolcher Leichtigkeit, wie er nebenbei auf bedeutende Bauwerke hinwies (»Und dies ist die Villa eines der wichtigsten Generäle, reich geworden durch Drogen- und Jadeschmuggel wie alle hier!«) oder eine lustige Anekdote zum Besten gab. So erfuhren Cora und Ganesh, dass eines der besten Hotels der Stadt der koreanischen Luxushotelkette Lotte gehörte. Warum ein koreanisches Hotel Lotte hieß? Nun, der Inhaber war ein bekennender Liebhaber der Werke Goethes, und er hatte mit besonderem Genuss *Lotte in Weimar* gelesen, und so nannte er seine Hotels und Einkaufszentren Lotte.

Gemächlich fuhren sie durch das etwas verträumt wirkende Rangun. Die Abendsonne versank allmählich hinter den Häusern und tauchte die Straßen in ein wunderschönes, warmes Licht. Cora bemerkte erneut, wie ruhig der Verkehr floss, die Menschen schienen mehr Zeit zu haben als in China oder Indien. Oder sie nahmen sich mehr Zeit.

Es war angenehm geworden, nicht mehr brütend heiß, sondern diese herrliche Abendwärme der Tropen, in der man die Vorboten einer endlich kühleren Nacht schon ahnt. Sie fuhren gerade eine breite Straße entlang, die sich leicht einen Hügel hinaufschwang; an ihrem Ende blitzte etwas in der Sonne auf. Kurz zunächst, dann, als sie näher kamen, begannen Cora und Ganesh das ganze Ausmaß dessen zu begreifen, was sich da vor ihnen auf einer Anhöhe über die ganze Stadt erhob. Eine riesige Pagode, deren sich bis in die höchste Spitze verjüngende Oberfläche vollständig mit Gold überzogen zu sein schien. Und das war sie auch, wie Mayntz eifrig erklärte. Hunderte Kilo Blattgold waren es angeblich, die in der Abendsonne glänzten und glitzerten, alles gespendet von den tiefgläubigen Buddhisten, die hier in Myanmar fast neunzig Prozent der Bevölkerung ausmachten.

Sie waren ausgestiegen und liefen die Stufen hinauf, die zum Eingang führten. Links und rechts hatten sich Hunderte von Händlern niedergelassen, die den Gläubigen wie auch den Touristen Devotionalien wie Weihrauch und Blumen, aber auch jeden erdenklichen Schund als Andenken verkaufen wollten. Die Schuhe mussten die Besucher ausziehen, wie es bei Betreten eines Tempelbezirkes Vorschrift war, und gegen ein Entgelt von wenigen Kyat vertrauten sie sie einem alten, in den traditionellen Sarong eingewickelten, runzligen Mann, der die Ausländer freundlich anlächelte, zur Obhut an. Was er wohl denken mochte, als er die schlanke, blonde Frau in ihren engen Jeans betrachtete? Wahrscheinlich wunderte er sich, warum jemand so unbequeme Kleidung trug, überlegte Cora. Oder sah sie das nun doch zu romantisch, und er sah nur eine ausländische Frau in einer engen Jeans?

Und dann betraten sie den eigentlichen Tempelbezirk. Auf einer erhöhten Plattform erhob sich vor ihnen die Shwedagon-Pagode. Schön wie das Taj Mahal, aber auf eine völlig andere Weise. Cora und Ganesh standen ergriffen vor dieser kaum beschreibbaren Pracht. Gold über Gold, wohin man blickte, Hunderte kleiner Pagoden und Türmchen, Treppenstufen und Verzierungen, Überdachungen und Pavillons.

»Die Shwedagon-Pagode!«, sagte Mayntz geradezu andächtig, und Cora meinte seine Liebe zu diesem Land und seinen Menschen herauszuhören. »Sie ist angeblich über zweitausend Jahre alt und enthält mehrere Reliquien von Buddha selbst. *Shwe* heißt ›Gold‹, also Goldene Pagode von Dagon, das ist der frühere Name von Rangun. Gold ist die einzige Farbe, die aus sich selbst heraus leuchtet, und diese Einzigartigkeit macht es besonders, nicht nur wegen seines materiellen Wertes. Rangun war früher die Hauptstadt Burmas, wie das Land bis 1989 hieß. Dann haben die Militärs es in Myanmar umbenannt. Die neue Hauptstadt, Naypyidaw, wurde in jahrelanger Arbeit direkt in Zentralburma inmitten von nichts erbaut. Man vermutet, dass die Generäle, abergläubisch wie sie sind, sich bezüglich des Standortes von Astrologen haben beraten lassen. Und die neue Hauptstadt liegt so weit fernab von jeglichen Außenverbindungen, dass die Generäle dort auch sicher sind vor irgendwelchen Protesten. Haben Sie mal Bilder von der größten Straße gesehen, die es dort gibt? Zweiundzwanzig Spuren! Da kann im Notfall ein Flugzeug landen und die Herren mit ihrem Geld außer Landes schaffen …« Mayntz lachte bitter.

Über eine Stunde schlenderten sie um die Pagode herum, betrachteten die betenden Menschen, freuten sich an dem Lachen, das allgegenwärtig zu sein schien. Junge Mönche, die Köpfe kahl geschoren, zogen in Gruppen vorbei und warfen scheue Blicke auf die blonde Ausländerin, manche zückten auch ein Handy und machten Bilder von ihr, unauffällig, wie sie glaubten. Dann sahen sie eine ganze Gruppe von Novizinnen, jungen Mädchen, in Rosa gekleidet, auch sie den Kopf geschoren, die kichernd stehen blieben und Cora anlächelten. Cora lachte zurück, und es dauerte nicht lange, bis sie umringt war und zahlreiche Selfies über sich ergehen lassen musste. Diese Mischung aus tiefer Frömmigkeit und gleichzeitig so unbekümmerter Neugier und kindlicher Freude war beeindruckend. Cora dachte an europäische Klöster, die karge Ausstattung, das enthaltsame Leben der Mönche und Nonnen sowie das strenge Regelwerk dort, das lautes Lachen für unvereinbar mit Gottesfurcht zu halten schien. Aber Buddhismus war eben keine Religion, sondern eine Lebenseinstellung, so hatte sie es in Indien gelernt. Man verehrte nicht einen Gott. Es gab Regeln, ja, aber auch viel individuelle Freiheit der Auslegung, und die Aggression der fanatischen Ausprägungen des Christentums oder des Islam war dem Buddhismus definitiv fremd. Die Institutionen sind anfällig, nicht die Religion.

Ganesh und Mayntz waren ins Gespräch vertieft weitergegangen, Cora dagegen ließ sich Zeit, um alles ausführlich zu bewundern.

Während sie interessiert zuschaute, wie ein altes Ehepaar mit einem silbernen Gefäß Wasser aus einem bronzenen, kreisrunden Becken schöpfte und über eine kleine, weiß-goldene Buddha-Statue goss, sprach sie jemand von der Seite an.

»You want to try?«, fragte ein kleines, schmächtiges Männlein, anders konnte man ihn nicht nennen, er reichte Cora kaum bis zur Schulter, auch sein Anzug schien ihm drei Nummern zu groß. Aber er war vollendet gekleidet, mit Krawatte und Einstecktuch, sehr ungewöhnlich nicht nur bei diesen Temperaturen, sondern überhaupt in diesem Land. Selbst hochrangige Politiker trugen, das hatte Cora im Fernsehen gesehen, meist den traditionellen Wickelrock und eine Weste. Lächelnd und aus neugierigen Augen hinter einer riesigen Brille blickte der Burmese sie an.

»Was denn versuchen? Was meinen Sie?« Cora verstand nicht, worauf er anspielte.

Mit einer Kopfbewegung deutete der Mann zu dem Ehepaar, das gerade erneut eine Kelle mit Wasser über den Kopf des Buddha und in einen Kessel goss.

»Ich war Professor hier an der Universität, Buddhist Studies«, meinte er leise. »Aber das spielt keine Rolle mehr. Ich bin jetzt im Ruhestand. Ich habe Zeit und komme jeden Abend hierher. Rund um diese Pagode gibt es acht solcher Stellen«, sagte er, auf das Wasser deutend. »Für jeden Wochentag einen. An welchem Wochentag sind Sie geboren?«

Cora schaute ihn verwirrt an. »Wochentag? Moment, ich muss überlegen ... ein Donnerstag, glaube ich. Ja, ein Donnerstag. Aber wieso denn acht? Es gibt doch nur sieben Wochentage?«

Der Professor nahm sie sanft am Arm und führte sie einige Meter weiter, zu einem anderen Bronzekessel und einem anderen Buddha, welcher lächelnd im Schneidersitz, die rechte Hand lässig auf seinem rechten Knie ruhend, die Szene zu beobachten schien. Irgendjemand hatte ihm Blumen um den Hals gelegt, und mehrere Menschen drängten sich um den Kessel, um Wasser daraus zu schöpfen. Alles war vergoldet und funkelte in der Abendsonne, aber es wirkte dennoch schlicht, angemessen, nicht überladen.

»Der Mittwoch ist unterteilt in vormittags und nachmittags. Daher acht Tage. Sehen Sie, dies ist der Schrein für den Donnerstag. Nehmen Sie Wasser, ja, schöpfen Sie es mit diesem Gefäß und gießen Sie es hier über das Haupt des Buddhas. Dabei beten Sie, denken Sie an Ihre Liebsten, wünschen Sie sich etwas, was auch immer. Wir Burmesen glauben, dass es in Erfüllung gehen wird. Wenn man es mit wirklicher Hingabe macht und nicht nur als Touristenattraktion …«

Lächelnd sah er zu, wie Cora, ohne zu überlegen, das Gefäß nahm und etwas Wasser über den Kopf des Buddhas goss. Sofort kam ihr Ganesh in den Sinn – was sie bereits gemeinsam erlebt hatten, wie er sie immer beschützen wollte und doch meist selbst beschützt werden musste … würden sie für immer zusammenbleiben? Würde sie mit ihm alt werden? Passten sie wirklich zusammen, der Inder, der aus einer alten und wohlhabenden Familie stammte, aus einer der größten Städte der Welt, mit traditionellen Werten und ihr unerklärlichen Glaubensgrundsätzen, und die forsche und unkonventionelle Deutsche, aus einem Dorf in Rheinland-Pfalz, die sich so gar nicht an Konventionen halten mochte? Konnte das gut gehen? Sie wünschte es sich so sehr, aber … wünschte er es sich auch? Er sprach nicht gern über seine Gefühle für sie, na ja, welcher Mann tat das schon gern, und bei aller Nähe und Vertrautheit war da noch immer etwas Fremdes, Geheimnisvolles, was sie natürlich gerade anzog, dann aber auch wieder verunsicherte.

Der kleine Burmese musste ihre Gedanken gelesen haben oder aber ihr Mienenspiel hatte sie verraten. Er nickte zufrieden. »Keine Sorge. Er wird alles tun, um Sie glücklich zu machen. Es wird noch einige Prüfungen geben, für Sie beide. Wasser«, und hierbei nickte er zu dem Gefäß, welches sie gerade ausgegossen hatte, »Wasser hat Sie zusammengebracht, und Wasser kann Sie auch trennen. Gerade dort oben ... Sie müssen nicht auf ihn aufpassen. Und haben Sie Vertrauen. Zu ihm, zu sich selbst, aber auch zu Buddha. Er wird auf Sie achten.«

Cora hatte sich gerade die nassen Hände an ihrer Hose abgetrocknet, aber bei den Worten des Mannes fuhr sie herum. Wie konnte er wissen, woran sie gedacht hatte? Und was wusste er über Wasser und dass es tatsächlich Wasser war, welches sie und Ganesh zusammengebracht hatte? Das konnte er unmöglich wissen. Aber da war er schon weg, sie sah seinen hier so unpassend wirkenden Anzug noch in der Menge verschwinden, aber zu spät. Er war fort. Cora blieb zurück, verwirrt, durcheinander, und blickte dem Buddha in sein gütiges Gesicht. Was war das eben gewesen? Und was hatte er mit »dort oben« gemeint?

Nachdem der geheimnisvolle Burmese verschwunden war, hatte Cora sich, nachdenklich und stirnrunzelnd, wieder zu den beiden Männern gesellt, aber nichts von ihrem Erlebnis erzählt. Manche Dinge klangen albern, wenn man sie aussprach, und oft waren es gerade die, die einen selbst am meisten beeindruckt hatten. So war es ihr eben ergangen, mit diesem seltsamen Männlein, das etwas über sie zu wissen schien. Er hatte etwas in ihr berührt. Aber das konnte sie Ganesh in einer ruhigen Minute erzählen, wenn sie allein waren. Vor Mayntz wäre sie sich damit komisch vorgekommen.

Nachdem sie die Shwedagon-Pagode einmal ganz umrundet hatten, hatten sie den Tempelbezirk wieder verlassen, waren zurückgefahren und saßen jetzt bei einem kühlen Rangun-Bier an der Hotelbar.

»Und«, fragte Ganesh, »Was ist eigentlich mit Ihrem Kollegen von vorhin? Herrn Feld? Er war so ruhig, ging es ihm nicht gut?«

»Oh doch, alles gut!«, lachte Mayntz. »Er redet nicht viel, so ist er immer. Aber er ist ein sehr angenehmer Zeitgenosse, wissen Sie, er kennt sich hervorragend in Asien aus, hat schon auf vielen Posten gearbeitet, immer an deutschen Botschaften hier in der Gegend. Ich glaube, er ist der Meinung, ich rede schon genug für zwei. Warten Sie, ich habe irgendwo eine Visitenkarte von ihm. Nehmen Sie sie, falls Sie mal in Bangkok sind oder sonst wie eine Frage haben, Herr Feld ist wirklich gut vernetzt. Und, wohin gehen Sie als Nächstes? Indien oder Deutschland?«

Cora betrachtete die Visitenkarte, die Mayntz ihnen gegeben hatte. *Klaus Feld,* stand da. *Political Department, Embassy of the Federal Republic of Germany.* Hm. Was sollte das heißen? Erstellte er politische Analysen? Gedankenverloren steckte sie die Karte ein.

»Weder Indien noch Deutschland«, erwiderte Ganesh inzwischen, wobei er etwas unsicher zu Cora blickte. »Eigentlich steht etwas ganz Besonderes auf dem Programm. Wir wollten ja Urlaub machen, und Cora tendiert immer zu Abenteuern und aufregenden Reisen. Ich sehe gern auch einfach touristisch Interessantes, wie Myanmar zum Beispiel. Urlaub ist für mich eher entspannen. Also haben wir uns nach längerer Diskussion entschieden, beides zu machen. Erst das Entspannende, das hier nämlich. Durch Rangun bummeln, gut essen, Neues sehen, nette Leute kennenlernen«, er lächelte Mayntz an, »aber sicher kein Stress. Und dann wollten wir eigentlich in den Norden fahren, an den Myitsone-Staudamm. Sowohl die indische Regierung als auch Coras Arbeitgeber in Deutschland sind interessiert an den Baufortschritten. Sie wissen vielleicht, dass die Chinesen dort oben einen riesigen Staudamm bauen möchten. Coras Firma, ein Ingenieursunternehmen, das weltweit in der Beratung von Projekten der Hydroenergie tätig ist, hofft, beratend eingesetzt zu werden, und Cora soll sich um einen möglichen Auftrag kümmern. Indien, und da komme ich ins Spiel, ist besorgt, dass China zu viel Einfluss hier in Myanmar erhält, und hat daher die Unruhen in der Bevölkerung, die gegen den Staudamm protestierte, sehr positiv aufgenommen. Seit 2011 gibt es einen Baustopp. Der Damm sollte ursprünglich Elektrizität für China erzeugen, und Myanmar hätte dadurch Devisen erhalten. Neunzig Prozent des erzeugten Stromes wären direkt nach China geflossen. Aber damals war das Land sehr von China abhängig, und als die Demokratisierung einsetzte, war die Absage an den Staudamm eine deutliche Absage auch an den chinesischen Einfluss. Den Bau wiederaufzunehmen wäre auch in der Bevölkerung sehr unpopulär, da er politisch als Neo-Kolonialismus wahrgenommen wird. Außerdem würden riesige Gebiete unberührten Regenwaldes geflutet, und es wäre ja nur ein Damm von insgesamt sieben gewesen. Die Chinesen wollen, vergleichbar dem Drei-Schluchten-Staudamm am Yangzi, ein riesiges Hydroprojekt in Myanmar bauen. Und die Militärs, jetzt wieder an der Macht, brauchen Devisen, es spricht daher einiges dafür, dass sie die Bauarbeiten wiederaufnehmen und mit den Chinesen zusammenarbeiten. Ich soll den Status quo aufnehmen und an die indische Regierung berichten.«

»Dieses Staudammprojekt liegt doch im Nordosten, nicht wahr?«, warf Mayntz ein. »Ich war vor einigen Monaten dort.

Sieben Staudämme, sagen Sie? Mein Gott, was für ein Eingriff in die Natur. Das ist eine der wenigen Regionen in der Welt mit unfassbarer Biodiversität, nur dem Amazonas-Regenwald vergleichbar. Aber es gibt auch Tempel, Kirchen und ganze Dörfer, die unter einem Stausee verschwinden würden. Wie groß soll das Projekt denn insgesamt sein?«

»Also, der Stausee war für eine Größe von etwa achthundert Quadratkilometern geplant«, warf Cora ein. »Das ist etwas größer als die Fläche von Singapur.«

Sie schwiegen. Die Macht der Chinesen und die Abhängigkeit anderer Staaten an ihrer Peripherie wurden auch an diesem Mammutprojekt wieder deutlich.

»Jedenfalls besteht der Baustopp noch immer«, fuhr Ganesh fort. »Daher sollte ich dorthin, im Auftrag meiner Regierung, und das prüfen. Wir hatten beide die notwendige Sondererlaubnis für diese Region, aber gerade heute Nachmittag hat man uns dann seitens der Lokalregierung informiert, dass die Erlaubnis zurückgezogen wurde. Einfach so, per Anruf. Deswegen waren wir eigentlich nach Myanmar gekommen. Sehr ärgerlich. Der Urlaub hier in Rangun war ja nur zustande gekommen, da wir beide beruflich nach Myanmar kamen. Also haben wir umdisponiert.«

»Na ja«, relativierte Cora sofort. »Wir sind auch hierhergekommen, um endlich einmal gemeinsam Urlaub zu machen, oder etwa nicht?« Sie beäugte Ganesh kritisch. Dieser seufzte gespielt und blickte zu Mayntz, als wollte er sagen: Sie verstehen mich doch, oder? Dann zuckte er mit den Schultern und murmelte etwas wie: »Jaja, natürlich, Schatz!«, was ihm einen kräftigen Schlag gegen den Oberarm einbrachte.

»Also, *nach* unserem Urlaub«, betonte Cora, »auf den wir uns *beide* ja so gefreut haben, wird es endlich spannend! Ich wollte immer schon in die Berge, ich klettere gern, aber das geht mit Ganesh nicht. Das macht ihm keinen Spaß. Aber einfaches Trekking, das ist er bereit auszuprobieren, jedenfalls konnte ich ihn überreden. Und da haben wir, also genau genommen ich, einen Artikel gelesen über eine Pilgerroute im Himalaya. Ich hatte schon in Indien von einem indischen Professor davon gehört. Haben Sie schon einmal vom heiligen Berg Kailash in Tibet gehört?«

Mayntz nickte. »Ja, der heilige Berg der Buddhisten, nicht wahr? Weltenmittelpunkt, die Quellen von vier großen Flüssen liegen dort, wenn ich mich recht erinnere. Aber ich dachte, den Kailash darf man nicht besteigen, gerade weil er heilig ist?«

»Darf man auch nicht. Aber man darf ihn umrunden, ein dreiundfünfzig Kilometer langer Pilgerpfad auf über fünftausend Metern Höhe.« Cora hatte sich auf ihrem Stuhl nach vorn gebeugt und glänzende Augen bekommen. Sie freute sich so sehr darauf: endlich wieder in die Berge und dann auch noch nach Tibet! Trotz all der Gefahren, die sie damals mit Ma Danli dort erlebt hatte und die sie beinahe ihr Leben gekostet hätten, hatte Tibet sie doch mit einer Sehnsucht erfüllt, die sich nur schwer beschreiben ließ. Diese freundlichen, spirituellen Menschen, die unglaublichen Landschaften, vielleicht auch die dünne Luft, die jeden Schritt, ja sogar jeden Atemzug bewusster machte – sie musste einfach wieder nach Tibet. Als sie von diesem Pilgerpfad gelesen hatte, war sie sofort Feuer und Flamme gewesen. Im Gegensatz zu Ganesh, der diesem anstrengenden Trekking eher mit gemischten Gefühlen entgegensah. Das war doch kein Urlaub, da war er ja anschließend erschöpfter als vorher! Und ungefährlich war es auch nicht, jedes Jahr starben Menschen dort oben, zumeist, weil sie sich ungenügend akklimatisiert hatten. Auf über fünftausend Metern Höhe konnte auch der beste Sportler zusammenbrechen, und Ganesh war wie viele Inder nicht besonders sportlich.

»Und, wie geht das?«, fragte Mayntz amüsiert. Er hatte das Wechselbad der Gefühle genau registriert, das Ganesh durchmachte, hin- und hergerissen zwischen der Sorge wegen der Anstrengung und gleichzeitig bemüht, vor der sportlichen Cora nicht wie ein Weichling dazustehen. »Wie muss ich mir so eine Umrundung vorstellen? Gibt es da richtige Wege, oder hängen Sie an Seilen, kopfüber, Tausende von Metern über dem tödlichen Abgrund?«, grinste er zu Ganesh hinüber.

»Natürlich nicht!«, beeilte sich Cora zu betonen. »Das sind richtige, breite Wege, die durch Schluchten und über Pässe führen. Es wird also sicher sehr anstrengend, schon durch die Höhe, aber nicht wirklich gefährlich. Das wird eher ein Spaziergang. Wir brauchen keine Seile und Haken, nur gutes Schuhwerk, vernünftige Kleidung und etwas Bereitschaft, mal für einige Tage auf Annehmlichkeiten wie saubere Toiletten, warmes Wasser und gutes Essen zu verzichten. Aber dafür spart man durch diese Pilgerreise auch eine ganze Wiedergeburt! Das glauben die Buddhisten wie auch die Hindus. Das ist doch etwas, Ganesh, nicht wahr?« Sie lachte fröhlich und fuhr ihm mit der Hand liebevoll durch sein dichtes, schwarzes Haar. »Na komm, schau nicht so besorgt. Das wird super, wir beide, auf über fünftausend Metern Höhe! Was meinst du, wie stolz du danach bist, es geschafft zu haben!«

Bevor Ganesh erwidern konnte, dass er danach vermutlich weniger stolz als vielmehr froh sein würde, es überlebt zu haben, fuhr Cora, zu Mayntz gewandt, fort: »Also, man fliegt nach Tibet, nach Lhasa, dann gibt es zwei Möglichkeiten. Man kann mit dem Auto über tausend Kilometer den Brahmaputra entlang nach Westen fahren, bis zum Mount Kailash und dem Manasarovar-See. Oder man fliegt von Lhasa aus direkt bis in die Nähe des Berges, so ungefähr hundertfünfzig Kilometer entfernt. Von dort fährt man dann auf einer guten Straße zum

Kailash. Das spart Zeit, und das werden wir auch so machen, denn für die erste Variante haben wir leider nicht genug Urlaub. Am Berg angekommen, gibt es einen kleinen Ort, dort kann man übernachten. Man startet am besten sehr früh morgens, noch im Dunkeln, und läuft dann in den Sonnenaufgang hinein. Das muss auf dieser Höhe und mit der Aussicht auf schneebedeckte Siebentausender traumhaft sein. Die Umrundung dauert drei Tage. Wir starten auf viertausendfünfhundert Metern Höhe und laufen dann bis auf fast fünftausendsiebenhundert Meter über einen Pass. Unterwegs gibt es Zelte oder irgendwelche vermutlich sehr einfache Unterkünfte, das kenne ich noch vom Base Camp des Mount Everest in Tibet. Tee und irgendeine Suppe wird es unterwegs schon geben. Durch die extreme Höhe hat man meist ohnehin weniger Appetit. Man muss daher selbst auf ausreichende Flüssigkeitszufuhr und Powersnacks und so etwas achten, immerhin geht man ungefähr achtzehn Kilometer am Tag; das ist auf dieser Höhe schon eine physische Herausforderung. Und die Höhenmeter kommen ja noch hinzu, es geht ständig hoch und runter. Aber stellt euch mal die Landschaft vor, die Einsamkeit, das muss fantastisch sein!«

Mayntz nahm einen tiefen Schluck. »Da bin ich ja froh, dass meine Frau so etwas nicht plant!«, grinste er. »Achtzehn Kilometer zu laufen wäre mir schon an der Mosel zu viel … aber im Ernst, ich finde das toll. Das wird sicher ein einzigartiges Erlebnis!«

»Auf jeden Fall!«, freute sich Cora. »Wir hatten alles organisiert, wir mussten jetzt nur die Flüge umbuchen, da wir nicht zu dem Staudamm können. Wir haben die Visa für China und Tibet und die Sondererlaubnis für den Berg. Wir fliegen von hier nach Bangkok, dann nach Katmandu in Nepal, dann Lhasa und dann nach … na ja, wie auch immer diese Stadt heißt.

Von dort ist es dann wie gesagt nur eine Tagesfahrt zum Kailash.«

Ganesh lächelte etwas verkrampft. Mayntz musste laut loslachen, als er sah, dass der arme Kerl alles gegeben hätte, nicht auf diesen Berg zu müssen. Aber er wollte es doch, für sie, seine Cora. Also versuchte er, gute Miene zu diesem Spiel zu machen, denn er kannte Cora, und ihr etwas ausreden zu wollen, was sie sich in den Kopf gesetzt hatte, war sinnlos. Aber Ganesh war besorgt. Würden sie es schaffen? Er war noch nie so hoch gewesen, und ungefährlich war dieser Pilgerpfad wahrlich nicht. Man konnte sich ja auch verletzen, stürzen, was auch immer. Und Hilfe war in Tibet schwer zu bekommen, im Notfall konnte kein Helikopter so hoch fliegen und sie retten, man musste selbst wieder absteigen oder auf Eseln hinabgebracht werden. Aber gut. Wenn er sah, wie sehr Cora sich darauf freute, konnte er ihr den Wunsch nicht abschlagen. Liebevoll sah er sie an, wie sie eifrig alle Details vor Mayntz ausbreitete. Am liebsten wäre sie sofort losgeflogen.

Während Cora noch begeistert von diesem bevorstehenden Abenteuer schwärmte, wurde ihr schlagartig etwas klar, was sie seit Stunden innerlich beunruhigt hatte, ohne dass sie es hätte genau zuordnen können. Plötzlich wusste sie, was der Professor an der Shwedagon-Pagode gemeint haben musste, als er von »dort oben« sprach. Und dann fiel ihr noch etwas ein. Shiva, der Zerstörer, hatte nach hinduistischem Glauben ebenfalls seinen Sitz auf dem Berg Kailash. Das hatte sie in Indien gelernt, und plötzlich klang es, verbunden mit der kryptischen Warnung des Professors, unheilvoll.

SHANGHAI, CHINA

Javier Padura, den sein Chef Dr. Dolger hierher nach Shanghai beordert hatte, blickte aus dem Fenster und versuchte sich vorzustellen, wie groß das Gelände der Anting Autocity unter ihm wohl sein mochte. Dichter Smog hing über der Stadt, gelblich-grau, dazu wehte der Wind einen feinen Nieselregen gegen die Fensterscheibe im fünfzehnten Stockwerk seines Hotels, sodass er praktisch nichts sehen konnte. Er hatte schon viel über die Luftverschmutzung in China gehört und gelesen, aber vielleicht musste man wirklich hier gewesen sein, um das begreifen zu können. Und es war wirklich zu be-greifen, im Wortsinne, man meinte den gelblichen Smog geradezu anfassen zu können, so dick wirkte er. Eben noch, als er mit dem Taxi vom Flughafen Shanghai Pudong hierhergefahren worden war, war die Sicht gut gewesen, blauer Himmel bei der Landung. Dann, als sie den Huangpu-Fluss überquerten, hatte sich das Wetter schlagartig verändert. Seine App hatte ihm verraten, dass es fast vierzig Kilometer vom Flughafen im äußersten Osten der Stadt bis hierher nach Anting im Nordwesten Shanghais waren, wo sich viele große Fahrzeughersteller und ihre Zulieferer niedergelassen hatten. Vor wenigen Jahren noch war dies ein Vorort gewesen, nur mit dem Auto erreichbar, hatte der Taxifahrer in gebrochenem

Englisch erzählt. Nun war Anting fast schon Innenstadt, mit der U-Bahn perfekt an das Shanghaier Netz angebunden. Die Dimensionen waren beeindruckend; die Fahrt vom Flughafen hatte fast zwei Stunden gedauert, und sie führte ununterbrochen durch ein endlos scheinendes Häusermeer.

Als Spanier war er saubere Luft gewöhnt, er stammte aus einer Kleinstadt nahe Valladolid, Palencia, das meist mit dem bekannteren Valencia an der Ostküste verwechselt wurde. Sein Interesse für andere Kulturen hatte ihn neben dem Wirtschaftsstudium dazu gebracht, Deutsch zu lernen. Ein Freund hatte ihm von dem »Club de Amigos de Alemania« erzählt, der nicht nur Deutschkurse anbot, sondern auch Deutschen Spanischkurse offerierte. Ein perfekter Ort also, um Kontakte zu knüpfen und die deutsche Kultur kennenzulernen. Deutsche Studentinnen zum Beispiel, die zum Spanischlernen hierherkamen und natürlich in der Fremde betreut werden mussten … Da half er doch gern aus. Und so lernte man Sprachen sicher am besten, durch viel Kontakt zu Muttersprachlern.

Nach mehreren Stationen in spanischen Maschinenbauunternehmen war er schließlich nach Deutschland gekommen und hatte sich bis zum Einkaufsvorstand eines der größten Automobilhersteller hochgearbeitet; gefürchtet war er für seine Detailkenntnis, für seine Unnachgiebigkeit bei Fehlern anderer (ihm selbst hatte man bisher keine nachgewiesen), für seine knallharten Preisverhandlungen. Und genau deshalb hatte sein Chef ihn nach China gesandt, damit er sich um den Vertrag kümmerte, mit welchem die Deutschen sich die Versorgung mit Batterien aus China für die Fertigung ihrer neuen Elektroautos zusichern lassen wollten. Mussten. Da die Deutschen, stolz auf ihre alteingesessene und weltweit führende Automobiltechnologie, den Wandel zur E-Mobility verschlafen hatten, vielleicht die Manager auch einfach zu feige gewesen waren, die für solch einen Wandel erforderlichen schmerzhaften Entscheidungen zu treffen, waren die Chinesen ihnen nun voraus. Dann, nach dem Dieselskandal, begannen endlich auch die deutschen Autohersteller, sich um das Thema Elektromobilität zu kümmern. Das war jetzt der neue Hype, Elektromobilität, auch wenn allen Fachleuten klar war, dass das keinesfalls eine vernünftige und nachhaltige Lösung sein konnte. Zu groß waren die Umweltschäden schon bei der Gewinnung des Lithiums, zu komplex die Entsorgungsthematik ausgedienter Batterien. Während China schon längst mit Wasserstoff plante, sprang man in Deutschland nun auf das Thema E-Mobility auf. Aber woher sollten die Batterien kommen? Deutschland hatte keine entsprechende Expertise, und vor allem fehlten die Rohstoffe, allen voran das begehrte Lithium. Dies sollte nun also aus China bezogen werden, so der Plan. Dass man damit die Abhängigkeit von dieser Lieferkette nur noch weiter verstärkte, statt aus den zunehmend auftretenden Lieferengpässen und den explodierenden Logistikpreisen entsprechende Lehren zu ziehen, war symptomatisch für das kurzfristige europäische Denken.

Padura runzelte die Stirn bei dem Gedanken daran, dass er heute Nachmittag in diesen Smog hinausmusste. Sein Hotel lag glücklicherweise direkt gegenüber der U-Bahn-Haltestelle Autocity Anting, sodass er quasi zu seinem Treffpunkt laufen konnte. Aber es war schwül draußen, es regnete sogar, und dazu die schlechte Luft … Er würde sich ein Taxi nehmen, das sah auch besser aus. Das Gesicht wahren, das war wichtig in Asien, und mit einem Taxi zu kommen machte sicher einen besseren Eindruck, als durchnässt seine Gesprächspartner zu treffen. Außerdem legte er als Spanier großen Wert auf eine gepflegte Erscheinung, trug teure Schuhe, und die wollte er der chinesischen Wirklichkeit nicht mehr aussetzen als unbedingt erforderlich.

Padura blickte kurz auf seine Armbanduhr – eine Patek Philippe, so viel Luxus musste sein – und beschloss, sich in die Lobby zu begeben. Er griff nach seiner eleganten Ledertasche mit dem Tablet und allen relevanten Unterlagen, warf einen letzten Blick in den Spiegel über dem Schreibtisch. Die perfekt gebundene Krawatte saß, er fuhr sich noch einmal durch die schwarzen, gewellten Haare und verließ dann, zufrieden mit seinem Erscheinungsbild, das Zimmer.

Dreißig Minuten später fand er sich in einem Besprechungszimmer seiner chinesischen Partner wieder. Man hatte ihn mit äußerster Zuvorkommenheit am Tor abgeholt, nachdem der Portier ihn angemeldet hatte, und eine sehr freundliche Assistentin führte ihn in einen direkt neben dem Eingang liegenden Raum. Die Schwüle Shanghais wurde durch eine Klimaanlage gemildert, die aber so stark eingestellt war, dass es ihn unwillkürlich fröstelte. Hoffentlich setzen sie mich nicht direkt davor, dachte er. Die Worte der Assistentin des CEO, Frau Komar, bezüglich der Sitzordnung beim ersten Treffen in Erfurt waren ihm noch sehr präsent, daher blieb er zunächst stehen und besah sich einige der Vitrinen mit Ausstellungsstücken, überwiegend Batterien in verschiedenen Ausführungen sowie die üblichen Bilder von ausländischen Gästen vor dem Eingangstor, mit dem Logo des Unternehmens gut sichtbar im Hintergrund.

Ja, es wäre ihm ganz recht gewesen, wenn Frau Komar mitgekommen wäre, sie war mit chinesischen Gepflogenheiten viel besser vertraut als er. Sicher, auch er war schon mehrfach in China gewesen, aber immer, um chinesische Zulieferer zu besuchen und Preise zu verhandeln, da war seine Position eine fordernde gewesen. Nun kam er zum ersten Mal gewissermaßen als Bittsteller nach China, und da hätte ihre Expertise doch gutgetan. Aber als der CEO ihn gefragt hatte, ob er sie mitnehmen wolle, hatte er abgelehnt, weil er sich keine Blöße geben wollte. Nein, er brauche die Komar nicht, das schaffe er schon alleine. Andererseits, aber dafür war es jetzt zu spät, hätte es ihm vielleicht Gesicht gegeben, eine Untergebene dabeizuhaben, die für ihn hätte mitschreiben können zum Beispiel. Ja, das wäre vermutlich eine gute Lösung gewesen. Zu spät. *Que lastima. Schade.*

Die Tür öffnete sich, und Frau Dr. Zhang, die er schon aus Erfurt kannte, und zwei weitere, ihm unbekannte Chinesen betraten den Raum. Hinter ihnen beeilte sich noch ein junger Chinese, wohl der Dolmetscher, den Anschluss nicht zu verlieren, und nachdem die üblichen Begrüßungsformalitäten, diesmal auf Englisch, mit Händedruck und Überreichung von Visitenkarten – Gott sei Dank hatte er sich speziell für diesen Anlass neue Karten mit chinesischer Rückseite drucken lassen –, erledigt waren, setzten sich alle. An diesen weichen Händedruck, den asiatische Männer zu mögen schienen, würde er sich nie gewöhnen, dachte Padura. War das so schwer, einmal kräftig zuzudrücken, wie richtige Männer das eben taten? Aber gut, er hatte sich fest vorgenommen, sich auf alles einzulassen und, nur das feste Ziel vor Augen, mit einem guten Deal nach Hause zu fliegen.

»Ja, Herr Padura«, begann Frau Dr. Zhang zu dessen großem Erstaunen in einem nahezu akzentfreien Englisch, das für den überraschten Spanier nach britischer Eliteuniversität klang.

»Huanying, herzlich willkommen, wir freuen uns, und es ist uns eine Ehre, dass Sie heute hierhergekommen sind. Hatten Sie eine gute Anreise, ist das Hotel in Ordnung?«

»Ja, alles gut«, antwortete Padura, etwas überrumpelt von ihrer Freundlichkeit, ebenfalls auf Englisch. »Vielen Dank für die sehr gute Organisation. Ich danke auch für die Einladung und freue mich sehr, Sie heute hier wiederzusehen. Ich, äh, wusste gar nicht, dass Sie so ausgezeichnet Englisch sprechen!«

Frau Zhang lächelte bescheiden. »Ich spreche nur wenig Englisch, nicht annähernd so gut wie Sie Deutsch, deswegen ist auch ein Dolmetscher hier, Herr Wang. Er wird für mich übersetzen, und der Einfachheit halber haben wir uns erlaubt, einen Spanisch-Dolmetscher hinzuziehen, dann können wir beide in unserer Muttersprache sprechen, ja? Ich schlage vor, dass wir unseren Vorschlag diskutieren, den wir Ihnen überreicht hatten, und dann zeigen wir Ihnen unsere Produktion, wenn Sie einverstanden sind. Und was machen Sie heute Abend? Haben Sie schon Pläne?«

»Nein, ich kenne ja niemanden in Shanghai, ich esse etwas im Restaurant des Hotels, denke ich, und gehe früh schlafen ...« Padura wusste nicht so recht, was hinter der Frage steckte.

»Frau Zhang würde Sie sehr gerne einladen, Herr Padura«, griff nun Wang rasch auf Spanisch ein, bevor es peinlich werden konnte, da dieser Spanier die Intention hinter Frau Zhangs Frage nicht zu verstehen schien. »Wenn man in China fragt, was der andere so vorhat, hat man meistens selbst schon einen Plan, einen Hintergedanken dabei, möchte aber nicht unhöflich sein und den anderen durch eine direkte Einladung in eine unangenehme Situation bringen, falls er doch schon etwas geplant haben sollte. Daher fragt man zuerst immer. Sie ... sollten zusagen, das wäre gut.«

»Oh, danke für den Tipp. Natürlich sage ich sehr gern zu; ich freue mich!«, nickte Padura und lächelte Frau Zhang an.

Inzwischen hatte einer der Assistenten mehrere Tablets ausgepackt und reichte sie herum, auch Padura erhielt eines. Das

Memorandum of Understanding, MoU, war bereits geöffnet, und Frau Zhang schlug vor, Padura solle doch beginnen und seine Einschätzung äußern. Er holte etwas weiter aus, schilderte kurz, wie sich die deutsche Industrie auf E-Mobility umstellte und dass man, also speziell sein Unternehmen, sehr gern auf chinesische Batterien zurückgreifen wollte. Man habe sich entschieden, keine eigene Batteriefertigung in Deutschland zu etablieren. Und dies sei doch ein hervorragendes Geschäft für die chinesische Seite, also Win-win, beide Seiten profitierten voneinander, und jetzt ginge es eigentlich nur noch um Liefermengen und -preise.

Die Chinesen hörten zu, während Wang übersetzte, und nickten höflich. Was sie aber wirklich von seinen Ausführungen hielten, war Padura schleierhaft. Das konnte ihm auch egal sein, dachte er bei sich; wenn er nur die Versorgung mit Batterien sicherstellen konnte, war alles gut. Er war noch immer sehr beeindruckt, dass man auf seine Muttersprache Rücksicht genommen hatte, und auch die Ausgabe von Tablets schien ihm sehr professionell. In Deutschland hätte man sicher Papierkopien verteilt.

Schließlich beugte sich Frau Zhang vor.

»Hören Sie, Herr Padura. Wir wissen und Sie wissen, dass wir das hier nicht machen müssen. Wir haben Anfragen aus der ganzen Welt. Lithium gibt es nur an wenigen Stellen weltweit in ausreichender Menge, und neben den großen Vorkommen in Südamerika, speziell Bolivien, bleibt nur China. Wir können aus den tibetischen Salzseen beliebig viel Lithium extrahieren, und genau das tun wir bereits. Wenn Sie also Batterien bei uns kaufen, schön, aber wirklich interessant ist das für uns nicht. Wir schlagen Ihnen etwas Besseres vor: Wir bauen ein Batteriewerk in Deutschland. Wir beliefern Sie, nicht exklusiv, aber bevorzugt. Sie garantieren uns eine gewisse Mindestabnahmemenge, damit sich die Investition in das Werk für uns rechnet. Damit sichern Sie sich die Lieferungen, die Sie brauchen, wir investieren in Ihr schönes Deutschland, und alle sind zufrieden. Die Konditionen finden Sie ebenfalls in der Ihnen vorliegenden Präsentation.« Damit lehnte sie sich wieder zurück und blickte ihn gespannt an.

Padura schluckte. Das hatte er nicht erwartet. Ein Werk in Deutschland? Das wäre ja unglaublich, keine Lieferengpässe, keine Logistikprobleme ... genau das, was sein Chef eigentlich gewollt hatte! Wo war der Haken? Wieso jetzt diese Entscheidung? Das klang zu gut, um wahr zu sein. Wenn er das zu vernünftigen Konditionen im Vorstand durchsetzen konnte, würde seine Position gefestigt, mehr als das, er wäre der klare Favorit auf den Posten des CEO, sobald dieser frei würde ... Aber dazu durften die Chinesen nicht erfahren, wo seine finanzielle Schmerzgrenze lag. Das war entscheidend.

Mit kritischem Blick, als sei er nicht begeistert, ergriff er das Wort. »Frau Dr. Zhang, ich danke Ihnen für Ihre Ausführungen. Sie können sich vorstellen, dass das etwas unerwartet kommt. Ich muss das durchrechnen und mit dem Vorstand abstimmen. Ich nehme das mit und melde mich, einverstanden? Ich denke, ich kann Ihnen morgen oder übermorgen ein erstes Feedback zu Ihrem Vorschlag geben.«

Ein knappes Nicken der chinesischen Delegationsleiterin reichte, und alle erhoben sich. Auch Padura stand auf, schüttelte erneut allen die Hand, verbeugte sich knapp und ging dann, begleitet von Wang, zum Ausgang.

»Was ist mit der Einladung zum Abendessen?«, fragte der Spanier den Dolmetscher.

Wang blickte ihn lächelnd an. »Vielleicht ist es besser, Sie nutzen die Zeit sinnvoller als mit höflichem Small Talk mit Frau Zhang, was meinen Sie? Lesen Sie die Unterlagen durch, sprechen Sie mit Ihrem Vorstand, und dann«, er zwinkerte Padura zu, »kenne ich da eine hervorragende Tapas-Bar im Stadtzentrum. Die Adresse habe ich Ihnen schon über WeChat gesandt. Genießen Sie den Abend in vollen Zügen! So sagt man doch, nicht wahr? Wir freuen uns, dann morgen von Ihnen zu hören.«

Damit winkte er das Taxi herbei, das schon gewartet hatte, nannte dem Fahrer die Adresse von Paduras Hotel und verschwand wieder im Gebäude.

Padura ließ sich völlig verwirrt in den Taxisitz sinken. Wie jetzt? Eben hatte es noch geheißen, er solle mit Frau Zhang essen, jetzt wieder nicht, dann noch eine klare Empfehlung für eine Tapas-Bar – war das wieder ein versteckter Hinweis? Da sollte einer durchblicken! Er seufzte und beschloss, am Abend diese Tapas-Bar aufzusuchen. Rasch sandte er eine Sprachnachricht an seine Assistentin in Deutschland, welches Angebot die Chinesen ihm eben gemacht hatten und dass er einige Unterlagen brauchte, um eine Kostenabschätzung vornehmen zu können. Und dass er vorhabe, die Chinesen beim Preis ordentlich zu übervorteilen. Vielleicht war China doch ganz interessant, und wenn dieser Deal funktionierte, könnte das das Sprungbrett für eine Karriere nach ganz oben sein. Es kam jetzt alles auf sein Verhandlungsgeschick an und darauf, den Chinesen einen guten Preis aufzudrücken.

Padura entspannte sich. Ein gutes spanisches Essen, dazu ein schöner Rotwein, vielleicht ein Finca Del Bosque, das brauchte er jetzt.

Als er seine Sprachnachricht abgeschickt hatte, schaltete er sein Smartphone aus. Dass der Taxifahrer, der ihn im Rückspiegel beobachtet hatte, unauffällig die Diktierfunktion seines Handys deaktivierte, bekam er nicht mit.

AKSAI CHIN, TIBET

Der Anruf aus Delhi war kurz und präzise gewesen. Sein Kontakt im Wirtschaftsministerium teilte ihm mit, er, Ganesh, müsse umgehend in die Hauptstadt kommen. Die indischen Pläne zur Umleitung und Verbindung mehrerer Flüsse im Norden mussten finalisiert werden; seine Expertise war unverzichtbar. Der Plan stand weit oben auf der Agenda des Premiers, und das hieß, dass es keinen Verhandlungsspielraum gab. Urlaub hin oder her, die nationalen Interessen standen nun einmal an erster Stelle.

Das führte zu mehreren schwierigen Fragen. Warum jetzt? Konnte das nicht ein paar Tage warten? Aber vor allem, wie sollte er Cora beibringen, dass er nicht mit ihr die heilige Umrundung des Kailash unternehmen konnte?

Nachdenklich schlenderte Ganesh zurück zu Cora, die mit geschlossenen Augen auf den Stufen des Hotels in der Morgensonne saß. Gestern Abend waren sie angekommen, hier in dem kleinen Dorf Darchen am Fuße des Berges Kailash, nach anstrengenden Flügen über Thailand und Nepal. Sie befanden sich in einer der abgelegensten Regionen der Welt. Ein Jeep hatte sie vom zweihundert Kilometer entfernten Flughafen hierhergebracht, und dann hatten sie beide eine unruhige, nahezu schlaflose Nacht verbracht. Die Höhe von etwa viertausendfünfhundert Metern über dem Meeresspiegel brachte Kopfweh und Atemnot mit sich; die ersten Nächte auf dieser Höhe waren immer von Schlaflosigkeit gekennzeichnet, manchmal von Übelkeit und gelegentlich von Panikattacken und der Angst, nicht ausreichend Luft zum Atmen zu bekommen.

Ihr Plan bestand in einem mindestens dreitägigen Aufenthalt hier, um sich zu akklimatisieren, dann wollten sie mit ihrem tibetischen Führer, ohne den kein Ausländer sich in Tibet bewegen durfte, die Kora, die dreitägige Umrundung des Berges zu Fuß, wagen. Heute stand nur Ausruhen auf dem Programm, irgendwo in der Sonne unter diesem unfassbar tiefblauen Himmel sitzen, erst einmal ankommen, sich wenig bewegen, viel trinken. Tibet kannte Cora ja schon von ihrer ersten Chinareise, aber das letzte Mal hatte sie durch die sich überschlagenden Ereignisse kaum Zeit gehabt, sich auf die Spiritualität dieser Gegend einzulassen. Damals hatten sich nicht nur die Ereignisse, sondern auch ihr Lkw überschlagen, nachdem sie von der chinesischen Armee gefangen genommen worden war. Diesmal sollte alles anders sein; jeder, der schon einmal diese Tour um den Kailash gemacht hatte, sprach von einer einzigartigen Erfahrung. Der Berg schien wirklich etwas Besonderes zu sein, ohne dass man genauer hätte sagen können, warum eigentlich. Er besaß eine Aura, vielleicht war das das richtige Wort. Und Cora stellte sich vor, wie sie mit ihrem Ganesh dort oben sein würde, mit etwas Glück sogar fast alleine. Der Ausblick war sicher fantastisch, und dann, hatte sie sich vorgenommen, wollte sie ihn fragen, ob er nicht doch zu ihr nach Deutschland kommen wollte. Was für ein romantischer Moment, wenn er Ja sagen würde! Abends, wenn sie dann nach diesem anstrengenden Trekking in der Unterkunft ankamen, würden sie das feiern, und dann …

Cora hörte den vertrauten Schritt ihres Liebsten, sie öffnete die Augen und sah ihn glücklich an. »Wer hat dich denn jetzt angerufen? Denk daran, wir haben Urlaub!«

Ganesh ließ sich neben sie auf die Stufen sinken. Eine Weile schwieg er, dann konnte er es nicht mehr aushalten. »Du wirst es nicht glauben, ich habe einen sehr wichtigen Anruf erhalten!«

Er berichtete, was das Ministerium von ihm verlangte. Natürlich unterstand er als freier Ingenieur nicht den indischen Behörden, aber schließlich war es Teil seines Jobs, für die Regierung zu arbeiten, und da konnte man nicht einfach absagen. Er musste auch an seine berufliche Zukunft denken.

Cora sah ihn ungläubig und tief enttäuscht an. Unwillkürlich schossen ihr die Tränen in die Augen, und wütend brach es aus ihr heraus: »Im Ernst? Wir hatten uns so auf diesen gemeinsamen Urlaub gefreut, und jetzt wird es wieder nichts … ich wollte diesen Pilgerpfad unbedingt mit dir gemeinsam gehen! Alleine mache ich das nicht! Was tun wir denn jetzt? Ich verstehe dich ja, dass du deiner Regierung helfen willst, worum es auch immer gehen mag. Aber was ist denn mit uns? Wir sehen uns so selten, und jetzt …« Sie verstummte und blickte ihn unglücklich an.

Er legte seinen Arm um sie, hin- und hergerissen zwischen dem Wunsch, mit ihr zusammen zu sein und dennoch auch seine Pflicht zu erfüllen. Und ganz so enttäuscht wie sie war er insgeheim gar nicht. Er musste jetzt nicht drei Tage lang auf dem gefährlichsten Pilgerpfad der Welt entlangtrekken …

Schließlich saßen sie Hand in Hand auf den sonnigen Stufen ihres Hotels. Hier, etwas außerhalb des eigentlichen Ortes und leicht erhöht an einem Hang, war es still, für an den Lärm von Großstädten gewöhnte Menschen unfassbar still. Nur gelegentlich drang vom Dorf ein Hupen zu ihnen empor. Ein großer Vogel kreiste über ihnen, eine Katze pirschte sich an der Steinmauer entlang, die den Hof umfasste, sprang dann elegant von der Mauer und verschwand. In der Sonne wurde es rasch heiß, aber ebenso schnell konnte Wind aufkommen und eiskalt um die Ecken blasen. Jeder hing seinen Gedanken nach: Während Ganesh schon die Rückreise plante und gespannt war, was auf ihn zukommen würde, war Cora noch ganz von der Enttäuschung erfüllt, ihren großen Traum, zusammen mit ihrem Ganesh den Kailash zu umrunden, nicht leben zu können.

Es war schließlich sie, die zuerst aufsprang und ihn mit sich zog.

»Na los, es hat keinen Zweck, du musst. Pack deine Sachen, du wirst doch abgeholt. Ich bleibe noch einen Tag oder zwei, wenn ich schon mal hier bin, und dann … ja, mal sehen. Mir bleibt wohl nichts anderes übrig, als zurück nach Deutschland zu fliegen. Das war es dann mit unserem Urlaub dieses Jahr. Aber komm, wir essen noch etwas zusammen, so viel Zeit wird ja wohl sein. Momos wären jetzt gut!«

Ganesh lächelte traurig, die tibetischen Teigtaschen kannte er aus Coras Erzählungen. Sie hatte sie bei ihrer letzten Tibet-Reise ständig gegessen, weil der Speiseplan in den meisten tibetischen Gaststätten sehr überschaubar war. Meist gab es Momos und Tsampa, den tibetischen Gerstenbrei, manchmal eine Nudelsuppe. Oder nur Nudeln. Oder es wurde Yakfleisch angeboten, aber das zu essen, erforderte Mut. Nicht wegen des Geschmacks, der war in Ordnung, hatte Cora ihm versichert. Sie zeigte ihm, was sie meinte. Gemeinsam schlenderten sie die Straße hinunter, vorbei an einem Ladengeschäft, auf dessen Theke blutige Yakköpfe in der Sonne vor sich hin gammelten, von Fliegen umschwärmt. Daneben lagen ein paar blutige Brocken Fleisch, undefinierbar, kritisch beäugt von zwei tibetischen Frauen, die ihre Einkäufe erledigten. Ganesh verstand sofort, was sie mit »Mut« gemeint hatte, und Cora beschloss, heute lieber vegetarisch zu essen.

Darchen war nicht groß und hatte sich in den letzten Jahren zum touristischen Ausgangspunkt der Kora entwickelt. Der Ort bestand hauptsächlich aus wenigen Hotels, zahlreichen Souvenirläden, Restaurants und kleinen Geschäften mit Ausrüstung für die Bergumrundung.

Nach wenigen Metern bogen sie nach rechts in die Hauptstraße ab, die von Geschäften und Restaurants gesäumt war. Sie fanden ein kleines Lokal, dessen Boden wie so oft in Tibet mit Yakfellen belegt war. Die Einrichtung war sparsam und bestand hauptsächlich aus Plastikstühlen und einigen Holzbänken. Eine riesige, mit buddhistischen Motiven bunt bemalte Holztruhe diente als Tisch. An der Wand neben dem Eingang hing ein Thangka, ein tibetisches Rollbild mit einer dieser sehr bunten Darstellungen buddhistischer Szenen, auf Stoff gemalt und voller Symbole. Cora trat näher heran und betrachtete das Bild ausgiebig. In der Mitte war ein hoher weißer Berg abgebildet, offensichtlich der Kailash, ein stilisierter Weg symbolisierte die Umrundung, mehrere Pilger waren zu sehen, im Vordergrund ein großer blauer See, der heilige See Manasarovar. Mehrere Flüsse entsprangen aus dem Berg und flossen in alle Himmelsrichtungen. Das Thangka war wunderschön, und Cora hätte es gern gekauft, unterließ es dann aber, danach zu fragen. Es gehörte hierher, an den Berg, den es symbolisierte.

Auf einem der Plastikstühle, die vor der zum Tisch umfunktionierten Truhe standen, saß ein vielleicht achtjähriges Mädchen und schrieb etwas in ein Schulheft. Die schwarzen strubbeligen Haare standen nach allen Seiten ab, das braun gebrannte Gesicht, aus dem zwei blaue Augen neugierig auf die Besucher starrten, war ebenso schmutzig wie der bunte Wollpullover mit einem Einhorn darauf. Als ihre Mutter die beiden Gäste sah, rief sie etwas, und die Kleine verschwand sofort mit ihren Schulsachen hinter einem Vorhang. Cora und Ganesh setzten sich, und die Mutter legte eine abgegriffene, in Plastik eingeschweißte Speisekarte vor ihnen auf die Truhe. Auf Yaksuppe hatte Cora nach der Metzgerei eben keine Lust mehr, Ganesh als Vegetarier suchte sich ohnehin eine Brühe mit Tomaten und Eiern aus, und Cora schloss sich der Einfachheit halber an. Da die Inhaberin, die auch die Bedienung und die Köchin zu sein schien, kein Englisch sprach, zeigten sie einfach auf die Karte, und sie nickte. Dann sagte die Frau etwas auf Tibetisch. Als sie die fragenden Gesichter ihrer Gäste sah, rief sie etwas nach hinten, und das kleine Mädchen tauchte wieder auf. Scheu kam sie auf Cora zu und sagte auf Englisch: »Want drink?«

Die Mutter blickte voller Stolz auf ihre Tochter, die diese fremde Sprache beherrschte. Cora und Ganesh bestellten bei der Kleinen zwei Lhasa-Bier, und Ganesh hob demonstrativ den Daumen hoch, um der Mutter zu zeigen, wie gut ihr Kind das gemacht hatte. Dieses dolmetschte die Bestellung brav ins Tibetische und rannte dann davon, um kurz darauf mit zwei von den grünen Bierdosen mit eher wässrigem Bier wiederzukommen, die Cora noch von ihrem letzten Abenteuer in Tibet kannte.

Sie aßen schweigend, in Gedanken vertieft. Ganesh grübelte, was wohl der Grund für den Anruf aus Indien gewesen sein mochte, Cora hing ihren eigenen Gedanken nach und versuchte, sich ihre Enttäuschung nicht zu sehr anmerken zu lassen. Was sollte sie jetzt tun? Allein auf die Pilgerrunde um den Berg? Nein, dieses wunderbare spirituelle Erlebnis wollte sie mit Ganesh teilen, von so etwas konnte man nicht berichten wie von einem Skiurlaub, das musste man gemeinsam erleben. Aber wohin dann? Direkt zurück zum Flughafen in Ngari? Auf dem Weg dorthin gab es die Möglichkeit eines Abstechers in eine berühmte Burgruine, das alte Königreich Guge hatte dort seine Spuren hinterlassen. Vielleicht sollte sie dorthin fahren, dann war zumindest nicht alles umsonst gewesen. Aber alleine machte es keinen Spaß, sie wollte doch mit Ganesh ... Sie gab sich einen Ruck. Wie auch immer, es ging nicht, also würde sie allein nach Guge fahren und danach nach Hause. Das war jetzt ihr Plan. Und Ganesh? Sie blickte ihn an, wie er ihr gegenübersaß, appetitlos in seiner Suppe rührte und völlig in Gedanken versunken schien. Würden sie je ein gemeinsames Leben haben? Oder würde es immer so bleiben, jeder mit seinen Aufgaben, die sich nur gelegentlich überschnitten, in Indien, in China oder auch mal in Deutschland?

Einige Stunden später, Ganesh war inzwischen aufgebrochen, stocherte Cora im Speisesaal des Hotels traurig in ihrem Gerstenbrei. Tsampa, die tibetische Lieblingsspeise, essbar, wenn auch völlig geschmackfrei, nichts, was sie wirklich vermissen würde. Aber mit ihren Gedanken war sie ohnehin weit weg, bei Ganesh, der jetzt schon im Flieger zurück nach Indien saß. Was er wohl berichten würde? Und sie? Vor ihr lag eine mehrstündige Rückfahrt zum Flughafen, den Abstecher zur Burgruine von Guge eingeschlossen, und dann der ebenso trostlose Flug in die Heimat; ohne Ganesh wollte auch sie hier nicht bleiben. Die Kora würde warten müssen.

Der Speisesaal des Hotels verdiente den Namen eigentlich nicht. Er bestand aus einem großen, schlicht in Holz gehaltenen und natürlich ungeheizten Raum, in dem es jetzt am Abend bereits empfindlich kalt wurde. Vier einfache, grob gehauene Tische, vor denen jeweils zwei mit bunten Kissen belegte Bänke standen, und eine Art Theke, hinter der eine junge Tibeterin Buttertee und Tsampa zubereitete, bildeten die ganze Einrichtung. Die Köchin trug den typischen bunten Wickelrock, eine hübsche blaue Bluse und ein rotes Kopftuch; wie viele Tibeterinnen sah sie viel älter aus, als sie vermutlich war. Sie sprach kein Wort Englisch und hatte, als Cora den düsteren Raum betrat und sich auf eine Bank setzte, ihr wortlos, aber mit einem hübschen Lächeln Tee und Brei gebracht. Die wenigen anderen Gäste waren ebenso wie Cora dick in ihre Outdoorkleidung gehüllt; nach der Hitze auf den Steinstufen des Hotels am Nachmittag war die Eiseskälte des Himalaya nun deutlich zu spüren. Da der Strom ausgefallen war, erleuchtete nur der Schein zweier flackernder Kerzen das je nach Stimmung als romantisch oder einfach nur karg zu beschreibende Szenario.

Am Nachbartisch saß eine Gruppe von vier chinesischen Touristen, die laut schmatzend das Essen in sich hineinschaufelten und dazu eine klare Flüssigkeit tranken, die verdächtig alkoholisch roch. In dieser Höhe in Tibet harten Alkohol zu trinken war sicher keine gute Idee, dachte Cora bei sich. Am Ecktisch hinten rechts saß ein älterer Mann, ein Weißer, vielleicht Amerikaner. Mit seinem braun gebrannten und von tiefen Furchen durchzogenen Gesicht, dem vollen, weißen Haar, das er in einem Zopf zusammengebunden hatte, den Armeehosen sowie professionell aussehenden Stiefeln machte er den Eindruck eines erfahrenen Trekkers, keiner dieser Touristen, die in Tibet eine Spiritualität zu finden hofften, die sie in ihrer Heimat nicht einmal gesucht hatten. Ob er den Pfad rund um den Kailash noch vor sich hatte oder schon auf dem Rückweg war? Er sah alt aus, sicher weit über siebzig, und musste wohl körperlich ziemlich fit sein, um die anstrengende Umrundung auf sich zu nehmen. Cora hätte ihn gern befragt, aber er machte ein so abweisendes Gesicht und war augenscheinlich dermaßen in die Lektüre eines abgewetzten Taschenbuches vertieft, dass sie ihn besser nicht ansprach. Egal. Sie würde ihren Trip mit Ganesh eben nachholen. Nächstes Jahr. Hoffentlich.

Cora ging, da die Beleuchtung noch immer nicht funktionierte, im Schein ihres Smartphones zurück in ihr Zimmer. Auch dort war es stockdunkel und sehr kalt, also zog sie sich gar nicht erst aus, sondern wickelte sich, so wie sie war, in die dicke Steppdecke, die auf ihrem Bett lag. Allein, kalt und mit der Aussicht auf eine trostlose Heimreise schloss sie unglücklich die Augen. Da leuchtete ihr Phone auf. Ein Anruf? Jetzt? Ganesh? Hoffnungsvoll nahm sie den Anruf an, sah aber im gleichen Augenblick den Namen Britta auf dem Display. Ihre Freundin aus Mainz, hm, jetzt, sollte sie …? Na gut, sie nahm ab.

»Hi, Britta, du, ich wollte gerade schlafen, ist alles okay?«

»Oh, tut mir leid!«, hörte sie die vertraute Stimme Brittas. »Ich wollte mich nur erkundigen, wie es euch geht, seid ihr gesund?«

Cora hatte keine Lust auf ein langes Telefonat, aber sie wollte ihre Freundin auch nicht einfach abwimmeln. Kurz schilderte sie, was passiert war: dass Ganesh nach Indien hatte abreisen müssen, dass sie allein war und am nächsten Tag mit einem Taxi zurück zum Flughafen fahren würde. Britta wollte noch wissen, wann sie in Deutschland lande, aber das wusste Cora selbst noch nicht. Nachdem sie sich verabschiedet hatten, wickelte sich Cora endgültig in die warme Steppdecke und fiel in einen unruhigen Schlaf, aus dem sie immer wieder aufschreckte, ohne zu wissen, was sie geträumt hatte.

Am nächsten Morgen wartete schon ihr Taxi, das sie zum Flughafen bringen sollte. Ihr tibetischer Guide, der sie eigentlich auf der Kora hatte begleiten sollen, bestand darauf, sie auch zum Flughafen zu bringen; es war ihm nicht erlaubt, eine Ausländerin allein durch Tibet fahren zu lassen. Cora war sich nicht sicher, ob er sie beschützte oder überwachte, vermutlich eine gesunde Mischung aus beidem. Draußen vor den Stufen des Hotels wartete noch ein Taxi auf einen Kunden. Während Cora ihr Gepäck verstaute, sah sie aus dem Augenwinkel, wie der weißhaarige Trekker aus dem Speisesaal die Stufen herablief und, ohne Cora auch nur zu grüßen, in das wartende Taxi stieg, das sofort losfuhr.

Die Landschaft, die an ihr vorbeizog, besaß diese einzigartige Kombination aus Eintönigkeit und unglaublicher Faszination, die Cora schon von ihrem letzten Tibet-Abenteuer kannte. Es war nicht so, dass hinter jeder Ecke etwas absolut Neues wartete, oft änderten sich die spärliche Vegetation und das sanfte Hügelland stundenlang kaum, aber das Farbenspiel allein war beindruckend. Je nach Wolkenstand, Bodenbeschaffenheit und Lichteinfall changierten die Hügel zwischen braun, blau, einem tiefen Grün, manchmal geradezu violett oder gelb. Rostrote Gesteinsmassen wiesen auf Eisenerze hin, die hier lagerten, dann wieder tauchte plötzlich ein tiefgrüner See auf, Überbleibsel des Ozeans, der einst das, was man heute den Himalaya nannte, bedeckt hatte. So kam es, dass die meisten Seen Tibets Salzseen waren und dass Korallen und Muschelablagerungen in vielen Tausend Metern Höhe zu finden waren.

Schließlich kamen sie an den Rand eines riesigen Canyons, und der Fahrer hielt an, damit Cora sich die Beine vertreten und er etwas rauchen konnte. Der Anblick war unbeschreiblich schön. Eine gewaltige Schlucht zog sich fast von Horizont zu Horizont, Hunderte von Metern tief, es handelte sich um die durch Erosion zerfurchten Sedimente eines uralten Sees. Die Gesteinsschichten schimmerten zuunterst tiefgelb, eine höhere Schicht dann dunkelocker, schließlich darüber braun und ganz oben wieder hellgelb. Als wäre all das nicht genug und als wollte die Natur sagen: Seht her, ich kann noch mehr, erhob sich darüber am Horizont eine schier endlose Kette von schneebedeckten Bergen. Es musste sich ausschließlich um Sechs- und Siebentausender handeln, sie bildeten zugleich auch die indisch-tibetische Grenze, von hier aus im Süden gelegen. Einer der Gipfel im Südwesten ragte noch weiter heraus als die anderen, das war der Kamet, wie der Guide erklärte, schon auf indischem Staatsgebiet und fast siebentausendachthundert Meter hoch. Coras Blick schweifte weiter nach Süden, und auch dort erblickte sie eine gewaltige Bergkette. Ihr Führer bemerkte ihren fragenden Blick und nuschelte in seinem schwer verständlichen Englisch, das sei das Nanda-Devi-Massiv, auch Indien. Dort war Indien!

Cora wusste, dass die indische Grenze nicht weit war; an manchen Stellen kam die Bundesstraße G219, auf der sie jetzt fuhr und die sich quer durch Tibet zog, bis auf wenige Kilometer an das zwischen China und Indien umstrittene Gebiet Aksai Chin heran. Cora fragte ihren Guide, wie weit es bis Indien sei, aber er zuckte nur mit den Schultern und meinte, das hier sei alles China. Mehr konnte sie von ihm wohl kaum erwarten.

Andächtig bewunderte sie das Panorama. Sie hatten diese Strecke zwar schon auf der Hinfahrt genommen, aber da hatten sie geschlafen, weil sie von den langen Flügen müde gewesen waren. Und inmitten dieser Canyonlandschaft, ohne

Ortskenntnis nicht zu entdecken, erhob sich ein aus dieser Perspektive winziger Berg, der Burgberg von Guge, zu welchem Cora wollte, um sich die Überreste eines einst mächtigen Herrscherhauses anzuschauen. Die Herrscher hatten sich auf einer Bergspitze eine Burg errichtet, die nun, nach Jahrhunderten und vor allem nach der Zerstörung in den furchtbaren Jahren der chinesischen Kulturrevolution, nur noch eine Ruine war. Aber es hieß im Reiseführer, die Ruine sei beeindruckend, die Aussicht unglaublich, und einige alte Fresken waren in den Innenräumen wohl noch erhalten.

Eine Stunde später fuhr ihr Taxi auf den weiten Parkplatz unterhalb der Burgruine. Ein chinesischer Touristenbus stand etwas abseits, sonst war niemand zu sehen. Cora stieg aus und sah sich um. Wieder diese absolute Stille, der tiefblaue Himmel, der eisige Wind, der sie zittern ließ. Aber nur wenige Schritte weiter stand sie im Schutz eines Felsvorsprungs, und die Sonne brannte auf ihre Haut. Auch das war Tibet, hier half nur das Zwiebelprinzip beim morgendlichen Ankleiden: viele Schichten, sodass man jederzeit einen Pulli oder eine Jacke anziehen beziehungsweise in der Sonne wieder ausziehen konnte.

Während ihr Guide sich um ein Ticket kümmerte – auch hier am gefühlten Ende der Welt musste Eintritt bezahlt werden – und der Fahrer sich die obligatorische Zigarette ansteckte, blickte Cora den Berg hinauf auf die verschiedenen Gebäude, die Überreste der einst so stolzen Festung, die sich Hunderte von Metern den Hang hinaufzogen. Als ihr Guide ihr signalisierte, sie könne nun hineingehen, er werde unten warten, begann sie den steilen Aufstieg über eine zunächst leicht gewundene Schotterpiste, die dann in schmale Stufen, die in den Fels gehauen worden waren, überging. Es wurde rasch sehr heiß, und sie war froh, als sie sich in den Schatten des ersten Gebäudes, eines lang gestreckten weiß gekalkten Tempels, begeben konnte. Hier gab es nicht viel zu sehen, auch hatten sich hier die chinesischen Touristen versammelt, zu denen wohl der Bus unten auf dem Parkplatz gehörte. Nein, das war ihr zu voll, zu laut, sie wollte Guge allein und in absoluter Ruhe genießen. Nach kurzer Pause, die Höhe machte sich doch recht stark bemerkbar und Cora atmete in kurzen, flachen Zügen, stieg sie weiter hinauf. Jeder Schritt war eine enorme körperliche Anstrengung, sie musste immer wieder innehalten und ausruhen. Die mangelnde Akklimatisierung machte ihr mehr zu schaffen, als sie gedacht hatte. Nun stand sie vor einem rot gestrichenen Tempel, weiter hinaufzusteigen war nicht erlaubt. Wie gern wäre sie weiter den Berg hinaufgeklettert, ganz oben befand sich ein weiterer Tempel, von dort musste der Blick fantastisch sein. Aber wegen Renovierungsarbeiten war der Zugang derzeit gesperrt. Nun gut. Auch so war die Landschaft beeindruckend. Dass hier aber über fünfhundert Familien gelebt haben sollten, war kaum zu glauben; in dieser kargen Felslandschaft, in der es keinen Tropfen Wasser zu geben schien.

Cora schob einen dicken Wollvorhang beiseite, der herumstreunende Hunde abhalten sollte, und betrat den Innenraum des Steingebäudes. Kurz blieb sie stehen, um ihre Augen an die Lichtverhältnisse zu gewöhnen. Nach dem gleißenden Licht draußen war im Halbdunkel zunächst kaum etwas zu erkennen. Schließlich machte sie Konturen aus; als sie sich nach links wandte, hätte sie beinahe aufgeschrien. Eine riesige Fratze blickte sie drohend an, meterhoch, rote Augen blitzten aus einem blau-schwarzen Gesicht, fünf Arme, die Waffen schwangen und auf sie zukamen, hatte das Wesen auf jeder Seite. Wohin? Cora stolperte etwas zurück, wollte sich umsehen, dann wurde es ihr plötzlich klar. Ein Fresko, natürlich, der ganze Raum war voller Geister und Dämonen, die an die

Wände gemalt worden waren, mit überraschend kräftigen Farben noch deutlich erkennbar, und sie erfüllten ihren Zweck, nämlich ungebetene Gäste abzuschrecken, bestens, wie Cora eben hatte feststellen müssen. Jetzt musste sie über sich selbst lachen, aber die lebensechten Darstellungen flößten ihr doch Respekt ein. Langsam ließ sie ihren Blick schweifen, es kam nur wenig Licht durch ein kleines Fenster herein, und in jeder Ecke gab es weitere, beeindruckend realistische Darstellungen tibetischer Geister. Offensichtlich hatten die Zerstörer der chinesischen Kulturrevolution und ihre Nachfolger, die die tibetische Kultur hatten auslöschen wollen, nicht alles geschafft. Statuen gab es wohl keine mehr. Der Raum war früher voll davon gewesen, hatte Cora gelesen, sie waren nun aber alle zerstört oder gestohlen. Die Bilder jedoch waren noch da und eindrucksvoll genug.

Während sie die wenigen gut erhaltenen Malereien bewunderte, wanderte sie langsam durch den Raum. In einer dunklen Ecke schließlich blieb sie vor der mannshohen Bronzefigur eines Buddha stehen, die Einzige, die erhalten war, und betrachtete staunend die perfekt geformten Gesichtszüge, das leise Lächeln, angedeutet nur, aber unverkennbar. Hinter ihr hörte sie, wie jemand den Raum betrat, mehrere Personen wohl, die sich leise unterhielten. Sie drehte sich halb um und wollte gerade aus der Dunkelheit der Statue treten, als sie unwillkürlich stutzte. War das nicht dieser Typ aus dem Hotel in Darchen, dieser bärtige Ausländer? Er war in Begleitung eines Asiaten, Tibeter oder Chinese, das konnte sie nicht erkennen, denn er war westlich in Jeans und T-Shirt gekleidet. Sie sprachen Englisch, und das war es auch, was sie hatte innehalten lassen. Genau konnte sie nicht verstehen, was sie sprachen, aber Wortfetzen drangen zu ihr hinüber. Die beiden hatten Cora im Dunkel der Ecke wohl nicht wahrgenommen.

»... Aksai Chin ... massive impact ... squad ... leave immediately ...«

Hätten sie sich normal unterhalten, wäre Cora daran nichts Besonderes aufgefallen, aber sie schienen geheimnisvoll zu tun und flüsterten beinahe. Was war das mit Aksai Chin? Das war doch diese umstrittene Region, ein wenig nördlich von hier, in der sich China und Indien immer wieder kleine Auseinandersetzungen lieferten, von Indien beansprucht, aber derzeit von China besetzt. Und was war das mit dem massiven Eindruck? Squad? Es war seltsam, dass dieser Typ aus Darchen jetzt hier auftauchte und von Aksai Chin sprach. Oder bildete sie sich etwas ein? Warum sollte ein anderer Tourist nicht ebenso wie sie die Sehenswürdigkeiten anschauen? Und da musste man sich ja über den Weg laufen. Schließlich gab es nur diese eine Straße im Umkreis von Hunderten von Kilometern. Und der Asiate war sicher sein Guide, und sie sprachen über Politik. Alles normal, und Cora ärgerte sich fast über sich selbst, da sie hier Geheimnisvolles vermutete. Dennoch blieb sie stehen, wo sie war, und wartete, bis die beiden den düsteren Raum wieder verlassen hatten. Dann blickte sie vorsichtig nach draußen, sah niemanden und machte einige Schritte auf das Plateau hinaus. Da waren die beiden, unter ihr, schon beim Abstieg.

Langsam folgte sie, wobei sie darauf achtete, stets im Schutz eines der vielen Felsvorsprünge zu bleiben. Als die beiden auf den Parkplatz hinausliefen, kamen sie an Coras Taxi vorbei. Der Ausländer blieb plötzlich stehen, musterte den Wagen und drehte sich dann um, als wollte er die Person suchen, die zu diesem Taxi gehörte. Cora duckte sich unwillkürlich in eine Nische, sie wusste selbst nicht genau, warum. Erst als sie einen Motor aufheulen hörte, erhob sie sich langsam. Ja, das war der Wagen des Typs gewesen, den sie zuerst in ihrem

Hotel in Darchen und dann beim Einstieg in sein Taxi gesehen hatte. Hm. Seltsam. Wieso war er, wenn er denn ein Tourist war, nur so kurz hier gewesen? Und er war doch vor ihr losgefahren, hätte sie ihn nicht irgendwo überholt haben müssen?

Wie dem auch sei, sie wollte weiter, nickte ihrem Guide wortlos zu, und sie fuhren los, Richtung Flughafen. Die Straße wand sich weiter durch vor Urzeiten vom Wasser in den Fels getriebene Formationen, mal in Haarnadelkurven bergab, dann wieder kilometerlang über eine weite Ebene oder eine Passhöhe hinauf.

Weit konnte es nicht mehr sein. Immer wieder raste ihr Fahrer in halsbrecherischem Tempo durch die Kurven, ohne irgendeine Chance, einem möglicherweise entgegenkommenden Fahrzeug auszuweichen. Immerhin hupte er vor jeder Kurve, aber dann war es meist sowieso zu spät, um abzubremsen. Und immer wieder kamen ihnen Lkw entgegen, Militärkonvois, aber auch die Lastwagen der staatlichen chinesischen Minenunternehmen, die hier in Tibet nach Gold, Uran, Erzen und anderen wertvollen Schätzen suchten. Vor ihnen sah Cora eine Staubwolke, das war wohl das andere Taxi. Wollte ihr Fahrer es einholen? Fast schien es so, so schnell fuhr er jetzt. Es fehlten nur noch wenige Hundert Meter. Cora dachte unwillkürlich an ihr letztes Abenteuer in Tibet, als sie auf der Ladefläche eines Lkw in eine Yakherde gerast und einen Abhang hinuntergeschleudert worden war …

Sie war so in Gedanken versunken, dass sie die gewaltige Explosion später nur als Teil ihrer Erinnerung verstand. Erst als Felsbrocken durch die Luft flogen, begriff sie, dass der Wagen vor ihnen offensichtlich gerade explodierte. Dass es eine zweite Explosion gegeben hatte, erzählte man ihr später, als sie aufwachte.

SHANGHAI, CHINA

»Hast du mal Jules Verne gelesen?«
Verdutzt sah Padura die junge Studentin an, die ihm gegenüber am Tisch saß.

»No«, sagte er zögernd. »Porqué? Warum? Du? Ich dachte, Ana, eure Generation liest sowieso nicht mehr? Und dann Jules Verne, einen Romanautor aus dem 19. Jahrhundert?«

»Nun, es gibt schon noch einige aus meiner Generation, die lesen. Und Jules Verne ist doch superspannend. Was er alles vorausgesagt hat! Mega! U-Boote, Flugzeuge, Raketen zum Mond ... Und eben auch die Antriebe der Zukunft, die Energiequellen der Zukunft. Solltest du wissen, als Spezialist für Batterieantriebe!«, neckte sie ihn dann und lächelte schelmisch.

Padura musste sich zurückhalten, um ihr nicht sanft über die Wange zu streichen. Sie war aber auch zu süß! Die schwarzen Haare fielen ihr locker bis über die Schultern, lange Wimpern ließen jeden Blick sinnlich wirken, und die tiefblauen Augen, die etwas zu lange auf ihm ruhten, waren kaum auszuhalten. Wusste sie überhaupt, wie sie auf ihn wirkte? Reiß dich zusammen, sagte er sich, für so etwas war nun wirklich nicht der richtige Zeitpunkt. Aber es war natürlich angenehm, endlich wieder spanisch sprechen zu können. Und nun traf er hier in Shanghai, am Ende der Welt, in dieser Tapas-Bar, diese junge Kolumbianerin! Er hatte zufällig gehört, wie sie mit dem Barkeeper spanisch sprach, und sie daraufhin angesprochen, und schnell hatten sie sich gemeinsam an einen Tisch gesetzt und genossen das wirklich ausgezeichnete Essen, das der Inhaber hier im ehemaligen französischen Viertel seinen Gästen servierte. Ana studierte an der Universität in Bogotá und machte ein Auslandssemester in China, um sich auf einen Job im Internationalen Management vorzubereiten. Nun, da konnte er ihr einiges erzählen, und so waren sie rasch von ihrem Studium zu seiner Tätigkeit in Deutschland und zum Grund seines Aufenthaltes hier in Shanghai gekommen. Er hatte von Batterien erzählt und von Lithium, das für die Zukunft der E-Mobility so unerlässlich war.

»Pues, also, da solltest du mal nachlesen. In seinem Buch *Die geheimnisvolle Insel* schrieb Jules Verne schon vor hundertfünfzig Jahren über die Brennstoffzelle und sagte sinngemäß, dass Wasser die Kohle der Zukunft sei. Die Energie von morgen ist Wasser, das durch elektrischen Strom zerlegt worden ist. Die zerlegten Elemente des Wassers – Wasserstoff und Sauerstoff – werden auf unabsehbare Zeit die Energieversorgung der Erde sichern. Oder so ähnlich. Da siehst du es! Nichts mit Lithium! Setzt ihr nicht auf eine längst veraltete Technologie?«

Padura seufzte. Wie er diese Diskussionen hasste, immer musste er sich rechtfertigen! Entweder dass sein Unternehmen das Thema Elektromobilität verschlafen hatte oder dass es auf die falsche Technologie setze … Und meist kamen diese Argumente von Leuten, die nicht viel von der Thematik verstanden. Und ganz gewiss wollte er mit dieser wirklich interessanten jungen Dame nicht über Technologie diskutieren. Aber da war er an die Falsche geraten.

»Und überhaupt!«, fuhr Ana unbeirrt fort, und ihre Wangen röteten sich vor Eifer. »Wieso nicht Magnesium? Ich habe gelesen, dass das Metall auf der Erde dreitausendmal so häufig vorkommt wie Lithium und auch einfacher recycelt werden kann. Magnesiumbatterien wären also günstiger als Lithium-Ionen-Akkus. Also, was sagst du dazu?«

»Ja, schon«, musste er eingestehen. »Natürlich könnten Magnesiumbatterien uns helfen, die Dominanz der asiatischen Produzenten von Batteriezellen, also vor allem der Chinesen, etwas zurückzuhalten. Aber diese Technologie ist noch nicht wirklich perfektioniert, und wir müssten dann in Europa eine Produktion dazu aufbauen. Das rechnet sich vielleicht nicht, wir setzen deshalb auf Lithium. Und bei dem Preis, den mir die Chinesen angeboten haben … Er ist hoch, aber was bleibt uns übrig? Wir würden jeden Preis bezahlen, das hat unser CEO vorgegeben, das wissen sie natürlich nicht. Egal, aber können wir mal das Thema wechseln? Wie wäre es zum Beispiel mit noch einem Glas von dem argentinischen Malbec?«

Geistesabwesend nahm sie einen Schluck von dem feinen Rotwein, den sie bisher kaum angerührt hatte, und spitzte dann anerkennend ihre Lippen. »Sí, muy bien. Aber noch mal: Wo bekommt ihr euer Lithium denn her? Aus Südamerika, nicht wahr? Und wisst ihr eigentlich, wie das da abgebaut wird? Mein Onkel ist in dem Business, ich weiß da einiges darüber. Das Zeug wird unter massivem Wasserverbrauch und mit einem tiefen Eingriff in die lokalen Ökosysteme abgebaut. Und mein Onkel sagt, man braucht für ein durchschnittliches Elektroauto zwischen zwölf und zwanzig Kilogramm Lithium. So, und woher kommt das? Entweder aus den Salzseen, also aus der Sole, oder aus Gestein. Bei uns zu Hause kommt es aus den Salzseen, in über viertausend Metern Höhe. Im Dreiländereck Bolivien, Chile, Argentinien sollen zwei Drittel der weltweiten Lithiumvorkommen lagern.

In Argentinien heißt der Salzsee, aus dessen Sole das Lithium gewonnen wird, bezeichnenderweise schon Hombre Muerto. Und in Bolivien, unter dem Salar de Uyuni, lagern wohl über fünf Millionen Tonnen. Und weißt du, warum die Gewinnung so furchtbar ist? Man braucht riesige Mengen Süßwasser, das wird in den Boden gepresst, und dadurch wird das lithiumhaltige Salzwasser an die Oberfläche gedrückt. Ein einziges Unternehmen, für das mein Onkel mal gearbeitet hat, benötigt für die Förderung der Salzmasse aus dem Untergrund bis zu achtzigtausend Liter Frischwasser – pro Stunde! Das lithiumhaltige Salzwasser aus dem Boden kommt in gewaltige Becken und verdunstet über Monate hinweg. Dadurch erreicht die Konzentration in der übrig gebliebenen Lauge eine interessante Dimension, die Lithiumverbindung wird abgepumpt, und der Rest, den man nicht braucht, wird wieder in den Boden gepumpt, zusammen mit allen Chemikalien. Dieses giftige Salzwasser verbindet sich nun mit dem süßen Grundwasser und macht es unbrauchbar. So entzieht man den Menschen ihre Lebensgrundlage, aber das interessiert ja niemanden. Das muss man sich mal geben – pro Batterie, die du in ein Auto einbaust, braucht man etwa sechstausend bis dreißigtausend Liter Wasser, je nachdem, wie man rechnet. Und ihr lasst lebenswichtiges Süßwasser, das den Menschen und den Tieren dort fehlt, einfach in der Sonne verdunsten! Aber ihr wollt nur ein gutes Gewissen haben und erzählen können: Schaut her, wir sind umweltfreundlich und bauen Elektroautos. Bullshit, sage ich. Ihr tötet die Menschen dort in Bolivien und Argentinien und wo auch immer! Aber das ist euch ja egal!«

Damit kippte sie ihren Malbec in einem Zug herunter und lehnte sich zurück; ihre Wangen glühten, sie hatte sich in Rage geredet. Padura war einfach sprachlos. Musste er ausgerechnet an seinem einzigen freien Abend, als er nur in einer Bar, die ihm der chinesische Dolmetscher empfohlen hatte, etwas trinken wollte, dieser Frau begegnen? Sie brachte ihn völlig durcheinander, ihre Schönheit, ihre Jugend, ihr Eifer – war er nicht auch einmal so gewesen? So voller Idealismus, gegen das böse Kapital? Und jetzt war er Teil des Bösen, jedenfalls aus ihrer Sicht, und sie schien genau zu wissen, wovon sie redete. Das war sicher ein Unterschied zu den Demos seiner Jugend, bei welchen er auch manchmal mitgelaufen war – aber was wussten sie damals schon wirklich über Politik und Wirtschaft? Nicht viel, es war eher ein Lebensgefühl gewesen, mitzulaufen, gegen die da oben zu sein. Aber diese jungen Leute heutzutage, so wie Ana, die kannten sich aus! Alles, was sie gesagt hatte, stimmte; so viel wusste er ja auch. Natürlich war ein Elektroauto in der Gesamtbilanz kein bisschen besser als ein herkömmliches Dieselfahrzeug, das war inzwischen Allgemeinwissen. Und da war die Entsorgung der Batterien noch nicht einmal eingerechnet; da wusste noch niemand, wirklich niemand, wie das gehen sollte. Aber war das seine Schuld? Er kaufte nur ein für sein Unternehmen, und was die Chinesen ihm hier boten, nämlich eine Fabrik in Deutschland, war ein toller Deal. Wenn die wüssten, was er wusste, nämlich, dass sein Unternehmen, von den anderen OEM ganz zu schweigen, dafür einen viel höheren als den geforderten Preis zu zahlen bereit war! Vielleicht sollte er ihr von dem Deal erzählen, damit Ana auch verstand, wie er dafür sorgte, dass sie sich einmal ein Elektroauto würde leisten können. Und das tat er dann auch, berichtete, wie E-Mobility die Luftverschmutzung verbessern würde, wie die durch Ölförderung und Fracking verursachten verheerenden Schäden minimiert würden und dass er, Javier Padura, dazu beitrug. Und darauf war er dann doch etwas stolz, wie es ihm bei der zweiten Flasche Malbec unversehens herausrutschte.

Das ließ die Kolumbianerin nicht gelten. »Was ist mit Alternativen? Wieso springt ihr jetzt alle auf diesen E-Mobility-Zug auf, statt nach besseren Möglichkeiten zu forschen? Wie Magnesium zum Beispiel? Mein Onkel hat mir erzählt, dass daran gearbeitet wird, gerade bei euch in Deutschland angeblich.«

Padura blickte sie mit einer Mischung aus Ärger und Bewunderung an. Ahnung hatte sie, das musste er ihr lassen. Erstaunlich, wusste sie das alles von ihrem Onkel? Wie auch immer, sie hatte auch diesmal nicht unrecht.

»Ja, Magnesium ist eine Möglichkeit, richtig. Ich bin dafür nicht der Fachmann, aber ich weiß, dass in Deutschland an der Möglichkeit gearbeitet wird, einen Akku mit Magnesium als Material für die Anode zu konstruieren. Offensichtlich wären solche Batterien sicherer, sie würden nicht so schnell Feuer fangen, und die Energiedichte wäre auch deutlich größer. Auch kommt Magnesium viel häufiger vor als Lithium, ungefähr dreitausendmal so oft, und kann auch noch leichter recycelt werden. Aber noch forschen wir daran. Allerdings könnten wir die Abhängigkeit von China in der E-Mobility verringern, beziehungsweise die Chinesen wären vielleicht eines Tages sogar von uns abhängig, wenn wir diese Technologie als Erste zur Produktionsreife bringen. Aber das ist ja noch Zukunftsmusik.«

Padura schwieg jetzt. Jede weitere Rechtfertigung hätte sie noch angestachelt, ihm weitere Vorwürfe zu machen, und darauf wollte er es nun wirklich nicht ankommen lassen. Fasziniert betrachtete er ihre so unglaublich glatte Haut, diese perfekten Wangenknochen, den schmalen, langen Hals ... Fiel ihm wirklich nichts ein, um sie auf andere Gedanken zu bringen? Verzweifelt suchte er nach einem unverfänglichen Thema, aber Ana schien seine Gedanken schon erraten zu haben. Ohne Übergang wechselte sie von der engagierten Kämpferin gegen die Ungerechtigkeit in der Welt zu der unschuldigen Studentin, die den großen Manager bewunderte, und lächelte ihn schüchtern an.

»Und, was machen wir jetzt? Soll ich dir die Stadt zeigen? Hier ist das beste Viertel, um nachts etwas zu erleben. Komm, ich bin gleich wieder da, und dann gehen wir los!« Und schon stand sie mit einer eleganten Bewegung, die ihren Rock zum Schwingen brachte, auf, machte einen Schritt auf ihn zu, ließ ihre Hand kurz auf seiner Schulter liegen, gerade lang genug, um deutlich zu machen, dass es Absicht war, verschwand in Richtung der Toiletten und ließ einen völlig verunsicherten Padura zurück. Hatte er sich das eben eingebildet? Oder hatte sie ihm tatsächlich zu verstehen gegeben, dass sie ihn doch … nun … interessant fand?

Er zahlte und wartete draußen auf sie. Fröhlich hängte sie sich bei ihm ein, und sie schlenderten durch die Straßen des nächtlichen Shanghai. Die Bürgersteige waren voller Menschen, erstaunlich viele junge Ausländer, fiel Padura auf, und in dieser Gegend schien es mehr Bars und Restaurants als Wohnhäuser zu geben. Alles sah sehr westlich aus, aber was hieß das schon, westlich?

Plötzlich steuerte sie auf einen Hauseingang zu und wühlte in ihrer Handtasche.

»Oye, hör mal«, meinte Padura gedehnt. »Qué …?«

Bevor er den Satz beenden konnte, deutete Ana lächelnd nach oben. »Mi casa es su casa.« Als wäre diese Erklärung das Selbstverständlichste von der Welt und völlig ausreichend, zog sie ihn hinter sich her in den Hausflur.

DIE KARTE

Sorgsam nahm er die vorletzte rote Stecknadel aus der Plastikbox und presste sie tief in an der Stelle in die Karte, die als Aksai China gekennzeichnet war. Dann griff er sich ein kleines Plastikauto, dann noch eines. Beide stellte er neben die Nadel, dann warf er beide Autos um. Ein weiterer Kreidepfeil von dort nach Beijing, einer nach Delhi, noch einer nach Washington. Sehr schön. China würde die Inder beschuldigen, Indien wiederum China. Die USA hatten China nach dem Attentat auf den Außenminister in Beijing im Visier, das hier würde das Fass zum Überlaufen bringen. Mehrere Atommächte verdächtigten sich gegenseitig, und die Europäer waren verwirrt wie immer, ohne sich entscheiden zu können. Er sah in die Box, eine Nadel war noch übrig. Das sollte ausreichen. Sein Blick schweifte über die Karte, dann blieb er an einem Namen hängen. Perfekt!

WASHINGTON, USA

»Fuck! Was passiert hier, und wieso habe ich noch immer keine Analyse auf meinem Schreibtisch?«
Der Direktor stand offensichtlich unter immensem Druck, und im Raum hätte man die berühmte Stecknadel fallen hören können. Eine seiner Assistentinnen hatte sich einen Schal umgeschlungen, denn die Temperatur hier im zweiten Untergeschoss des CIA-Headquarters in Langley, Virginia, war auch ohne den Direktor schon nahe dem Gefrierpunkt. Draußen war es wieder einmal unerträglich heiß, und das führte in der Logik der Haustechnik offensichtlich dazu, dass man drinnen gefälligst zu frieren hatte. Es gelang diesen unfähigen Typen nicht, eine klimatische Umgebung zu erzeugen, in welcher menschliches Leben angenehm existieren konnte. Allerdings gab es auch Stimmen, die den Direktor nicht mit menschlichem Leben in Verbindung brachten …

Nach den vielen weltweiten Anschlägen waren die für die jeweiligen Regionen zuständigen Section Chiefs unverzüglich in ein Online-Meeting einberufen worden. Middle East war für Beirut zuständig, South East Asia praktischerweise für Leh, also Indien und auch die Südsee, und aufgrund der Relevanz war auch der Section Chief China vertreten. Im Raum selbst waren neben dem Direktor nur zwei seiner Assistenten anwesend, denn das Meeting unterlag einer hohen Geheimhaltungsstufe.

»Also noch mal, was haben wir? Der Kongress sitzt mir im Nacken, morgen früh muss ich den Chief of Staff im Weißen Haus unterrichten, und der wiederum berichtet dann direkt an den Präsidenten. Ich brauche Antworten! Sie wissen alle, worum es geht. Die Air Force One steht bereit, unsere Vorab-Teams sind vor Ort in Indien. Was sage ich POTUS?«

An den Monitoren herrschte betretenes Schweigen. Tom Bush, der für China zuständige CIA Section Chief, hielt sich zurück, er hatte durchaus seine eigenen Theorien, wollte aber nicht vorpreschen. Beth de Mayo war erst seit zwei Monaten für Südostasien zuständig und hatte im Grunde keine Ahnung, was sie mit den scheinbar unzusammenhängenden Anschlägen anfangen sollte. Ihre Kompetenz und auch ihre Leidenschaft lagen bei Afrika, aber sie war vor Kurzem aus internen Gründen, die sie noch immer nicht verstanden hatte, von dort abgezogen und nach Delhi gesandt worden. Ihre Mitarbeiter waren hilflos und hatten zwar wilde Theorien über pakistanische Attentäter und Verbindungen zu Al-Qaida angeboten, aber damit konnte sie kaum zu dem Direktor kommen. Islamismus war immer das Erste, was ihnen einfiel, und meistens auch das Letzte. Das war jedoch keine akzeptable Position in diesem Meeting, also schwieg auch sie. Und schließlich war noch Hunter Davies zugeschaltet, ein alter Hase im Geschäft, der seit vielen Jahren die Aktivitäten im Nahen Osten leitete und selbst an der amerikanischen Botschaft in Beirut stationiert war, als Political Officer, wie üblich bei Angehörigen des Geheimdienstes. Nicht dass das die Libanesen nicht gewusst hätten, aber die Form musste gewahrt bleiben. Davies stand kurz vor der Pensionierung, ihm war es ziemlich egal, was der Direktor von ihm hielt, und er war dafür bekannt, sehr unverblümt seine Meinung zu sagen. Das hatte ihm in Washington viele Feinde eingebracht, aber auch viele Bewunderer. Stolz war er auf Erstere; wer sich in D.C. keine Feinde machte, hatte Freunde nicht verdient, war sein Lebensmotto.

»Sir, ich lebe seit fünf Jahren in Beirut und seit fünfzehn Jahren im Nahen Osten«, begann er. »Anschläge sind an der Tagesordnung und interessieren im Grunde keinen, schon gar nicht im Libanon. Das Seltsame diesmal ist nur, dass sich bisher niemand dazu bekannt hat. Normalerweise sind die Drahtzieher stolz auf ihren Erfolg und bekennen sich rasch dazu, gelegentlich erheben auch mehrere politische Gruppen Anspruch auf ein Attentat. Diesmal herrscht Schweigen, und das macht mich misstrauisch.« Davies schwieg kurz, um die Informationen sacken zu lassen. Er kannte seinen Chef und wusste, wie man mit ihm umzugehen hatte. Bevor der Direktor etwas sagen konnte, redete er deshalb rasch weiter.

»Es kommen daher derzeit alle relevanten Gruppierungen infrage. Allen voran natürlich die üblichen Verdächtigen, also die Hisbollah-Miliz, die Israelis und so weiter, aber es ergibt auch nach libanesischen Maßstäben keinen Sinn. Der Nachtclub wurde überwiegend von den Reichen und Schönen frequentiert, nicht von speziellen politischen Gruppen. Da finden, äh, fanden Sie die Christen neben den Drusen und die saudischen Prinzen mit ihren blonden Gespielinnen. Je heißer es in Saudi-Arabien wird, desto mehr von diesen Angehörigen des Königshauses, von denen es Tausende gibt, ziehen sich in die relative Kühle des Libanon zurück. Das heißt, jetzt sind alle hier, und im Winter sind das wahre Geisterstädte, also leer stehende Villen, weil dann alle wieder zu Hause in der Wüste sind. Tagsüber sind sie jetzt in ihren Luxusvillen oben in Aley, an der Straße nach Damaskus, und abends gehen sie in die Clubs. Ich treffe nachher noch einen Kontaktmann, der sehr gut in der Fatah-Bewegung vernetzt ist, vielleicht erfahren wir da etwas. Mein Tipp, falls es interessiert: Das waren Leute, die einfach nur Unruhe stiften wollten. Kein tieferer Sinn dahinter. In diese Clubs kommt jeder rein. Da gibt es schon Gesichtskontrollen, wie überall auf der Welt. Aber ob Sie eine Knarre oder etwas Sprengstoff unter Ihrer Weste versteckt haben, interessiert da niemanden. Da werden Sie nicht am Eingang abgetastet. Frauen, wenn sie hübsch genug sind, sowieso nicht. Nichts einfacher, als Sprengstoff reinzubringen, irgendwo unauffällig zu deponieren und wieder raus. Bumm. So einfach ist das. Hier in Beirut hat jeder eine Kalaschnikow auf dem Rücksitz liegen, man weiß ja nie. Die haben zu Waffen ein anderes Verhältnis als andere arabische Staaten. Und unter den Toten sind Angehörige aller Religionen, das macht es so schwer, eine Tätergruppe zu definieren.«

»Shit. Damit soll ich zum Weißen Haus? *Ich weiß es auch nicht, war wohl nur ein Unruhestifter*? Ist das Ihr Ernst? Ist das alles, was die CIA herausbekommt? Beth, wie sieht es bei Ihnen aus? Was wissen Sie über Leh? Und kommen Sie mir nicht mit Ausreden!« Das Gesicht des Direktors begann sich zu verfärben, und das lag nicht nur an seinem Übergewicht, welches wiederum zu einem nicht unbeträchtlichen Teil seiner Vorliebe für Steaks mit möglichst wenig gesunden Beilagen geschuldet war. Die Donuts, die seine Sekretärin ihm morgens auf den Schreibtisch stellen musste, waren ebenfalls sehr erfolgreiche Dickmacher. Da er mit ihr aber nicht nur zufällig den Nachnamen, sondern auch absichtlich das Bett teilte, war er sicher, dass seine Ehefrau davon nichts mitbekam.

Die Gesichtsverfärbung wechselte ins Violette, und das war kein gutes Zeichen. So viel wussten alle in diesem Meeting. Die Section Chiefs waren froh, nur online dabei zu sein. Beth de Mayo entschied sich für eine Vorwärtsstrategie. Unwissenheit durch Selbstbewusstsein zu kompensieren, das ging oft gut.

»Sir, es spricht alles für einen islamistischen Hintergrund. Leh liegt in Ladakh, der früher zu Kaschmir gehörenden Provinz an der chinesischen Grenze. Anschläge waren in Jammu und Kaschmir, wie es damals, vor der Teilung der Provinz 2019, hieß, an der Tagesordnung, und wir vermuten daher pakistanische Drahtzieher. Sie wissen ja, dass die Pakistanis sich mit den Indern um Kaschmir streiten. Reiner Terror. Bekenntnisse zu den Anschlägen gibt es bisher keine. Eigentlich ergibt islamistischer Terror in Asien keinen Sinn, was sollten die damit erreichen? Trotzdem gehen wir von einer möglichen Verbindung zu Al-Qaida aus. Seit es in Nordafrika schwieriger geworden ist, neue Leute zu rekrutieren, haben der IS wie auch Al-Qaida damit begonnen, junge Männer in den asiatischen Flüchtlingslagern anzuheuern, zum Beispiel die Rohingya in Bangladesch. Wir gehen davon aus, dass Asien in Zukunft mehr Anschläge mit islamistischem Hintergrund erleben wird. Wir hatten das schon auf den Philippinen, da nennen die sich Abu Sayyaf und operieren hauptsächlich im muslimischen Süden und jetzt eben auch Leh. Die brauchen Nachschub an Freiwilligen für den Märtyrertod, und in den Lagern in Bangladesch ist das Leben so hoffnungslos, das ist der ideale Nährboden, um junge Männer ohne Zukunft zu gewinnen. Wir werden noch mehr islamistischen Terror in Asien sehen, Sir. Und noch etwas, Sir: Es gibt zunehmend Einzeltäter oder kleine Gruppierungen, die eigentlich nicht zum IS oder zu Al-Qaida gehören. Aber dann bekennt sich der IS zu einem Anschlag, nicht weil er diesen wirklich begangen hätte, sondern weil er seinen Namen wie in einem Franchise-System ausleiht. Man kann gegen Geld behaupten, zu einer dieser großen Terrororganisationen zu gehören, das ist völlig neu. So wirken die immer größer, und man gewinnt den Eindruck, sie seien überall aktiv und organisiert. In Wirklichkeit handelt es sich aber, wie gesagt, um kleine Splittergruppen, die sich nur unter dem großen Namen verstecken. Wir halten Sie auf dem Laufenden, Sir!«

»Hm«, knurrte der Direktor vor sich hin. »Das sind ja tolle Aussichten. Terror als Franchise? Wirklich? Und Asien als neue Rekrutierungsbasis für den IS und Al-Qaida. Das klingt plausibel, ja, und passt zu anderen Informationsquellen der letzten Monate. Tom, geben Sie mir etwas? Eine Idee, irgendetwas, was ich dem Chief of Staff als Information verkaufen kann? Sehen Sie das auch so, dass Südostasien zukünftig noch mehr Terror erleben wird?«

Tom Bush war nicht zufällig als Section Chief an der US-Botschaft in Beijing stationiert. Sein Chinesisch war ausgezeichnet, er hatte jahrelang in einer der ärmeren chinesischen Provinzen im Hinterland für eine amerikanische Firma gearbeitet. Er passte in diese Kultur, war nicht leicht aus der Ruhe zu bringen, hörte geduldig zu und ließ lieber andere reden. Alles in allem also ein untypischer CIA-Agent.

»Sir, wir hören hier ganz ähnliche Dinge. Was soll Al-Qaida in Indien? Keine Ahnung, aber alles andere ergibt auch keinen Sinn, also ist das immer noch die wahrscheinlichste Lösung. Ich habe unsere Agenten hier auf den chinesischen Geheimdienst angesetzt, wir aktivieren alle unsere Kontakte in Zhongnanhai. Die Chinesen wissen meistens zuerst, who did it. Diesmal allerdings scheinen auch sie im Dunkeln zu tappen, wir hören nichts Entscheidendes, was uns weiterbringt. Also, auch von meiner Seite, es ist noch zu früh, auch ich tippe auf die Islamisten. Das passt zu dem, was wir gerade aus Tibet reinbekommen haben. Die Explosion, bei der wohl einige Menschen ums Leben kamen, auch Ausländer waren darin verwickelt, wie ich hörte, angeblich sogar einer von uns, ein Amerikaner. Ehemals CIA. Ich habe noch keinen Namen. Und wer war es? Guess who, an der Grenze zwischen China, Indien und Pakistan. Die Paks tun alles, um den Konflikt zwischen China und Indien anzuheizen, dann sind sie die lachenden Dritten. Also auch hier, islamistischer Terror. Geben Sie das dem Chief. Aber die Inder haben das im Griff, das haben sie uns versichert, Sir.«

Der Direktor schnaubte hörbar. »Okay«, knurrte er schließlich. »Einschätzung also übereinstimmend islamistischer Terror, nicht die Chinesen, richtig? Shit. Die Chinesen wären mir lieber gewesen, das passt gerade besser in unser Konzept. Und die amerikanische Öffentlichkeit ist seit Langem nicht gut auf China zu sprechen, ein hartes Durchgreifen bringt uns da Pluspunkte. Aber wenn die es gar nicht waren … Ich möchte über alle neuen Entwicklungen sofort informiert werden, haben wir uns da verstanden? Einen weiteren Anruf vom Weißen Haus, das wieder mehr weiß als ich, kann ich mir nicht leisten. Die Geier im Kongress warten nur darauf, dass sie an meinem Stuhl sägen können. Also, Bericht direkt an mich, klar?«

Das allgemeine Nicken an den Monitoren besänftigte ihn etwas. Nachdem er offline gegangen war, ließ er sich in seinen Stuhl zurückfallen. Dann wies er seine Assistenten an, aus dem eben Gehörten einen vernünftigen Bericht zu fertigen, mit dem er zum Chief of Staff des Weißen Hauses gehen konnte, ohne sich zu blamieren. Von seiner Einschätzung hing ab, ob der gerade erst neu ernannte Außenminister nach Indien fliegen würde. Verdammt aber auch! Hoffentlich kam es nicht zu weiteren Anschlägen, die seinen Dienst wieder völlig unvorbereitet trafen. Wenn noch irgendetwas passierte, von dem die CIA wieder nichts mitbekommen hatte, wäre er seinen Job los. Er hatte aber noch nicht vor, sich auf sein Segelboot in Florida zurückzuziehen. Auch wenn seine Frau sich das sehr gewünscht hätte. Vielleicht sogar eben deswegen.

TIBET, CHINA

Ein Monitor summte, und das regelmäßige »Ping« des Herzschlages war das Erste, was Cora wahrnahm. Langsam öffnete sie ihre Augen. Sie sah eine ziemlich verdreckte, einstmals wohl weiße Zimmerdecke und ebensolche Wände, als ihr Blick tiefer glitt. Sie befand sich in einem Krankenzimmer, karg eingerichtet, neben ihrem Bett stand ein weißer Holztisch, vor dem Fenster hing ein halb heruntergerissener grünlicher Vorhang und an der Wand gegenüber ihrem Bett ein Kalender mit chinesischen Schriftzeichen und einem lachenden, pausbäckigen Baby in grellen gold-roten Farben. Vorsichtig richtete sich Cora auf, ihr Kopf schmerzte heftig. Sie war nicht allein im Raum; ein zweites Bett neben ihr war ebenfalls belegt, aber die bandagierte Gestalt war nicht näher zu erkennen, nicht einmal, ob es ein Mann oder eine Frau war. Cora blickte sich suchend um, wo war ihr Smartphone? Der Tisch war leer, eine Schublade hatte er nicht. Sie schlug ihre Bettdecke zurück. Man hatte ihr einen hellgrünen Kittel angezogen, ihre Kleider lagen ordentlich zusammengefaltet auf einem Stuhl nahe der Zimmertür. Langsam setzte sie sich auf, sie fühlte ein wenig Schwindel und spürte undefinierbare Schmerzen am ganzen Körper, als hätte man sie grün und blau geschlagen, aber es schien nichts Ernsthaftes zu sein, jedenfalls hatte man sie nicht verbunden oder gar operiert. Cora versuchte sich zu erinnern, das Letzte, was sie noch wusste, war die Fahrt im Wagen gewesen, von Guge zum Flughafen, immer schneller, dem Wagen des Ausländers folgend, und dann plötzlich eine Explosion.

Vorsichtig hielt sie sich am Bett fest und stand auf. Oh, Vorsicht, Schwindel! Langsam schlurfte sie zum Fenster hinüber und sah hinaus. Ihr Zimmer befand sich im Erdgeschoss eines Krankenhauses, vor dem Fenster führte ein asphaltierter Weg entlang, dahinter erkannte sie einen hohen Metallzaun und dann eine belebte Straße. Offensichtlich waren sie im Stadtzentrum, Lkw donnerten vorbei, und Fußgänger liefen in beiden Richtungen auf dem Bürgersteig und der Straße. An der Kleidung erkannte sie Tibeter wie auch Chinesen, also war sie noch in Tibet. Dafür sprachen auch der tiefblaue Himmel, den sie durch die Bäume vor ihrem Fenster gerade noch erkennen konnte, sowie ihre leichte Atemnot. Sie war ja erst drei Tage in Tibet, nicht genug, um sich ausreichend zu akklimatisieren.

Cora drehte sich um. Sie musste herausfinden, wo sie war und was geschehen war, dann wollte sie weg hier, raus aus China, am liebsten direkt zu Ganesh. Warum war er nicht hier, bei ihr, jetzt wo sie ihn brauchte? Wie es ihm wohl ging? In diesem Moment stöhnte die Gestalt in dem anderen Bett auf, offensichtlich ging es der Person sehr schlecht. Vorsichtig näherte sich Cora dem Bett. Jetzt sah sie auch, dass es sich bei dem Patienten der Körperform nach um einen Mann handeln musste, einen kräftigen noch dazu. Er lag auf der Seite, das Gesicht von ihr abgewandt. Wieder stöhnte er, Cora ging vorsichtig, einen Fuß vor den anderen setzend, um sein Bett herum, bis sie sein Gesicht sehen konnte. Schlagartig blieb sie stehen. Das war doch … unmöglich! Der Typ aus ihrem Hotel, der Typ, der sich in dem Tempel in Guge so seltsam verhalten und etwas mit seinem chinesischen Begleiter besprochen hatte, der alte weiße Mann! Er schien ziemlich übel mitgenommen, sein Kopf und seine Arme waren nachlässig bandagiert, und auch ein Bein war mit dicken, blutgetränkten Verbänden umwickelt. Cora trat näher heran und sah, dass er seine Augen halb geöffnet hatte und sie beobachtete. Sein Gesicht war geschwollen, der Bart blutverkrustet, und Speichel tropfte aus seinem linken Mundwinkel auf sein Kopfkissen. Er schien absolut nicht gut versorgt zu sein, wie konnte man einen Schwerverletzten so vernachlässigen? War dies wirklich ein Krankenhaus? Hier stimmte definitiv etwas nicht.

Er schien sich bewegen zu wollen, stöhnte jedoch vor Schmerz auf. Aber er sah sie unentwegt an, und Cora hatte das Gefühl, dass er ihr etwas mitteilen wollte. Vorsichtig ließ sie sich auf seine Bettkante nieder und beugte sich leicht zu ihm hinunter. Er flüsterte etwas, das sie nicht verstand, und sie wollte sich gerade noch weiter hinunterbeugen, als sie hörte, wie sich draußen auf dem Gang Schritte näherten und mehrere Stimmen durcheinandersprachen. Misstrauisch geworden, trippelte Cora, so schnell es ihre Schmerzen erlaubten, wieder zu ihrem Bett zurück, schlüpfte unter die Decke und hatte diese gerade bis an ihr Kinn hochgezogen und die Augen geschlossen, als sich die Tür öffnete. Mehrere Personen betraten den Raum. Cora beschloss, sich erst mal schlafend zu stellen, vielleicht erfuhr sie dann, was mit dem Mann los war. Aber der Arzt, der an ihrem Bett stand und den sie vorsichtig blinzelnd erkennen konnte, sprach chinesisch und erklärte den beiden Schwestern etwas; sie verstand kein Wort. Dann wandte sich die Visite, wenn man den Besuch so nennen konnte, hinüber an das andere Bett; sie sah, wie der Arzt, noch immer redend, den Kopf schüttelte und etwas sagte, was dem

Tonfall nach resigniert klang. Aber vielleicht bildete sie sich das auch nur ein, sie wusste ja nicht, wie das auf Chinesisch klang. Nach wenigen Augenblicken hatten alle das Zimmer wieder verlassen, und Cora konnte erneut aufstehen und sich zu dem offenbar schwer verletzten Mann schleichen.

Als sie sich neben ihn setzte, schlug er wieder die Augen auf. Er sah sie unentwegt an, seine Lippen bewegten sich. Er versuchte offenbar, ihr Zeichen mit den Augen zu geben, was wollte er ihr nur sagen? Cora blickte sich im Zimmer um. Gab es irgendetwas, das ihr helfen konnte, ihn zu verstehen? Seine Kleider lagen ebenfalls auf einem Stuhl nahe der Tür, säuberlich zusammengefaltet wie die ihren. Sie schlich sich zur Tür, lauschte, dann griff sie nach seinen Kleidern und wühlte darin. Da, da war etwas, richtig, ein Handy! Vorsichtig zog sie es aus seiner Hosentasche und ging wieder zurück zu ihm. Er blickte sie an, und sie meinte, so etwas wie ein Funkeln in seinen Augen zu sehen, als wollte er sagen: gut gemacht! Sie schaltete das Smartphone an, natürlich, die PIN! Und jetzt? Unsicher schaute sie den Mann an, dann ergriff sie kurz entschlossen seine Hand und presste seinen rechten Daumen auf das Smartphone. Na also, es war entsperrt. Sie fragte ihn auf Englisch: »Soll ich etwas auf dem Handy nachschauen?«

Er blinzelte, also ja, dachte Cora, so war es doch immer in den Filmen.

»In den Mails?« Kein Blinzeln.

»WeChat?« Nichts.

»WhatsApp?« Nichts.

»Notizen?« Blinzeln. Aha.

Cora öffnete die Notizenfunktion; einige waren auf Chinesisch, andere auf Tibetisch geschrieben worden, so viel konnte sie immerhin erkennen. Das half ihr auch nicht weiter. Dann fand sie die neueste Notiz, die auf Englisch verfasst war. Sie zeigte ihm das Display, er blinzelte. Gut, wir machen Fortschritte, dachte Cora und begann zu lesen.

Ich schreibe dies auf der Fahrt vom Kailash zum Flughafen. Falls mir etwas zustößt, soll jemand meine Familie benachrichtigen, hier folgte eine Telefonnummer mit amerikanischer Vorwahl, *und ich möchte, dass meine Geschichte bekannt wird. Ich habe mein ganzes Leben lang für diese Sache gekämpft, und ich hoffe, wir werden erfolgreich sein. Es ist von großer Wichtigkeit für die Vereinigten Staaten von Amerika und für die ganze Welt. Die chinesische Regierung …*

Wieder näherten sich draußen Schritte, Cora reagierte rasch. Das hier schien wichtig zu sein, und sie wüsste zu gern, was er hatte sagen wollen. Wenn die Chinesen das Handy in die Finger bekamen, würde sie es nie erfahren. Schnell markierte sie die ganze Notiz, kopierte sie und gab in der WeChat-App ihre eigene Nummer ein. Einfügen, absenden, sie löschte die Nachricht wie auch die Notiz auf seinem Handy, das ging blitzschnell. Sie warf das Handy auf den Kleiderhaufen auf dem Stuhl und eilte zurück an ihr Bett. Bevor sie sich jedoch hinlegen konnte, öffnete sich die Tür.

Eine Krankenschwester betrat den Raum und blickte Cora erstaunt an. Rasch machte sie ein paar Schritte auf ihr Bett zu und half ihr behutsam, sich wieder hinzulegen. Dann zupfte sie die Bettdecke zurecht, sagte etwas auf Chinesisch und verschwand wieder. Sie holt sicher den Arzt, dachte sich Cora. Ich muss unbedingt mein Handy finden. Sie erhob sich, inzwischen wusste sie, wie sie sich bewegen musste, um möglichst wenig Schmerzen zu spüren, und durchsuchte ihre eigene Kleidung. Auch ihr Handy hatte man ihr gelassen. Sie schaltete es an, und sofort kamen Nachrichten herein; leider nichts von Ganesh! Sicher war er in einem Gebiet mit schlechtem Empfang. Dafür hatte Britta aus Mainz geschrieben. Sie schien sehr besorgt, dass Cora jetzt allein in dieser entlegenen Region Tibets unterwegs war, und bat um umgehende Nachricht, sobald Cora sicher in Lhasa sei. Cora legte das Handy zu sich unter die Bettdecke; sie wollte kurz die Augen schließen und sich von der Anstrengung erholen. Kurz darauf war sie schon eingeschlafen.

TIBET, CHINA

Eine sanfte Hand streichelte ihn, wie es seine Mutter immer getan hatte, zärtlich, vorsichtig, aber dennoch beschützend. Mom! Wie lange hatte er sie nicht gesehen, er vermisste sie so sehr! Aber … wieso saß sie an seinem Bett? Sie war doch gestorben, vor langer Zeit …? Und jetzt war sie bei ihm, wie war das möglich? Als ein Engel erschien sie ihm, undeutlich, wie durch einen Nebel. Er hob seinen Blick und nahm erstaunt wahr, dass ihre langen, glänzenden und tiefschwarzen Haare, in denen er sich als Kind immer vergraben hatte, verschwunden waren und sie jetzt kurze, blonde Haare trug. Auch ihr Gesicht schien anders … wunderschön, ja, aber anders. Sie blickte ihn an, schien etwas zu sagen, er sah, wie sich ihre Lippen bewegten, aber er verstand sie nicht. Wieso sprach sie nicht lauter? Mom? Er wollte sich aufrichten, aber es gelang ihm nicht. Solche Schmerzen! Seine Mutter wurde undeutlicher, verschwand wieder im Nebel. Langsam driftete er wieder ab. Jetzt war sie völlig verschwunden, und an ihre Stelle trat eine unendlich scheinende weite Landschaft, sanfte Hügel, grünlich, dann wieder braun, manchmal geradezu gelb, wenn die gleißende Sonne darauf fiel. Ein Farbenspiel, je nach Wolkenstand unaufhörlich wechselnd. Dahinter hohe, schneebedeckte Berge, die sich scharf gegen den blauen Himmel abhoben. Kein Geräusch war zu hören, nur ein sanfter Wind wehte von den Hügeln herab. Sein rechtes Knie schmerzte, er blickte an sich herunter und sah, dass er mit einem Fallschirm gelandet war, auf einem felsigen Untergrund, er war ungeschickt aufgekommen.

Die anderen, die Tibeter, waren auch da. Weit verstreut sah er sie, wie sie sich aus ihren Schirmen befreiten und sie dann rasch und konzentriert zusammenfalteten. Er tat es ihnen gleich, vergrub seinen Fallschirm unter einem großen Stein, und gemeinsam eilten sie auf eine nahe gelegene Felsgruppe zu, hinter welcher sie sich versteckten. Die Luft war dünn, sehr dünn, er keuchte und wunderte sich, dass die anderen so entspannt schienen, glücklich geradezu, wenn er ihre Gesichter betrachtete. Braune, von der Sonne gegerbte Gesichter, umrahmt von blau-schwarzen Haaren, kaum Bartwuchs, die schmalen Augen lugten unter dicken Mützen hervor. Dicke Anoraks trugen sie alle, er auch, grün und braun, um in dieser Landschaft nicht aufzufallen. Ja, die anderen waren glücklich, wieder hier zu sein, hatten sie ihm erzählt, jetzt fiel es ihm wieder ein, hier in ihrer Heimat nach monatelanger Abwesenheit in jenem fremden Land, das so fern lag, so heiß war und auch so kalt. Heiß äußerlich, denn die Temperaturen waren so hoch, wie sie es noch nie erlebt hatten, aber die Menschen waren kalt im Herzen, diese Amerikaner, sie sind so voll mit Wissen, aber sie haben wenig Verständnis, was man damit anfangen konnte. Die Weißen lachten oder schauten verwundert, wenn sie, die Tibeter, ihren Göttern Opfer brachten, wenn sie bestimmte Berge mieden, an Flüssen etwas murmelten und Mani-Steine zu kleinen Haufen aufschichteten. *Om mani padme hum,* das universelle Gebet, der Ton bei der Entstehung des Universums, das Geräusch, das schon immer da gewesen war und immer sein würde.

Und er, der er jetzt hier mit ihnen in ihrer Heimat gelandet war, hustete, keuchte, hatte das Gefühl zu ersticken. Nur langsam konnte er sich beruhigen, bis das Bild wieder verschwamm und er erneut husten musste. Nachdem er sich beruhigt hatte, wurde die Erinnerung, wurde das Bild wieder klarer. Als die Nacht hereinbrach, machten sie sich auf zum nächsten Dorf, um Kontakt aufzunehmen zu den Bewohnern und etwas zu Essen zu besorgen. Dann marschierten sie Richtung Norden zum vereinbarten Abwurfplatz, um auf die Flugzeuge zu warten, die die großen Kisten und Bündel voller Waffen abwerfen sollten. Es war sein erstes Mal in Tibet, und alles war ihm fremd. Er verstand jetzt, wie es seinen Freunden (Waren es Freunde? Oder nur Kameraden in diesem seltsamen Spiel, nein, kein Spiel, tödlicher Ernst, gut, aber Freunde?) ergangen sein mochte, als sie das erste Mal in seine Heimat kamen. Tibeter, seit Jahrhunderten in ihrem Hochland nahezu isoliert, in oft eisiger Kälte in den unwirtlichsten Regionen dieser Welt lebend, immer wieder durch Besatzer aus ihrer Selbstbestimmtheit herausgerissen, erst die Mongolen, dann Weiße aus dem fernen Europa. Und dann waren die Chinesen gekommen, mit Panzern und Waffen und dem Tod, und hatten ihren Gottkönig verjagt, oder besser, er hatte fliehen müssen.

Aber mussten sie nicht ihr Land verteidigen? Und einige waren nach Indien geflohen, über vereiste Gebirgspässe und durch verschneite Täler. An langen Abenden hatten sie ihm davon erzählt, Hunderte von Kilometern zu Fuß oder auf dem Rücken von Maultieren und Pferden, und hatten dort, in diesem so anderen Land, Zuflucht gefunden. Aber Zuflucht war keine Heimat, wie konnte man Heimat finden fern von Tibet, diesem unermesslich schönen, heiligen Land? Ihnen fehlten die Berge, die richtigen Berge, nicht diese Hügel, und ihre Gottheiten, die in Höhlen lebten, in Felsen, in einem Bach, an einer Wegbiegung. Dort in Indien waren sie von Amerikanern angesprochen worden, die ihnen helfen wollten, sie in ihrem Kampf gegen die Besatzer zu unterstützen. Aber wie? Wie sollten Amerikaner in Tibet gegen die Kommunisten kämpfen? Nein, es war besser und einfacher, die Tibeter auszubilden, ihnen Waffen zu geben. Und so flog die CIA tibetische Widerstandskämpfer nach Colorado und bildete sie dort im Bodenkampf aus, in Guerillataktik, mit amerikanischen Waffen. Dann flog man sie zurück, nach monatelanger Ausbildung, und sie sprangen über ihrer Heimat, an genau geplanten Orten, ab. Wenig später kamen weitere Flugzeuge, mit ihnen Kisten voller Waffen, Maschinenpistolen, Handgranaten, Sprengstoff; die Tibeter mussten die Bündel nur einsammeln und dann den Kampf aufnehmen.

Plötzlich waren sie wieder da, die Bilder und die Gefühle auch, die Gerüche, alles ganz deutlich. Er war wieder in diesem tibetischen Dorf, und es roch nach Blut und rohem Fleisch, ein Schaf war von einem Wolf gerissen worden, es lag noch hinter dem Haus, in dem er sich aufhielt und die Nacht auf einem unbequemen Lager aus ein paar schimmligen Decken verbracht hatte. Von draußen klang das tiefe Knurren des Do Khyi, des Tibetmastiffs, der das Haus bewachte. Nie zuvor hatte er so riesige Hunde gesehen, dieser war fast einen Meter hoch, sie hatten Köpfe wie Löwen, und sie waren stark und gefährlich, nahmen es auch mit den Wölfen auf, die sich mit funkelnden Augen hungrig den Schafen näherten.

Seine Kameraden und er brachen früh auf, nur etwas kochend heißen Tee in einem verbeulten Metallbecher und ein wenig Tsampa zur Stärkung hatten sie erhalten, mehr konnte der Bauer nicht anbieten, er besaß doch selbst kaum etwas. Sie mussten weit wandern, immer auf der Hut, nicht den kommunistischen Truppen in die Hände zu fallen, die das Gebiet kontrollierten. Es hätte ihren sofortigen Tod bedeutet.

Als sie endlich den vereinbarten Abwurfort erreichten, war dort nichts. Keine Waffen, keine Kisten, keine Bündel. Sie warteten, vielleicht hatten die Amerikaner sich verspätet. Aber nein, schon bald erhielten sie einen Funkspruch, ob alles gut gegangen sei. Nein, wieso, wo denn die Waffen blieben? Die habe man doch abgeworfen, wie besprochen, am Nordufer des Sees, an der genau bezeichneten Hügelkette nahe der Felsformation, die an einen Stupa, eine kleine Pagode, erinnerte. Nach einigem Hin und Her, gegenseitigen Schuldzuweisungen, immer wieder durch Störungen in der Funkverbindung unterbrochen, war es klar: Die Amerikaner hatten den falschen Abwurfort gewählt, sie hatten sich mit den Koordinaten verrechnet, und die am Boden wartenden Tibeter, unter ihnen auch er, ein Amerikaner, mussten einen weiteren Tagesmarsch auf sich nehmen, um die Kisten zu finden, die weit verstreut und aufgeplatzt an einem Abhang lagen. Die Geräte der Amerikaner in ihren Flugzeugen waren ungenau, das Wetter unberechenbar, und lange konnten sie nicht über tibetischem Gebiet bleiben, da der Treibstoff sonst nicht mehr für den Rückweg gereicht hätte. So kam es, dass die Amerikaner mehr oder weniger blind flogen und irgendwann ihren Ballast abwarfen, in der Hoffnung, einigermaßen nah am Ziel zu sein. Glücklicherweise war Tibet so dünn besiedelt, dass die Kisten selten von Schäfern und Bauern gefunden wurden.

Plötzlich wurde er aus seinen Bildern gerissen; eben noch war er einen steilen Abhang hinaufgestiegen, kurze Schritte, wenn es steil wurde, regelmäßig und tief atmend, wie er es gelernt hatte. Dann war der Hügel verschwunden, der blaue Himmel, und der Schmerz war wieder da, nicht nur im Knie, nein, im ganzen Körper. Ein Tisch direkt vor seinem Gesicht, er lag auf der Seite, er spürte eine Hand auf seiner, beruhigend, eine Stimme, eine weibliche, er hörte sie genau, jedes Wort, aber er verstand nicht. Dann schlagartig, als hätte man ihm Kopfhörer abgenommen, wurde die Stimme klar, und sie fragte ihn, ob er sie verstehen könnte. Ja, natürlich konnte er das, er wollte nicken, er wollte sprechen, aber der Befehl erreichte seine Stimmbänder nicht. Reglos blieb er liegen, hilflos, wieso konnte er nicht mit ihr sprechen? Dann senkte sich wieder ein Schleier über ihn, gnädig, wie es ihm erschien, und er versank in der Dunkelheit.

Als er wieder erwachte, fühlte er sich besser. Die Schmerzen schienen erträglich, er konnte klar denken, und er versuchte sich aufzurichten. Nein, das war keine gute Idee. Ihm wurde kurz schwarz vor Augen, und er ließ sich zurück in die Kissen sinken. Als er die Augen wieder öffnete, saß eine Frau an seinem Bett. Kurze, blonde Haare, ausgesprochen attraktiv, und sah ihn aus ihren blauen Augen fragend und, wie er fand, besorgt an. Sie kam ihm bekannt vor, aber er wusste nicht, warum. Schließlich fragte sie ihn: »Können Sie mich verstehen? Mein Name ist Cora Remy, ich bin Deutsche, wir sind in Tibet, wir hatten einen Unfall, glaube ich jedenfalls. Wie geht es Ihnen?«

Er räusperte sich, und es gelang ihm zu flüstern: »Ich verstehe Sie. Ich bin Jim, Jim Silk. Freut mich, Sie kennenzulernen. Aber ich glaube, ich kenne Sie. Woher?«

»Wir waren in Darchen im selben Hotel, und danach habe ich Sie in Guge im Tempel gesehen, und schließlich fuhren Sie vor mir auf dem Weg zum Flughafen Ngari. Plötzlich gab es eine Explosion, und dann weiß ich auch nichts mehr. Ich bin hier im Krankenhaus aufgewacht, und ich hoffe, Sie können mir mehr sagen.«

Sie hatte eine angenehm ruhige Stimme, entspannt, und er konnte sie sich gut vorstellen, wie sie lachte und fröhlich war. So wirkte sie, auch wenn es jetzt sicher keinen Grund zur Freude gab.

»Das war kein Unfall. Die wollten mich umbringen. Tut mir leid, dass es Sie auch erwischt hat, Sie haben damit nichts zu tun.« Er bemühte sich, sein Bedauern auszudrücken, hatte aber das Gefühl, kläglich versagt zu haben. Er kam sich unbeholfen vor, so hilflos in seinem Krankenbett, und diesen Zustand kannte er nicht, und er gefiel ihm auch nicht. Nicht bei dieser Frau. Eigentlich bei keiner Frau.

»Umbringen? Wieso das denn? Und wer sind die? Hören Sie, ich weiß nicht, wann die Ärzte wiederkommen, aber wir haben nicht viel Zeit. Jedes Mal, wenn die Schwester Ihnen eine Infusion gegeben hat, haben Sie lange geschlafen. Ich möchte hier weg, aber ich muss auch wissen, was passiert ist. Also, wenn Sie es schaffen, dann erzählen Sie bitte so viel wie möglich. Jetzt! Möchten Sie etwas Wasser?«

Dankbar nickte er, und die Deutsche hielt ihm vorsichtig das Glas an den Mund. Gierig trank er aus, dann ließ er sich wieder zurück in die Kissen seines Bettes fallen.

Er schaute sie lange an, dann fasste er einen Entschluss. Er musste es sich von der Seele reden, endlich, viel zu lange schon trug er es mit sich herum. Was hatte er schon zu verlieren? Sie hatten ihn geschnappt, jetzt war es egal. Und aufhalten konnte niemand mehr, was geschehen würde.

»Ich weiß nicht, wo ich beginnen soll. Aber mir geht es nicht gut, und wenn die wiederkommen, dann ist es vorbei mit mir. Da kann ich Ihnen ebenso gut alles erzählen. Steht auch alles in den Notizen, die Sie aus meinem Handy kopiert haben. Wenn ich nicht mehr reden kann, lesen Sie das. Bitte! Ich bin jetzt fast achtzig, und ich habe erreicht, was ich erreichen wollte, solange ich halbwegs fit war. Und um in Tibet zu sein, muss man fit sein, das haben Sie sicher auch schon gemerkt … So war es zumindest bei den ersten Malen, später habe ich mich daran gewöhnt. Aber das ist lange her …«

Und dann erzählte er, und es klang in Coras Ohren unglaublich, was sie zu hören bekam. Nach der Besetzung Tibets durch die Chinesen ab 1950 war es vorbei mit der Abgeschlossenheit und Unabhängigkeit Tibets. Die Chinesen begannen, Straßen zu bauen, Tunnel in die Berge zu sprengen, die Bevölkerung zu erfassen und zu indoktrinieren. Der herrschende Gottkönig war der vierzehnte in einer langen Reihe, die von den Mongolen im 16. Jahrhundert institutionalisiert worden war. So hatten diese Gottkönige, die geistige und weltliche Herrscher zugleich waren, auch eine mongolische Ehrenbezeichnung erhalten, Dalai Lama.

Der zukünftige vierzehnte Dalai Lama war noch ein Jugendlicher, als die Chinesen kamen, und noch gar nicht für den Thron vorbereitet. Jemand musste das Volk führen, und so wurde der Junge im Alter von nur fünfzehn Jahren inthronisiert und somit plötzlich Herrscher über Millionen Tibeter, die ihn gottgleich verehrten und ihr Schicksal in seine Hände legten. Aber er war den Chinesen nicht gewachsen, er vertraute dem chinesischen Führer in Beijing, Mao Zedong, und hoffte, Tibet könne, wenn schon nicht seine Unabhängigkeit, so doch zumindest seine Eigenständigkeit bewahren.

So weit kannte Cora die Geschichte; sie hatte das damals erfahren, als sie mit Ma in Tibet war. Aber der Amerikaner erzählte weiter, wenn auch immer wieder von Hustenanfällen unterbrochen.

Als deutlich wurde, dass nicht nur seine Herrschaft, sondern auch sein Leben in Gefahr war, beschloss der Dalai Lama zu fliehen. Das war 1959, und mit wenigen Getreuen gelang ihm die nächtliche Flucht aus dem Potalapalast in Lhasa und schließlich die abenteuerliche Reise nach Indien. Der Widerstand gegen die ungeliebten Machthaber aus Beijing ging weiter, ja im Grunde begann er erst so richtig nach der Flucht des Dalai Lama. Aber die Tibeter waren nicht für den Kampf ausgebildet, und sie hatten auch keine oder nur veraltete Waffen. Gegen die im Koreakrieg kampferprobte und gut ausgebildete Volksbefreiungsarmee hatten sie keine Chance. Gleichzeitig begann auch die CIA Interesse an Tibet zu zeigen. Zwar hatten die Vereinten Nationen auf den mehrfachen Hilferuf Tibets beim Einmarsch der Chinesen nicht reagiert, aber die Amerikaner waren als bekennende Kommunistenhasser nun sehr besorgt, diese jetzt plötzlich ihren Machtbereich immens ausdehnen zu sehen. Und so beschloss man in Washington, die Tibeter in ihrem Freiheitskampf zu unterstützen.

Natürlich ging das nicht ohne Widerstand aus den eigenen Reihen, viele Amerikaner bezweifelten den Sinn einer solchen Aktion im fernen Himalaya, der den meisten ohnehin nicht viel sagte. Erst das Buch von James Hilton, *Lost Horizon*, welches 1933 erschienen war und ein fernes, geheimnisvolles Shangri-La – jener fiktive Ort in Tibet, wo Menschen in Frieden und Harmonie leben – in diese Weltregion projizierte, hatte überhaupt dafür gesorgt, dass Tibet im Westen, vor allem in Amerika, einen nahezu mystischen Glanz erhalten hatte, der bis in die Gegenwart fortdauern sollte. Ein Traumland, abgeschieden von der Welt, bewohnt von gütigen Menschen, die in vollkommener Harmonie und Glückseligkeit lebten und die angeblich kein Böse kannten …

Silk fuhr fort: »Mit der U-2, einem Aufklärungsflugzeug, das aus großer Höhe Fotos von der Erdoberfläche machen konnte, gelang es den USA erstmals, Bilder von China und der UdSSR zu erhalten. Unsere Militärs sahen plötzlich die Fabriken, Flughäfen, Atomanlagen, die die Kommunisten bauten. Zum ersten Mal in der Geschichte der Menschheit konnte man die geheimsten Bauprojekte des Feindes aus der Vogelperspektive einsehen. 1957 flog eine U-2 von Pakistan aus über Tibet, um China zu erkunden. 1962 griffen die Chinesen Indien an. Der Krieg begann und endete in der Besetzung von etwa dreißigtausend Quadratkilometern Land im indischen Kaschmir. Das Gebiet ist heute als Aksai Chin bekannt, die Wüste der weißen Steine, wir sind nicht weit davon entfernt. Es liegt an einer strategisch sehr wichtigen Stelle zwischen Tibet und Xinjiang, die jetzt durch die Neue Seidenstraße für China von exorbitanter Bedeutung ist. Die Volksbefreiungsarmee war gut ausgerüstet, während die Inder eher zögerlich waren und vor allem die indische Führung unsicher agierte. Die Chinesen besaßen moderne Waffen, während die Inder mit Lee-Enfield-Gewehren aus dem Ersten Weltkrieg kämpfen mussten. Es war von Anfang an ein ungleicher Kampf.«

Immer wieder machte er Pausen, schloss die Augen, deutete auf sein Handy. Wenn er einschlief, las Cora, was sie sich kopiert hatte. In Indien gründete man daraufhin die Special Frontier Force, SFF, bestehend aus Tibetern, die so hofften, ihr Land befreien zu können. Die CIA lieferte zur Unterstützung Flugzeuge, sie wurden in Ostindien stationiert. Die SFF bildete Hunderte von Tibetern aus, die entlang der Grenze patrouillierten. Sie unternahmen auch Aufklärungsmissionen über die Grenze hinweg, um geeignete Plätze auszukundschaften, an welchen man Sensoren platzieren konnte, um atomare Tests Chinas zu entdecken und die Kommunikationswege der Chinesen zu stören. Die U-2-Aufklärungsflugzeuge beobachteten von 1963 an die Aktivitäten in Lop Nor, dem chinesischen Atomtestgebiet in der Wüste Xinjiangs. Die USA konnten so den Test der ersten chinesischen Atombombe 1964 sehr präzise voraussagen.

Schließlich beschlossen die USA, Tibeter nach Amerika auszufliegen, sie dort zu trainieren und dann mit Waffen und Vorräten wieder über Tibet abspringen zu lassen, um den Widerstand gegen die Chinesen anzuführen. Insgesamt unterstützten die Vereinigten Staaten das tibetische Volk im Zeitraum zwischen 1957 und Ende der Sechzigerjahre. Meistens wurden die Tibeter über Bangladesch, das damals noch Ost-Pakistan hieß, nach Camp Hale in Colorado ausgeflogen. Nach ihrer Ausbildung ging es die gleiche Strecke mit CIA-Flügen über Ost-Pakistan zurück, und sie sprangen dann entweder wieder über Tibet ab oder wurden über die offizielle Grenze infiltriert. Zwischen 1964 und 1967 wurden auf diese Weise fünfundzwanzig Teams nach Tibet eingeschleust, von welchen jedoch die meisten gefangen genommen oder getötet wurden. Manche kamen auch sehr schnell nach Indien zurück, als sie die Aussichtslosigkeit ihres Tuns erkannten. Nur ein Team konnte sich zwei ganze Jahre in Tibet halten. 1968 schließlich wurde das Projekt eingestellt. Waghalsige Piloten hatten ihr Leben riskiert, um über völlig unbekanntem Gebiet mit schlechter Sicht und meist unzuverlässigen Instrumenten Erkundungsflüge durchzuführen und später dann auch Widerstandskämpfer dorthin zu bringen.

Jim wachte wieder auf.

»Was hat das alles mit Ihnen zu tun?«, fragte Cora und schaute nervös zur Tür.

»Ist das nicht offensichtlich?«, fragte Silk erstaunt. Er hustete. Dann sank er zurück in das Kissen. Es war zu viel für ihn. Cora las weiter.

Ich war zum ersten Mal 1965 in Tibet. Ich arbeitete für die CIA, ich war einer der Piloten, und ich bin auch selbst über Tibet abgesprungen, und ich habe den Widerstandskämpfern geholfen. Das steht nirgends in den Unterlagen der CIA, top secret. Wir trainierten die Tibeter, im Nahkampf, beim Bomben Bauen, Anschläge Verüben und anderen Dingen. Ich war einer von ihnen. Mit den Tibetern wurden auch immer wieder Freiwillige über Tibet abgesetzt, Agenten der CIA, um das Gelände und die Situation zu erkunden. Ich war dabei, habe viele Flüge mitgemacht, bin Mitte der Sechzigerjahre bei Nacht und Nebel aus vielen Tausend Metern Höhe abgesprungen und irgendwo im Nirgendwo gelandet. Ich habe in Tibet gegen die Chinesen gekämpft, gegen die Kommunisten, für mein Land und die Freiheit Tibets! Ich habe die zukünftigen Guerilla-Kämpfer begleitet, die Ausbildung koordiniert, bin mit ihnen nach Colorado geflogen und wieder zurück.

Cora blickte hoch. Silk war dabei gewesen, damals, in Tibet, bei den Widerstandskämpfern. Natürlich war er in den Augen der Chinesen ein Feind. Hatten sie deshalb einen Anschlag auf ihn verübt? Er blickte die Deutsche unentwegt an, deren Namen er sicher schon wieder vergessen hatte. Erschöpft schloss er die Augen.

Oh Gott, es gab so viele Probleme: Die Jungs hatten keine Vorstellung von einem Vierundzwanzig-Stunden-Tag, sie hatten ein ganz anderes Zeitgefühl als wir. Wie bringt man denen bei, sagen wir, in einer Stunde ein Signal abzugeben? Oder Entfernungen; sie sprachen meist von »lange«, oder wenn wir sie nach Zahlen befragten, etwa Truppenbewegungen, dann sagten sie »viele«! Wir verstanden erst nach und nach, dass sie kaum lesen und schreiben konnten. Wir flogen dann Leute ein, die für die zukünftigen Widerstandskämpfer Kurse in tibetischer Grammatik abhielten, damit sie mit unseren Dolmetschern vernünftig und zuverlässig kommunizieren konnten.

Die ersten Flüge liefen erwartungsgemäß schlecht, die Piloten sahen fast nichts oder manchmal auch gar nichts und hatten in dieser Höhe genug damit zu tun, ihre Maschinen im Griff zu behalten und nicht gegen eine achttausend Meter hohe Felswand zu steuern. Es gelang jedoch, Tibeter aus Indien zu rekrutieren, die bereit waren, eine Ausbildung in den USA auf sich zu nehmen, um ihrer Heimat zu helfen. Was das bedeutete, kann man sich kaum vorstellen – als Tibeter plötzlich in Colorado zu landen und, natürlich über einen Dolmetscher, im Guerillakampf ausgebildet zu werden. Nun, jedenfalls wurden sie dann zurückgeflogen und sprangen schließlich mit Waffen und Ausrüstung über Tibet ab. Alles in allem dauerte diese Aktion wenige Jahre, und sie war nicht sehr erfolgreich. Oft ging die Ausrüstung verloren, da sie falsch abgeworfen worden war, oft wurden die Tibeter im Kampf von den besser ausgebildeten Chinesen getötet oder auch von Einheimischen, die sich bei den neuen Herrschern einschmeicheln wollten, schlicht verraten. Aber es waren unglaublich mutige Menschen, diese Tibeter, die das mitmachten, und sie waren immer fröhlich, gut gelaunt, beteten ständig und beklagten sich nur über das amerikanische Essen, das sie für ungenießbar hielten …

Cora hielt erneut inne. Silk hatte die Augen wieder aufgeschlagen und begann zu sprechen. Unwillkürlich musste er in der Erinnerung an seine Freunde lächeln, verzog aber sofort schmerzverzerrt das Gesicht. Sie ließ ihr Handy sinken und hörte aufmerksam zu.

»Die CIA hatte kein Geld mehr für dieses Projekt, die Prioritäten in den USA hatten sich geändert, und Tibet war nicht mehr interessant. Wir flogen zurück, und das war's. Ich hätte nie gedacht, dass ich noch einmal hierherkomme. Aber dann ... wissen Sie, Lady, diese Liebe zu Tibet, die ist nie verloren gegangen. Wer einmal hier war, den lässt dieses Land, diese Landschaft nie mehr los. Man muss einfach wiederkommen, diese Menschen wiedertreffen, diese Tempel besuchen, diese unglaublichen Berge sehen! Und dann, eines Tages, kommt da dieser Anruf. Ob ich nicht noch einmal nach Tibet möchte, in guter Sache, noch einmal meinen Freunden von damals helfen. Ich bin ein alter Mann, ich möchte meinen Enkeln etwas hinterlassen, eine bessere Welt, eine sichere. Was habe ich zu verlieren? Und noch einmal Tibet zu sehen ... das ist es wert. War es wert. Also bin ich hierhergekommen, um das zu machen, was ich am besten kann und wofür man mich hierhergeschickt hatte. Na ja, und jetzt liege ich hier. Das kann nur heißen, sie haben es herausgefunden. Die Chinesen. Sie wissen, wer ich bin und was ich hier getan habe. Sie werden mich nicht mehr nach Hause lassen. Freunde habe ich mir unter den Chinesen sicher keine gemacht. Die haben irgendwann rausbekommen, wer von unserem Laden dabei war, und ich habe mich gehütet, wieder zu den verdammten Kommunisten zu fahren! Alles gut also. Colorado ist sowieso schöner. Aber dann ebendieser Anruf, ein Treffen, und ich dachte, fuck it, warum nicht! Wenn ich in meinem Alter noch zu etwas nutze sein kann, why not? Den Chinesen zu schaden, ist doch eine edle Sache, oder nicht? Die wollen doch die Welt beherrschen, die machen Amerika kaputt mit ihren verdammten Kopien und Billigprodukten, die zerstören unser Leben ...« Er schloss erschöpft die Augen.

Cora berührte ihn vorsichtig an der Schulter.

»Jim, kommen Sie! Sie müssen mir alles erzählen! Wer hat Ihnen etwas vorgeschlagen, worum geht es? Hören Sie, es geht auch um mein Leben, nicht nur Ihres! Sie schulden mir das!«

Mühsam öffnete der Amerikaner die Augen. Er schluckte, und Cora reichte ihm wieder das nun fast leere Glas Wasser. Nachdem er getrunken hatte, erzählte er weiter.

»Da war diese Frau, jung, gar nicht unsympathisch, ganz nett eigentlich ... also sie erzählte etwas von einer Aktion, den Chinesen zu schaden, ihnen klarzumachen, dass sie kein Recht hatten, unsere Welt zu zerstören. Und da gab es diese Organisation, die einen Plan hatte, irgendwelche reichen Typen, aber sie brauchten jemanden, der ihnen half, und der musste Kontakte in Tibet haben, und da gibt es nicht viele Amerikaner ... Ich habe all die Jahre gute Beziehungen zu Tibetern außerhalb Chinas gepflegt, viele vertrauen mir. Also irgendwie hatten diese Leute zu Hause meinen Namen gehört und mich aufgetrieben, ich habe nichts mehr vor, sitze sowieso allein zu Hause, also dachte ich, warum nicht ... und bin hierhergekommen, um einflussreiche Leute aufzusuchen ... dachte, die Kommunisten haben mich sowieso vergessen. Tja, fuck, lief doch nicht so gut ... Deshalb erzähle ich Ihnen das alles. Machen Sie damit, was Sie wollen.«

Er lächelte, scheinbar zufrieden damit, dass er hatte erzählen können, sich alles von der Seele geredet hatte. Cora wurde langsam ungeduldig, wovon verdammt noch mal sprach er eigentlich? Sie musste immer wieder nachfragen, da er schlecht zu verstehen war, manchmal verschluckte er halbe Sätze oder ließ sie einfach unvollendet. Jim war wieder verstummt, sein

Blick war in die Ferne gerichtet, als wäre er plötzlich nicht mehr in diesem Raum, in diesem Krankenhaus, sondern weit weg, in einer anderen Zeit und einer anderen Gegend.

»Ja, aber …«, flüsterte Cora. »Ich verstehe noch immer nicht, was genau Sie getan haben. Und warum? Wer hat Sie angerufen, wer hat Sie angestiftet, und worum geht es eigentlich?«

»Worum?«, lachte er bitter. »Das haben Sie nicht verstanden? Wir werden uns das nicht nehmen lassen, und jetzt ist es zu spät, um uns aufzuhalten. Es ist doch so wichtig, dass … Es ist ein großes Ziel, und wir stehen kurz davor. Ich hätte es gern selbst erlebt … muss schön sein, dieser … Seepalast, der Squad wird es schon … aber es soll wohl nicht sein. Aber Sie werden es erleben, ich denke doch, dass man Sie hier bald rauslässt. Die ganze Welt wird es erleben, und das wird alles ändern. Ich bin nur ein kleines Rädchen im Getriebe, aber unsere Hintermänner sind mächtig. Und ihr Glaube ist es, der sie antreibt. In wenigen Tagen wird die Welt eine andere sein. Und wer, fragen Sie? Hinter mir stehen …«

In diesem Augenblick wurde die Tür aufgerissen. Ein Arzt und eine Schwester kamen herein. Sie scheuchten Cora mit deutlichen, wenn auch ihr unverständlichen Worten zurück in ihr Bett. Der Arzt ging auf den Fernseher zu, der hoch an der Wand gegenüber Jims Bett montiert war und den Cora kaum wahrgenommen hatte, und drehte ihn zur Seite. Dann berieten sie sich kurz, und schließlich nickte der Arzt knapp und verließ mit raschen Schritten das Zimmer. Die Schwester hängte einen neuen Infusionsbeutel an den Ständer, prüfte die Dosierung und stellte sich dann mit verschränkten Armen an die Wand neben der Tür. Sie schien sicherstellen zu wollen, dass die Infusion auch den Körper erreichte. Der Amerikaner drehte seinen bandagierten Kopf zu Cora, und er sah sie an. Seine Lippen formten Worte, aber Cora konnte sie nicht verstehen. Er malte mit seinem Zeigefinger etwas auf die Bettdecke, es sah aus wie »U«. Seine Hände verschränkten sich ineinander, er wollte ihr etwas verdeutlichen, das sah Cora genau. Aber was? Plötzlich lächelte er sie an, als ob er sagen wollte, es ist gut so, wie es ist. Dann entspannten sich seine Finger, die Hände hingen schlaff an seiner Seite herunter, und sein Kopf fiel zur Seite. Etwas Speichel floss aus seinem Mund. Seine Pupillen verdrehten sich zur Zimmerdecke.

Das Bild des Amerikaners, der hier soeben direkt neben ihr in einem tibetischen Krankenhaus getötet worden war, brannte sich tief in Coras Gedächtnis.

TIBET, CHINA

Sie zitterte noch immer. Der eiskalte Mord hatte sie mitgenommen. Würde sie die Nächste sein? Cora hob vorsichtig den Kopf, als die Schwester das Zimmer verlassen hatte. Sie musste hier weg, und das sofort. Sie kramte unter ihrer Decke, bis sie ihr Handy wiedergefunden hatte. Wen konnte sie um Hilfe bitten? Ganesh war zu weit weg, und sie würde ihn vermutlich sowieso nicht erreichen. Und sie kannte natürlich niemanden in Tibet, also wen? Die deutsche Botschaft? Nein, wie sollte sie die jetzt erreichen, und bis die verstanden hätten, worum es ging … Nein, das schied aus. Sie brauchte jemanden, der sie kannte, der ihr einfach glaubte, ohne lange Fragen zu stellen. Und der gleichzeitig in der Lage war, ihr hier, in Tibet, zu helfen. Und da fiel ihr jemand ein. Natürlich! Es gab jemanden, den sie anrufen konnte. Den sie anrufen musste, der ihr glauben würde und der vielleicht sogar helfen konnte.

»Wei?« Als Cora seine vertraute Stimme hörte, brachen plötzlich alle Dämme. Sie fing an, hemmungslos zu schluchzen; die ganze Anspannung, die der Unfall, das Gespräch mit dem Amerikaner und dann der Mord an ihm in ihr aufgestaut hatten, fiel wie eine Zentnerlast von ihr ab. Was der Verständigung nicht gerade förderlich war; erneut kam ein diesmal erstauntes »Wei?« aus dem Lautsprecher.

»Wei? Shei a?« Cora verstand ihn nicht, konnte sich aber denken, dass er wissen wollte, wer da am Telefon heulte. Sie schniefte, räusperte sich kurz und sagte dann: »Ich bin's, Danli. Cora. Ich brauche deine Hilfe.«

Eine Weile herrschte nur Stille. Dann kam ein vorsichtiges »Cora?«, unmittelbar gefolgt von einem besorgten: »Was ist los? Warum weinst du? Wo bist du?«

Sie schluckte noch einmal, wischte ihre Tränen weg und begann zu erzählen. Wo sie war, was geschehen war, von dem Amerikaner, der Explosion und dem Mord. Sie sprach hastig, in Stichworten, manchmal unzusammenhängend, denn sie wusste nicht, wie viel Zeit ihr blieb, bis jemand hereinkam. Ma Danli, ihr sehr lieber, ihr sehr enger chinesischer Freund, den sie bei einem ihrer letzten Abenteuer in Shanghai kennengelernt hatte, der mit ihr nach Tibet gefahren war, ihr dort das Leben gerettet hatte und selbst beinahe ums Leben gekommen wäre, auf den sie sich immer hatte verlassen können. Sie hatten sich so gut verstanden, der chinesische Ingenieur, der sehr gut Deutsch sprach, und die Deutsche, die nichts von China wusste und in ihm den Freund und Vertrauten gefunden hatte, der ihr den Zugang zur chinesischen Kultur ermöglicht hatte, genau den brauchte sie jetzt, um die Gefahr zu bannen, die die Welt in eine Katastrophe zu führen drohte.

Als sie fertig war, schwieg Ma; er schien das Gehörte erst verdauen zu müssen. Schließlich waren sie sich bei ihren gemeinsamen Abenteuern auf Leben und Tod nahegekommen, in manchen Momenten sehr nah. Aber Cora wusste, dass Ma Danli verheiratet war, seine Frau damals ein Kind erwartete, und hatte sich deshalb zurückgezogen. Später hatte er ihr bei dem Skandal um den Flughafen Hahn in Rheinland-Pfalz geholfen, aber auch das war Vergangenheit. Jetzt, nach so langer Zeit, rief sie ihn aus heiterem Himmel an und brauchte seine

Hilfe! Innerlich war Ma aufgewühlt, auch er hatte sich sehr zu Cora hingezogen gefühlt, aber diese Gefühle sehr bewusst nicht zugelassen. Jetzt war sie plötzlich wieder in seinem Leben, und vieles von dem, was er sehr erfolgreich verdrängt hatte, flammte wieder auf. Er zwang sich, sachlich und schnell zu reagieren, und konzentrierte sich auf das sofort Notwendige.

»Okay, ich … ähm … Hao le, gut, als Erstes musst du da weg. Ich bin in Hongkong, ich kann zu dir nach Lhasa fliegen, aber das dauert zu lange, und ich brauche auch eine Erlaubnis dafür, das ist kurzfristig nicht möglich, das kann Tage dauern. Und du bist weit weg von Lhasa, als müsste ich auch noch in den Westen kommen, nein, das hat keinen Zweck. Hao, was machen wir …? Gut, hör zu, zieh dich an, pack deine Sachen und versuche, das Krankenhaus zu verlassen oder dich wenigstens irgendwo im Haus, vielleicht im Keller, zu verstecken. Ich muss nachdenken, ich lass mir etwas einfallen. Okay? Mach jetzt, dass du aus dem Zimmer wegkommst, und ich melde mich, so schnell es geht. Mach dir keine Sorgen, ich schaffe das, ich helfe dir, du musst keine Angst haben! Und, Cora, es ist schön, deine Stimme zu hören!« Weg war er.

Unwillkürlich musste Cora lächeln; sie sollte sich keine Sorgen machen! Er war wirklich zu süß, ausgerechnet ihr, der starken Frau, als die er sie kennengelernt hatte, die Angst nehmen zu wollen! Ganesh hätte das auch gesagt, aus Liebe, nicht weil er gewusst hätte, was zu tun sei. Sicher hatte auch Danli noch keinen Plan parat, aber sie wusste, dass sie sich auf ihn verlassen konnte. Ihre Schmerzen musste sie jetzt einfach ignorieren. Wenn dieser Arzt den Amerikaner wirklich getötet hatte, dann sicher auf Anweisung einer höheren Instanz, und wenn sie als seine Verbündete galt … ob sich da jemand die Mühe machte zu erfahren, wer sie wirklich war und dass sie überhaupt nicht involviert war? In was auch immer, dachte sie, während sie sich hastig anzog. Sie wusste ja noch immer nicht, worum es eigentlich ging. Seepalast, squad, das hatte sie sich gemerkt, natürlich, aber was sollte sie damit anfangen?

Als sie angezogen war, humpelte sie langsam zur Tür. Wohin jetzt? Egal, erst mal raus hier. Langsam und vorsichtig öffnete sie die Tür und schaute hinaus. Der Gang war leer, aber das hieß nichts, jeden Augenblick konnte jemand kommen. Gegenüber sah sie eine Tür, die nur angelehnt war, und sie konnte undeutlich einige Stimmen hören. Cora schlüpfte hinaus auf den Gang und schloss die Tür leise hinter sich. Sie hielt sich links an der Wand und steuerte auf das Ende des Ganges zu, wo ein Notausgang zu sein schien. Sie musste es riskieren. Zweimal musste sie anhalten, weil ihr schwindlig wurde und der ganze Gang sich zu drehen begann. Aber sie ging entschlossen weiter und erreichte schließlich eine graue Stahltür. Vorsichtig drückte sie die Klinke herunter. Die Tür war nicht verschlossen. Drei Stufen führten hinunter auf einen Betonweg, der um das Krankenhaus herumzuführen schien. Links erstreckte sich das Gebäude über etwa fünfzig Meter, dahinter sah sie einen Parkplatz. Ungünstig, dort gab es vermutlich zu viele Leute. Nach rechts waren es nur etwa zehn Meter, dahinter schien sich ein Garten anzuschließen. Sicher die bessere Variante, jedenfalls war die Strecke kürzer, und sie konnte sich dort eventuell fürs Erste verstecken. All diese Gedanken schossen ihr gleichzeitig durch den Kopf, während sie langsam die Tür hinter sich zuzog.

Die Stimme war unmissverständlich.

»Stop! Don't move!« Unsanft wurde ihr der Türgriff aus der Hand gerissen. Cora drehte sich um und sah direkt in den Lauf einer AK47 und dahinter, auf den Stufen stehend, in das

Gesicht eines Wachmanns. Oder Soldaten, was auch immer. Sein Argument überzeugte sie. Hier die Heldin zu spielen wäre albern gewesen. Und vermutlich tödlich.

Widerstandslos ließ sie sich abführen. Es war vorbei.

ERFURT, DEUTSCHLAND

»Und ich denke, wir haben hier einen ausgezeichneten Deal gemacht«, beendete Padura seinen Bericht im Kreise der Vorstandskollegen. Selbstzufrieden lehnte er sich zurück. Die Chinareise war optimal verlaufen, die Chinesen würden noch heute ihr schriftliches Angebot senden, wie in Shanghai vereinbart. In nur drei Tagen hatte er die Versorgung seines Unternehmens mit Batterien für die E-Mobility gesichert, das sollte die Konkurrenz ihm erst einmal nachmachen! Und das zu diesem Preis! Und der Abschluss der Reise mit Ana war auch nicht schlecht gewesen … Er lächelte noch immer in sich hinein, als er an die attraktive, etwas naive Studentin und ihren Kampf gegen die bösen Lithiumunternehmen dachte.

»Padura, Sie missverstehen da etwas!«, blaffte sein CEO ihn plötzlich völlig unerwartet an. »Ich habe vor wenigen Minuten das Angebot der Chinesen erhalten. Es liegt um fünfundzwanzig Prozent über dem, was Sie angeblich vereinbart haben, also deutlich über dem, was wir maximal hätten verkraften können! Wenn wir das unterzeichnen, haben wir ein massives Problem, und wenn nicht, ein noch größeres. Und genau das verdanken wir Ihrer Chinareise! Woher wussten die, wie weit sie gehen können? Sie haben es versaut, Mann!«

»Aber ...«, setzte der Spanier völlig verunsichert an. Wie konnte das sein? Frau Dr. Zhang hatte ihm doch die Zahlen vorgelegt und ihm dann zugesichert, das Angebot exakt so nach Deutschland zu senden. Was war geschehen?

»Und noch etwas, noch eine schlechte Nachricht, und ich weiß nicht, ob Sie nicht auch dafür die Verantwortung tragen. Die Chinesen kaufen einen unserer wichtigsten Lieferanten in Rheinland-Pfalz! Damit machen sie sich weiter unabhängig und bedrohen uns hier, in Deutschland, auf unserem Heimatmarkt!«

Das Unternehmen, von dem Dr. Dolger hier sprach, war ein kleiner, aber sehr feiner Zulieferer für die Automobilindustrie, der sich auf Seltene Erden spezialisiert hatte. Das waren Metalle wie Neodym, die weder Erden noch selten waren, nur schwer – und unter extremer Umweltverschmutzung – zu extrahieren und daher teuer und begehrt, vor allem im Motorenbau. China war der weltgrößte Lieferant, weil sie Minen zu konkurrenzlos niedrigen Kosten erschlossen, sodass die Minen in Australien oder den USA nicht rentabel arbeiten konnten. Dabei besaßen die Chinesen nicht einmal die größten Vorkommen, sie gingen nur weitaus rücksichtsloser beim Abbau vor. Wenn die Chinesen jetzt auch noch begannen, deutsche Zulieferer aufzukaufen, verhieß das nichts Gutes.

»Können wir da noch etwas machen?«, fragte er rasch. »Vielleicht ein besseres Übernahmeangebot? Ich kenne da jemanden in der Geschäftsführung, das wäre vielleicht ...«

»Das werden Sie schön bleiben lassen!«, fiel ihm der CEO ins Wort. »Sie haben genug angerichtet. Was haben Sie da in China eigentlich getan? Spaß gehabt mit den Damen, was? Padura, Sie haben uns ganz schöne Probleme eingebrockt. Um den Zulieferer kümmere ich mich persönlich. Wir dürfen den Ausverkauf deutscher Technologie nicht zulassen. Irgendwann haben wir hier nichts mehr, was die Welt braucht, weil wir alles an die Chinesen verkauft haben! Und was ist dann mit uns? Als Automobilhersteller haben wir dann massive Probleme, konkurrenzfähig zu bleiben, und dann kaufen die Chinesen auch unsere Dax-Konzerne! Und dann Gute Nacht Deutschland! Jetzt aber kümmern wir uns erst mal um das Thema Batterien. Die Chinesen besitzen nun einmal die größten Lithiumvorkommen, also nein, das nicht, die sind ja in Südamerika, aber die Chinesen haben ihre Finger auch dort schon in der Produktion. Und Umweltthemen oder besser Umweltstandards kümmern die wenig, da können noch so viele Menschen ihre Lebensgrundlage verlieren!«

Er hatte sich in Rage geredet, und es schien nicht angebracht, ihn zu unterbrechen. Und er hatte ja recht; wie sollte es mit Deutschland weitergehen, wenn der technologische Vorsprung nicht gewahrt werden konnte? Würde Deutschland dann zum reinen Tourismusziel der Asiaten werden, mit lustigen Bräuchen wie dem Kölner Karneval und pittoresken bayrischen Schlössern? Matjes und Weißwurst als Exportschlager statt Autos und Maschinen? Und er, Padura, hatte wohl dazu beigetragen, dass die Chinesen einen signifikanten Wettbewerbsvorteil erringen konnten. Padura wagte nicht einzuwenden, dass es die deutschen Automobilhersteller auch wenig kümmerte, woher das Lithium denn eigentlich stammte. Jeder dachte nur an die Versorgung mit ausreichend Batteriekapazität, niemand fragte nach den Umweltschäden. Ob die jetzt in Tibet oder in Bolivien entstanden, war dem deutschen Autofahrer doch egal. Was er, Padura, in Shanghai mit der süßen Studentin diskutiert hatte, nämlich Magnesium statt Lithium oder gleich Wasserstoff, das wurde in Deutschland von keinem Unternehmen ernsthaft angedacht. Höchstens von Investoren, die überlegten, ob man nicht in Magnesiumaktien investieren sollte. Oder eben doch Wasserstoff? Als Anlageform interessant. Vielleicht. Aber auch hochriskant. Er selbst hatte sich auch ein kleines Depot mit Aktien eingerichtet und spekulierte dort speziell auf die zunehmende E-Mobility und die Nachfrage nach Lithium. Aber chinesische Aktien liefen in letzter Zeit sehr schlecht, seit die Regierung beschlossen hatte, den großen Tech-Konzernen klarzumachen, wer das Sagen hatte.

Woher hatten sie nur herausbekommen, welcher Preis bei seinem Unternehmen zu holen war? Er verstand noch immer nicht, was in Shanghai schiefgelaufen war. Dabei war der Abend mit Ana doch ... *Mierda! Shit!* Es gab nur eine Möglichkeit, nur eine Person, die um die mögliche Gewinnmarge gewusst hatte. Langsam wurde ihm klar, warum die Kolumbianerin so gut über das Thema Lithium informiert gewesen war; das hätte ihn stutzig werden lassen sollen. Padura schloss unwillkürlich die Augen und atmete tief ein und wieder aus. *Qué mierda!*

Während Padura sich verzweifelt die Hände vors Gesicht schlug, ging, zwölftausend Kilometer weiter östlich, eine kolumbianische Studentin fröhlich mit ihrer chinesischen Freundin shoppen. Shanghai war teuer, aber jetzt konnte sie es sich leisten. Warum auch nicht? *Hay más tiempo que vida: Das Leben ist kurz.* Der Vater ihrer Freundin stand zu seinem Wort. Was immer sie ihm erzählt hatte, es war wohl sehr interessant gewesen, und er hatte sie großzügig entlohnt. Und sie hatte ein neues chinesisches Strategem gelernt, eine Kriegslist: *Meiren ji* oder *honey trap*, wie die Amerikaner das nannten. Die Kunst, einen Mann zu verführen, um ihm Informationen zu entlocken. Der Klassiker aller Spionageromane. Ihr Chinesischlehrer hatte recht gehabt, neue Vokabeln erlernte man am besten durch die praktische Anwendung. Die Chinesen waren Meister in der Anwendung ihrer Listen, und die Ausländer fielen immer wieder darauf herein. Männer waren so dumm! Wie hieß es doch: *Ein Blick, und ganze Städte fallen, ein zweiter Blick, und Reiche stürzen ein.* Oder eben Unternehmen.

BERLIN, DEUTSCHLAND

Diesmal hatte es sich auch der Kanzler nicht nehmen lassen, persönlich zu erscheinen. Mit ernstem Gesicht – die tiefen Ringe unter seinen Augen sprachen von Schlafmangel, den die Ereignisse der letzten Tage und Wochen verursacht hatten – setzte er sich an den Tisch und beugte sich leicht nach vorn.

Alle Minister waren anwesend, die große Runde; es galt, eine Entscheidung zu fällen. Erst vor wenigen Stunden war die Meldung viral gegangen: wieder ein Attentat, diesmal in Tibet. Die genauen Koordinaten wurden von den Chinesen nicht herausgegeben, aber es handelte sich wohl um ein sehr entlegenes Gebiet, knapp an der Grenze zu dem von Indien beanspruchten, aber von China besetzten Aksai Chin. So hatte es in der Nachricht gestanden. Demchok, so hatte sich der Kanzleramtsminister belehren lassen, war ein winziges Dorf mit einer Handvoll Häuser, und die Actual Line of Control, also die Grenze zwischen den beiden Atommächten Indien und China, lief mitten durch das Dorf! Und dort irgendwo waren zwei Autos mit Touristen in die Luft gejagt worden; ein Amerikaner war ums Leben gekommen, eine Deutsche hatte knapp überlebt. China hatte sofort Indien beschuldigt, Vergeltungsmaßnahmen angedroht und seine Truppen, fast fünfzigtausend Mann, entlang der gesamten indisch-chinesischen Grenze in höchste Alarmbereitschaft versetzt. Indien wiederum hatte Pakistan in Verdacht, das mit dieser Aktion den chinesisch-indischen Konflikt anheizen wollte. Die gerade erst erworbenen französischen Rafale Jets, von denen einige ohnehin an der chinesischen Grenze stationiert worden waren, standen kurz vor ihrem ersten Einsatz! Die gegenseitigen Schuldzuweisungen eskalierten in rasendem Tempo. Dass der amerikanische Außenminister in Beijing ermordet worden war, erschien nun in einem ganz anderen Licht. Waren es doch die Chinesen gewesen? Oder die Inder? Aber warum? Aber wer sonst hätte ein Interesse an einer Eskalation gehabt?

»Der Sicherheitsrat der Vereinten Nationen wird noch heute Nacht zu einer Sondersitzung zusammentreffen«, eröffnete der Kanzler das Meeting. »Ich werde mich von hier aus zuschalten. Wir werden die Anschläge verurteilen, natürlich, aber wir müssen uns auch als Deutsche überlegen, wie wir damit umgehen. Sind wir der Meinung, dass die Chinesen dahinterstecken? Welche Konsequenzen ziehen wir daraus? Die USA werden eventuell schon heute eine Resolution beantragen, die erste Sanktionen gegen China vorsieht. Diese Chance lassen die sich nicht entgehen. Mitten im Handelskonflikt die Chinesen vor der Welt als die Bösen dastehen zu lassen, das ist eine einmalige Chance für die Falken im Weißen Haus, denen die chinafreundliche Politik des verstorbenen Außenministers schon lange ein Dorn im Auge war. Die sind nicht wirklich daran interessiert zu verstehen, was tatsächlich hinter den Anschlägen steckt. Aber was machen wir? Wir brauchen China. Aber China braucht auch uns, und wir dürfen uns keine Illusionen darüber machen, was die USA in dieser Sache von uns erwarten. Wir Europäer sitzen zwischen allen

Stühlen, aber dass wir uns in Brüssel auf eine gemeinsame China-Strategie einigen, darauf warten wir schon lange. Und bis dahin erwarten die Amerikaner, dass wir zu ihnen halten. Also, ich bitte um Ihre Stellungnahmen!«

In China gab es ein Sprichwort, das dem Kanzler jetzt einfiel, weil der chinesische Staats- und Parteichef Xi Jinping es bei seinem letzten Besuch zitiert hatte: *Der hervorstehende Nagel wird eingeschlagen.* Sollte heißen, wer sich aus der Reihe traut, wer sich nicht einfügt, wird dazu gebracht, sich zu fügen. Und entsprechend verhielten sich gerade seine Minister: Niemand sagte ein Wort. Niemand schien den Mut zu haben, sich zu seiner Meinung zu bekennen, bevor er, der Kanzler, sich nicht festgelegt hatte. Feiglinge, dachte er bei sich. Wofür brauche ich euch eigentlich? Aber das sagte er natürlich nicht.

»Es gibt derzeit wohl keine anderen Verdächtigen«, ergriff schließlich die Außenministerin als Erste das Wort. »Alles deutet auf China hin, richtig? Niemand sonst hätte einen Grund, es zu einer weltweiten Eskalation kommen zu lassen. Denn diese führt unweigerlich dazu, dass wir Farbe bekennen müssen, dass die Vormachtstellung der USA infrage gestellt wird, und das ist genau das, was China möchte. Und wir wissen, dass sie seit Jahren aufrüsten, dass sie im Südchinesischen Meer illegal und völkerrechtswidrig Gebiete nicht nur beanspruchen, sondern sie auch einfach besetzen und Tatsachen schaffen; dass sie über die Seidenstraße ihren Einfluss in Zentralasien ausdehnen, dass sie auch im Himalaya immer wieder Indien reizen und die Grenze überschreiten, dass sie regelmäßig den taiwanesischen Luftraum verletzen. Ich denke, jetzt wäre ein guter Zeitpunkt, ihnen einmal zu zeigen, dass sie sich nicht alles leisten können. Ein Schuss vor den Bug, sozusagen. Wir sollten eindeutig zu unserem Bündnispartner USA stehen!«

Einige in der Runde nickten zustimmend; das war immer eine sichere Sache, da man darauf nicht festgelegt werden konnte. Die antichinesische Stimmung, die in den USA inzwischen große Teile der Bevölkerung erfasst hatte, begann sich auch in Europa auszubreiten. Und man musste ja auch die nächsten Wahlen im Auge behalten, der deutsche Durchschnittswähler stand China inzwischen deutlich kritischer gegenüber, als dies noch vor wenigen Jahren der Fall gewesen war. Zu viel hatten die Medien über die chinesischen Expansionsgelüste verbreitet, und dass aus China auch Krankheiten nach Europa gekommen waren, von der verheerenden Pest im 14. Jahrhundert bis zu Covid-19, wusste nun auch jeder. Jedenfalls war dies das Narrativ, das die USA verbreiteten und dem sich die meisten europäischen Medien angeschlossen hatten. Ein deutliches Auftreten den Chinesen gegenüber war fällig. Ein deutscher Alleingang, nun, das wäre schwierig, aber im Kontext einer UN-Resolution, das war gut. Deutschland war in der internationalen Staatengemeinschaft nicht für schnelles und entschlossenes Vorgehen bekannt.

Nach einigem Hin und Her beschloss die Ministerrunde, sich einer möglichen Resolution gegen China anzuschließen. Den Chinesen musste Einhalt geboten werden. Distanz zu den USA ja, das hatten die letzten Jahre gelehrt, aber letztlich war Europa den USA dann doch näher als China. Und zu einer eigenen Linie, einer deutschen oder gar europäischen Haltung China gegenüber, hatte man sich noch nie zusammenraufen können, und auch jetzt würde dies nicht geschehen. Sich den USA anzuschließen, war einfach und sicher. China war bei allen Diskussionen der sprichwörtliche »elephant in the room«, das stets vorhandene, wenn auch nicht explizit angesprochene Thema, und dies bot eine gute Gelegenheit, sich zu positionieren.

Der Kanzler schwieg. Eine UN-Resolution bedeutete einen diplomatischen Super-GAU. Wie würde China wohl reagieren? Die deutsche Automobilwirtschaft hatte mächtige Lobbyisten in Berlin, und die würden ihm sofort klarmachen, wie viele Arbeitsplätze auf dem Spiel standen, wenn man es sich mit China verscherzte. Arbeitsplätze, das war ja immer die Lieblingsdrohung der Automobilhersteller. Dass auch China es sich nicht leisten konnte, auf die Deutschen zu verzichten, das las man nur selten in den Medien. Aber China brauchte deutsches Know-how, deutsche Investitionen; davon hingen Millionen Arbeitsplätze in China ab, deshalb war es auch für die Chinesen nicht einfach, Deutschland abzustrafen.

China stand hinter den Anschlägen, dies schien klar zu sein. Nicht irgendwelche Islamisten. Aber warum? Wirklich nur um die Amerikaner zu provozieren und diese zu einem vielleicht übereilten und nicht durchdachten Schritt zu verleiten? Der deutsche Kanzler war sich nicht sicher, was er tun sollte. Und die China-Kompetenz in seinem Kabinett beschränkte sich auf einzelne Reisen und das, was man aus Brüssel hörte. Auch nach vielen Jahren der Öffnung Chinas lag der Fokus der Schulbildung auf Europa, nicht auf Asien, welches doch jeden Tag die Schlagzeilen dominierte. Auch er, der Kanzler, wusste im Grunde nicht, wie er mit China umgehen sollte, was diese Chinesen eigentlich wollten. Da ging es ihm manchmal wie mit seiner Frau.

BEIJING, CHINA

Erneut hatten sich die neun Mitglieder der für die Belt and Road Initiative zuständigen Kommission innerhalb des Staatsrates der Zentralregierung in dem Pavillon am Zhonghai, dem Mittleren See, zusammengefunden. Heute sollte es um einen weiteren wichtigen Aspekt des Projekts gehen, die Seidenstraße der Meere, wie es der Westen poetisch nannte, oder schlicht Chinas Rechte im Südchinesischen Meer wie auch im Indischen Ozean. Wieder waren sie von ihren Chauffeuren bis vor das große rote Eingangstor auf der Chang'an Avenue gefahren worden, dem großen Boulevard, der sich in westöstlicher Richtung quer durch die Beijinger Innenstadt zog. Vorbei am ehemaligen Kaiserpalast, der meist die Verbotene Stadt genannt wurde, direkt am Platz des Himmlischen Friedens gelegen.

Nach gründlicher Ausweiskontrolle wurden sie eingelassen. Früher hatte ein Blick auf das Autokennzeichen genügt, da die Wachsoldaten an den Buchstaben, die den chinesischen Zeichen hinzugefügt wurden, den Rang des jeweiligen Fahrzeuginsassen erkennen konnten. Aber nun waren auch hier die Sicherheitsvorschriften verstärkt worden. Die weltweiten Anschläge machten auch die Machthaber in Beijing nervös. Und weitere Anschläge waren nicht auszuschließen. Noch nie war es fremden Kräften gelungen, im Herzen des Reiches, sozusagen mitten in Zhongguo, dem Reich der Mitte, in Beijing, einen Mordanschlag auszuführen, und dann auch noch auf den amerikanischen Außenminister! Die Untersuchungen, wie das hatte geschehen können, liefen noch, aber die ersten Köpfe waren schon gerollt, und viele weitere würden folgen.

Schließlich waren alle Kommissionsmitglieder versammelt, am Seeufer in kleinen Grüppchen stehend, rauchend und wartend auf den Vorsitzenden Yang Wenhua. Er kam deutlich zu spät, sein Privileg, das er sich nicht nehmen ließ. Gesicht wahren war wichtig. Dann betrat er als Erster den für die Konferenz gebuchten Pavillon, und die anderen folgten langsam. Sie gaben ihm das Gesicht, das ihm zustand; sie wussten, nur so würden auch sie eines Tages, wenn sie in höhere Ämter aufgestiegen waren, Respekt von den weniger Glücklichen zugestanden bekommen. China war eine Schamkultur, keine Schuldkultur wie die westlichen Staaten. Man bestrafte nicht nur mittels eines Strafzettels, wenn ein Bürger sich eines Vergehens im Straßenverkehr schuldig machte, sondern durch Scham: nämlich indem das Gesicht und die persönlichen Daten dessen, der zum Beispiel eine Straße trotz einer roten Ampel überquert hatte, in riesigen Bildern auf LED-Displays an Häuserfronten aufleuchteten. Das Gesicht verlieren in aller Öffentlichkeit, das schmerzte mehr als eine finanzielle Strafe. Gesicht beziehungsweise Scham, wenn man keines bekam: wirksamer als jede Strafe.

Als endlich alle saßen, die Teetassen vor ihnen mit dampfendem Heißwasser gefüllt, auf welchem die dunkelgrünen Teeblätter, feinster Da Hong Pao aus der Provinz Fujian, oben schwammen, und die stark geschminkten jungen Damen der

Bewirtung, alle in die gleichen roten Kostüme gekleidet, sich zurückgezogen hatten, schaltete der Vorsitzende Yang den Bildschirm hinter sich ein.

»Heute geht es um unsere Präsenz in den südlichen Ozeanen, im Nanhai«, begann er abrupt und ohne die üblichen einleitenden Floskeln. »Lao Sun, bitte!«

Lao Sun war ein älterer, in den Machtkämpfen der Partei ergrauter Kämpfer. Als Einziger färbte er sich nicht die Haare, sondern stand zu seinem Alter. Mit fast siebzig war es ihm schlicht egal, was andere von ihm hielten. Er hatte genug Geld beiseitegeschafft, um seine Kinder und Kindeskinder sorgenfrei leben lassen zu können, nicht nur in China, sondern auch in West Vancouver, wo er ein hübsches Anwesen in einer auch von anderen Chinesen bevorzugten Gegend besaß. Dort hatte er drei Bugattis in seiner Garage stehen, einer war eine Spezialanfertigung mit echt goldenem Armaturenbrett und seinem Sternzeichen, dem Büffel, auf der Kühlerhaube eingraviert. In Beijing fuhr man solche Autos besser nicht. Zu auffällig, der Duft des Geldes war zu präsent, um unter dem feinen Radar der Antikorruptionsbehörden durchzugehen. Nein, Sorgen musste er sich wirklich nicht mehr machen. Sun war mehr oder weniger ehrenhalber in diese Kommission berufen worden, und da er vor Jahren als chinesischer Botschafter in Indien stationiert gewesen war, hatte man ihm die delikate Aufgabe übertragen, sich um den Indischen Ozean und in der Folge auch gleich um das Südchinesische Meer zu kümmern. Es war eine wichtige Aufgabe, da allen klar war, dass eine mögliche militärische Auseinandersetzung mit den USA mit ziemlicher Sicherheit von hier ausgehen würde. Noch im 19. Jahrhundert hatten die Europäer, damals die Welt beherrschend, nur im Mittelmeer die Auseinandersetzung mit anderen Mächten gesucht. Im 20. Jahrhundert war es dann der Atlantik, der die

Beziehungen zwischen den aufstrebenden USA und Europa prägte und die entscheidenden Schifffahrtsrouten verzeichnete. Das hatte sich gegen Ende des 20. Jahrhunderts bereits geändert, als nicht nur das Öl und somit der Nahe Osten zunehmend relevant wurden, sondern auch der Aufstieg Ostasiens begann. Nun, in der dritten Dekade des 21. Jahrhunderts, waren es eindeutig der Indische Ozean, in welchem sich China und Indien als Atommächte gegenüberstanden und dort auf die USA und Australien trafen, und das Südchinesische Meer, wo sich wiederum die USA und China, aber auch Japan in die Quere kamen.

Sun rief eine politische Karte der Region auf. Man sah das südchinesische Festland mit den Provinzen Fujian, gegenüber Taiwan gelegen, und Guangdong, welches an Hongkong und Macao angrenzte, südlich davon die Insel Hainan und dann in einem riesigen Bogen eine Linie aus neun Strichen, die das von China beanspruchte Gebiet zwischen Taiwan, den Philippinen, Vietnam und Malaysia umschloss. Weiter westlich zeigte die Karte gerade noch den indischen Subkontinent, mit Sri Lanka an seiner südöstlichen Spitze, und den großen Indischen Ozean.

»Sie sehen hier das Gebiet, über das wir heute sprechen«, begann Sun mit seiner leisen, kaum hörbaren Stimme und seiner bedächtigen Art, die seine Gegner nervös machte.

»Das Gebiet um Hainan und südlich davon innerhalb dieser Neun-Striche-Linie gehört eindeutig seit langer Zeit zu China, was unter anderem auch Reste von chinesischem Porzellan beweisen, die wir dort gefunden haben. Bereits auf Karten der chinesischen Nationalregierung von 1947 sind diese Linien eingezeichnet. Die Ansprüche der Anrainerstaaten sind nicht gerechtfertigt, und wir werden keinesfalls dulden, dass unser Hoheitsgebiet von wem auch immer verletzt wird. Nicht-Einmischung in innere Angelegenheiten ist eines der Grundprinzipien unserer Politik.«

Zustimmendes Nicken deutete das Selbstverständliche an, nämlich, dass alle seiner Meinung waren.

»Vor wenigen Tagen ist erneut ein Kampfjet der US-Luftwaffe in unseren Luftraum südlich von Hainan eingedrungen. Unsere Abfangjäger sind aufgestiegen und haben das sofortige Verlassen unseres Hoheitsgebietes verlangt. Die Amerikaner drehten daraufhin ab.« Erneut beifälliges Nicken. Richtig so, was bildeten sich diese Amis eigentlich ein! Man stelle sich vor, chinesische J-20 Stealth Fighter würden vor Kalifornien auftauchen – würden das die Amerikaner dulden? Wohl kaum.

»Gut, also diese Nine-Dash-Line, die das Hoheitsgebiet der Volksrepublik China anzeigt, ist eindeutig und juristisch nicht anfechtbar. Kommen wir zum Indischen Ozean. Bekanntlich kommen unser ganzes Öl und Großteile unserer Im- und Exporte durch die Straße von Malakka bei Singapur und somit aus dem Indischen Ozean zu uns. Es ist von äußerster Wichtigkeit, dass die Inder dort nicht die Oberhand behalten. Wir hatten aber bis vor einiger Zeit keine Möglichkeit, dort Einfluss zu nehmen. Unsere einzige militärische Außenstelle außerhalb Chinas liegt in Dschibuti, direkt am Horn von Afrika. Das ist aber zu weit entfernt. Wir haben daher auf Sri Lanka, hier unten«, er zeigte auf die Karte und die Südspitze der Insel, »einen Hafen gebaut, den das Land im Grunde nicht brauchte, und einen Flughafen dazu. Den Kredit dazu haben sie auch gleich von uns bekommen, gewisse Regierungsvertreter waren da sehr aufgeschlossen.« Verständnisvolles Grinsen rund um den Tisch, das kannte man zur Genüge. Was wäre China ohne die Gier der Politiker all dieser kleinen Staaten, die sich von den USA im Stich gelassen fühlten? Sie füllten sich die Taschen auf Kosten ihres Landes und genehmigten, wie im vorliegenden Fall, Megaprojekte, die das Land nie würde bezahlen können.

»Also haben wir uns, als der Kredit für den Hafen Hambantota nicht bedient werden konnte, die Sicherheit genommen, die hinterlegt worden war – nämlich den Hafen selbst. Wir haben ihn auf neunundneunzig Jahre geleast und können ihn jetzt für unsere Zwecke nutzen. Wir haben inzwischen nicht nur Containerschiffe dorthin verlegt, sondern auch zwei unserer U-Boote. Das ist strategisch von unschätzbarer Bedeutung. Wir können damit immerhin einen gewissen Teil des Indischen Ozeans abdecken. Durch unsere dort installierten Abhörsysteme ist es uns auch gelungen zu erfahren, wo Indien demnächst verstärkt selbst militärisch aktiv werden wird: auf den Andamanen!« Damit zeigte er auf die den Anwesenden völlig unbekannte Inselgruppe vor der thailändischen Küste, die noch zu Indien gehörte.

»Aufgrund der militärstrategisch relevanten Lage plant die indische Regierung, einen Teil der Inseln im nördlichen Teil als Smart Islands zu entwickeln, das heißt, dort auch Militärstützpunkte zu errichten und Abhörsysteme zu installieren, um den Indischen Ozean zu überwachen. Dies richtet sich ausschließlich gegen uns und unsere Interessen einer freien Schifffahrt in der Region. Diese Smart Islands gilt es daher zu verhindern; die Inder hätten dann einen bedeutenden strategischen Vorteil im Indischen Ozean und beeinträchtigten die Sicherheit unserer Ölversorgung! Und wir reden hier natürlich nicht nur von Öl, sondern von allen Ressourcen, die wir importieren müssen. Unsere Belt and Road Initiative ist die perfekte Mischung aus Machtstrategie, Ressourcensicherung und Erweiterung unseres Einflussbereiches in die ganze Welt, ausgenommen Indien und die USA. Wir gehen davon aus, dass es in den nächsten Jahren zu zunehmenden Auseinandersetzungen mit indischen und amerikanischen Militärs in dieser Region kommen wird. Sowohl das Südchinesische Meer als auch der Indische Ozean sind somit für uns sehr wichtige Schauplätze möglicher Konflikte.«

Damit schloss er seine Präsentation und lehnte sich zurück. Im Grunde hatte er nur das erklärt, was Allgemeinwissen für die Gruppe sein sollte; aber wie es schien, war ihnen vieles davon neu. Nur der Vorsitzende Yang, der selbstredend den Überblick über sämtliche strategischen Komponenten der Seidenstraßeninitiative hatte, nickte ihm kurz zu. Die indische Grenze, der Korridor zu Pakistan, der Indische Ozean, Taiwan, die zu China gehörende, aber von Japan unrechtmäßig beanspruchte Diaoyutai-Inselgruppe, jetzt auch noch die schwer zu kontrollierenden Taliban in Afghanistan – China musste an vielen verschiedenen Stellen seine Stärke beweisen, und genau dies würde es auch tun. Der Premierminister erwartete von ihm aber mehr, er wollte genauere Pläne für den Fall einer Eskalation sehen. Wie sollte China im Falle einer amerikanischen Aggression im Südchinesischen Meer oder rund um Taiwan reagieren? Wie sollte China im Himalaya seine Vorherrschaft und wie die Verbindung zu Pakistan sichern? All dies waren dringende Fragen, die er als Vorsitzender dieser Kommission zu bearbeiten und dann dem Premier vorzulegen hatte.

Aber nun war noch etwas hinzugekommen, nämlich diese verdammten Anschläge in aller Welt! »Zao ni ma!«, fluchte er leise vor sich hin. Wer steckte dahinter, was sollte das? Wollten die Inder einen Krieg provozieren, indem sie im chinesischen Tibet, nahe der Grenze, einen Bombenanschlag verübten? Oder waren es doch islamistische Terroristen, wie die CIA vermutete? Ja, das hatte er von einem Freund gehört, der im guoanbu, dem chinesischen Ministerium für Staatssicherheit, dem chinesischen Geheimdienst, arbeitete. Die hatten ihre Verbindungen und wussten, was die CIA dachte und plante. Andererseits wussten die Amerikaner so vieles nicht, man denke nur an die Anschläge auf das World Trade Center. Seine Theorie neigte eher zu Indien, die Atommacht hatte am meisten zu gewinnen, wenn sich die weltweite Stimmung gegen China richtete. Und China direkt angreifen, das ging nicht, aber auf einen anderen Schauplatz ausweichen … das kannte er, das entsprach genau der alten chinesischen Kriegslist *Jiè dāo shā rén: Mit dem Messer eines anderen töten!* Also andere für sich kämpfen lassen, gewissermaßen. Nun, dass die Inder chinesische Listen gegen China selbst einsetzten, das wäre schon geschickt, das musste er zugeben.

Und das war sein eigentliches Problem. Morgen stand der Termin mit dem Premier auf seiner Agenda, und der erwartete eine Antwort. Gut, er hatte sich jetzt festgelegt, Indien stand hinter den Anschlägen, das wurde immer deutlicher. Yang war nicht wohl dabei. Den zweitmächtigsten Mann Chinas verärgerte man besser nicht. Oder wenn, dann nur einmal.

DELHI, INDIEN

Vasudhaiva Kuṭumbakam. Die Welt ist eine Familie. Diese Worte waren in der Eingangshalle des indischen Parlaments eingraviert, und auch der Premier zitierte die alte Moraltugend der fünftausend Jahre alten Veden gern. Grundprinzipien indischer Weisheit, wie sie auch Mahatma Gandhi später in seiner Politik der Ahimsa, der Gewaltlosigkeit, fortgeführt hatte. Erfunden hatte Gandhi Ahimsa nicht, aber er war der Erste, der dieses Prinzip von der persönlichen auf eine soziale und politische Ebene gehoben hatte. Wo war diese Idee geblieben?

Es war sein vierter Chai Masala heute schon, aber der Stress, den die Ereignisse der letzten Tage mit sich gebracht hatten, galt Yashwant Ambedkar als Entschuldigung. Jedenfalls vor sich selbst; was seine Frau dazu sagen würde, dass er schon wieder zugenommen hatte, mochte er sich jetzt nicht ausmalen. Das war das Problem mit dem gewürzten Tee in Indien: nicht nur Zimt, Kardamom und Ingwer, sondern vor allem viel Zucker, das gehörte alles dazu. Und für ihn unbedingt Zitronengras, das war eine wichtige Zutat, die man nicht immer bekam. Ohne Chai konnte man den Tag nicht beginnen, ob man nun im Slum lebte oder Premierminister war. Und in 7, Lok Kalyan Marg, dem Sitz des indischen Premierministers in

Neu Delhi, gab es hinreichend viele Teeverkäufer beziehungsweise Bedienstete, *chai wallas*, die den Tee so zubereiteten, wie es der jeweilige Hausherr mochte.

Eigentlich befand sich das Arbeitszimmer des Premiers nicht hier, sondern im sogenannten South Block des Secretariat Building, nicht weit entfernt. Aber hier wurden oft die wichtigen Termine abgehalten. Fünf flache Gebäude, nach der in Bengalen vorherrschenden Bauweise von den Briten Bungalows genannt, waren, über ein weitläufiges Gelände verteilt, in den Achtzigerjahren errichtet worden. Eins davon bewohnte die SPG, die Special Protection Group, die ausschließlich mit dem Schutz des Premiers und seiner Familie betraut war. Heute war ein Team jedoch zum Schutz der Konferenz eingesetzt, die in einem der Bungalows tagte. Ambedkar, Chef des indischen Inlandsgeheimdienstes IB, Intelligence Bureau, empfand das als lächerlich, da auf diesem ohnehin hermetisch abgeriegelten Gelände ein spezieller Schutz wirklich übertrieben war. Der IB galt als der älteste Geheimdienst der Welt, er war für die innere Sicherheit in Indien ebenso zuständig wie für Gegenspionage. Man war durchaus in der Lage, Gefahren einzuschätzen. Aber die Bedeutung des Treffens war vom Premier persönlich betont worden, und wenn er auch nicht anwesend war, so war doch allen Beteiligten klar, was auf dem Spiel stand.

Ambedkar war ein alter Hase im Geheimdienst. Studienabschluss mit Auszeichnung, verschiedene Auslandseinsätze an wichtigen Botschaften in Asien und Europa, Mitarbeiter eines ranghohen Politikers im Verteidigungsministerium, schließlich Wechsel ins IB und dort dann ein konstanter Aufstieg, beste Bewertungen seiner Vorgesetzten – ein beeindruckender Lebenslauf. Er war der erste Angehörige der Dalits, der Unberührbaren, der zum Chef des IB ernannt wurde, und das machte ihn besonders stolz. Das diskriminierende Kastenwesen war noch immer sehr lebendig, egal was viele Politiker oder Geschäftsleute ihren Freunden im Ausland erzählten. Ambedkar hatte sich gegen den Widerstand seiner Eltern und des gesamten Dorfes im westlichen Bundesstaat Gujarat durchgesetzt, war auf eine Schule gegangen und hatte gelernt. Lernen, eine Ausbildung, das war seine einzige Chance, hatte er früh erkannt. In der Dorfschule durfte er nicht im Klassenzimmer mit den anderen Kindern sitzen, er war ja Dalit. Ihn auch nur zu berühren, hätte die anderen, höherkastigen Mitschüler verunreinigt. Die Brahmanen, die Angehörigen der höchsten Kaste, würden es sogar vermeiden, auch nur seinen Schatten zu kreuzen! Deshalb saß er auf einem klapprigen Holzstuhl draußen vor dem Fenster des Klassenzimmers und lauschte dem Lehrer, der drinnen den Unterricht führte. Schließlich fiel er durch seine außergewöhnlichen Leistungen auf, und seine Lehrerin ermutigte ihn, eine weiterführende Schule in der nächsten größeren Stadt zu besuchen. Das war schwer, da die Eltern kein Geld hatten und ihn lieber zum Arbeiten in den nahe gelegenen Steinbruch geschickt hätten, so wie alle im Dorf dies mit ihren Söhnen taten. Aber wieder setzte er sich durch, überredete den Vater eines Freundes, ihn zu finanzieren, und schloss auch diese Schule mit Auszeichnung ab. Man durfte sich in seinen Zielen nicht beirren lassen, man musste beharrlich sein, und das versuchte er seiner Familie im heimischen Dorf noch heute zu vermitteln, nämlich die Dinge anders zu betrachten.

When you change the way you look at things, the things you look at, change. Das war sein Motto, und er war sehr weit damit gekommen. Mit dem üblichen *chalta hai,* dem indischen: *Kann man nichts machen, es passt schon,* würde Indien nicht zur Weltmacht aufsteigen!

Jetzt war er einer der wichtigsten Mitarbeiter eines Premiers, der sich gern damit schmückte, dass auch Angehörige der benachteiligten Kasten in Indien alle Chancen hatten aufzusteigen. Ambedkar besaß eine schöne Wohnung in einer guten Wohngegend Delhis, seine beiden Kinder besuchten die besten Schulen. Aber eben auch nur aufgrund seines Ranges; viele Nachbarn rümpften insgeheim doch ihre Nasen, wenn sie über diesen »Emporkömmling« sprachen, der eigentlich nicht in diese Gegend gehörte. Ambedkar fragte sich, ob Indien den Kastenrassismus je überwinden würde. War das nicht unabdingbar, um eine wirkliche Demokratie zu sein? Und was bedeutete es für die wirtschaftliche Macht des Landes? Wie konnte Indien zweihundert Millionen Menschen nur aufgrund ihrer Geburt von wirtschaftlichem Erfolg und Teilhabe am sozialen Leben ausschließen?

Yashwant Ambedkar nahm noch einen Schluck Chai, setzte die Tasse ab und eröffnete die Sitzung. Der Anschlag auf den amerikanischen Außenminister hatte zu den üblichen Routinen und Nachforschungen geführt, betraf Indien jedoch nur am Rande. Als aber die Bombe in Leh explodierte, hatte ihn sofort der Premierminister angerufen. Handelte es sich wieder um pakistanische Hintermänner, die den Selbstmordattentäter losgeschickt hatten, wie dies in der Region Kaschmir und Ladakh seit Jahrzehnten geschah? Die Attentate von Mumbai 2006 waren noch immer präsent, das war Indiens 11. September. Damals waren bei den Anschlägen auf ein Luxushotel und andere, vor allem von Ausländern frequentierte Ziele Hunderte von Menschen ermordet worden, und die Drahtzieher wie auch die Terroristen selbst stammten eindeutig aus Pakistan. Pakistanischer Terror war zu jeder Zeit möglich, und alles deutete auf diesen Hintergrund hin. Wer auch sonst? Die notorische Laschkar-e Taiba, die bekannteste pakistanische

Terrororganisation, war noch von Osama Bin Laden mitfinanziert worden. Pakistan hatte es bis heute nicht geschafft, sich vom Terror zu lösen, auch weil die jeweiligen Machthaber sich nur mithilfe ebendieser Organisationen an der Macht halten konnten. Auch die Taliban fanden in Pakistan immer willige Unterstützer, und das Problem würde sich nun nach deren Machtübernahme in Afghanistan noch verschärfen. Indien war in Alarmbereitschaft versetzt worden, der Premier hatte die Provinz Ladakh abriegeln lassen, das Internet war auch in Kaschmir wieder abgeschaltet worden, um den Laschkar-e Taiba, die vornehmlich in Kaschmir operierten, jegliche Kommunikationsmöglichkeit zu nehmen, wie es offiziell hieß.

Nach den Anschlägen von Mumbai 2006 hatte Indien angesichts des offensichtlichen Versagens der indischen Sicherheitskräfte eine eigene Anti-Terror-Einheit gegründet, die National Investigation Agency, NIA. Sie sollte höchsten internationalen Standards genügen und arbeitete dabei unter anderem sehr eng mit der deutschen GSG 9 zusammen, die bezüglich Ausbildung und Ausrüstung unterstützte. Dies wurde natürlich von beiden Seiten offiziell dementiert oder gar nicht kommentiert. Die NIA sah ihr Tätigkeitsfeld primär im Kampf gegen den von Pakistan initiierten Terror in Kaschmir, aber auch gegen die Jamaat-Ul-Mujahideen, die in Bangladesch neue Unterstützer rekrutierte, gerade auch in den Lagern der aus Myanmar vertriebenen Rohingya.

Er, Yashwant Ambedkar, musste die weitere Vorgehensweise koordinieren. Noch so ein Anschlag, den niemand hatte kommen sehen, und seine Feinde würden die Messer wetzen. Es war ja klar für sie, dass so ein Dalit unfähig war. Sagen durfte man dies nur hinter vorgehaltener Hand, aber Feinde hatte er in Delhi schon genug. Er stand in Kontakt mit seinen Kollegen von der CIA, dem Mossad, dem russischen SWR, auch mit den Chinesen. Bei allen politischen Differenzen und offensichtlichen Rivalitäten arbeiteten die Geheimdienste doch oft zusammen, und er kannte gerade seinen chinesischen Kollegen auch persönlich sehr gut. Bei der angespannten Situation an der gemeinsamen indisch-chinesischen Grenze war eine Zusammenarbeit auf dieser Ebene unabdingbar, um sich gegenseitig auf dem Laufenden zu halten und um eine ungewollte Eskalation zu verhindern.

Also informierte Ambedkar die Teilnehmer der Runde, die sich in diesem Bungalow im Herzen der indischen Regierungsmacht in Neu Delhi versammelt hatte, über die neuesten Entwicklungen. Außer ihm waren es ausschließlich Politiker der herrschenden Partei wie auch der Opposition, die man bei solchen Themen miteinbezog. Eventuelle Maßnahmen waren in der ersten Kammer des indischen Parlaments, der Lok Sabha, abzusegnen; da war es gut, die Gegner gleich mit im Boot zu haben. Der Verteidigungsminister war live aus seinem Büro zugeschaltet. Und Maßnahmen waren zu treffen. Maßnahmen gegen Pakistan, denn ein anderer Hintergrund war äußerst fragwürdig. China verletzte ständig die Grenzziehung, ja. Und sie waren auch bereit, einen weiteren Konflikt vom Zaun zu brechen, um ihre territorialen Ansprüche geltend zu machen. Aber einen Bombenanschlag auf eine indische Stadt, das war etwas anderes, das würden die Chinesen nicht tun. Und islamischer Terror war gleichzusetzen mit Pakistan. Indien musste entsprechend reagieren, das erwartete die Bevölkerung von ihrer Regierung. Seit der Teilung Indiens 1947 war der Hass auf den jeweiligen Nachbarn in beiden Staaten groß, zu viel Leid hatte man sich gegenseitig zugefügt. Eine Politik der Versöhnung kam nicht gut an bei den Wählern. Der Premier musste zeigen, dass er hart bleiben und diesen furchtbaren Anschlag rächen würde.

Er, Ambedkar, war überzeugt, dass es nicht die Chinesen gewesen waren, und entsprechend hatte er den Premier gebrieft. Wenn Pakistan den Krieg wollte, sollte es ihn bekommen. Er würde verheerend werden, ja, aber wenn Indien jetzt nicht reagierte, wann dann? Wie viele Inder mussten noch von pakistanischer Hand sterben? Pakistan war seit 1988 eine Atommacht und verfügte nach internationalen Schätzungen über mehr Nuklearsprengköpfe als Indien. Das stellte für Indien ein hohes Gefahrenpotenzial dar, zumal die pakistanische Regierung als instabil und, gefährlicher noch, als eng mit Islamisten kooperierend galt. Immerhin hatten sie Osama Bin Laden versteckt gehalten. Und nach dem Abzug der Amerikaner aus Afghanistan wuchs die Sorge der Inder, die pakistanische Regierung könnte zunehmend unter islamistischen Einfluss geraten. Unvorstellbar, dass Nuklearwaffen in die Hände der Taliban oder von Al-Qaida fielen.

Es würde Krieg zwischen den beiden Atommächten geben. Darauf bereitete die Runde sich nun unter der Führung von ihm, Yashwant Ambedkar, vor. Gerade als Dalit musste er Stärke zeigen. Es blieb ihm keine andere Wahl. So wie Indien keine Wahl blieb.

TIBET, CHINA

Sie hatten sie zurück in ihr Krankenzimmer gebracht, den Lauf der Maschinenpistole hart in ihren Rücken gepresst. Dann wurde sie mit Handschellen an ihr Bett gefesselt und allein gelassen. Sie hörte, wie die Tür von außen abgeschlossen wurde und die Schritte der Soldaten sich entfernten. Cora ließ sich erschöpft in ihr Kissen fallen. Sie konnte nichts tun, die Schmerzen und die dünne Luft waren auch nicht hilfreich. Sie war völlig fertig. Andererseits ging sie nicht davon aus, dass man sie töten würde, sonst hätten sie es ja längst getan. Aber was dann? Und was war mit Danli, hätte sie ihn doch nur nicht angerufen! Hoffentlich bekam er keinen Ärger, weil er ihr zu helfen versuchte. Sich gegen den chinesischen Staat zu stellen, war für ihn hochriskant. Und es konnte nur jemand aus der Regierung darüber entscheiden, was mit ihr geschah, sicher kein lokaler Arzt. Hier ging es um eine politische Entscheidung, so viel hatte sie bei ihrem letzten China-Abenteuer gelernt.

Wenn doch wenigstens Ganesh bei ihr gewesen wäre! Nein, schüttelte sie unwillkürlich den Kopf, es war gut, dass er nicht da war. Sonst hätte man ihn auch hier festgehalten, und damit wäre niemandem geholfen. Überhaupt war die Idee, aus dem Krankenhaus zu fliehen, dumm gewesen. Die vermutlich einzige blonde Ausländerin im Umkreis von Hunderten von Kilometern wollte sich in einem Überwachungsstaat, noch dazu in der wohl am schärfsten kontrollierten Provinz Chinas, verstecken? Da hatte Danli wohl überreagiert, und sie war ihm prompt gefolgt. Tausende von Kameras mit Gesichtserkennungssoftware gab es in jeder Stadt Chinas, Hunderte von Millionen in ganz China; dazu zahlreiche Überwachungsdrohnen der Polizei, die ständig über einzelnen Stadtteilen kreisten. Offiziell, um Verkehrssünder zu identifizieren, aber sicher nicht nur die. Der Überwachungsstaat wurde täglich perfektioniert, die Künstliche Intelligenz half ihm, die Kontrolle über jeden einzelnen Bürger auf ein nie dagewesenes Niveau zu heben. Aus Tausenden von Konzertbesuchern konnten die Chinesen innerhalb von Sekunden einen einzelnen Straftäter herausfiltern, zu jedem beliebigen anderen Menschen konnte man in Echtzeit dessen Daten wie Name, Wohnort und so weiter aufrufen, und das galt natürlich auch und besonders für Ausländer. Schon bei der Einreise nach China wurde das Gesicht gescannt, jeder Schritt wurde verfolgt, jedes Hotel meldete weiter, wer eingecheckt hatte, und gerade Cora war der Staatsmacht ja nicht unbekannt, seit sie damals in Tibet in einen Mordanschlag verwickelt worden war. Und da hatte sie gedacht, ausgerechnet in Tibet unerkannt entkommen zu können? Reichlich naiv, wie sie sich jetzt selbst eingestand.

Cora schreckte hoch. Sie musste eingeschlafen sein. Jemand hatte die Tür aufgerissen und das Licht in dem inzwischen stockdunklen Zimmer angeschaltet. Zwei Soldaten bauten sich zu beiden Seiten der Tür auf, ohne sie eines Blickes zu würdigen. Dann kam ein schmächtiger Funktionär herein, Chinese, glaubte Cora erkennen zu können. Kein gutes Zeichen, dachte sie. Die personifizierte Staatsmacht, auch wenn sie in einen schlecht sitzenden grauen Anzug gekleidet daherkam. In seiner Brusttasche steckten drei goldene Füller, er musste daher schon einen gewissen Rang bekleiden. Zu jeder anderen Zeit hätte es sie amüsiert, dass er es nötig hatte, seine Macht durch die Anzahl und das Aussehen der Füller zu unterstreichen, aber jetzt war ihr nicht nach Lachen zumute.

Raschen Schrittes ging er auf sie zu, blieb dicht vor ihrem Bett stehen, beäugte die blonde Ausländerin, die ihm hilflos, aber trotzig ins Gesicht blickte, eine Weile schweigend durch seine dicke Brille und rief den Soldaten schließlich im Befehlston etwas zu. Rasch eilte einer von ihnen an ihr Bett und öffnete die Handschellen, die sie ans Bett gefesselt hatten. Cora rieb sich die Hände und sah den Chinesen herausfordernd an. So leicht würde sie nicht aufgeben! Sollte er es wagen, sie auch nur anzufassen, würde sie … aber da trat er schon einen Schritt zurück, weg vom Bett, und sie meinte, in seinem Blick so etwas wie Respekt zu lesen.

Nach einem kurzen Moment, in dem sich beide musterten, machte er eine unwirsche Handbewegung, sie solle aufstehen. Cora setzte sich vorsichtig auf die Bettkante, gespannt, was nun geschehen würde, und bereit, sich zu wehren.

»Sie können gehen!«, sagte der Beamte in hervorragendem Englisch. »Sie müssen gute Freunde in hohen Positionen haben. Draußen wartet ein Wagen, der Sie abholt. Aber«, und er sah sie scharf an, »aber ich warne Sie, das nächste Mal kommen Sie so nicht davon. Halten Sie sich von jedem Ärger fern, auch Ausländer unterstehen unseren Gesetzen!«

Cora hätte beinahe geantwortet, dass sie sich sehr gern von jedem Ärger fernhielt, unterließ es aber. Man sollte sein Glück nicht zu sehr ausreizen. Was immer ihr chinesischer Freund auch getan hatte, es hatte wohl funktioniert. Jetzt bloß weg hier! Unter den misstrauischen Augen des grauen Anzugs suchte sie ihre Sachen zusammen und ging voraus auf den nur von einer flackernden Neonleuchte erhellten Gang. Einer der Soldaten zeigte mit dem Kopf zum Ausgang, und sie folgte gehorsam. Als sie die Tür nach draußen aufstieß, atmete sie tief ein. Die eiskalte, aber frische Luft tat gut, ihre Kopfschmerzen hatten noch immer nicht nachgelassen, wie ihr jetzt auffiel. Die Anspannung der letzten Stunden hatten sie ihre Schmerzen fast vergessen lassen.

Auf dem schlecht beleuchteten Parkplatz standen zahlreiche Autos. Jetzt löste sich ein Wagen aus der Parkreihe und fuhr vor den Ausgang, direkt zu ihr. Cora blickte sich zu dem Soldaten um, der ihr dicht gefolgt war, er nickte. Sie öffnete die hintere Tür auf der Beifahrerseite und stieg vorsichtig ein. Alles besser, als in diesem Krankenhaus zu bleiben. Der Fahrer, ein Tibeter mit einer roten Korallenkette um den Hals, die blau-schwarzen Haare zu einem Zopf zusammengebunden, wandte sich nicht einmal um, sondern fuhr sofort los, als sie die Tür geschlossen hatte. Er murmelte etwas vor sich hin, drehte die Musik im Autoradio lauter und bog, ohne zu blinken, in die Hauptstraße ein. Der Verkehr floss nur spärlich, offensichtlich zogen es viele Tibeter vor, abends zu Hause zu bleiben, um den ständigen Verkehrskontrollen zu entgehen. Auch Coras Fahrer musste mehrfach anhalten und seine Papiere zeigen. Sie versuchte gar nicht erst, ein Gespräch mit ihm zu beginnen, er würde schon wissen, wohin es ging. Ma hatte sicher etwas organisiert, und sie vertraute ihm völlig. Was blieb ihr auch übrig?

Nach etwa zehn Minuten Fahrt durch die halb leere Stadt bog der Fahrer schließlich in eine dunkle Toreinfahrt ein. Er hielt in einem großen Innenhof, soweit Cora das vom Rücksitz und in der Dunkelheit erkennen konnte. Auf der rechten Seite führte eine Treppe in ein Gebäude, über der Eingangstür erleuchtete ein Neonlicht irgendwelche Schriftzeichen. Ein

Hotel? Sicher kein besonders gutes, dem Eingang nach zu urteilen. Auf ein Zeichen des Fahrers hin kletterte Cora aus dem Wagen und stieg, als der Tibeter mit der Hand zum Eingangstor zeigte, langsam die wenigen Stufen empor. Sie öffnete die Stahltür und fand sich in einem hell erleuchteten Gang wieder, er war mit Teppichboden ausgelegt und wirkte relativ sauber und nach dem Krankenhaus geradezu einladend. Am Ende, hinter einer Biegung des Ganges, hörte sie Stimmen und steuerte daher zielsicher darauf zu. Als sie um die Ecke bog, stand sie wie vermutet tatsächlich in einer Hotellobby; nicht groß, aber immerhin mit einer kleinen Rezeption, hinter welcher eine Chinesin auf einen Computerbildschirm starrte, und einer Sitzecke, in der sich einige Chinesen laut lachend unterhielten.

Als Cora noch überlegte, was sie tun sollte, kam schon ein Chinese auf sie zu.

»Ms. Cora! Ich bringe Sie auf Ihr Zimmer, es ist alles reserviert. Kommen Sie!«, lud er sie mit einem freundlichem Lächeln ein mitzukommen. Er schien nicht zum Hotel zu gehören, dazu war er zu gut gekleidet in seinem Anzug. Sie hatte eher den Eindruck, dass er speziell für sie hierhergekommen war, um dafür zu sorgen, dass sie ohne Aufsehen auf ihr Zimmer gelangte. Rasch ging er vor ihr her zu einer Aufzugtür am hinteren Ende der Lobby, offensichtlich hatte er die Formalitäten schon erledigt. Schweigend fuhren sie nach oben. Cora hatte beschlossen, sich überraschen zu lassen. Irgendwer schien über sie zu wachen, und das war sicher das Beste, was ihr in dieser Situation passieren konnte.

Nachdem sie die Tür zu ihrem kleinen, aber einigermaßen sauberen Zimmer geschlossen hatte, schaute sie sich um. Braune, ziemlich heruntergekommene Möbel, ein schmales Bett mit einer sehr bunten, tibetischen Steppdecke, in einer Ecke an der Wand unter dem einzigen Fenster eine verschmutzte Klimaanlage, die warme Luft verströmte. Ein Blick aus dem Fenster auf eine Art Hinterhof führte nicht weiter. Cora konnte in der Dunkelheit nur vage Umrisse von geparkten Autos erkennen.

Gut, und jetzt? Sie musste Ma anrufen, das war wohl das Sinnvollste. Sie hatte sich gerade auf das Bett gesetzt und war unangenehm tief eingesunken, als ihr Handy klingelte.

»Nihao, Frau Dr. Remy. Sind Sie gut angekommen? Alles zu Ihrer Zufriedenheit?« Sehr gutes Englisch, ein Chinese … Cora stutzte. Sie kannte die Stimme, aber konnte das sein? Bevor sie zu einer Antwort ansetzen konnte, hörte sie ein Lachen aus dem Lautsprecher.

»Richtig. Jiang hier, immer noch Vize-Minister. Unser gemeinsamer Freund Ma Danli hat mich angerufen, obwohl ich gehofft hatte, nie wieder etwas von Ihnen beiden zu hören. Und jetzt sind Sie nicht nur wieder in Tibet, sondern auch noch in großen Schwierigkeiten! Ich muss mich für das schlechte Hotel entschuldigen, aber in der Eile war nichts Besseres aufzutreiben, und ich möchte nicht mehr Aufmerksamkeit als unbedingt nötig erregen. Aber Sie sind, glaube ich, auch schlechtere Betten gewohnt … Ich habe Ihre Abenteuer in Tibet vor einigen Jahren nicht vergessen. Was haben Sie da eigentlich schon wieder gemacht? Hören Sie, Cora, ich habe ein paar Leute angerufen, um Sie da rauszuholen, aber jetzt will ich genau wissen, was los ist. Was hat Ihnen dieser Amerikaner gesagt? Was wollte er in Tibet? Ich muss das wissen!«

Cora merkte erst jetzt, wie erleichtert sie war, Jiangs Stimme zu hören. Wenn er sich kümmerte, konnte ihr nichts mehr geschehen. Und diesmal war sie nur eine harmlose Touristin, die in etwas hineingeraten war, das sie noch gar nicht wirklich abschätzen konnte. Für den Anschlag auf den Amerikaner konnte sie nun wirklich nichts. Auch der Minister Jiang freute sich insgeheim, die mutige Deutsche wiederzutreffen, die damals in Tibet das Schlimmste verhindert und damit ihm und der chinesischen Regierung viele Probleme erspart hatte. China stand in ihrer Schuld, auch wenn er das so nicht zugeben konnte, und als Ma Danli ihn vorhin kontaktiert und um Hilfe gebeten hatte, hatte Jiang keine Minute gezögert. Cora war in Tibet, sie brauchte ihn, und Jiang hatte sofort zu seinem Handy gegriffen. Noch stand ihm der gesamte Geheimdienstapparat Chinas zur Verfügung, wenn er seine Karten geschickt spielte. Eigentlich hätte er schon pensioniert sein sollen, aber der Premierminister hatte ihn gebeten, noch etwas im Amt zu bleiben, da er, der Premier, seinen Favoriten für Jiangs Nachfolge noch nicht ausreichend in Stellung gebracht hatte. Und wenn der Premier um etwas bat, tat man gut daran, ihm den Gefallen zu tun.

Damals in Tibet, im Base Camp des Mount Everest, als die Deutsche in die Sache mit einer Korruption verwickelt wurde und beinahe ermordet worden wäre … Jiang hatte ihr als für die ganze Wasserversorgung Chinas zuständiger Vize-Minister geholfen, aus der Angelegenheit heil herauszukommen, und sie waren in Freundschaft auseinandergegangen. Seine eigene Enkelin wäre fast an einer Vergiftung, ausgelöst durch verunreinigtes Wasser, gestorben, und das hatte ihn mehr als nur sensibilisiert für das heikle Thema Wasser. Und da Cora als Hydroingenieurin in Tibet unterwegs gewesen war, um sich dort eine von Deutschen gebaute Kläranlage anzuschauen, war er auf sie aufmerksam geworden.

Nie hätte Cora gedacht, ihm noch einmal zu begegnen, und sei es auch nur telefonisch, so wie jetzt. Rasch erzählte sie Jiang die wichtigsten Fakten: wie sie nach Tibet gelangt war, ihr Erlebnis im Krankenhaus mit dem Amerikaner und dass er verstorben war. Über einen Mord wollte sie am Telefon nicht sprechen; es war anzunehmen, dass der chinesische Geheimdienst mithörte.

Als sie geendet hatte, schwieg Jiang kurz, dann sagte er: »Gut, aber da muss noch mehr sein, irgendein Hinweis, was er meinte. Warum er in Tibet war. Denken Sie nach, Cora, Sie müssen etwas überhört haben!«

Cora ging im Geiste noch mal die Worte des sterbenden Amerikaners durch. Da war nichts, was ihr oder Jiang weiterhelfen würde. Schließlich wiederholte sie auf Wunsch des Ministers noch einmal wörtlich, was die letzten Worte gewesen waren.

»Zao ni ma!«, klang es aus dem Lautsprecher.

»Was ist?«, fragte Cora erstaunt. »Was haben Sie?«

»Cora, wir haben ein Problem. Ich muss auflegen und sofort in Zhongnanhai anrufen. Die letzten Worte. Er sagte etwas von einem Seepalast, Lake Palace, richtig? Da sind Sie ganz sicher?«

»Ja, bin ich. Ich wunderte mich noch darüber, habe dem aber keine große Bedeutung beigemessen. Wieso ...«

»Weil genau jetzt ein streng geheimes Treffen der QUAD in Indien stattfindet. In Udaipur, in Rajasthan. Die eigentliche Konferenz findet im Oberoi Hotel statt, aber die wichtigsten Delegationsleiter sind im Taj Hotel untergebracht!«

Cora verstand nicht. »Und, QUAD ist was genau? Und wie kommen Sie jetzt ...?«, fragte sie.

»Squad! Er hatte doch vermeintlich Squad gesagt! Aber das haben Sie falsch verstanden, es geht um den QUAD! Ein Zusammenschluss von vier Staaten, daher Quad, nämlich die USA, Australien, Japan und eben Indien. Zur Stärkung der militärischen Präsenz im Indischen Ozean, natürlich gegen uns Chinesen gerichtet. Ist ja in Mode, dass der Westen meint, sich gegen uns zusammentun zu müssen. Die bösen Chinesen kommen!«, rief er verbittert aus. »Nur weil die Amerikaner selbst nicht klarkommen und ihr Land nicht modernisieren wollen, schieben sie ihre Probleme auf uns. Egal jetzt, was ich sagen wollte, das Hotel dort in Udaipur, wo sich die Außenminister der vier Länder treffen, heißt Lake Palace Hotel. Das hat Ihr Amerikaner gemeint. Jemand plant einen Anschlag auf die Außenminister!«

Der Minister beendete die Verbindung.

UDAIPUR, INDIEN

Die Boeing VC-25B, eine 747-8, die meist als Air Force One bekannt war, rollte langsam ans Ende der Landebahn des Flughafens von Udaipur. Da der amerikanische Präsident nicht an Bord war, war es genau genommen nicht die Air Force One, denn diese Kennung erhielt automatisch jedes Flugzeug nur, wenn der POTUS, der President of The United States, sich darin aufhielt, ebenso wie sein Hubschrauber jeweils Marine One genannt wurde. In Anbetracht der besonderen Gefährdungslage für den amerikanischen Außenminister, wie sie nach der Ermordung seines Vorgängers vom Secret Service definiert worden war, hatte man ihm zwar gestattet, an dem Treffen teilzunehmen, aber mit erhöhten Sicherheitsvorkehrungen, und dazu zählte auch die Anreise in der Präsidentenmaschine. Eine Absage hätte das Treffen seines Ziels beraubt, nämlich China gegenüber Einigkeit zu demonstrieren, und ein Online-Treffen schien den beteiligten Staaten nicht wirksam genug. Zu diesem Treffen des QUAD hatte die indische Regierung geladen, und es fand ganz bewusst an diesem etwas abgelegenen Ort und unter entsprechenden Sicherheitsvorkehrungen statt. Deshalb war es nie offiziell angekündigt worden und diente als Vorbereitung eines Gipfels, zu welchem nicht nur wie üblich die Außenminister, sondern auch die Verteidigungs- und Wirtschaftsminister der beteiligten Staaten eingeladen würden. Das Treffen in Udaipur fand protokollarisch auf Ebene der jeweiligen Außenministerien statt; so konnte man die Sicherheitsvorkehrungen begrenzt halten und dennoch die Agenda für das eigentliche Spitzentreffen diskutieren und, so hofften die Beteiligten, erfolgreich beschließen.

Nach und nach trafen auch die Maschinen der anderen Gäste und ihrer Sicherheitsleute ein. Sie alle wurden vom Tower zu einem vom Hauptgebäude etwa einen Kilometer entfernten Hangar geleitet, damit ihre Insassen dort direkt und von den wenigen Touristen unbemerkt in Hubschrauber des indischen Militärs umsteigen konnten. Der Flughafen lag etwa zwanzig Kilometer außerhalb der Stadt, und das bedeutete in Indien mindestens eine Stunde Fahrt durch ein praktisch nicht zu sicherndes Straßengewirr. Menschen, Fahrzeuge aller Art, vom Moped bis zu zahlreichen von Dromedaren gezogenen Lastenanhängern, Esel, vielleicht auch ein Elefant – das Sicherheitsprotokoll hatte sich sehr rasch für die Hubschrauber entschieden, die die Gäste in wenigen Minuten direkt ans Seeufer brachten. Udaipur lag nicht nur landschaftlich reizvoll, sondern verfügte über ausreichende Luxushotels zur Unterbringung der Gäste. Das berühmteste darunter war das Lake Palace Hotel, ehemals Sommerresidenz des königlichen Herrschers, des Maharana von Udaipur, und inmitten des Pichhola-Sees gelegen. Der berühmte Palast gehörte noch immer dem Maharana, wurde aber von einer indischen Luxushotelkette geführt und war nur Hotelgästen zugänglich.

Die Hubschrauber landeten direkt am Seeufer, die Gäste wurden von elegant gekleideten Hotelbediensteten, in Wirklichkeit Mitglieder der indischen Sicherheitskräfte, in Empfang genommen, mit Erfrischungen versorgt und dann mit kleinen Booten die kurze Strecke hinüber zum Hotel gefahren. Für Außenstehende waren das Touristen, reiche VIPs vermutlich, aber nicht mehr.

An den Stufen der direkt aus dem Wasser zur Lobby des Luxushotels hinaufführenden Marmortreppe angekommen, wurden die Staatsgäste wiederum in Empfang genommen, ins Gebäude begleitet und, nachdem sie traditionell mit von oben sanft herabschwebenden, bedufteten Rosenblättern begrüßt worden waren, direkt zu ihren Suiten geleitet.

General Hari Raj Singh, der für die Sicherheit dieses Treffens verantwortliche Kommandeur der indischen Streitkräfte in Udaipur, atmete tief durch, als alle Teilnehmer wie geplant im Lake Palace Hotel untergebracht waren. Er hatte die Aktion persönlich am Ufer stehend überwacht, während von der Leitzentrale in der außerhalb der Stadt gelegenen Kaserne gesteuerte Drohnen das Geschehen am Flughafen wie auch direkt am Hotel beobachteten. Auf seinem Tablet konnte er so in Echtzeit sämtliche Gäste und ihren jeweiligen Aufenthaltsort verfolgen. Er war ein erfahrener Soldat und nicht so leicht aus der Ruhe zu bringen. Er gehörte der Glaubensgemeinschaft der Sikhs an und war seit zwanzig Jahren hier in Rajasthan stationiert, nachdem er sich in den ständigen Grenzstreitigkeiten mit Pakistan mehrfach ausgezeichnet hatte. Ihm gefiel es hier, seine Frau hatte ihr kleines, aber gemütlich eingerichtetes Häuschen etwas oberhalb der Stadt in einen wunderbaren Rückzugsort verwandelt, auf den er sich immer freute, wenn er von seinen Einsätzen zurückkehrte. Als man ihm die Aufgabe übertragen hatte, dieses internationale Treffen zu schützen, betrachtete er dies als Auszeichnung und war entsprechend stolz. Auch wenn es kein Ereignis von Weltrang war und nicht Kameras jede Aktivität rund um den Globus übertrugen, wusste er doch, was ein erfolgreich und unspektakulär verlaufenes Meeting nicht nur für ihn, sondern für Indien bedeutete. Während die ganze Welt beeindruckt war, wie China auch größte Sportveranstaltungen wie die Olympiade absolut perfekt orchestrierte, hielten viele doch Indien noch für zu chaotisch, für nicht professionell genug, um solche Megaevents zu organisieren. Das geplante große Treffen der Außen-, Verteidigungs- und Wirtschaftsminister der vier Mächte war Indiens Chance, der Welt zumindest auf dieser Ebene das Gegenteil zu beweisen, und er, Hari Raj Singh, würde dafür sorgen, dass das auch gelang. Dafür stand er nach außen mit seiner imposanten Größe von ein Meter achtundneunzig, den breiten Schultern und dem hochgezwirbelten Schnurrbart, der, wie bei jedem männlichen Sikh, Teil des Vollbartes war. Ihre Religion verbot ihnen, Körperhaare zu entfernen, und so hatte auch er sein Kopfhaar unter einem Turban zusammengerollt und festgebunden. Ohne Turban fiel ihm das Haar bis auf die Hüfte herab.

Nachdem alle Gäste sicher untergekommen waren, setzte auch der General zum Hotel über, wo er mit seinen Schutzbefohlenen unter einem Dach wohnen würde, um im Ernstfall direkt vor Ort zu sein. Seine Leute bewachten die Flugzeuge am Flughafen und waren rund um den See stationiert, um mögliche Attentäter rechtzeitig zu identifizieren und unschädlich zu machen. Es war unmöglich, sich dem Hotel unbemerkt über das Wasser zu nähern. Seit gestern Abend waren ebenfalls Taucher im überwiegend recht flachen Wasser unterwegs und patrouillierten rund um den Palast. Singh war zufrieden, bisher lief alles nach Plan. Ein Tag oder, aus seiner Sicht wichtiger, zwei Nächte, dann war alles vorbei, und in Udaipur würde wieder Ruhe einkehren. Oder das, was man in Indien unter Ruhe verstand.

Es war inzwischen später Nachmittag. Für neunzehn Uhr war das erste Dinner des Treffens anberaumt, zu welchem sich aus Platzgründen nur die Außenminister und jeweils zwei ihrer engsten Mitarbeiter trafen. Die Suiten waren in dem rechteckigen Hotelkomplex alle nach außen gerichtet, sodass die Gäste den legendären Blick über den Pichhola-See genießen konnten. Innen führten die Gänge im Erdgeschoss wie auch im ersten Stock um einen wunderschön bepflanzten und mit Wasserspielen verzierten Innenhof herum. Im westlichen Trakt befanden sich der Pool sowie ein Fitnessraum, erfahrungsgemäß wurde beides von Politikern aber selten benutzt. Dieser Teil des Hotels war daher abgesperrt worden und nicht zugänglich, um die Sicherheitsmaßnahmen zu vereinfachen. Das Luxushotel verfügte über mehrere Restaurants sowie eine traumhafte Dachterrasse, die einen weiten Blick hinüber zum Palast des Maharana und weiter in die umliegenden Berge erlaubte. Aus Sicherheitsgründen war auch die Terrasse gesperrt und wurde nur von den Sicherheitskräften der beteiligten Nationen betreten. Alles in allem also ein gut zu sichernder Ort.

Hari Raj Singh bewohnte für die Dauer der Konferenz ein kleines Zimmer neben der Küche, welches eigentlich nicht für Gäste gedacht war. Aber da die Suiten den Politikern und ihrem Anhang vorbehalten blieben, musste er wohl oder übel mit der eher kleinen Kammer vorliebnehmen; damit hatte er als Soldat kein Problem. Im Gegenteil, er war sehr zentral untergebracht und konnte jeden Teil des Komplexes rasch erreichen. Den Grundriss hatte er gründlich studiert und kannte daher jeden Gang und jede Treppe, was bei diesem als romantischem Palast konzipierten Bauwerk nicht einfach war. Auf seinem Tablet sah er alle Winkel des Hotels, die Restaurants und die von den Drohnen in Echtzeit übermittelten Bilder. Für sein Team hätte Singh jederzeit seine Hand ins Feuer gelegt, alles von ihm selbst ausgebildete Frauen und Männer, in zahlreichen Einsätzen bewährt und ihm absolut loyal ergeben.

Der QUAD bestand aus Indien, Japan, Australien und den USA. 2007 als primär militärische Allianz gegen die chinesische Dominanz in der Region gegründet, hatte sich das Vierbündnis in den letzten Jahren nicht nur zu gemeinsamen Seemanövern zusammengefunden, sondern auch zunehmend geopolitisch engagiert und wurde in Anbetracht zunehmender chinesischer Aggressivität im Südchinesischen Meer nicht mehr nur als Sicherheitsdialog bezeichnet, sondern zunehmend als *quatrilateral framework,* also ein aus vier Partnern bestehendes Rahmenabkommen gewissermaßen, welches gemeinsame Interessen über das rein Militärische hinaus zusammenbringen sollte. Der gemeinsame Gegner China ließ die so ungleichen Partner politische Differenzen überwinden. Indien wurde in Anbetracht der starken chinesischen Aktivitäten im Indischen Ozean zunehmend nervös; die berühmte *shore of pearls*, die einer Perlenkette ähnelnde Einkreisung Indiens durch China mittels seiner Häfen in Sri Lanka, Pakistan und Dschibuti, entwickelte sich aus indischer Sicht zu einem veritablen Bedrohungsszenario. Dem trug die Tatsache Rechnung, dass zukünftig neben den Außenministern auch die Verteidigungs- und Wirtschaftsminister des QUAD teilnehmen sollten. Auch die vier Staatschefs hatten sich wiederholt in Online-Konferenzen getroffen und abgesprochen.

Aus Sicht Hari Raj Singhs war das wichtig und richtig. Indien hatte an seiner nördlichen Grenze im Himalaya genug Ärger mit den Chinesen, der Indische Ozean durfte nicht auch noch zum Hoheitsgebiet der Chinesen werden, so wie sie schon das Südchinesische Meer beanspruchten. Singh hielt sich gern aus der Politik heraus, für einen Soldaten war das besser. Das hieß aber nicht, dass er nicht genau gewusst hätte, worum es bei diesem Treffen ging. Was der Westen so blumig Chinas Neue Seidenstraße nannte, war in Wirklichkeit eine knallharte Expansionspolitik, Imperialismus ohne Waffen, mit der China seinen Einfluss in die ganze Welt ausdehnte, um sich Macht und Rohstoffe zu sichern. Indien hatte das erkannt und sich bewusst nicht an dieser wirtschaftspolitischen Initiative Chinas beteiligt, die das Narrativ dahin ändern sollte, dass China den ärmeren Staaten Asiens und Afrikas helfen wolle, auch zu Wohlstand zu gelangen.

Schließlich kehrte Ruhe ein. Der nächste Tag würde früh mit den eigentlichen Besprechungen beginnen, und die Anreise war für die meisten Teilnehmer sehr anstrengend gewesen. General Singh checkte noch einmal auf seinem Tablet die Positionen seiner Leute, ließ sich vom Festland noch den Status der Sicherheitskräfte am Ufer durchgeben und beschloss, von der Dachterrasse aus einen letzten Blick über das ganze Areal zu werfen.

Die Treppenaufgänge waren offensichtlich nicht für Menschen seiner Statur gemacht. Er wusste, welche Gänge er möglichst meiden sollte, um nicht fast stecken zu bleiben. Die Palastbediensteten früherer Jahrhunderte waren wohl ziemlich schmächtig oder ausschließlich weiblich gewesen, sicher nicht fast zwei Meter groß. Behutsam und konzentriert stieg Hari Singh die etwas breiteren Stufen zum Dach empor, trat an die niedrige marmorne Balustrade und ließ seinen Blick über den See schweifen. In der Ferne leuchteten am Ufer die Lichter Udaipurs und des Teils des großen Palastes, in welchem sich der Maharana auch derzeit aufhielt.

Das Wasser rund um den Lake Palace war ruhig wie immer, es war viel zu flach, um auch nur minimale Wellen zu bilden. Singh hob den Blick und bewunderte den klaren Sternenhimmel. Wachsam schaute er sich um; in jeder Ecke, soweit er sie in der Dunkelheit einsehen konnte, waren Scharfschützen postiert. Die Konstruktion mit mehreren Aufgängen, marmornen Brüstungen und sogar kleinen Erkern, in welchen in früheren Zeiten die Damen des Hofes den warmen Wind und die Aussicht genossen hatten, machte das Dach sehr unübersichtlich. Aber er wusste, wo seine Leute postiert waren, als Scharfschützen hatte er seine besten Leute ausgewählt, und das waren ausnahmslos Frauen. Der Sikhismus, seine Religion, diskriminierte nicht wie der Hinduismus, es gab keine Kasten, keine Ausgestoßenen, es gab nur Menschen. Wie dumm, auf die Hälfte der Menschheit herabzublicken und ihre Stärken nicht zu nutzen, dachte er bei sich. Frauen waren aufmerksamer, ließen sich nicht so leicht ablenken, waren konzentrierter.

Er lauschte ein letztes Mal, teilte dem Team mit, dass er jetzt hinuntergehen werde, ließ sich von jedem Posten das Okay geben, *tihk hai!*, und stieg die Stufen zum Innenhof hinab.

Hätte er sich auf der letzten Stufe noch einmal umgewandt, hätte er vielleicht den Schatten gesehen, der ihn, hinter einem wunderschön gemeißelten Marmorlöwen kauernd, die ganze Zeit beobachtet hatte.

UDAIPUR, INDIEN

Schon vor Jahrhunderten künstlich angelegt, war der Pichhola-See nur wenige Meter tief, und auch dies nur während und unmittelbar nach der Monsunzeit. In manchen Sommern trocknete er völlig aus, und auch jetzt betrug der Wasserstand selbst an den tiefsten Stellen nur fünf bis sechs Meter. Fische und Pflanzen überlebten hier nicht, zumal wie so häufig in Indien die Abwässer der Stadt Udaipur ungeklärt in den See geleitet wurden. Die meisten Abwasserrohre befanden sich auf der dem Hotelsteg abgewandten Seite des Sees, sodass die Hotelgäste möglichst wenig belästigt wurden. Dennoch war dank der Abwässer das Wasser nicht klar, und ein geübter Taucher konnte durchaus dicht unter der Wasseroberfläche schwimmen und nur gelegentlich vorsichtig den Kopf anheben, um Luft zu holen. Sauerstoffflaschen hätten durch ihre verräterischen Luftblasen, die zur Wasseroberfläche aufstiegen, jeden Taucher sofort entlarvt.

Kaum war der hochgewachsene indische Soldat verschwunden, erhob sich die kleine Gestalt aus ihrem Versteck in einem der Erker und schlich, vorsichtig einen Fuß vor den anderen setzend, zu einem der sehr schmalen Abgänge nach unten, die für die Dienstboten bestimmt gewesen waren. Die Marmortreppe war so eng, dass gerade eine Person hinauf-

oder hinabgehen konnte; es durfte ihr jetzt niemand begegnen. Aber wer würde um diese Uhrzeit auch unterwegs sein? Die Sicherheitskräfte waren alle auf ihren Posten und bewachten das Hotel vor einem Angriff von außen; ein Angriff von innen war in ihren Plänen nicht enthalten, da das Gebäude im Vorhinein gründlich überprüft worden war. Selbst die Scharfschützen auf der Terrasse bemerkten nicht, was hinter ihrem Rücken vorging. Dafür waren sie nicht eingesetzt worden. Und sie hatte sich schon vor drei Tagen dem See genähert und sich dann zunächst in einem der Abwasserrohre versteckt gehalten. Nicht sehr appetitlich, aber das machte ihr nichts aus. Dafür war sie ausgebildet worden. Dann war sie, die allgemeine Geschäftigkeit rund um die Ankunft der Gäste ausnutzend, bei Anbeginn der Dämmerung, die hier sehr schnell in völlige Dunkelheit überging, so tief wie möglich am Seegrund entlanggeschwommen. Die Taucher der Sicherheitskräfte kamen erst am Vortag der Konferenz, wusste sie, und sie war bereits einen Tag früher vor Ort. Sobald sie den Schatten eines Bootes der Sicherheitskräfte über sich sah, war sie vorsichtig aufgetaucht und hatte, direkt am Bootsrand, Luft geholt. Die Männer in den Booten hatten überall ihre Augen, aber nicht direkt unter ihnen. So war es ihr gelungen, bis an das Hotel zu gelangen. Im Schutze der Dunkelheit hatte sie sich hinter einem Marmorvorsprung umgezogen; ihre nassen Sachen, die sie in einen kleinen Rucksack stopfte, um sich nicht durch Wasserspuren zu verraten, hatte sie gegen schwarze Schuhe, einen Rock und eine weiße Bluse, die sie aus dem Umkleideraum der Bediensteten gestohlen hatte, getauscht. Dann war sie in aller Ruhe in den abgesperrten Teil des Hotels gelaufen. Alle hielten sie für eine Angestellte, niemand kümmerte sich um sie. Dort, im leeren und für die Gäste nicht zugänglichen Fitnessraum, hatte sie sich zwei Tage versteckt gehalten und nur von dem ernährt, was der Automat dort hergab.

Jetzt, am entscheidenden Abend, auf den sie lange vorbereitet worden war, blickte sie kurz in einen Spiegel, prüfte den korrekten Sitz ihres Kostüms und ihrer Frisur und ging dann seelenruhig zur Zimmertür hinaus, als wäre sie eine der Angestellten. So konnte sie sich problemlos im ganzen Gebäude bewegen. Sie betrat den Umkleideraum für die Bediensteten und griff sich eine schwarze Jeans und ein T-Shirt; der Besitzerin ließ sie dafür den unpraktischen Rock und die Bluse da. Die Haare unter ihrer eigenen Mütze verborgen, war sie nun fast unsichtbar und bewegte sich mit katzenhafter Geschmeidigkeit die Treppe hinab. Unten am Treppenabsatz im Erdgeschoss hielt sie kurz inne und schloss die Augen. Sie konzentrierte sich auf ihre Umgebung – sehen konnte sie kaum etwas – und verließ sich lieber auf ihre intuitive Wahrnehmung. Alles ruhig. Rasch überquerte sie den Innenhof, sprang elegant über die kleinen Wasserläufe, die den Hof durchflossen, und verschwand auf der gegenüberliegenden Seite hinter einem hüfthohen Geländer, welches den an den Suiten vorbeiführenden Gang begrenzte. Hier unten im Erdgeschoss befanden sich die Zimmer der Mitarbeiter, die Minister und ihre Staatssekretäre wohnten im ersten Stock in den großen und luxuriösen Suiten. In Anbetracht der sicheren Lage des Hotels inmitten eines Sees und der Posten auf dem Dach waren vor den Türen keine weiteren Wachleute postiert worden. Rasch huschte sie einen der schmalen Treppenaufgänge hinauf in den ersten Stock. Noch immer war sie niemandem begegnet. Sie sah sich noch einmal um, dann öffnete sie ihren Rucksack und holte ein kleines Päckchen hervor, das sie mit einem geübten Griff direkt neben der Tür der nächstgelegenen Suite anbrachte. Das Gleiche wiederholte sie noch dreimal, bis der

Sprengstoff vor jeder Tür der vier Außenminister des QUAD platziert war. Die Päckchen hatte sie schon vor Tagen im Hotel versteckt.

Sie atmete tief durch. Der gefährlichste Teil lag hinter ihr. Jetzt weg; die Zeit lief bereits ab. Sie wandte sich zum Gehen, als sich eine schwere Hand auf ihre kleine Schulter legte.

»Hallo«, sagte Hari Raj Singh mit tiefer, ruhiger Stimme, während er der schwarz gekleideten Person seine Pistole an den Hinterkopf drückte. »Haben Sie einen Moment?«

DIE KARTE

Die roten Stecknadeln lagen weit verstreut auf der Weltkarte. Er hatte sie voller Wut herausgerissen, und den Holzfiguren war es nicht besser ergangen. Im Hintergrund blinkten seine Monitore, und die Zahlen, die dort auftauchten, zeigten seinen minütlich größer werdenden Reichtum an. Aber das war nicht das Ziel gewesen, und er war wütend über das Versagen der Leute, die er beauftragt hatte. Nun, sie würden entsprechend bestraft werden.

Und seine Wut war groß. Auf Politiker der Demokraten, die Schecks für das amerikanische Volk ausstellten, Banken und Autokonzerne unterstützten, auf Multikulturalismus, auf eine allgemeine Krankenversicherung – kurz, auf alles, was die alten angestammten Rechte der Herrschenden untergrub. Das System war zutiefst verfault. Es musste ein sehr tiefer Schnitt gemacht werden, um das gesunde Fleisch zu retten.

Sorgfältig las er die Nadeln zusammen und legte sie langsam zurück in die Plastikbox am Rand der Weltkarte. Es lag viel Arbeit vor ihm und seinen Verbündeten. Schon morgen würden sie beginnen.

LHASA, TIBET

Die silbernen Tragflächen glitzerten in der Sonne, als das Flugzeug zum Landeanflug auf Lhasa ansetzte. Cora blickte aus ihrem Fenster hinab auf die karge Landschaft; braune und graue Felsformationen, gelegentlich von grünen Feldern unterbrochen, ein Fluss schlängelte sich durch ein schmales Tal. Lhasa! Seit ihrem letzten Tibet-Abenteuer hatte sie immer daran gedacht, wieder hierherzukommen, die Stadt und ihre Heiligtümer hatten sie fasziniert. Aber sie dachte auch daran, wie sie damals auf der Dachterrasse ihres Hotels in Lhasa um ihr Leben gekämpft hatte und es ohne Ma sicher verloren hätte. Ma Danli! In der Aufregung um Jiang, der inzwischen versuchte, den Anschlag auf das QUAD-Treffen im indischen Udaipur zu verhindern, hatte sie Danli gar nicht mehr zurückgerufen. Sie nahm sich vor, ihn sofort nach der Landung zu kontaktieren.

Es war schon verrückt, da hatte sie nur mit ihrem geliebten Ganesh eine Pilgerreise rund um den Kailash machen wollen, und nun war sie wieder in ein Abenteuer geraten, ohne recht zu wissen, wie und warum. Sie hatte Ganesh trotz wiederholter Versuche vor ihrem Abflug aus Ngari nicht erreichen können. Er steckte sicher irgendwo in den Bergen Nordindiens und hatte keinen Empfang. Dennoch machte sie sich langsam

Sorgen. Es war untypisch für ihn, sich nicht zu melden. Ob alles in Ordnung war? Aber wen konnte sie fragen? Jetzt hier aus Tibet heraus niemanden; es blieb ihr nichts übrig, als zu warten, bis er sich meldete.

Sie wollte ihm so viel erzählen! Sie war doch in Lebensgefahr gewesen, wäre um ein Haar in der entlegensten Region der Welt im westlichen Tibet in einer Explosion umgekommen! Dann das Attentat auf den Amerikaner, in welches sie hineingeraten war, der Mord, und schließlich ihr alter Bekannter Vize-Minister Jiang, der sie nicht nur aus dem Krankenhaus gerettet hatte, sondern dem sie auch noch einen Gefallen abgerungen hatte. Er hatte sie direkt nach Hause, nach Deutschland schicken wollen, aber das wollte Cora nicht. Sie hatte ihn um Erlaubnis gebeten, doch noch in Tibet bleiben zu dürfen, und er hatte ihr auch einen Guide organisiert, ohne den sie als Ausländerin in Tibet ja nicht reisen durfte. Wenn sie schon nicht Urlaub machen durfte, dann wollte sie die Chance nutzen und zum Bogen des Yarlung-Tsangpo-Flusses fahren. Weit im Osten Tibets, nachdem er schon etwa tausendfünfhundert Kilometer zurückgelegt hatte, machte der Fluss seine berühmte Biegung nach Norden, um dann scharf nach Süden umzuschwenken und in einer gewaltigen Schlucht Tausende von Metern in die Tiefe zu stürzen. Genau in dieser Schlucht, der wohl tiefsten der Welt, planten die Chinesen ein Kraftwerk zu errichten. Schon bei ihrem letzten Aufenthalt in Tibet hatte sie dorthin fahren wollen, aber dann hatten die Umstände dies nicht zugelassen, und sie war nach Lhasa zurückgekehrt. Angeblich waren die Bauarbeiten schon weiter fortgeschritten, und sie wollte sich das ansehen. Als Ingenieurin war sie natürlich fasziniert von dem, was China in dieser Höhe technisch möglich machte, auch wenn sie das Vorhaben aus Umweltschutzgründen verurteilte. Die ganze Welt drängte auf Dekarbonisierung; China hatte zugesagt, bis 2060 CO_2-neutral zu werden. Also weg von der Kohle, weg von fossilen Energieträgern, aber wohin? Windenergie reichte nicht aus, Atomstrom also? Auch nicht gut, sagte der Westen, zu gefährlich. Wenn China die nötigen Schritte zur CO_2-Neutralität unternahm, so kritisierte dies der Rest der Welt. Um klimaneutral zu werden, musste China in den nächsten Jahren sechshundertsechzig Gigawatt an Kohlekraftwerken herunterfahren! Das entsprach der gesamten Energieleistung Europas. Wo sollte diese Energie aber herkommen? Der neue Staudamm könnte die Leistung von fast fünfzig Atomreaktoren erbringen. Und er würde China auf dem Weg zur CO_2-Neutralität deutlich unterstützen. Deshalb war Hydroenergie, also die gewaltige Macht der chinesischen Ströme auszunutzen, das erklärte Ziel.

Zehn große Flüsse Asiens entsprangen in Tibet und flossen dann in oder durch elf verschiedene asiatische Staaten, durch China, Pakistan, Indien, Nepal, Bhutan, Myanmar, Bangladesch, Laos, Kambodscha, Thailand und Vietnam. Und überall wurden Staudämme und Talsperren gebaut. Der Drei-Schluchten-Staudamm am Yangzi war nur das bekannteste Beispiel; es existierten bereits Tausende von kleinen und großen Staudämmen und Talsperren überall in China. Aber am Yarlung? Nach dem Übertritt zu Bangladesch wurde er zum Brahmaputra, zum *Sohn des Brahma,* einem der gewaltigsten Ströme Asiens. Er ernährte Hunderte von Millionen Menschen in Indien und Bangladesch. Ein Kraftwerk am Oberlauf, in dieser tibetischen Schlucht, wäre verheerend in seinen Auswirkungen. Nicht nur, dass sich die Fließgeschwindigkeit verringern würde; auch die wertvollen Sedimente, die der Fluss aus Tibet mit sich trug, würden weitgehend zurückgehalten. Und mit der verringerten Fließgeschwindigkeit stieg die Gefahr einer

Versalzung des Mündungsdeltas, da das Meerwasser in dieses Delta eindrang.

Cora überschlug die Zahlen, die sie im Netz gefunden hatte, noch einmal im Kopf. Der Yarlung Tsangpo stand mit fast viertausend Kilometern an fünfzehnter Stelle der längsten Flüsse der Welt. Die Schlucht erstreckte sich über insgesamt etwa fünfzig Kilometer, und über die gesamte Länge und eine Fallhöhe von zweitausend Metern sollten siebzig Millionen Kilowattstunden erzeugt werden. Das wären mehr als dreimal so viel wie am Drei-Schluchten-Staudamm! Der Damm am Yarlung würde also der größte der Welt werden. Dreihundert Millionen Kilowattstunden kohlenstofffreier, sauberer, erneuerbarer Energie konnte allein der Yarlung jährlich liefern, das waren fast vier Prozent des gesamtchinesischen Bedarfs! Und es wäre ein deutliches Zeichen an die Anrainerstaaten, vor allem natürlich an Indien, dass China überhaupt keine Rücksicht auf andere Befindlichkeiten zu nehmen gedachte.

Aber, dachte Cora, während ihr Flugzeug schon auf die Landebahn einschwenkte, war das wirklich möglich, ein Hydroprojekt dieser Größenordnung in einer sehr entlegenen Region Tibets zu errichten? Etwas weiter am Oberlauf hatte China bereits 2015 ein riesiges Projekt fertiggestellt; mehrere andere Dämme am Mittellauf waren geplant. Cora wusste, dass die Kosten allein für den Transport von Material und Arbeitern nach Osttibet immens sein würden. Andererseits, hatten Kosten oder technische Herausforderungen China je abgehalten? Wer wie Cora schon einmal mit der Bahn von Shanghai bis Tibet gefahren war und dabei auf über fünftausend Metern Höhe den höchsten Bahnhof der Welt durchquert hatte, der wusste, dass China auch das mit Abstand größte Hydroprojekt der Welt bewältigen konnte, mochte es auch technisch noch so herausfordernd oder kostspielig sein. Und auf dem

Weg zu einem CO_2-neutralen China 2060 war die Nutzung von Wasserkraft unabdingbar. Niemand verstand das besser als die Hydroingenieurin Dr. Cora Remy.

Das Flugzeug setzte zur Landung in Lhasa an. Cora klappte ihren Laptop wieder zu, das Buch, das sie während des Fluges hatte lesen wollen, hatte sie nun doch nicht begonnen. Ihre Freundin Britta hatte es ihr für die Reise empfohlen und gleich als PDF gesandt. Es war von einem Deutschen geschrieben worden, der in den Dreißigerjahren des 20. Jahrhunderts nach Tibet gereist war. Britta hatte gemeint, es würde Cora sicher interessieren, was dieser Abenteurer, ein gewisser Ernst Schäfer, damals in Tibet entdeckt hatte. Egal, jetzt freute sie sich erst mal auf eine heiße Dusche in ihrem Hotel, bevor sie in zwei Tagen in den Osten Tibets aufbrechen würde, nach Medog.

Einige Stunden später hatte Cora sich mit ihrem Laptop in ein gemütliches Café hoch über dem Barkhor, dem Platz rund um den Johkang-Tempel im Zentrum Lhasas, zurückgezogen. Man konnte von der Terrasse aus das Treiben rund um den Johkang wunderbar beobachten und seinen Gedanken nachhängen. Wie gern hätte sie Ganesh all dies gezeigt, Lhasa, den Potala, all die Orte, an denen sie damals gewesen war. Mit ihm hier einen Tee trinken, die leckeren tibetischen Teigtaschen essen und dann die Altstadt erkunden. Sie hatte gleich nach ihrer Landung versucht, ihn zu erreichen, aber wieder vergeblich. So viel hatte sie erlebt, und sie konnte ihm nichts erzählen, musste warten, bis er wieder erreichbar war. Sie vermisste ihn so sehr, dass es wehtat. Ständig fühlte sie sich ihm sehr nahe, sie wollte ihm von all dem erzählen, was sie bewegte, ja, sie führte sogar Dialoge mit ihm, obwohl er gar nicht anwesend war. Sie fragte ihn, was er jetzt getan hätte, erzählte ihm, was ihr gerade widerfahren war, stellte sich vor, was er jetzt wohl tun oder sagen würde. So kannte sie sich nicht, das war sie nicht. Oder doch? Bei ihrem Ex war es ihr nie so gegangen, na ja, vielleicht zu Anfang, aber dieses geradezu schmerzhafte Gefühl von Einsamkeit, nur weil er nicht bei ihr war, das war neu für sie. War das gut? Sie wusste es nicht. Schön, dass sie jemanden in ihrem Leben hatte, oder traurig, da sie in ihren so unterschiedlichen Lebenssituationen nicht zusammenleben konnten? Sie arbeitete und lebte in Deutschland, auch wenn sie immer wieder durch die Welt reiste; er hatte seinen Lebensmittelpunkt, seine Arbeit und seine Familie in Indien. Was sollte er in Deutschland? Und könnte sie in Indien leben? Nein, das konnte sie sich im Augenblick nicht vorstellen. Sie mochte das Land, die Menschen, das Essen, die Gerüche, das wuselige Leben, ja, auch die Kulturen, natürlich. Aber leben? In diesem Chaos, dieser Hitze, auf Dauer? Und was sollte sie tun? Ganesh heiraten und zu Hause bleiben? Wohl kaum. Das wollte sie ebenso wenig, wie er das wollen würde; dazu waren sie beide zu unabhängig. Aber was dann? Hatte ihre Beziehung überhaupt eine Zukunft?

Mit einer Handbewegung wischte sie ihre Gedanken beiseite und schüttelte ihre kurzen, blonden Locken. Sie würden einfach warten, was sich ergab. Planen konnten sie nichts, weder für Deutschland noch für Indien. Jetzt hoffte sie erst einmal, dass er sich endlich melden würde.

Zerstreut scrollte sie durch ihr Smartphone, und blieb dann bei einer Nachricht von Britta hängen. Ob ihr das Buch gefalle, hatte sie geschrieben, es sei doch eine wunderbare Inspiration. Das hatte sie schon wieder vergessen, das Buch, das sie unbedingt lesen sollte. Cora öffnete die Dateien auf ihrem Laptop. *Geheimnis Tibet*, hm, klang ja ganz interessant. Dieser Schäfer, ein deutscher Zoologe, war wohl mehrfach nach Tibet gereist, und dies war sein Bericht von einer großen Expedition 1938. Sie scrollte durch einige Kapitel, betrachtete interessiert die Fotos von Land und Leuten. Sein besonderes Interesse hatte der Flora und Fauna Tibets gegolten, aber andere Teilnehmer der Expedition hatten sich auch intensiv mit den Menschen beschäftigt. Einer hatte sogar die Köpfe der Tibeter vermessen, da waren Bilder, wie jemand einer Frau die Stirn vermaß. Was sollte das denn? Cora las jetzt doch genauer, was in den beigefügten Dokumenten stand.

Offenbar hatte SS-Chef Heinrich Himmler 1938 eine NS-Expedition nach Tibet gesandt. Die Wissenschaftler sollten unter der Leitung von Ernst Schäfer dort nach den »Ur-Ariern« suchen und Beweise für Himmlers These finden, nach der sich dort noch überlebende Arier befänden. Eine prä-antike Zivilisation, vielleicht Atlantis, habe dort überlebt, schließlich sei das Hakenkreuz der Nazis, das es auch in Tibet gebe, doch ein starkes Indiz für diese Vermutung. Dass die Swastika, das Vorbild für das Hakenkreuz, das in Indien und über den Buddhismus später auch in Tibet heimische Symbol für die Sonne und für Glück war, wusste Himmler nicht. Auch nicht, dass dieses Symbol erst von Heinrich Schliemann, dem Troja-Entdecker, bekannt gemacht wurde, nachdem er es im Mittelmeerraum auf vorhistorischen Scherben gefunden hatte. Schliemann hatte daraus auf eine gemeinsame arische Kultur zwischen Deutschland und Indien geschlossen. Und auch in Indien gab es Befürworter dieser Theorie, was so weit ging, dass einer der Begründer der rechtsnationalistischen Hindutva-Bewegung, die heute auch den indischen Premier Modi unterstützte, sogar die Besetzung des Sudetenlandes durch Hitler begrüßt hatte.

Himmler hatte extra die Organisation »Ahnenerbe« gegründet, um Nachforschungen über diese mögliche Verbindung anstellen zu können, und der Naturwissenschaftler und SS-Mann Schäfer war insgesamt dreimal nach Tibet gereist, um unter anderem nach geeigneten Getreidekörnern, Samen und einer robusten Pferderasse zu suchen, um die deutsche Kriegswirtschaft zu unterstützen. Ein anderes Mitglied der Expedition, Bruno Beger, vermaß die Schädel der Tibeter (und mit besonderer Sorgfalt die junger Tibeterinnen), immer auf der Suche nach Ariern. Wenn auch keine Beweise für eine Existenz von Ur-Ariern gefunden werden konnten, so konnte doch dem SS-Chef Himmler berichtet werden, dass sich im tibetischen Adel gewisse arische Rasseelemente erhalten hatten.

Cora musste schlucken, das konnte doch alles nicht wahr sein! Nazis in Tibet? Vermessung von Köpfen, um eine Verbindung zu Ariern in Deutschland herzustellen? Das alles hatte sie nicht gewusst. Mit einer Mischung aus Faszination und Abscheu las sie weiter.

Dieser Beger hatte später in Auschwitz gearbeitet und dort jüdische Häftlinge selektiert. Diese wurden sodann auf seinen speziellen Wunsch hin ermordet, da er eine Skelettsammlung anzulegen plante. Erst 1971 wurde er für sechsundachtzigfachen Mord zu ganzen drei Jahren Freiheitsstrafe verurteilt. Offensichtlich hatte das Gericht ihm den Rest wegen »guter Lebensführung« erlassen. Cora schauderte. Noch 1971 solch ein Urteil! Unfassbar, wie die deutsche Justiz versagt hatte, oft sicher in der klaren Absicht, die ehemaligen Kameraden zu schützen. Bereits in den Vierzigerjahren war ein Film entstanden, *Geheimnis Tibet*, der die Expedition verherrlichte. Schäfer hatte nach dem Krieg noch viele wissenschaftliche Expeditionen unternommen, auch nach Afrika, und später auch nach Indien, wo er den Dalai Lama traf. Und natürlich hatte er immer behauptet, nur sehr widerwillig in die SS eingetreten zu sein. Allerdings hatte er nach der Tibet-Expedition von Himmler persönlich den Totenkopfring erhalten, eine besondere Auszeichnung. So hatten sich Wissenschaftler von den Nazis vereinnahmen lassen, nun ja, das war ja bekannt.

Cora scrollte an den Anfang des eigentlichen Buches. Das war ja interessant, eine ausführliche Widmung des Autors Ernst Schäfer an den Reichsführer SS, Heinrich Himmler. Nun, 1943, das war sicher seiner Karriere förderlich gewesen. Sie scrollte eine Seite weiter, da, eine handschriftliche Eintragung. Mühsam entzifferte sie die Schrift. Das war eindeutig nicht alt, da hatte jemand das Buch an Britta gesandt mit einer Widmung an sie. Das musste sie nach ihrer Rückkehr einmal prüfen. Wer schenkte denn ein Buch mit einer Widmung an Himmler und schrieb direkt darunter eine weitere, persönliche Widmung? Was stand da? *Meiner treuen Freundin Britta …* und dann noch etwas. Zwei Wörter, schwer zu entziffern, aber das konnte doch nicht sein, was stand da? Und das löste etwas in ihr aus, etwas, das sie bemerkt hatte, im Krankenhaus, das sie aber jetzt nicht mehr fassen konnte. Irgendetwas Wichtiges … Nein, weg. Sie wusste nur, dass da etwas war, ein Gefühl, etwas übersehen zu haben …

Cora starrte fassungslos auf das, was hinter der Widmung an Britta stand.

Sieg Heil.

Lange hatte Cora auf die beiden Worte gestarrt. Was hatte das zu bedeuten? Ein Irrtum war nicht möglich, das »Sieg Heil!« war eindeutig unter die Widmung an Britta gesetzt, stammte daher also nicht etwa aus dem Dritten Reich. Aber das hieße ja, dass … Cora lehnte sich zurück.

Was wusste sie eigentlich über Britta? Sie war ihre Schulfreundin, sie hatten viel zusammen unternommen, sich dann nach dem Abitur aus den Augen verloren. Sie hatten sich auf Klassentreffen immer wieder mal gesprochen, aber eine Freundschaft fürs Leben war es nie geworden, eigentlich verband sie nur ihre gemeinsame Vergangenheit, wie das oft der Fall war. Dennoch hatte Cora sich gefreut, als sie Britta vor einiger Zeit zufällig in Mainz begegnet war. Einige Telefonate, gelegentlich ein Treffen im Café in Mainz, das war es auch schon gewesen. Über Politik hatten sie nie gesprochen. Britta war sehr an Coras Asienabenteuern interessiert, auch über ihre Beziehung zu Ganesh wollte sie alles wissen. Cora sprach nicht gern über ihr Privatleben, also hatte sie bereitwillig mehr über ihre Erlebnisse in Asien erzählt. Es gab nicht viele Menschen in ihrer Umgebung, die sich wirklich dafür interessierten, und Cora hatte sich gefreut, davon berichten zu können. Erst jetzt wurde ihr bewusst, dass sie so gut wie nichts über Britta wusste. Britta musste diese Widmung unbedingt erklären. Wenn sie auch nur im Entferntesten mit diesem braunen Dreck zu tun hatte, dann war es das gewesen mit ihrer Bekanntschaft.

Verärgert klappte Cora den Laptop zu. Das konnte sie zu Hause in Deutschland klären, jetzt war sie in Lhasa, da gab es Wichtigeres zu tun. Aber als ihr Blick über den belebten Platz schweifte, stellte sie sich unwillkürlich vor, dass dieser Ernst Schäfer vor vielen Jahrzehnten genau hier gewesen war, denselben Platz gesehen hatte, das Heiligtum des Johkang-Tempels, und hier nach Verbindungen zu den Ariern gesucht hatte. Unglaublich! Der Gedanke ließ sie nicht mehr los; sosehr sie sich auch bemühte, irgendetwas hatte sich in ihrem Hinterkopf festgesetzt. Sie konnte es noch nicht fassen, aber irgendwie wusste sie, dass da etwas war, etwas, das sie übersehen hatte oder sich hätte merken müssen ... Je mehr sie versuchte, das neblige Bild in ihrem Kopf zu klären, desto weiter schien es sich von ihr zu entfernen.

Wie gern hätte sie mit Ganesh darüber gesprochen! Er hätte sie verstanden, ihre Wut über diese Widmung, ihre Unruhe, dass sie etwas übersehen haben könnte, das doch irgendwie wichtig war. Sie vermisste Ganesh schmerzlich. Immer.

Vielleicht war es die besondere Aura des größten tibetischen Heiligtums direkt vor ihr oder die besonderen Schwingungen, die man den Himalayatälern nachsagte, oder die tiefe Verbindung, die Ganesh und sie füreinander spürten – oder es war doch nur Zufall? Aber Cora glaubte nicht an Zufall, und ihre Gespräche mit Ganesh hatten sie darin bestärkt. Zufälle gab es nicht. Wie auch immer, ihr Handy klingelte, und er war es. Er hatte ihn gespürt, ihren Wunsch, jetzt mit ihm zu sprechen. Und da war er.

»Hey, Cora! Ich wollte deine Stimme hören. Was ist los, ich habe so viele verpasste Anrufe von dir auf meinem Handy? Ist etwas passiert? Geht es dir gut?«

Sie spürte sein fröhliches Lächeln durch das Telefon, sie hatte ihn so sehr vermisst. Wie immer war auf einen Schlag alles da: seine tiefbraunen Augen, seine melodische Stimme, die Sicherheit, die sie fühlte, wenn er bei ihr war – nicht dass sie ohne ihn unsicher war, aber sobald er bei ihr war, fühlte sie eine Geborgenheit und das Wissen, dass sie sich fallen lassen konnte, dass sie nicht allein stark sein musste.

Cora lächelte, glücklich, ihm endlich alles erzählen zu können. Alles, was ihr widerfahren war. Der Anschlag auf den Wagen des Amerikaners, das Krankenhaus, wie Minister Jiang ihr geholfen hatte. Das Buch von Britta mit der seltsamen Widmung. Es sprudelte nur so aus ihr heraus, und das tat ihr gut. Ganesh hörte ruhig zu, stellte keine Zwischenfragen, auch wenn es ihn drängte, er schien zu wissen, dass sie jetzt nicht seine Meinung oder Verständnisfragen brauchte, sondern einfach nur reden wollte. Als sie fertig war, war es still in der Leitung.

»Hallo, bist du noch da?«, fragte Cora, nicht sicher, ob die Leitung noch stand. Immerhin war sie in Tibet.

»Ja, ich bin da, Cora, alles gut. Ich bin wieder in Delhi, zurück von meiner Arbeit. Aber jetzt erst mal zu deiner unglaublichen Geschichte! Mein Gott! Ein Anschlag? Du warst im Krankenhaus, verletzt? Wie geht es dir, ist alles in Ordnung? Soll ich kommen? Erzähl doch, bist du okay? Und der Amerikaner wurde wirklich ermordet? Ist das nicht auch für dich gefährlich? Solltest du Tibet nicht sicherheitshalber sofort verlassen? Jiang kann dir nicht helfen, wenn man dir etwas antun will. Immerhin bist du Zeugin eines Mordes! Warum sagst du nichts?«

»Ich komme ja nicht dazu, etwas zu sagen«, lachte Cora, glücklich, weil er so um sie besorgt war. »Und nein, ich glaube nicht, dass ich hier in Gefahr bin. Da passt sicher Jiang auch auf mich auf. Und mir geht's gut, alles gut. Aber was mich mehr beschäftigt, ist diese Sache mit Britta. Was hältst du davon?«

»Ja«, meinte Ganesh nachdenklich. »Das ist schon seltsam. Weißt du denn, ob sie jetzt eine Rechtsradikale ist? Du hast doch erst seit Kurzem wieder Kontakt zu ihr?«

»Wir haben uns hin und wieder in Mainz getroffen. Sie wusste von unserer Reise und auch, dass du plötzlich abreisen musstest. Das habe ich ihr geschrieben, als ich allein am Kailash saß und du weg warst. Also sie war auf dem Laufenden, was ich hier so mache. Dass sie möglicherweise mit den Neonazis sympathisiert, konnte ich nicht ahnen. Aber was mich am meisten stört, ist, dass ich das Gefühl habe, etwas übersehen zu haben. Du kennst das, man versucht, sich an etwas zu erinnern, und je mehr Mühe man sich gibt, desto weiter scheint es sich zu entfernen … ich weiß nicht, ob es wiederkommt. Irgendetwas irritiert mich, und ich weiß nicht, was und warum.«

Ganesh überlegte. Mochte ja sein, dass diese Britta eine rechte Fanatikerin war, aber was hatte das mit Cora, mit ihm und ihren Erlebnissen in Tibet zu tun? Eigentlich interessierte es ihn nicht weiter. Er wollte wieder mit Cora zusammen sein, das war viel wichtiger.

»Cora, wann sehen wir uns? Ich bin mit meiner Aufgabe hier fertig. Magst du nicht zu mir nach Delhi kommen? Dann machen wir uns noch ein paar schöne Tage, vielleicht oben in Rishikesh? Da wolltest du doch sowieso immer schon mal hin, jetzt wäre eine gute Gelegenheit. Du weißt ja, dieses nette Hotel, wir können am Ganges spazieren gehen, die ausgezeichnete lokale Küche genießen, es gibt fantastisches vegetarisches Essen dort. Klingt das gut?«

»Ich weiß nicht«, zögerte Cora. »Eigentlich wollte ich weiter in den Osten Tibets reisen, nach Medog, du weißt schon, wo der Yarlung Tsangpo diesen kleinen Bogen nach Norden macht und dann scharf nach Süden abbiegt. Das hatte ich mir schon das letzte Mal näher ansehen wollen, aber dann kam es nicht dazu, wie du dich erinnerst. Und, na ja, ich dachte, du meldest dich nicht, bist sicher noch in Indien beschäftigt. Deswegen habe ich meinem Chef noch ein paar Tage Urlaub abgebettelt, obwohl er ständig drängt, ich solle nach Deutschland zurückkommen, Arbeit gibt es genug. Aber jetzt, ich weiß auch nicht … Ich möchte den Staudamm lieber mit dir anschauen, und natürlich will ich dich wiedersehen. Für den Staudamm hat mir mein Chef noch freigegeben, aber für ein paar Tage Luxushotel hat er sicher kein Verständnis. Nein, nach den letzten Tagen in Tibet kann ich mich nicht einfach an einen Pool legen. Wie wäre es, wenn ich nach Deutschland zurückfliege, wie mein Chef es möchte, und du mitkommst? Du hast doch gerade kein Projekt, das anliegt, oder? Dann können wir Zeit zusammen verbringen. Medog verschieben wir. Ich glaube, Jiang ist auch ganz froh, wenn ich wieder aus China raus bin. Was meinst du, machst du das für mich?«, bat sie ihn. Die Aussicht auf ihn, auf ihren Ganesh und Zeit mit ihm zu Hause, war verlockend.

Ganesh musste unwillkürlich grinsen.

»Ich kenne dich, Frau Dr. Cora Remy. Du möchtest nach Hause, okay, dein Chef ruft, okay, du willst nicht nach Indien, okay. Aber … kann es sein, dass du in Mainz vielleicht ein Treffen mit Britta planst, um mehr über sie und ihre Aktivitäten zu erfahren? Dass du in erster Linie deswegen nach Deutschland möchtest? Gib es zu!«

Cora wollte schon widersprechen, aber dann musste sie auch lachen.

»Na ja, wenn ich schon dort bin und sich vielleicht zufällig etwas ergibt, kann ich auch Britta treffen. Das ist im Grunde eine gute Idee von dir …«, tat sie erstaunt. »Also gut, abgemacht? Wir treffen uns in Mainz. Ich versuche, einen Flug hier aus Tibet über Chengdu in Zentralchina nach Frankfurt zu bekommen, und du kannst ja direkt fliegen, dann bist du vor mir da. Du darfst gern schon einmal meine Wohnung lüften, sauber machen, einkaufen …«

Jetzt musste auch Ganesh laut auflachen. »Nein, so einfach ist das nicht, ich kann nicht mal eben nach Deutschland fliegen, um deine Wohnung zu lüften, ich habe auch zu arbeiten, weißt du? Flieg du ruhig, wir reden dann noch mal, wo wir uns treffen, okay? Ich kläre hier noch ein paar Dinge, dann sehe ich klarer, ob ich Zeit habe und wofür, aber ich finde, wir sollten uns hier in Indien treffen. Und für dein zufälliges Treffen mit Britta brauchst du mich ja nicht. So machen wir das!«

Cora verstand ihn, war aber doch enttäuscht, dass er so leicht auf ein Treffen mit ihr in Deutschland verzichtete. Natürlich war es nicht nötig, dass er nach Deutschland flog. Aber gerade das Unnötige zu tun – war das nicht das, was die Liebe ausmachte?

»Schade!«, sagte sie leise. »Ich hätte mich so gefreut! Aber du meldest dich schnell, und dann verabreden wir uns, irgendwo auf der Welt, ja? Ich freu mich auf dich, Ganesh!«

Nachdem sie sich verabschiedet hatten, ließ Cora ihren Blick über den vor ihr liegenden Platz wandern. Vielleicht sah sie ja wirklich eine Verschwörung, wo es keine gab. Aber ihr Bauchgefühl war immer sehr zuverlässig gewesen, sie verließ sich gerne darauf, und das hatte sie nie bereut. Warum sollte sie das jetzt ändern? Irgendetwas stimmte nicht. Ganesh hatte dem, was sie über Britta erzählt hatte, nicht viel Bedeutung beigemessen, und das verwirrte sie vollends. Seine Meinung war ihr sehr wichtig. Sie war völlig allein in Tibet und brauchte Hilfe, das war ihr bewusst. Zu viel war geschehen.

Aber wen könnte sie noch fragen? Jiang, den Minister? Nein, mit Nazis konnte der sicher nichts anfangen, und ihm das alles und vor allem ihr Bauchgefühl zu erklären, das war sinnlos. Er machte nicht den Eindruck, als ob so etwas ihn sehr beeindrucken würde. Vielleicht Ma Danli? Der kannte Deutschland, er kannte sie und, was vielleicht am wichtigsten war, er mochte sie. Cora überlegte kurz, aber sie musste sich Gewissheit verschaffen, mit jemandem über all das reden. Sie beschloss, Ma anzurufen. Sie schuldete ihm sowieso einen Anruf, nachdem er ihr mit seinem Kontakt zu Jiang aus der gefährlichen Situation im Krankenhaus herausgeholfen hatte und sie sich noch immer nicht gemeldet hatte. Kurzerhand wählte sie seine Nummer, nachdem sie sich beim Kellner noch einen Tee und ein paar Momos bestellt hatte.

»Danli, bist du das?«, fragte sie, als er sich mit dem typisch chinesischen »Wei?« meldete.

»Cora! Endlich, ist alles in Ordnung? Wo bist du? Bist du in Sicherheit, hast du China verlassen? Hat unser Freund Jiang dir geholfen? Ich wollte dich nicht anrufen, du weißt ja, dass ich wie alle Chinesen überwacht werde, und das gibt wieder unangenehme Fragen. Ich dachte, du meldest dich schon«, sprudelte es besorgt aus ihm heraus.

»Alles gut, Danli, mir geht es sehr gut. Ich bin noch in Lhasa, werde aber morgen nach Deutschland zurückfliegen. Und ja, Jiang hat mich kontaktiert und mir geholfen. Ich bin dir so dankbar dafür, dass du an ihn gedacht hast! Das war sehr hilfreich, ich weiß nicht, wie ich das in dem Krankenhaus sonst hinbekommen hätte. Dank dir, lieber Danli, du hast mal wieder etwas gut bei mir!« Cora freute sich mehr, als sie zugegeben hätte, seine Stimme zu hören. Es tat einfach gut, in der Ferne eine vertraute Person um sich zu haben, und sei es auch nur telefonisch. Auf Ma konnte sie sich hundertprozentig verlassen, das hatte er mehr als einmal bewiesen.

Rasch fasste sie alles zusammen, was seit ihrem letzten Telefonat geschehen war. Jetzt, da sie es gerade Ganesh berichtet hatte und nun noch einmal Ma, wurden ihr einige Dinge klarer, und sie dachte bei sich, dass es doch alles ein wenig verrückt klang. Das sah Ma genauso.

»Also, liebe Cora«, mehr Vertraulichkeit erlaubte er sich nicht, »ich verstehe das nicht ganz. Deine Freundin ist etwas schräg, in Ordnung, aber was hat das mit dir und Tibet zu tun? Was glaubst du gesehen zu haben? Wovon sprichst du hier eigentlich? Der Anschlag auf den QUAD-Gipfel in Udaipur wurde vereitelt, du verlässt China und fliegst zurück nach Deutschland, du bist gesund, alles andere ist doch unwichtig, oder?«, fragte er verwundert.

Cora spürte einen Stich im Herzen. Sie war enttäuscht. Nahm er sie nicht ernst? Wieso sah er nicht, was sie sah? Andererseits wusste sie ja selbst nicht, was sie glauben sollte. Aber Ma Danli wusste doch, wer sie war, er konnte sicher einschätzen, dass sie keine Ruhe geben würde, wenn sie das Gefühl hatte, dass irgendetwas noch nicht ganz geklärt war.

Sie tauschten noch ein paar Floskeln aus, aber Cora hatte keine Lust auf Geplänkel, jetzt nicht, und beendete das Gespräch bald, auch wenn es sie mit einem schlechten Gewissen zurückließ. Das hatte Ma nicht verdient, hatte er ihr doch so geholfen, in der Not, und jetzt ließ sie ihn abblitzen, weil er sie nicht so ernst nahm, wie sie sich das gewünscht oder erhofft hatte! So kannte sie sich gar nicht, und sie überlegte kurz, ihn noch einmal anzurufen und das zu klären. Nein, beschloss sie, jetzt nicht. Das würde ihre Freundschaft schon aushalten. Dafür hatte man Freunde, dass man nicht immer alles erklären musste. Sie musste nachdenken, sie brauchte jetzt Ruhe oder jemanden, der mehr als sie über dieses Thema Tibet und Nazis und die Anschläge wusste und ihr vielleicht helfen konnte, das alles richtig einzuordnen. Aber wer kam dafür infrage?

Sie ging die sehr kurze Liste derer durch, die überhaupt etwas von der Sache verstanden. Ganesh, Ma, Jiang, dann dieser Mayntz, den sie in Myanmar kennengelernt hatten, aber ob der etwas über Nazis wusste? Und wie sollte sie ihn jetzt auch erreichen? Aber Moment, da war doch dessen Bekannter gewesen, hatte sie nicht irgendwo seine Visitenkarte? Der war doch bei der Botschaft in Bangkok, was war das noch mal, genau, Politische Abteilung. Er musste doch etwas von Politik und Terror in Asien verstehen. Cora kramte in ihrer Tasche und fand schließlich eine zerknitterte Visitenkarte.

Klaus Feld, Political Department, Embassy of the Federal Republic of Germany. Den würde sie jetzt anrufen. Cora griff schon nach ihrem Smartphone, doch dann zögerte sie. Wenn dieser Typ tatsächlich das war, was seine Karte nahelegte, nämlich kein Diplomat, sondern ein politischer Beobachter, dann war er vielleicht vom Geheimdienst? Sie hatte einmal gehört, dass jede Botschaft einen (oder auch mehrere) Geheimdienstler beschäftigte, der unter einer fiktiven Bezeichnung dort arbeitete und Informationen sammelte, die für die Bundesregierung wichtig waren. Also eine Art Spion, auch wenn das nach mehr Action klang, als dieser Job heutzutage wohl tatsächlich beinhaltete. Wie auch immer, wenn dieser Feld so etwas war, sich also tatsächlich auskannte oder zumindest die entsprechenden Kontakte hatte, um Näheres herauszufinden, dann war ein Gespräch am Telefon aus China heraus sicher keine gute Idee. Da hätte sie es auch gleich im Netz posten können.

Cora beschloss, das Telefonat bis nach ihrer Rückkehr nach Deutschland zu verschieben. Vielleicht fiel ihr bis dahin selbst ein, was sie in Tibet gesehen hatte und was sie im Unterbewusstsein beschäftigte.

Sie bezahlte, packte alles zusammen und stand auf, um das Café zu verlassen und in ihr Hotel zurückzukehren. Sie musste sich um ihren Rückflug kümmern, da konnte ihr das Hotel sicher weiterhelfen. Als sie sich dem Ausgang näherte, sah sie zwei kleine Steinstelen, die links und rechts neben dem Ausgang standen. Genau genommen stand nur noch eine, die andere war umgefallen. Cora bückte sich, um den schmalen, hohen Stein wieder aufzurichten. Gerade wollte sie ihn anfassen, da erkannte sie die Swastika, das indische Glückssymbol, das in den Stein gemeißelt worden war. Da der Stein auf der Seite lag, sah sie auch das Symbol in einem anderen Winkel. Und sie erstarrte.

Das war es. Das hatte sie in Tibet gesehen. Die Swastika oder jedenfalls so etwas Ähnliches. Ein Tattoo bei Jim Silk im Krankenhaus. Das alte indische Zeichen für die Sonne oder das Glück, es hatte ihr schon immer gefallen, und sie hatte sich nichts dabei gedacht. Aber jetzt erschien es in einem ganz anderen Licht. Es war nicht die Swastika, die Sonne, gewesen. Jim hatte auf der Seite gelegen. Es war das Hakenkreuz der Nazis, die das für sich aus der indischen Swastika abgewandelt hatten. Jim hatte sich ein Nazitattoo auf den Arm stechen lassen.

MAINZ, DEUTSCHLAND

»Also, Britta, ich will es jetzt wissen: Was sollte diese seltsame Widmung in dem Tibetbuch, das du mir gemailt hast? Was hast du mit diesem braunen Pack zu tun? Sag mir bitte, dass da nichts ist!«

Cora war aufgewühlt; einerseits wütend auf Britta und dieses Buch, andererseits auch unsicher, ob sie sich da vielleicht nur etwas eingebildet hatte und Britta ungerechtfertigt beschuldigte? Aber sie musste es jetzt wissen, sie brauchte Klarheit, vielleicht war an der ganzen Sache doch nichts dran.

Sie saßen bei Coras Lieblingsitaliener. Kaum aus China zurück, hatte sie Britta angerufen und sich unter dem Vorwand, ihr von China erzählen zu wollen, mit ihr in Mainz verabredet. Wieder war sie erstaunt, wie schnell ihre Freundin zugesagt hatte; sie hatten doch jahrelang kaum Kontakt gehabt, und jetzt schien Britta geradezu begierig auf alles zu sein, was Cora von ihrem Tibet-Abenteuer zu erzählen hatte. Kaum saßen sie, da wollte Britta auch schon alles genau wissen, aber Cora bemerkte, dass es ihr weniger um Coras Befinden zu gehen schien als um das, was der Amerikaner in Tibet gesagt hatte.

Britta sah sie eine Weile nur stumm an, nahm dann einen tiefen Schluck von dem Primitivo, schob nervös das Besteck hin und her und sagte schließlich: »Weißt du, Cora, mir ging es im Leben nicht so gut wie dir. Du bist die Erfolgreiche, tolles Studium, toller Mann, dieser Spanier, gut, inzwischen seid ihr auseinander, aber du hast doch alles super hingekriegt. Jetzt dieser Ganesh! Wieder so ein Traummann. Bei dir geht es immer gut aus. Mir ging es früher zeitweise sehr schlecht, finanziell wie auch psychisch, und da habe ich einen Mann kennengelernt, der mir sehr geholfen hat, dem ich vertrauen konnte, der für mich da war. Das war ich nicht gewohnt, ich war so dankbar, endlich auch jemanden zu haben. Seine politischen Ansichten haben mich zunächst nicht interessiert, war mir egal, mit wem er Umgang hatte. Politik war nie so meine Sache. Erst nach und nach fiel mir auf, was er manchmal sagte, welche Ansichten er hatte, aber ich dachte mir nichts weiter dabei. Dann bin ich mal mitgegangen, auf diese Veranstaltungen und Treffen seiner Freunde, die waren alle sehr nett zu mir und haben mich sofort aufgenommen. Du verstehst das vielleicht nicht, aber für mich war das viel, ich war so stolz dazuzugehören. Und irgendwann rief ich ebenfalls seine Parolen und schwenkte auf Demonstrationen die Fahnen, die auch er und seine Freunde schwenkten. Und eigentlich hatten sie doch recht mit dem, was sie sagten, mit den Ungerechtigkeiten in Deutschland, mit den Ausländern, die uns die Arbeit wegnehmen, mit der Angst, die deutsche Frauen haben müssen, weil wir ständig den Blicken dieser muslimischen Männer ausgesetzt sind. Das kann doch so nicht weitergehen! Da muss man doch etwas machen. Deutschland wird völlig überrannt von diesen Fremden, die gehören nicht hierher, die haben hier nichts verloren. Na ja, und ich habe mich dann engagiert, bin immer weiter hineingekommen in diese Kreise und Freundschaften. Irgendwann hat mir jemand dieses Buch geschenkt, weil ich auf einer Party erzählt hatte, dass eine Freundin von mir in Tibet gewesen ist. Na ja, dachte ich, vielleicht stimmt das ja, das mit den asiatischen Ariern. Was weiß denn ich! Ich wusste auch gar nicht, dass es überall auf der Welt so viele Menschen gibt, die genauso denken wie wir. Man muss doch diese Ausländer wieder dahin zurückschicken, wo sie herkommen, die Weißen haben doch das Vorrecht, die Welt zu beherrschen, und dafür muss man eben dann auch kämpfen. Notfalls mit Gewalt, gerade in den USA machen das ja viele, aber auch in Europa. Das ist eine internationale Bewegung, habe ich dann verstanden, und ich bin ein Teil davon!«

Eine völlig verstörte Cora saß stumm da und konnte nicht fassen, was sie da hörte. Am liebsten wäre sie sofort aufgestanden und hätte das Lokal und Britta einfach verlassen; sie musste sich zurückhalten, um ihren Abscheu nicht herauszuschreien. Aber sie fand es wichtig, alles zu erfahren. Was war in Tibet passiert? Und warum? Was hatten diese Rechtsradikalen mit dem Amerikaner Jim Silk zu tun, wieso war er ermordet worden? Und hing das alles mit den ausgeführten Anschlägen zusammen? Das Attentat auf die Sitzung der Außenminister des QUAD in Udaipur war gerade noch verhindert worden, weil sie Jiang von den letzten Worten des Amerikaners im Krankenbett erzählt hatte und der Vize-Minister glücklicherweise verstanden hatte, worum es ging. Waren weitere Anschläge geplant? Wenn ja, wo und warum? In Tibet war sie mit sich selbst ausreichend beschäftigt gewesen, um sich nicht um die Weltpolitik zu kümmern, aber dass sich alle Mächte auf eine Konfrontation zubewegten, das war inzwischen nicht mehr zu übersehen. Aber war es aufzuhalten? Jeder verdächtigte jeden, die Amerikaner die Chinesen, die Chinesen die Inder, die Inder Pakistan; die Europäer schlossen sich vorsichtshalber den USA an, da sie sich nicht zu einer eigenen Meinung durchringen konnten. Eine ernsthafte Auseinandersetzung zwischen mindestens zwei der involvierten Atommächte schien unmittelbar bevorzustehen.

Ganesh hatte ihren Verdacht auf einen möglichen rechtsradikalen Zusammenhang nicht wirklich geteilt. Auch Ma hatte sie mehr oder weniger abgewimmelt, und Jiang hatte ihr explizit gesagt, sie solle sich aus allem heraushalten, was sie nichts anging. Aber es ging sie doch etwas an! Sie konnte doch nicht einfach sagen, sollen sich doch die anderen darum kümmern! Sie war nun einmal in die Sache hineingezogen worden, in den Anschlag in Tibet, in das versuchte Attentat in Udaipur. Und nun musste sie einfach weiterversuchen, etwas herauszubekommen.

»Weißt du, Cora, Ich bin nur ein kleines Rädchen in dem großen Getriebe, aber es kommt auf jeden an. Ich bin hier in Mainz in den entsprechenden Kreisen gut vernetzt, da gibt es langjährige Beziehungen. Aber das wirklich große Rad, das dreht man in Amerika, da sitzen ganz andere Leute, Leute mit viel Macht und Geld und Einfluss. Denk doch mal an den Sturm auf das Kapitol in Washington, als plötzlich Tausende Anhänger von diesem angeblich abgewählten Präsidenten das Gebäude stürmten. Das sind nicht alles irgendwelche Chaoten, die einfach denen folgen, die vor ihnen herlaufen, wie das von den Medien oft dargestellt wird. Die verfolgen ein klares Ziel: Amerika wieder denen zurückzugeben, denen es rechtmäßig gehört. Also ihnen, den Weißen. Ist das nicht toll? Dass die sich das trauen? Wo sind denn bei uns solche Leute, die sich so für die richtigen Werte einsetzen? Alle von der Regierung unterdrückt, so sieht es doch wirklich aus!«

Brittas Augen waren voller Bewunderung, als sie davon sprach.

»Und dann hast du mir erzählt, dass du wieder nach Tibet fährst, und da dachte ich, vielleicht kann ich dich auch für unsere Sache gewinnen. Als ich in meiner Online-Community davon berichtet habe, bekam ich Anrufe aus den USA, stell dir das vor! Die wollten mehr wissen, von mir, Britta! Das hat mich schon stolz gemacht, dass sich jemand für mich interessiert. Ja, dann war da dieser schlimme Anschlag auf dich und diesen Amerikaner in Tibet, und ich habe mir furchtbare Sorgen um dich gemacht. Denn dass das irgendwie zusammenhing, der Anschlag, meine amerikanischen Freunde und dieser Typ da im Krankenhaus in Tibet, das habe ich schon verstanden.«

Britta stocherte in ihrem Essen herum, das inzwischen kalt geworden war. Sie fühlte sich furchtbar, da sie für den Anschlag auf Cora mitverantwortlich war. Irgendwie schämte sie sich etwas, weil sie so dumm war, so wenig wusste, aber dann war sie wieder ein wenig stolz, dass sie so eine wichtige Rolle bei der ganzen Sache gespielt hatte. Sie hatte doch alles richtig machen wollen. Verstand Cora denn nicht, was hier in Deutschland gespielt wurde? Wie sich alles veränderte und dass man etwas dagegen tun musste? Das war eine wichtige Mission, und sie, Britta, war Teil von etwas ganz Großem.

Cora ließ sich nicht anmerken, was sie wirklich dachte, und versuchte, mehr über die Verbindung in die USA zu erfahren. Wer waren diese Leute? Was hatten sie mit Britta zu tun, was mit China, was wollten sie? Aber viel mehr war aus Britta nicht herauszubekommen. Sie sprach mit geradezu fanatischer Intensität, sie war völlig von dem überzeugt, was sie da von sich gab, und Cora verstand mit Erschrecken, dass da eine völlig andere Person vor ihr saß, als sie sich das noch vor einer Stunde hätte vorstellen können. Das war nicht mehr ihre nette, harmlose Britta, das war eine fanatische Rechtsradikale! Cora schwankte zwischen Mitleid für diese Person, die sich in eine falsche Richtung hatte ziehen lassen, und Wut über so viel Naivität.

Schließlich, als sie überzeugt war, nicht mehr von Britta erfahren zu können, beschloss Cora, so schnell wie möglich mit diesem Klaus Feld zu sprechen, der wohl vom Geheimdienst war, ihr Bekannter aus der thailändischen Botschaft. Das hier hatte eine gefährlich große Dimension, das war nichts für eine einsame Kämpferin wie sie. Eine Nummer zu groß.

Cora stand auf, schob ihren Stuhl an den Tisch, auf dem ihr Essen unangerührt stand, beugte sich zu Britta hinunter und sagte ruhig: »Ich möchte dich nie wieder sehen. Du machst einen riesigen Fehler, und ich hoffe, du erkennst das und löst dich von diesen Leuten, die du für Freunde hältst. Deinetwegen wäre ich fast gestorben. Ich werde dich dem Verfassungsschutz melden.«

Draußen vor dem Lokal atmete sie mehrmals tief durch und suchte die Telefonnummer dieses Herrn Feld aus ihrem Adressbuch in ihrem Handy heraus, wo sie sie in Tibet vorsorglich abgespeichert hatte.

WESTERWALD, DEUTSCHLAND

Sie atmete tief durch. Das Laufen tat gut, Kilometer um Kilometer, einfach immer weiter, ihre Beine liefen nach den ersten Minuten nun wie von selbst. Nur das Rauschen der Bäume war zu hören, gelegentliches Vogelgezwitscher, manchmal ein klingelnder Radfahrer, der sie überholen wollte. Sonst Ruhe. Sie trug keine Kopfhörer, sie musste Ruhe haben. Ruhe. Cora musste den Kopf frei bekommen; was sie mit Britta erlebt hatte, hatte sie tief erschüttert. Nie hätte sie gedacht, direkt in ihrer Umgebung solches braunes Gedankengut zu finden. Nur gut, dass sie direkt nach dem Treffen mit Britta diesen Feld angerufen hatte; das hatte ihr wieder ihre Fassung zurückgegeben.

Endlich hatte sie jemand ernst genommen, dachte Cora jetzt, während sie auf den letzten Kilometer einbog, der sie auf ihrem Joggingpfad zurück zu ihrem Auto führte. Feld hatte aufmerksam zugehört, wenige, aber zielgerichtete Fragen gestellt und ihr dann versichert, er werde sich darum kümmern und versuchen, mehr über diese Zusammenhänge herauszufinden sowie Kontakt zu seinen Kollegen in den USA und Asien herzustellen. Er hatte ihre Aussagen nicht bewertet, sondern einfach nur sachlich aufgenommen. Mehr wollte sie ja auch nicht, aber sie konnte sich nun einmal nicht aus etwas heraushalten, was ihr wichtig erschien; so war sie nicht, die großen Dinge den anderen überlassen, nein, sie musste sich einmischen, sich kümmern, war das nicht die Pflicht jedes aufrechten Menschen? Und wenn auch nur die geringste Chance bestand, dass da noch mehr kam, dass dieser seltsame Amerikaner in Tibet und Britta und die Nazis und die vermeintlichen Islamisten alle irgendwie zusammenhingen und niemand den Zusammenhang erkannte? Dann konnte sie sich doch nicht einfach in ihrem gemütlichen Zuhause hinsetzen und denken, da wird sich schon jemand kümmern! Vor Jahren hatte ihr ein befreundeter Professor für Geschichte erklärt, wie die europäischen Mächte schlafwandlerisch in den Ersten Weltkrieg getaumelt waren. Nicht absichtlich, sondern einfach, weil keiner die Risiken gesehen hatte, den Nationalismus, der sich aufgebaut hatte, die Verstrickungen der einzelnen Mächte untereinander, die sie dann zwangen, ihren Bundesgenossen zu Hilfe zu eilen. Bestand nicht auch jetzt wieder das Risiko, dass plötzlich eine Situation eskalierte? Dass jemand den falschen Knopf drückte, dass jemand aus Angst durchdrehte, dass irgendetwas passierte, was dann eine Lawine in Gang setzte, die niemand würde aufhalten können? Wenn mehrere Atommächte einander gegenseitig verdächtigten, wenn sich jede Macht in ihrem Nationalstolz gekränkt sah, wenn Politiker mit Blick auf die nächste Wahl als stark erscheinen mussten oder wollten – was dann? Fehlte dann nicht nur ein Funke, um die ganze Welt ins Chaos zu stürzen? Und wenn jeder dachte, da werde sich schon jemand darum kümmern, wer kümmerte sich dann wirklich? Nein, Cora musste weiterbohren, sie würde nicht zurückstecken und sich heraushalten, wie alle ihre Freunde, wie Ma, Jiang und im Grunde auch Ganesh es wollten. Sie, Dr. Cora Remy, Hydroingenieurin aus dem Westerwald, sie würde sich immer einmischen. So war sie nun einmal.

Und so lief sie noch eine Runde, obwohl sie schon bei ihrem Auto angekommen war. Aber sie war aufgewühlt, unruhig, als ahnte sie, dass es noch nicht vorbei war.

BANGKOK, THAILAND

Klaus Feld, Mitarbeiter des Bundesnachrichtendienstes, des BND, an der Deutschen Botschaft in Bangkok, blickte nachdenklich auf seinen Laptop. Sollte er seinen CIA-Kollegen kontaktieren? Im Gegensatz zu dem, was viele Hollywoodfilme darstellten, arbeiteten die meisten Geheimdienste durchaus zusammen, und natürlich hatte er beste Verbindungen in die USA, so wie er auch Kollegen und Kolleginnen in aller Welt kannte und jederzeit mit ihnen in Verbindung treten konnte. Aber dies hier war keine routinemäßige Kontaktaufnahme, das war brisanter Sprengstoff, militärisch wie politisch. Wenn diese Cora Remy recht hatte, wenn ihre Freundin Britta tatsächlich das war, was sie zu sein vorgab, nämlich ein Mitglied einer rechtsradikalen Vereinigung und noch dazu mit besten Verbindungen in internationale Kreise, dann … ja, was dann? Was genau war dann? Was bedeutete das, und wie sollte er damit umgehen? Er wusste es nicht. Aber es ließ ihm keine Ruhe, und es war schließlich sein Job, sich Gedanken zu machen über Dinge, die andere lieber nicht anfassten.

Schließlich startete er den Videocall. Sein Kontakt würde sofort sehen, wer da anrief, und schnell entscheiden, ob zu diesem Zeitpunkt, zu welchem die halbe Welt mit dem Finger über dem roten Knopf zuckte und jederzeit ein verheerender, die ganze Menschheit in eine tödliche Eskalation hineinziehender Krieg in irgendeinem Winkel der Erde beginnen konnte, ein Gespräch mit dem Deutschen ratsam war oder nicht. Es dauerte keine drei Sekunden, dann erschien das vertraute, grinsende Gesicht von Val auf dem Schirm. Seine stets fröhliche Art sowie die Billardkugel, die sein kahler, glänzender Kopf darstellte, die dicken Brillengläser und der voluminöse Bauch, den die Kameraeinstellung diesmal gnädig verbarg, hatten schon manchen Gegner getäuscht. Val war blitzschnell in seinen Gedanken, unbarmherzig in seinen Folgerungen und ebenso konsequent in der Umsetzung, hatte er erst mal einen Entschluss gefasst. Als langjähriger Station Chief Nahost war er mit allen Aspekten des islamistischen Terrors bestens vertraut. Diese Position hatte man nicht lange inne, wenn man so naiv war, wie sein Aussehen es vorgab.

Jetzt aber lachte er fröhlich in die Kamera.

»Klaus, old buddy, was verschafft mir die Ehre? Habt ihr Deutschen wieder nichts Besseres zu tun, als die CIA anzurufen, wenn ihr nicht weiterwisst? Oder hast du wieder ein Problem mit den Damen? Ja, Asien ist gefährlich, habe ich gelesen. Wirst du wieder eine nicht los, die glaubt, du holst sie aus dem Mist raus, den sie ihr Leben nennt? Haha! Was kann ich für dich tun?«

Sein lautes Lachen erfüllte den Raum, aber der Deutsche registrierte durchaus, dass dieses Lachen Vals Augen nicht erreichte. In diesem Job war man vorsichtig, und wenn der BND anklopfte, und das mitten in der größten globalen Krise seit der Schweinebucht, dann sicher nicht, um über die technischen Raffinessen burmesischer oder thailändischer Mädchen zu reden. Oder jedenfalls nicht ausschließlich.

»Hi, Val, schön, dich zu sehen!«, rief Feld ebenso überschwänglich in sein Laptopmikrofon. »Du wirst auch nicht dünner, kommst du überhaupt noch runter von deinem Stuhl in Langley? Beweg dich mal etwas, alter Sack, sonst stirbst du noch bei der Arbeit! Und wer räumt dann das alles weg? Aber«, setzte er dann mit normaler Stimme hinzu, »ich möchte dich tatsächlich etwas fragen. Passt es gerade?«

Val nickte und biss herzhaft in etwas Rundes, ungesund Aussehendes mit einem dicken Zuckerüberzug und bunten Streuseln. Mit einer Handbewegung deutete er an, Klaus solle fortfahren. Schließlich war er ja gerade sehr beschäftigt.

»Okay, also, hör einfach zu. Ich habe da eine Bekannte, eine Deutsche, die gerade in Tibet war. Sie wurde in einen Anschlag verwickelt und traf dabei einen Amerikaner, der wohl mal für die CIA in Tibet gearbeitet hat.«

Feld sah, wie sich Vals Augen leicht zusammenzogen, dann bewegten sich seine Kaumuskeln deutlich langsamer. Ein untrügliches Zeichen, dass er sich konzentrierte.

»Dieser Amerikaner wurde in Tibet von den Chinesen ermordet. Meine Bekannte hat das mitbekommen, und sie vermutet bei dieser Tat eine Verbindung zu Rechtsradikalen oder Neonazis in Deutschland und den USA. Und nun hat sie die Idee, ob hinter diesen weltweiten Anschlägen der letzten Tage vielleicht doch nicht die Islamisten stecken, sondern Rechtsradikale. Meine Frage an dich ist: Wie siehst du das, Nazis und islamistischer Terror, passt das? Was fällt dir dazu ein?«

Feld schwieg und blickte konzentriert in die Kamera. Val hatte aufgehört zu kauen, das war bedenklich. Jetzt räusperte er sich, wischte sich die fettigen Finger irgendwo ab, vermutlich an seiner Hose, und sah direkt in die Laptopkamera.

»Okay, ich sage dir, was mir sofort einfällt. Es gibt jede Menge rechtsradikaler Aktivitäten weltweit, und das Neue und das Gefährliche daran ist, dass diese Typen sich zusammentun. Also deutsche Rechte mit amerikanischen Supremacists und russischen Neonazis. So seltsam das klingt, aber das ist eine Entwicklung, die die Rechtsradikalen von islamistischen Gruppierungen übernommen haben. Also, sie haben sich angeschaut, wie man Bomben baut, wie man sich besser organisiert, und andersrum haben die Islamisten von den Nazis einiges gelernt.«

»Und das wäre?«, fragte Feld verblüfft.

»Nun ja, zum Beispiel die bei den Rechtsradikalen weit verbreitete Taktik, als Einzelkämpfer aufzutreten. Das sahen wir bisher nicht im Islamismus, und das macht ihn wiederum unberechenbarer. Also, es gibt keine Zusammenarbeit, das nicht, aber sie lernen voneinander. Warum genau fragst du?«, wollte Val wissen.

Feld dachte nach. »Also, ich bin kein Spezialist für diese Thematik, deswegen frage ich ja dich. Wenn hinter all diesen Anschlägen, die wir weltweit erlebt haben und hinter denen die meisten ja islamistische Gewalttäter vermuten, nun doch etwas anderes steckt? Du weißt ja, dass die Theorie von Anfang an nicht überzeugend war. Islamisten ermorden einen amerikanischen Außenminister in Beijing? Klingt doch absurd! So, und meine Quelle, also diese Bekannte, dachte, und ich finde das durchaus interessant, dass es vielleicht eine Verbindung zu Rechtsradikalen gibt. Also, ich möchte dir etwas erzählen, was mir keine Ruhe lässt. Ich bitte um deine ehrliche Meinung, okay?«

Val nickte. »Na, dann schieß mal los. Ich dachte mir schon, dass du das alles nicht aus reiner Neugier fragst, ohne Hintergedanken. Worum geht es genau?«

Und nun schilderte der deutsche Geheimdienstler detailliert, was Cora ihm erzählt hatte. Von dem Amerikaner, der vor langer Zeit in Tibet im Auftrag der CIA gegen China gekämpft hatte, ein Hakenkreuztattoo hatte und nun ermordet worden war; von Coras Freundin Britta, die ihr das ungewöhnliche Geschenk eines Buches gemacht hatte, welches nicht nur eine Widmung an Himmler enthielt, sondern eben auch eine Widmung an Britta, verbunden mit dem Gruß: Sieg Heil! Und dann Coras Überlegung, ob es da einen Zusammenhang gäbe, zwischen dem Amerikaner und Britta, zwischen Altnazis und Neonazis und den Anschlägen in aller Welt. Aber wie? Er sah keinen roten Faden, wie ihn auch Cora nicht gesehen hatte.

Als Feld fertig war, schwieg Val eine Weile nachdenklich und fasste dann zusammen: »Also, wenn ich dich recht verstehe, vermuten du oder deine Freundin hinter den Anschlägen der letzte Tage und Wochen in aller Welt etwas anderes als muslimische oder nationalistische Gewalttaten? Wir gehen derzeit ja davon aus, dass die Inder die Pakistani verdächtigen, die Chinesen die Inder etc. Jeder gegen jeden, das führt ja zu der brandgefährlichen Eskalation, die wir derzeit beobachten. Erst gingen auch wir von islamistischen Motiven aus, ich sage nur Beirut und Leh in Indien. Aber dann passte das alles nicht zusammen, und die CIA und das Weiße Haus sind sich im Moment sehr sicher, dass hier mehrere Parteien versuchen, sich gegenseitig die Schuld in die Schuhe zu schieben. Die Frage ist nur, wer davon profitiert. Wenn die Inder und die Chinesen, zwei Atommächte, in einen Krieg hineingeraten, wem hilft das? Uns bestimmt nicht und den Chinesen auch nicht. Und wenn die USA und China aus dem derzeit noch kalten Krieg einen heißen werden lassen, wer profitiert? Ja, sicher, Russland ist immer ein guter Verdächtiger, Nordkorea sowieso, aber es ist viel komplizierter. Weltweite Lieferketten würden zusammenbrechen, die Versorgung von Milliarden Menschen wäre gefährdet, und das in allen Ländern der Welt.

Also, wie wir es auch drehen und wenden, wem hilft es? Es bleibt doch nur der Islamismus, nicht wahr? Natürlich würden auch arabische Staaten leiden, aber das ist den bestehenden Zellen und Vereinigungen ziemlich egal. Viel zu verlieren haben die nicht. Das große Ziel der Niederlage der USA wäre es auf jeden Fall wert. Hm. Und jetzt kommt ihr und bringt auch noch Nazis mit ins Spiel? Interessant, aber noch mal: warum? Wem hilft es, wenn die Welt im Krieg versinkt? Bedenke, wir stehen an der Schwelle zu einem Dritten Weltkrieg. Du kennst das berühmte Bonmot von Einstein? Er wisse nicht, mit welchen Waffen der Dritten Weltkrieg geführt werde. Aber der darauffolgende Krieg werde sicher wieder mit Keulen geführt. Auslöschung, Armageddon, das wäre das Ergebnis eines Dritten Weltkrieges. Da sterben auch die Weißen, also warum sollten Nazis so etwas befeuern? Nein, die Idee ist interessant, aber ich sehe keinen logischen Zusammenhang. Am Ende sind wir alle tot oder arm. Auch die Nazis. Aber vieles ist auch an der Islamistentheorie nicht stimmig. Glaubst du wirklich, Muslime würden vor ihrer Haustür, also in Beirut, solch ein Massaker veranstalten? Nein, da passt etwas nicht zusammen. Ich weiß nur nicht, was nicht passt, oder besser, welches Puzzleteil passen würde.«

Feld zuckte mit den Schultern. »Vielleicht bilde ich mir das auch nur ein. Oder ich kann auch schon nicht mehr klar denken.«

»Ist sie hübsch, diese Cora?«, fragte Val grinsend. »Vielleicht hat sie dir den Kopf verdreht, und du möchtest einfach, dass sie recht hat mit ihrer Vermutung, da stecke mehr dahinter als nur Islamismus? Na, komm! Wie sieht sie aus?«

Der Deutsche blickte ihn verärgert an. »Hältst du mich wirklich für so naiv? Da wäre ich aber falsch in meinem Job, wenn ich auf jedes Paar wunderschöne Augen reinfiele ... davon gibt es bei uns in Asien ziemlich viele!«

»Na, so wie du das abstreitest, steckt wohl doch etwas Wahrheit in meiner Vermutung«, grinste Val breit. »Wunderschöne

Augen, soso … na, ich gönne es dir ja. Aber im Ernst, ich sehe den Zusammenhang nicht. Bleib dran, vielleicht erfährst du mehr, dann ruf mich gern an. Jederzeit. Okay?«

Damit beendete er die Verbindung, nicht ohne sich vorher noch rasch den letzten Rest der klebrigen Masse auf seinem Schreibtisch in den Mund zu schieben.

Feld konnte nicht mehr sehen, wie Val nachdenklich auf den Bildschirm starrte, von dem sein deutscher Kollege soeben verschwunden war. Dann griff der CIA-Mitarbeiter langsam mit der rechten Hand zu seinem Handy, entsperrte es und wählte eine eingespeicherte Nummer. Hätte Feld gesehen, dass Val mit der linken Hand die halb volle Tüte mit den Donuts beiseiteschob, hätte er den Ernst der Lage sofort begriffen.

ESKALATION: DSCHIBUTI

In der sengenden Hitze des Hafens wimmelte es von Soldaten, die den über dreihundert Meter langen Pier entlangmarschierten, Arbeitern dabei halfen, Schiffe zu be- und entladen sowie schwere Kisten mit Waffen und Munition in die Militärbasis zu bringen. Am seewärts gelegenen Krankenhaus vorbei brachten sie die Ausrüstung direkt in die Lagerhallen, die fast ein Viertel der gesamten Fläche der chinesischen Militärbasis einnahmen. Hinter den Hallen schloss sich, direkt am Haupteingang, ein Bürokomplex an, in welchem ebenso hektische Aktivität herrschte. Wagen fuhren vor, Offiziere sprangen heraus und brüllten lautstark Befehle, um sich im Lärm der startenden und landenden Hubschrauber zu verständigen. Die chinesische Militärbasis war gezielt genau an dieser Stelle, gegenüber dem Jemen und direkt am Horn von Afrika, errichtet worden. Dies war nicht nur das Tor zum Indischen Ozean, es war auch das Tor nach Europa. Das hatten auch die Japaner erkannt, die hier ebenfalls ihre einzige überseeische Militärbasis errichtet hatten. China hatte explizit erklärt, diese Basis diene primär zur logistischen Unterstützung ihrer Truppen im Golf von Aden sowie für humanitäre Einsätze in Afrika und vor der somalischen Küste. Aber ebenso versorgte sie die chinesischen Kriegsschiffe in der Arabischen See, im Persischen Golf und im Indischen Ozean mit Waffen und Truppen.

China verfügte hier nun über Piers, die lang genug waren für seine neuesten Flugzeugträger oder andere Kriegsschiffe, und sie boten mindestens vier Atom-U-Booten Platz. Chinas große Schwäche war, dass es keine relevante Seemacht war und nie wirklich gewesen war. Die Römer hatten das Mittelmeer kontrolliert und so ihr Reich erobert und gefestigt; die Portugiesen hatten unter Heinrich dem Seefahrer ihre Karavellen nach Afrika und Indien, ja bis nach China gesandt. Die Briten hatten die Ozeane beherrscht und so ihr weltumspannendes Empire aufgebaut, und im 20. Jahrhundert waren es die USA, die mit ihren gewaltigen Seestreitkräften ihre Macht absicherten. China hatte all das nicht, und erst mit der neuen maritimen Seidenstraßeninitiative seit 2013 und der Eröffnung der Basis hier in Dschibuti sollte sich das ändern. China musste auch Kontrolle über die Meere gewinnen, zunächst über die für China relevanten wie das Südchinesische Meer und den Indischen Ozean. Und deshalb waren sie hier.

Auch außerhalb des Hafengebiets herrschte eine ungewohnte Betriebsamkeit. Wenn auch die meisten Einwohner Dschibutis die Anwesenheit so vieler Militärs aus sieben verschiedenen Staaten als Beruhigung empfanden – gewährten sie ihnen doch Schutz vor den Extremisten des Al-Shabab wie auch vor ihren großen Nachbarn Äthiopien und Eritrea –, so machte sich jetzt doch Nervosität breit. Was war los? Die US-Army verfügte mit ihren über viertausend Marines in Camp Lemonnier im Süden naturgemäß über die größte Basis, und die Anwesenheit und sichtbare Präsenz der Amerikaner war nichts Besonderes. Heute aber beobachteten die Einwohner Dschibutis auf den Straßen zwischen den diversen Stützpunkten auch französische, italienische, japanische und chinesische Konvois, Marines eilten in voller Ausrüstung im Dauerlauf in ihre Kasernen, lange Schlangen von Lkw stauten sich an den Hafenzufahrten. Bei den multinationalen Truppenbewegungen handelte es sich nicht um die üblichen Übungseinheiten, die man täglich sah und die trotz der extremen Temperaturen in voller Kampfmontur trainierten, um für den Ernstfall gerüstet zu sein. Dies schien der Ernstfall zu sein.

Der in letzter Minute und nur durch eine rechtzeitige Warnung der Chinesen vereitelte Anschlag von Udaipur und die gegenseitigen Schuldzuweisungen hatten auch das Horn von Afrika erreicht. Die Anspannung der Militärs wie der Politiker näherte sich einem gefährlichen Höhepunkt. China, die USA, Frankreich, Japan und Indien – es bedurfte nur des kleinsten Funkens, um den nächsten Schritt auszulösen. Und es spielte keine Rolle, wer den ersten Schritt tat. Die anderen mussten unweigerlich reagieren, und der Suezkanal würde als Erstes in Mitleidenschaft gezogen werden. Die zweitwichtigste Schifffahrtsstraße der Welt würde unweigerlich geschlossen werden. Die Straße von Malakka würde folgen. Die ökonomischen Folgen wären kaum abzuschätzen.

ESKALATION: LADAKH

Der Tod war ein ständiger Begleiter für die Soldaten, die hier in Höhen zwischen viertausend und fünftausend Metern im eisigen Himalaya kämpften. Hunderte starben jedes Jahr auf beiden Seiten der chinesisch-indischen Grenze durch Kälte, Lawinen, Stürze in Gletscherspalten. Aus entlegenen Regionen konnten die Soldaten nicht schnell genug abtransportiert werden. Es dauerte zu lange, sie bis zum nächsten Hubschrauberlandeplatz zu bringen, und nachts durften die Hubschrauber aus Sicherheitsgründen nicht fliegen. Wer hier nicht aufgewachsen war, für den war es eine Herausforderung, in dieser Umgebung überhaupt zu überleben. Auch ohne Kämpfe.

Der versuchte Anschlag in Udaipur hatte umgehend strategische Maßnahmen nach sich gezogen. Drei zusätzliche Armeedivisionen, die in Temperaturen von bis zu minus fünfundzwanzig Grad Celsius operieren konnten, waren bereits nach dem erneuten Aufflammen der ersten Auseinandersetzungen zwischen China und Indien hierherverlegt worden. Jetzt hatte die Indian Air Force sogar ihre Hubschrauber und Transportflugzeuge bereitgestellt; auch mehrere MiG-Kampfjets waren kontinuierlich in Ladakh stationiert, und zu den bereits hier geparkten Rafale-Jets, die Indien von den Franzosen erworben hatte, wurden weitere aus dem weiter östlich gelegenen Arunachal Pradesh herbeordert. Zu den Hunderten von Soldaten, die seit Monaten in den hohen Norden transportiert wurden, kamen jetzt noch einmal Spezialeinheiten hinzu. Indien hatte in den letzten Jahren und Monaten die Infrastrukturmaßnahmen noch einmal deutlich intensiviert und profitierte jetzt von den nach Jahrzehnten endlich ausgebauten Brücken, Tunneln und befestigten Straßen im unmittelbaren Grenzgebiet.

Nach etwa zwei Wochen der Akklimatisation verloren selbst durchtrainierte Soldaten, die in einer Höhe von über viertausend Metern operierten, fünfunddreißig bis vierzig Prozent ihrer körperlichen Leistungsfähigkeit. Bei Temperaturen um minus fünfunddreißig Grad, wie sie nachts im Winter in vielen Regionen Tibets herrschten, kam eine weitere Leistungsminderung von fünfzehn bis zwanzig Prozent hinzu. Das hieß, der durchschnittliche Soldat verlor unter diesen Bedingungen die Hälfte seiner Effizienz. Und sogar die Maschinerie litt; Gewehrläufe brachen in der Kälte, Motoren versagten. Die Fahrer der Lkw stellten ihre Motoren nicht mehr aus, aus Sorge, dass sie nicht wieder ansprangen.

Noch tödlicher als die Temperaturen war der eiskalte Wind. Normalerweise waren es die chinesischen Soldaten gewohnt, auf gepanzerten Fahrzeugen transportiert zu werden, aber hier brachte der tatsächliche Kampf zu Fuß in dieser unerbittlichen Umgebung sie an den Rand ihrer Leistungsfähigkeit – und oft darüber hinaus. Die indische Armee setzte sich in Tibet meist aus Tibetern zusammen, die es mangels guter Ausrüstung gewohnt waren, zu Fuß über den Siachen-Gletscher wie auch im östlich gelegenen Sikkim zu marschieren. Sie waren hier aufgewachsen. Dies war ihre natürliche Umgebung. Und sie wussten, wofür sie kämpften.

Die Elitetruppe, die hier kämpfte und die jetzt auch in Leh verstärkt zu sehen war, bestand fast ausschließlich aus Tibetern. Die SFF, Special Frontier Force, hatte in den letzten Monaten viel Zulauf erhalten durch Tibeter, die bereit waren, für ihre Heimat zu kämpfen. Sie kannten das Terrain, patrouillierten entlang der Line of Actual Control und unternahmen Aufklärungsmissionen über die Grenze hinweg. Aber, viel wichtiger noch, sie waren hier aufgewachsen, akklimatisiert und konnten ohne Verlust an Kampfkraft durch die extremen Wetterbedingungen eingesetzt werden. Sie kämpften in dieser Höhe genauso gut wie andere im Flachland. Die SFF rekrutierte ihre Mitglieder aus den Reihen der tibetischen Diaspora in Indien, die Offiziere waren Inder. In mehreren Grenzkonflikten hatte die SFF seither ihre Fähigkeiten unter Beweis gestellt. Aber auch sie litt unter den harten Bedingungen. Oft mussten die Truppen in der dünnen Luft stundenlang zu Fuß marschieren, ihre schwere Ausrüstung durch unwegsames und lebensgefährliches Terrain tragen, und sie mussten dabei mit einer speziellen proteinreichen Nahrung versorgt werden, um bei Kräften zu bleiben. Die Kälte wie auch die Höhe wirkten sich auch auf die Sehfähigkeit der Soldaten aus; das hieß, die Gefahr stieg, vom Weg abzukommen. Die Kommunikation untereinander wie mit den Befehlshabern funktionierte in den teils engen und tiefen Tälern nicht immer; die Grenzziehung war ja ohnehin nicht markiert, wie leicht konnte man versehentlich die offizielle Grenze überschreiten, ohne sich dessen bewusst zu sein! Es war schon vorgekommen, dass sich chinesische und indische Truppen begegneten und beide Seiten der Auffassung waren, die andere Seite befinde sich unrechtmäßig hier. Man hatte sich auf bestimmte Verhaltensweisen geeinigt; so galt, dass, wenn Truppen beider Staaten unvermutet aufeinandertrafen, sie Abstand hielten, zur Warnung Flaggen entfalteten und sich beide zurückzogen beziehungsweise, wenn die Grenzziehung eindeutig war, die jeweils andere Seite dazu aufforderten. Die Truppen verhielten sich im Allgemeinen sehr professionell und sogar höflich einander gegenüber. Aber auch dies kam vor: Gerade weil man sich geeinigt hatte, nicht aufeinander zu schießen, hatten die Soldaten der PLA bei einem ihrer Übertritte über die Kontrolllinie mit Holzknüppeln, die mit Stacheldraht umwickelt waren, auf die Inder eingeschlagen. Und mit Steinen und Fäusten.

Wetter und der Zustand des Terrains waren neben der Ausrüstung der Truppen somit die beiden Faktoren, die für den Verlauf jeder Auseinandersetzung entscheidend waren. Das galt für den östlichen Teil von Ladakh ebenso wie für den Südwesten der chinesischen Provinz Xinjiang und ganz Tibet. In Leh kamen zu den bereits stationierten Maschinen nun noch T-90- und T-72-Panzer hinzu, die hierhergeflogen wurden; dazu in großer Menge technische Ausrüstung für die Infanterie, aber auch geländegängige Fahrzeuge sowie Artilleriegeschütze. Maschinen voll von aus Europa importierter Winterkleidung, Zelten, Treibstoff, Kommunikationsausrüstung, Lebensmitteln und anderem landeten im Stundentakt. Vieles davon wurde von Leh aus weiter nach Demchok nahe der umstrittenen Region Aksai Chin verlegt.

Die indische Armee befand sich im Alarmzustand. Ob China oder Pakistan der Feind war, war vielen noch immer nicht recht klar; aber Indien war bereit. Hier stießen drei Atommächte aufeinander. Es fehlte nicht viel, um eine Katastrophe auszulösen. Vielleicht nur ein Fehltritt im Nebel, ein versehentlich ausgelöster Schuss, ein Soldat, der aufgrund der schier unerträglichen physischen Belastung zusammenbrach oder, schlimmer, durchdrehte. Oder ein Befehl aus Delhi. Indien konnte sich die Provokation seiner Nachbarn, sei es Pakistan oder China, nicht länger gefallen lassen. Es fehlte nur ein Funke, ein nichtiger Anlass, um das hochgefährliche Gemisch aus Angst, Aggression und Nationalstolz zur Explosion zu bringen.

ESKALATION: XINJIANG, CHINA

Die chinesische Luftwaffenbasis Hotan lag im Süden der autonomen Provinz Xinjiang, nahe der tibetischen Grenze und kaum hundert Kilometer Luftlinie von dem umstrittenen Aksai Chin entfernt. Selbst nach Leh im indischen Ladakh waren es nur fünfhundert Kilometer. Es war der südlichste Flughafen Xinjiangs und somit die ideale Basis für die große Anzahl chinesischer Kampfjets, die hier stationiert waren. Die genaue Anzahl war auf Satellitenbildern nicht zu erkennen, aber zumindest zwei J-20 Stealth Bomber waren für die indische Luftwaffe eindeutig zu identifizieren. Dies allein zeigte Chinas Bereitschaft zu einer maximalen Auseinandersetzung auch im indisch-chinesischen Grenzgebiet. Zwei Jets stellten noch keine wirkliche Bedrohung dar, aber da die chinesische Luftwaffe über mindestens vierzig dieser J-20 verfügte, so die neuesten Geheimdienstinformationen der Inder, war das Bedrohungspotenzial beträchtlich. Und dies betraf nur Hotan; im weiter nordwestlich gelegenen Kashgar hatten die Inder bereits mindestens sechs H-6-Bomber identifiziert, die mit Cruise Missiles bestückt waren. Beijing war offensichtlich jederzeit bereit, es auf einen Luftkampf mit den indischen Rafale-Jets ankommen zu lassen. Und dass es dazu in der Lage war, stand für Indien außer Zweifel.

ESKALATION: DELHI

If you are not at the table, you will be on the menu. Die weltweite Eskalation der Ereignisse traf auch Indien mit voller Wucht. Die Anschläge in Leh und Beirut hatten nach indischer Auffassung einen eindeutig islamistischen Hintergrund, der offensichtlich seinen Ursprung in Pakistan hatte. Die USA und Europa verdächtigten ebenfalls islamistische Terrororganisationen, wenn auch nicht Pakistan. Auch China stand aus Sicht amerikanischer Hardliner im Verdacht, seine Finger im Spiel zu haben, während China selbst wiederum Indien verdächtigte, ebendiesen Verdacht provoziert zu haben. Delhi sah sich gezwungen, rasch zu reagieren. Die Truppen im indisch-chinesischen Grenzgebiet wurden in höchste Alarmbereitschaft versetzt, und nun stand die Entscheidung an, wie sich Delhi gegenüber Pakistan im unmittelbaren Grenzgebiet, aber auch gegenüber China im Indischen Ozean verhalten sollte.

Die dreitausend Kilometer lange Grenze zu Pakistan war soeben komplett geschlossen worden; die Luftwaffe hatte man in höchste Alarmbereitschaft versetzt. Zwei der neuen Rafale-Kampfjets der Indian Air Force erhielten den Befehl des Verteidigungsministers, von der Luftwaffenbasis Ambala aufzusteigen und das Grenzgebiet in Kaschmir zu patrouillieren. Die Basis befand sich südlich der Stadt Chandigarh, nur etwa hundertfünfzig Kilometer von der pakistanischen Grenze entfernt. Die Jets der siebzehn Golden Arrows' Squadron waren erstmals überhaupt mit Nuklearwaffen bestückt, und sie waren kampfbereit. Die indische Bevölkerung erwartete ein hartes Durchgreifen gegen pakistanische Terroristen. Es bedurfte nicht mehr viel, um einen Vergeltungsschlag auszulösen. Ein Zeichen der Stärke würde auch dem Premier zugutekommen, der mit zahlreichen innerindischen Problemen zu kämpfen hatte. Genau darin lag die Gefahr. Ein Krieg, weil es opportun war. Die Armee wartete nur auf den Einsatzbefehl. Seit 1947 waren Pakistan und Indien getrennt, davor hatte es nur ein von den Briten kontrolliertes Land gegeben, British India. Immer wieder war es nach der Teilung zu Auseinandersetzungen gekommen, zu kleineren Kriegen auch, zuletzt 1999 in Kaschmir. Nicht zum ersten Mal, aber noch nie so dicht standen die beiden Atommächte am Rande einer nuklearen Auseinandersetzung.

Und wenn doch China hinter den Anschlägen steckte? War es nicht doch vorstellbar? Die Rafale-Jets, die in Ladakh stationiert waren, konnten ebenso gut gegen China eingesetzt werden wie gegen Pakistan. Mit einem Kampfradius von achthundert bis tausendsechshundert Kilometern, ohne in der Luft aufgetankt werden zu müssen, stellten sie eine deutliche Stärkung der indischen Luftstreitkräfte dar. Darüber hinaus konnten sie sowohl mit Atomsprengköpfen als auch mit den modernsten, in Europa entwickelten Meteor Luft-Luft-Raketen bestückt werden, die mit einer Reichweite von bis zu hundertfünfzig Kilometern allen chinesischen oder pakistanischen Raketen überlegen waren.

Indien konnte es mit jedem Gegner aufnehmen. Der Premier hatte in einer seiner Ansprachen daran erinnert, dass es indische Soldaten gewesen waren, die schon vor zweitausend

Jahren den unaufhaltsam scheinenden Siegeszug Alexanders des Großen nach Osten gestoppt hatten. Und waren es nicht indische Soldaten gewesen, die an der Seite der Briten in Afrika gegen Rommel gekämpft hatten? Und ihn besiegt hatten?

Ho jeega. Was passieren soll, wird geschehen. So hatte der Premier seine Rede beendet. Dieser Appell an den indischen Nationalstolz war ein Zeichen der Warnung an Indiens Nachbarn. Indien war bereit. *Jai Hind! Es lebe Indien*!

ESKALATION: HAINAN, SÜDCHINESISCHES MEER

Nachdenklich betrachtete er die Flagge der chinesischen Marine, der PLAN, People's Liberation Army Navy. Der starke Wind, der zum Eingang der mächtigen Höhle hineinblies, ließ die Flagge stolz im Winde flattern. Und stolz war auch er, stolz darauf, die Verantwortung für die gesamte Marinebasis Yulin zu haben. Damit unterstanden ihm sämtliche U-Boote der Southern Theater Command Navy, einer der drei Flotten der PLAN. Während die Schiffe in der südchinesischen Provinz Guangdong stationiert waren, lagen die U-Boote hier nahe der Stadt Sanya auf der Insel Hainan, die wiederum Guangdong vorgelagert war.

Aber das war nicht das Besondere – die Höhle, in der er sich gerade befand, war es, die ihn mit großem Stolz erfüllte. Über zwanzig Meter hoch, von Menschenhand in den Fels hineingetrieben, war dies einer der gut geschützten Tunnel der chinesischen Marine, von außen nicht sichtbar und somit auch den neugierigen Augen amerikanischer Satelliten nicht zugänglich.

China besaß zahlreiche solcher Tunnel oder Höhlen entlang seiner fast fünfzehntausend Kilometer langen Küstenlinie. So waren die chinesischen U-Boote, aber auch manche Kriegsschiffe sicher stationiert und durch die große Anzahl solcher

Stützpunkte auch gegen einen Überraschungsangriff gut geschützt. Die Tunnel waren zumeist tief in den natürlichen Fels hineingebohrt worden, und ihre Einfahrten lagen strategisch klug immer zum Festland hin, was zusätzlichen Schutz sicherte. Hier auf Hainan, der südlich des Festlandes gelegenen Insel im Südchinesischen Meer, ergab sich die Besonderheit, dass der Meeresboden rasch sehr steil abfiel, bis auf fünftausend Meter, sodass U-Boote, wenn erforderlich, schnell in die schützende Tiefe absinken konnten. Damit hatte die Marine in Yulin, mit U-Booten und Flugzeugträgern, den raschen Zugang zur gesamten Südchinesischen See unter Kontrolle. Während die Einfahrt zur weit im Norden Chinas gelegenen Basis in Jianggezhuang auf Satellitenbildern ziemlich deutlich zu erkennen war, hatte die Marine hier in Yulin den Tunneleingang mit Felsen getarnt sowie eine spezielle Schutzvorrichtung installiert. Oberhalb des Eingangs führte eine streng bewachte Straße am Rande eines dichten Waldgebietes entlang, die Zugangskontrolle befand sich außerhalb des Tunnelsystems auf einem Felsen, ebenfalls durch eine überhängende Baumgruppe versteckt. Die ganze Insel Hainan war etwa so groß wie Taiwan, allerdings zählte offiziell das gesamte Südchinesische Meer, welches, wie er wusste, trotz internationaler Proteste natürlich Teil der VR China war, ebenfalls zum Provinzgebiet.

Vor ihm lagen zwölf U-Boote der Jin-Klasse, die vor wenigen Stunden durch einen der achtzehn Unterwassereingänge in den Tunnel eingefahren waren. Zwei weitere nukleare U-Boote wurden erwartet. Zusammen mit dem atomgetriebenen Flugzeugträger, der Kurs auf Hainan genommen hatte und an einem der beiden fast einen Kilometer langen Piers andocken würde, stellte die Basis in Yulin somit eine erhebliche Kampfkraft für den Ernstfall dar. Die Befehle zur Stationierung waren vom Oberkommando des Southern Command Theatre gekommen, welches, wie Gerüchte besagten, wiederum direkt vom Vorsitzenden der Zentralen Militärkommission instruiert worden war. Und dieser war in Personalunion auch der Generalsekretär der Kommunistischen Partei. Mit anderen Worten, dies war keine Übung. Das oberste Machtgremium der Volksrepublik China hatte beschlossen, nuklear bestückte Waffensysteme im Südchinesischen Meer und in der Folge im Indo-Pazifik einzusetzen.

Von Hainan aus wollte China seine Ansprüche in dieser Region durchsetzen, und die weltweite Eskalation der Ereignisse, die Befürchtung, dass ein amerikanischer Erstschlag erfolgen könnte, das schwer einzuschätzende Verhalten Indiens – all dies hatte das Oberkommando in Beijing veranlasst, nicht länger zu warten. Sollten die Amerikaner ruhig kommen. China war bereit. Selbst ein nuklearer Erstschlag der USA konnte China nicht schrecken. China besaß die Zweitschlagskapazität, das hieß, es war in der Lage, auch nach einem atomaren Erstschlag eines Angreifers noch zurückzuschlagen. Die chinesische Volksbefreiungsarmee war vom Vorsitzenden der Zentralen Militärkommission persönlich entlang der gesamten Küstenlinie in Alarmbereitschaft versetzt worden. Yulin auf Hainan war bereit. Die nuklear bestückten U-Boote warteten nur auf den Befehl auszulaufen. Es bedurfte nur eines Kommandos oder vielleicht auch eines übereifrigen Kommandeurs oder eines Übermittlungsfehlers – oder eines betrunkenen Kapitäns. Das reichte, um die Katastrophe auszulösen.

ESKALATION: TOKIO, JAPAN

In Tokio jagte eine nationale Krisensitzung die nächste. Mit höchster Aufmerksamkeit verfolgte die japanische Regierung, was seit den weltweiten Anschlägen in den einzelnen Staaten geschehen war, vor allem aber, wie die USA reagieren würden. Davon hing alles ab. Konnte man sich auf die Amerikaner verlassen? Oder war man verlassen, noch bevor eine Auseinandersetzung überhaupt begonnen hatte? Japan befand sich in der schwierigen Situation, kulturell schon immer mit China eng verbunden gewesen zu sein, aber gleichzeitig seit mehr als hundert Jahren auch mit China den größten Feind und das höchste Sicherheitsrisiko direkt vor der Haustür zu haben.

Japan hatte fast seine gesamte Hochkultur, also Schrift, Religion, Wissenschaft und Technik, seit dem 7. Jahrhundert, als der Buddhismus nach Japan kam, von chinesischen Dynastien übernommen. Aber ab dem Ende des 19. Jahrhunderts, nachdem sich Japan geöffnet hatte, änderte sich dies dramatisch, und nun blickte China interessiert nach Japan, und viele junge Wissenschaftler wollten von Japan lernen. Aber spätestens seit dem Massaker von Nanjing, bei welchem 1937 japanische Soldaten furchtbare Kriegsverbrechen an der chinesischen Zivilbevölkerung verübten – für die sie sich bis heute nicht entschuldigt hatten –, war das bilaterale Verhältnis von Misstrauen, wenn nicht Hass geprägt. Die modernen Streitigkeiten um Rechte an Inseln und damit verbunden an Bodenschätzen und Einflusssphären im Ostchinesischen Meer zwischen China, Taiwan und Japan waren somit die konsequente Fortführung einer Entwicklung, die sich lange abgezeichnet hatte. Sollte Japan daher tatenlos zuschauen, wenn vor seiner Haustür Fakten geschaffen wurden, die seine territoriale Integrität bedrohten? Von seiner Verfassung zur reinen Selbstverteidigung verdammt, ohne nukleare Schlagkraft, bestand offensichtlich die Möglichkeit – aus chinesischer Sicht die Gefahr –, dass sich Japan auf die Seite der Amerikaner schlug. Schließlich waren Tausende von US-Soldaten auf der japanischen Insel Okinawa stationiert, die nur siebenhundert Kilometer nordöstlich von Taiwan lag. Noch näher an Taiwan, nämlich gerade einmal hundertzehn Kilometer östlich, lag das japanische Yonagumi, und diese Inselgruppen bildeten die sogenannte First Island Chain, also die erste Inselkette, die sich von Japan bis hinunter nach Malaysia erstreckte und als Schutz gegen ein mögliches Vordringen der chinesischen Flotte in den westlichen Pazifik galt. Japan registrierte jedes chinesische Schiff, das sich über diese Inseln hinausbegab, und ein Verlust dieser Inseln oder gar Taiwans an China hätte schwerwiegende militärische Folgen. Und eine chinesische Blockade Taiwans, wie sie von Militärexperten immer wieder als Option ins Spiel gebracht wurde, um Taiwan ohne Waffengewalt zur Aufgabe zu zwingen, solch eine Blockade musste zwangsläufig auch japanische Inseln umfassen. Das konnte Japan nicht hinnehmen.

Was aber, wenn China, wie der Parteichef es angedroht hatte, Taiwan angriff? Wenn die USA nicht bereit waren, Truppen zum Schutz Taiwans zu entsenden? Japan war eine friedliche Macht, die seit dem Zweiten Weltkrieg keinen einzigen

Schuss mehr abgefeuert hatte. Über fünfzigtausend amerikanische Soldaten waren auf japanischem Boden stationiert, und gemäß einem bilateralen Vertrag von 1960 mussten die USA Japan im Falle eines Angriffs beistehen. Aber galt dies auch für die umstrittenen Senkaku-Inseln oder Diaoyutai, wie China sie nannte? Das japanische Problem bestand genau darin, dass es gerade die USA gewesen waren, die nach dem Zweiten Weltkrieg dem besiegten Japan verboten hatten, militärische Kapazität für einen Angriffskrieg aufzubauen. Also war Japan von den USA abhängig.

Die Anschläge der letzten Tage trugen aus japanischer Sicht eindeutig die Handschrift Beijings. Nur den Chinesen konnte an einer Schwächung der USA gelegen sein, wie sie aus einem Zögern, sofort zu reagieren, sehr rasch erkennbar sein würde. Schwächung oder Provokation – die USA hatten ein Problem. Und für Japan stand eines fest: Eine schwache USA war keine Schutzmacht mehr. Japan musste sich selbst wehren, war dann auf sich alleine gestellt. Und es bliebe nur eine Option. Japan musste sich nuklear bewaffnen. Die Experten schätzten die Zeit, die das Inselreich dafür benötigen würde, auf maximal sechs Monate. Dann gäbe es eine weitere Atommacht in Ostasien. Japan bereitete sich auf diese Option vor.

ESKALATION: DREI-SCHLUCHTEN-STAUDAMM, CHINA

General Wu Jianshe ließ seinen Blick über das riesige Display an der Stirnseite der unterirdischen Kommandozentrale schweifen und legte die Stirn in tiefe Sorgenfalten. Die Fünfundzwanzig-Millionen-Einwohner Stadt Shanghai lag genau an der Mündung des Yangzi in das Gelbe Meer. Der Teil der Stadt, den die Touristen normalerweise mit diesem Namen in Verbindung brachten, lag etwas landeinwärts am Huangpu, einem Nebenfluss, sodass sich der Hafen Shanghais ungefähr zwanzig Kilometer bis hin zur Yangzimündung zog. Fuhr man auf einem der großen Boote, die eine Hafenrundfahrt anboten, den Huangpu entlang und dann in den Yangzi hinein, fiel dem aufmerksamen Beobachter, kaum dass man die Flussmündung erreicht hatte, die unterschiedliche Färbung des Wassers auf, wo sich das braune Wasser des Yangzi mit dem Meer vermischte. Über sechstausenddreihundert Kilometer hatte ein Tropfen da schon zurückgelegt, der von der Quelle des »Langen Flusses« im tibetischen Qinghai über Chongqing, der wohl größten Stadt der Welt, nach Wuhan und dann bis Shanghai geflossen war. Nach Nil und Amazonas der drittgrößte Fluss der Welt, war der Yangzi der längste Chinas und die Hauptwasserstraße dieses riesigen Reiches. Die meisten chinesischen Flüsse flossen von West nach Ost, vom tibetischen Hochland ans Gelbe Meer. Nur sehr wenige Nord-Süd-Verbindungen gab es; eines der vielen Probleme der chinesischen Wasserversorgung ging damit einher. Umso wichtiger war daher der Yangzi. An seinem Unterlauf lebten vierhundertfünfzig Millionen Menschen, und diese Region bildete die Reiskammer Chinas. Ohne den Yangzi kein China. Der Yangzi war das Symbol für Kraft und Stärke schlechthin. Als in den Achtzigerjahren dann mit Li Peng ein Hydroingenieur Premierminister wurde, beschloss er, sich mit einem riesigen Staudamm am Yangzi ein Denkmal zu setzen. Der Drei-Schluchten-Staudamm sollte auf Jahrzehnte hinaus China mit Strom versorgen, und es sollte die größte Talsperre der Welt sein. Dies gelang auch, und wenn es auch größere, längere und höhere Staumauern gab, so war diese am Drei-Schluchten-Staudamm doch gemessen an der installierten Leistung die größte der Welt.

Aber der Preis dafür war hoch. Ein sechshundert Kilometer langer Stausee überschwemmte Hunderte von Dörfern, kulturhistorisch einzigartige Gedenkstätten und fruchtbare Landschaften, Millionen von Menschen mussten umgesiedelt werden. Der Stausee aber begann schon kurz nach Fertigstellung zu verschlammen. Aber das war nicht alles. Viel weniger bekannt war, welches tödliche Risiko der Staudamm darstellte.

Sei es aufgrund der gewaltigen Dimensionen, sei es durch fehlerhaft ausgeführte Arbeiten durch den immensen politischen Druck, das Bauwerk planmäßig fertigzustellen – es handelte sich bei der Staumauer keineswegs um eine solide Masse, wie der Laie sich das vorstellen mochte. Vielmehr war die Mauer von Hunderten von Löchern durchbohrt, die sich im Laufe der letzten Jahrzehnte gebildet hatten; dazu kamen Risse, die sich stetig vergrößerten, bis zu fünfzig Meter lang waren und sich mehrere Meter tief in die massive Staumauer zogen. Das gesamte Gebiet, in welchem sich diese Talsperre befand, galt darüber hinaus als erdbebengefährdet. Damit aber nicht genug: Wissenschaftliche Theorien, denen zufolge gerade die gewaltige Wassermasse selbst Erdbeben auslöste, schienen sich zunehmend zu bewahrheiten. Rechnerisch war es möglich, dass die Erdkruste durch das schiere Gewicht des Wassers zusammengedrückt wurde, was wiederum zu Entladungen führen konnte.

General Wu wusste, was ein Bruch der Staumauer für Konsequenzen hätte: eine riesige Flutwelle, die sich den Yangzi hinunterwälzte, alles mit sich riss, Hunderttausende von Quadratkilometern überschwemmte und zu Millionen Todesopfern führte. China rechnete in einer Simulation mit zwanzig Millionen Toten; andere Experten befürchteten ein Vielfaches. Die wirtschaftlichen Schäden wären ohnehin nicht zu beziffern.

Was aber, wenn es nicht die Risse in der Staumauer wären, die einen Bruch provozierten? Nicht Qualitätsmängel, nicht Unfähigkeit der Lokalpolitiker oder mangelnde Fehlerkultur?

Was, wenn die Talsperre das Ziel eines Angriffs würde?

Das Ziel eines potenziellen Angriffs amerikanischer oder … indischer Feinde?

Das Ziel eines nuklearen Angriffs?

Flussabwärts waren neunzig Prozent der chinesischen Luftwaffe stationiert, sowohl am Mittelauf als auch am Unterlauf des Yangzi. Ein Bruch des Staudamms könnte mit einem Schlag einen Großteil der chinesischen Luftwaffe zerstören.

General Wu kannte alle Szenarien; er hatte sie hundertfach durchspielen lassen. Schon beim Bau des Dammes hatte die Regierung, auf die Risiken angesprochen, betont, man könne im Kriegsfall, also vor einem möglichen Angriff, das Wasser schrittweise ablassen und so über einen Zeitraum von etwa zwei Wochen das gesamte Reservoir leeren und damit die Gefahr eines Angriffs auf den Damm minimieren, da er ohne Wasser kein Risiko darstelle. Der Bau des Dammes war jedoch in den Achtzigerjahren beauftragt worden; im 21. Jahrhundert wurden Kriege nicht mehr mit Vorwarnzeit geführt. Zwei Wochen? Welche Macht würde so lange warten, bis der Stausee geleert wäre?

Andererseits, so ein Argument aus jüngster Zeit, bestehe der Staudamm aus verschiedenen, voneinander unabhängigen Abschnitten, sodass die Zerstörung eines Abschnittes nicht automatisch den ganzen Damm zum Einsturz bringen würde. Es handelte sich ja um eine aus Stahlbeton errichtete Gewichtsstaumauer, eben keinen Staudamm aus Steinen oder Erde. Darüber hinaus hatte die Volksbefreiungsarmee hinreichend Boden-Luft-Raketen sowie einen Abwehrschild in der Region installiert, um den Damm zu schützen. Andere Fachleute wiederum hielten einen solchen Schutz für prinzipiell nicht möglich.

Eines jedoch war den Verantwortlichen bewusst: Allein die Möglichkeit, dass ein Aggressor den Damm potenziell zum Einsturz bringen konnte, schwächte Chinas Angriffspotenzial massiv.

Es war General Wus Job, den Damm zu sichern. Er wusste, was auf dem Spiel stand. Nicht nur das Schicksal Chinas, sondern selbstverständlich auch sein eigenes. Ein Versagen war schlicht keine Option.

ESKALATION: TAIWAN

Vorsichtig setzte Teng Xuelan die zarte Tasse aus blau-weißem, durchscheinendem Porzellan ab und lehnte sich zurück. Der Blick war atemberaubend, und dies in mehrfacher Hinsicht. Die Skyline gegenüber war imposant, bewundernswert und auch furchterregend. Letzteres, weil sie die ganze bedrohliche Macht spüren ließ, die sich dahinter verbarg. Wer es vermochte, innerhalb weniger Jahrzehnte eine solche Drohkulisse aufzubauen, und so erschien ihr die Phalanx riesiger Glaspaläste und Stahlungetüme, die direkt auf sie zuzustürmen schienen, der war zu allem fähig. Technisch, finanziell, militärisch nun wohl auch. Teng Xuelan zitterte, und unwillkürlich schaute sie sich um, ob sie jemand beobachtet hatte. Aber die anderen Gäste des Restaurants waren viel zu beschäftigt, Bilder und Selfies zu schießen, als dass sie bemerkt hätten, was in ihr vorging. Der Ausblick aus dem berühmten Café auf dem alten Jinmen Fort hinüber in die Volksrepublik China war einzigartig – wo sonst konnte man aus nur zwei Kilometern Entfernung China beobachten und dennoch in Ruhe einen Tee oder auch den berüchtigten lokalen Gaoliang-Schnaps genießen?

Jinmen war eine politische Besonderheit. Die direkt der chinesischen Ostküste vorgelagerte Insel war, trotz ihrer geografischen Nähe zur Volksrepublik China, Teil der Republik China auf Taiwan. Als die Nationalisten unter Chiang Kaishek 1949 aus China nach Taiwan flohen, war es ihnen gelungen, diese kleine Insel mit amerikanischer Hilfe zu halten. Auch spätere Angriffe waren stets abgewehrt worden, sodass sie ein Überbleibsel der Auseinandersetzungen der späten Vierzigerjahre geblieben war. Noch Jahrzehnte nach Gründung der VR China 1949 hatte die chinesische Volksbefreiungsarmee die Insel bombardiert; erst mit der Aufnahme diplomatischer Beziehungen zwischen den USA und der VR China zu Beginn der Siebzigerjahre hatte dies aufgehört. Aufgehört jedenfalls, sofern es mit Sprengstoff gefüllte Bomben betraf; mit politischer Propaganda gefüllte Geschosse wurden weiterhin jahrelang über der Insel abgeworfen. Während nun Taiwan Jinmen als Teil der Republik China betrachtete, sah die Volksrepublik China Jinmen als Teil des Verwaltungsbezirkes der chinesischen Stadt Quanzhou auf dem Festland an. De facto stand sie nicht unter der Kontrolle der Volksbefreiungsarmee, und so konnte man von Taiwan aus herüberfliegen oder inzwischen auch von der festlandschinesischen Provinz Fujian mit dem Boot herüberfahren und einen lücha, einen grünen Tee, genießen. Alles ganz friedlich. Wenn es nicht zu einer militärischen Auseinandersetzung kam.

Da die Volksrepublik Taiwan als chinesische Provinz betrachtete, war eine zukünftige Wiedervereinigung aus Sicht Beijings unvermeidlich und anzustreben. Jegliche Unabhängigkeitserklärung seitens Taiwans wäre ein direkter Kriegsgrund, hatte die chinesische Führung mehr als einmal verlauten lassen. Und der Generalsekretär war noch einen Schritt weiter gegangen und hatte eine friedliche Vereinigung mit Taiwan als eines der Kernziele bezeichnet. Zu Beginn des dritten Jahrzehnts des 21. Jahrhunderts waren chinesische

H-6k-Bomber, aber auch Y-8 U-Boot-Abwehrbomber mehrfach in den taiwanesischen Luftraum eingedrungen. Bei einem dieser Anlässe geschah dies sicher nicht zufällig im zeitlichen Zusammenhang mit der Inauguration des neuen amerikanischen Präsidenten, so wie auch zu einem späteren Zeitpunkt direkt nach dem amerikanischen Rückzug aus Afghanistan. Ein anderes Mal drangen innerhalb weniger Tage hundertfünfzig Kampfflugzeuge in die taiwanesische Air Defence Identification Zone ein, also nicht in das eigentliche taiwanesische Hoheitsgebiet, sondern in die definierte Sicherheitszone zwischen China und Taiwan. Waren es zunächst Aufklärungsflugzeuge gewesen, schickten die Chinesen nun verstärkt Bomber, die auch nuklear bestückbar waren. Sie zwangen die Taiwanesen so dazu zu reagieren, also Abwehrflugzeuge aufsteigen zu lassen, Piloten und Ausrüstung Stresstests zu unterziehen und Reaktionszeiten preiszugeben.

Die Fachleute stritten darüber, ob die Volksbefreiungsarmee wirklich schon die militärische Stärke besaß, eine von den USA geschützte Insel Taiwan einzunehmen. Aber was, wenn die Gegebenheiten Beijing dazu zwangen, Taiwan anzugreifen? Wenn es zu massivem Druck auf den Generalsekretär kam, zu inneren Machtkämpfen oder zu einer geostrategischen Eskalation im Indischen Ozean? Und da der Generalsekretär der Kommunistischen Partei mehrfach betont hatte, die friedliche Wiedervereinigung mit Taiwan sei unabdingbar und im Übrigen eine innerchinesische Angelegenheit, wurde das Szenario eines Angriffs auf Taiwan immer wahrscheinlicher. Die entscheidende Frage war, wie die USA in einem solchen Fall reagieren würden. Schon jetzt trainierte die US-Armee taiwanesische Soldaten für den Fall einer Invasion, aber würden die Amerikaner einen möglichen Dritten Weltkrieg riskieren, nur um Taiwan zu retten? Im Falle Hongkongs wie auch bei der Krim hatte die Welt weggesehen, bei der Ukraine nicht. Aber die lag auch nicht weit entfernt in Asien …

Teng Xuelan grübelte. Sie war heute als Zivilistin von Taiwan hierhergekommen, wie andere Touristen mit dem Flugzeug, und dann an den Ci-See gefahren, um die Aussicht auf das chinesische Festland zu bewundern. Aber sie wusste, und dies unterschied sie von den anderen Gästen des Cafés, dass China durchaus die Macht besaß, Taiwan zu schaden. Ein groß angelegter Cyberangriff auf kritische Infrastruktur war jederzeit möglich und konnte die lokale Wirtschaft lahmlegen, auch eine Einnahme der südlich von Taiwan gelegenen, unbewohnten Pratas-Atolle war denkbar, um die Bevölkerung Taiwans zu bedrohen. Teng wusste dies, da sie als zuständige Verteidigungsministerin Taiwans vor allem mit der Bedrohung durch die Volksrepublik beschäftigt war. Ihre Großmutter, aus Wuhan stammend, war mit ihrer Mutter 1949 vor den Kommunisten aus China geflohen; sie selbst war auf Taiwan geboren. Ihr Großvater hatte sich nicht vor den herannahenden Truppen Mao Zedongs retten können; sie hatten nie wieder von ihm gehört. Das würde sie den Kommunisten nicht verzeihen, und auch deshalb war sie in die Politik gegangen. Sie musste Taiwans Unabhängigkeit bewahren!

Und das würde sie tun. Aber, und genau daran dachte sie gerade, als die Sonne über der chinesischen Stadt Xiamen unterging und die Glasfassaden in rötliches Licht tauchte, wie weit würde sie gehen? Es gab eine Möglichkeit, die Ultima Ratio gewissermaßen, wie Taiwan sich gegen China schützen oder zumindest wehren konnte. Ein wirklicher Überraschungsangriff der PLA war tatsächlich unwahrscheinlich, und zwar vor allem aus einem Grund: dem Bau des Drei-Schluchten-Staudamms. Während die Zeit, die China angeblich benötigte, um Taiwan einzunehmen, in offiziellen Verlautbarungen von vierzehn Tagen (in den Achtzigerjahren) erst auf sieben Tage reduziert worden war, dann auf drei und inzwischen schließlich auf einen einzigen Tag, bestand nach Meinung von Experten die einzige Chance Chinas für einen Sieg darin, schnell zu sein. Bevor amerikanische Truppen zu Hilfe eilen könnten, musste Taiwan eingenommen sein. Diese Chance hatte China vertan, denn Taiwan hätte noch immer genug Zeit, um den Drei-Schluchten-Staudamm durch Langstreckenraketen zu zerstören. Damit wären vierhundert Millionen Zivilisten in Lebensgefahr, von der Vernichtung des größten Teils der chinesischen Luftwaffe ganz zu schweigen. Auch waren die meisten Reserveeinheiten der chinesischen Volksbefreiungsarmee entlang des Yangzi stationiert. Der Krieg wäre vorbei, bevor er richtig begonnen hatte.

Die Staumauer lag etwa tausendzweihundert Kilometer von Taiwan entfernt, also innerhalb es Radius entsprechender Raketen mittlerer Reichweite. Die über zwei Kilometer lange und hundertachtzig Meter hohe Staumauer zu zerstören, wäre aus Sicht Taiwans kein Problem, schon zwei Raketen wären hierfür ausreichend. Und dass Taiwan über entsprechende Überschallraketen verfügte, hatte die Regierung bereits bestätigt.

Würde Teng so weit gehen, den Damm tatsächlich anzugreifen? Das war die alles entscheidende Frage. Formal war der Präsident der Oberbefehlshaber der Streitkräfte, aber wie in vielen Staaten lag die wahre Macht woanders. Teng Xuelan wusste besser als andere, was ein Zerstören des Staudamms bedeutete. Vielleicht eine Niederlage der chinesischen Volksbefreiungsarmee, aber mit Sicherheit ein Opfern Hunderttausender, wenn nicht Millionen von Menschenleben stromabwärts. Und dort, im Einzugsbereich der zu erwartenden riesigen Flutwelle, lag auch Wuhan. Ihre alte Heimat, dort lagen ihre Ahnen begraben, die Heimat ihrer Großeltern. Sollte sie diejenige sein, die all das zerstörte? Und Teng wusste, dass sie die Entscheidung im Grunde jetzt treffen musste. Sollte es tatsächlich zu einer Eskalation kommen, bliebe keine Zeit für eine Abwägung.

Sie erhob sich und ging langsam zum Ausgang des Cafés. Noch einmal wandte sie sich um, und sie fragte sich, ob es ein Fehler gewesen war hierherzukommen. Sie hatte das Leben in Xiamen förmlich sehen können, und sie hatte plötzlich Angst, dass das ihre Entscheidung beeinflussen würde.

ESKALATION: DIEGO GARCIA, INDISCHER OZEAN

Nur wenige Wolken trieben am tiefblauen Himmel über dem Atoll mitten im Indischen Ozean. Das Meer war ruhig; leichte Wellen, schaumgekrönt, plätscherten sanft gegen den mit feinstem Sand bedeckten Strand, der geradezu dazu einlud, sich hier niederzulassen und sich vorzustellen, der letzte Mensch auf Erden zu sein. In welche Himmelsrichtung man auch schaute, nichts als endlose Weite, grünlich-blaues Meer und absolute Stille. Wie musste es gewesen sein, hier zu leben? Vor der Ankunft der Weißen, erst der Portugiesen, dann der Briten und schließlich der Amerikaner.

Die Ankunft von drei amerikanischen Northrop B-2 Spirit Stealth Bombern zerstörte die Idylle, wenn es denn eine gewesen war. Die US Air Force parkte ihre Schmuckstücke nicht auf einem entlegenen Atoll, ohne dass dies Teil einer genau kalkulierten Strategie war. Und wenn die wenigen diensthabenden Soldaten des Militärstützpunktes auch nicht über das Ziel der Stationierung informiert worden waren, so wussten sie doch genau, was zu tun war. Die Abläufe waren tausendfach eingeübt worden, und jeder Handgriff saß. Mit einer Flügelspannweite von über fünfzig Metern, bei einer Höhe von gerade einmal fünf Metern, waren für die B-2 Spirit sehr spezifisch konzipierte Hangars erforderlich, welche man verlegbar konstruiert und auf Inseln wie Diego Garcia, aber auch Guam stationiert hatte. Seit Jahrzehnten in vielen Kriegen eingesetzt und erprobt, waren diese Bomber aufgrund ihrer speziellen Konstruktion in allen Details vom gegnerischen Radar kaum zu erfassen.

Noch nie waren gleich drei dieser Wunderwaffen hier auf Diego Garcia gelandet, und es war kein gutes Zeichen. Der Archipel lag zu weit abseits jeglicher anderer Militärstützpunkte der US-Streitkräfte, als dass die Bomber Teil einer Übung hätten sein können. Und keiner der hier stationierten Soldaten war lange genug auf der Insel, um sich noch an Einsätze gegen die afghanischen Taliban erinnern zu können, die vor Jahren von hier aus geflogen worden waren. Die Bomber hatten eine maximale Reichweite von achtzehntausend Kilometern, selbst mit Waffen beladen schafften sie noch fast zehntausend Kilometer und konnten daher problemlos nach Afghanistan oder über den Irak fliegen, ihre Bomben abwerfen und zurückkehren. Also warum waren sie jetzt hier?

Ihr Commander hätte den Soldaten Auskunft geben können. Er war direkt aus dem Pentagon vom Vorsitzenden der Joint Chiefs of Staff informiert worden, dem ranghöchsten Soldaten der amerikanischen Streitkräfte. Die Lage des Atolls östlich der Seychellen inmitten der riesigen Wasserfläche, die aufgrund des nördlichen Nachbarn Indischer Ozean genannt wurde, war ideal, um rasch in alle Himmelsrichtungen starten zu können und möglichen Aggressoren Einhalt zu gebieten. Und in dieser Region konnte es nur einen Aggressor geben, und das war die chinesische Volksbefreiungsarmee. Diego Garcia war der strategisch günstig gelegene Stützpunkt der US Air Force, dessen Name, vermutlich abgeleitet von Deo Gracias, Gott sei Dank, schon vermuten ließ, wie verzweifelt die portugiesischen Seefahrer gewesen sein mussten, als sie nach vermutlich endlosem Treiben auf dem Ozean endlich das winzige Atoll erreichten. Es bestand aus der gleichnamigen Hauptinsel und drei kleineren Inseln, die sich allesamt kaum mehr als einen Meter über die Meeresoberfläche erhoben.

Das Pentagon hatte unmissverständliche Befehle erteilt. Die Kampfbereitschaft war zu jeder Zeit aufrechtzuerhalten. Die diensthabenden Soldaten waren nicht über Sinn und Zweck der Stationierung zu unterrichten. Die Piloten, aus Sicherheitsgründen war je Maschine eine doppelte Besatzung eingeflogen worden, gehörten zu den besten der Air Force. Die Tarnkappenbomber konnten problemlos nicht nur den Irak erreichen, sondern ebenso das Südchinesische Meer. Dafür waren aber die Kollegen auf Guam zuständig; auch dort befanden sich Stealth Bomber in Alarmbereitschaft. Diesmal hatten sie andere, noch näher liegende Ziele. Nach Hambantota auf Sri Lanka waren es nur wenige Minuten. Ebenso nach Gwadar in Pakistan. In beiden Häfen lagen chinesische U-Boote.

Das US-Militär war in höchste Alarmbereitschaft versetzt worden. Sie warteten nur auf einen Einsatzbefehl. Ein Anruf, und die Stealth Bomber würden aufsteigen, um ihre tödliche Last über den Indischen Ozean zu transportieren und zielgenau auf den Feind abzuwerfen. Ein Anruf.

ESKALATION: WASHINGTON

Schon unmittelbar nach der Ermordung des amerikanischen Außenministers in Beijing waren in Washington die Drähte heiß gelaufen, und neben den abstrusesten Verschwörungstheorien rückten zunehmend konkrete Verdächtige in den Vordergrund und damit ins Visier der Ermittlungen. Nach zahlreichen Sitzungen von CIA, Weißem Haus und der obersten Kommandoführung blieben nur islamistische Attentäter oder die Chinesen übrig. Warum Letztere einen Anschlag hätten ausführen sollen, konnte nur damit erklärt werden, dass China die USA bei seinem Aufstieg zur Weltmacht als einzig verbliebenes Hindernis sah. Jegliche Unruhe in der westlichen Welt, jedes Misstrauen konnte China nur nutzen. Und hatte der chinesische Staats- und Parteichef nicht oft genug erwähnt, eine friedliche Wiedervereinigung mit Taiwan sei unabdingbar und im Übrigen eine rein innerchinesische Angelegenheit? War es nicht naheliegend, dass die Chinesen den Verdacht auf die üblichen Terrorgruppen lenkten, nur um sich dann im allgemeinen Chaos, das auf erneute amerikanische Militärschläge gegen diese Terroristen entstehen würde, in einem blitzschnellen Zugriff Taiwan zu sichern? War nicht allein die schwierige Versorgungslage mit den für Computer und E-Mobility dringend benötigten Halbleitern Grund genug, Taiwan mit China zu vereinen? Nein, in den Köpfen der Falken, der Hardliner, die derzeit das Sagen hatten, war der Feind ausgemacht: das kommunistische China. Erst kopierten sie die amerikanischen Waren, dann gingen Millionen amerikanischer Arbeitsplätze verloren, weil alles in China produziert wurde, und nun glaubten sie auch noch, den Verdacht auf andere lenken und sich damit den nötigen Zeitkorridor verschaffen zu können, um das große Ziel zu erreichen: endlich die Weltmacht Nummer eins zu werden. Das konnte der Präsident nicht zulassen, das hatte er verstanden. Seine Strategie war eindeutig. Er musste zuerst zuschlagen, nur so konnte er weiterhin als starker Mann gelten und hatte eine Chance auf eine zweite Amtszeit.

Die US-Armee war weltweit in höchste Alarmbereitschaft versetzt worden. Die Militärbasen in Asien, darunter Diego Garcia im Indischen Ozean, auf dem japanischen Okinawa, auf Guam, ebenso wie Ramstein in Deutschland – sie alle standen bereit und warteten auf den Befehl aus Washington. Noch fehlte ein Beweis dafür, dass China hinter alldem stand. Aber darauf konnte man nun keine Rücksicht mehr nehmen. Eine weitere Attacke, ein Anschlag, ein Übergriff – und die geballte Macht der größten und stärksten Armee der Welt würde diesen Chinesen zeigen, wo ihr Platz in der Welt war. Ein für alle Mal.

DIE KARTE

Aufmerksam betrachtete er die Bildschirme vor sich. Die wichtigsten Börsen weltweit, ihre aktuellen Indizes, dazu ausgewählte Kryptowährungen. Und es gefiel ihm, was er sah. Während die Aktienkurse weltweit fielen, sei es in New York, in London, Frankfurt, Paris, Hongkong, Mumbai oder Singapur, zeigten die Charts der Kryptowährungen in die entgegengesetzte Richtung. Die Sorge um einen unmittelbar bevorstehenden Krieg ließ die Anleger aus den in den letzten Jahren als sicher geltenden Aktieninvestitionen fliehen. Jeder wollte retten, was zu retten war, bevor die Kurse wieder ins Bodenlose stürzten, wie beim 11. September, der amerikanischen Subprime-Krise oder dem Ausbruch der Pandemie. Genau genommen spielten die Privatanleger jedoch keine entscheidende Rolle, sondern die computergestützten Kauf- und Verkaufssignale waren entscheidend, die in Bruchteilen von Sekunden reagierten und den Ball, war er einmal ins Rollen gekommen, immer weiter vorantrieben. In diesem Fall gaben sie immer weitere Verkaufssignale, da die Anleger Stop-Loss Orders gegeben hatten, um ihre Risiken zu minimieren. Genau dies führte aber dazu, dass manche in kürzester Zeit alles verloren, was sie sich über Jahre an Positionen aufgebaut hatten. Ihre Ersparnisse, ihre Altersvorsorge, einfach alles. Und sobald die großen Hedgefonds einstiegen in diese Abwärtsspirale, war der Crash nicht mehr aufzuhalten.

Wer noch etwas hatte, das er investieren konnte, schichtete in Kryptowährungen oder Gold um. Auch wenn die Mehrheit der Anleger nie wirklich verstanden hatte, wie diese Blockchain-Technologie funktionierte, schien es doch eine Möglichkeit zu retten, was zu retten war. Und die Entwicklung gaukelte diesen Verzweifelten vor, recht zu haben; fast alle Kryptowährungen stiegen unaufhaltsam.

Er war es gewohnt, mit großen Summen zu hantieren; wegen einiger Millionen Dollar Gewinn hätte er sich gar nicht erst vor die Bildschirme gesetzt. Aber dies war etwas anderes, hier ging es um mehr als ein bisschen Spielgeld. Das hier konnte alles verändern. Und das bereitete ihm Vergnügen. Es war seine Idee gewesen.

Geld zu machen war langweilig, erst viel Geld zu machen war amüsant. Aber der wahre Kick kam doch erst, wenn er an den anderen Milliardären vorbeiziehen konnte, wenn er sich so weit von ihnen entfernte, dass sie ihn nicht mehr würden einholen können. Das machte Spaß, und darauf kam es doch an. Was sonst machte das Leben lebenswert? Macht hatte er genug, Geld mehr, als seine Enkel und Urenkel je würden ausgeben können. Aber zu sehen, wie seine Feinde litten, ja, das war es wert.

Und noch etwas gab es, das ihm Vergnügen bereitete und wofür er lebte. Er hasste das System, das die alten Werte, mit denen er aufgewachsen war, zerstörte. Er hasste es, dass immer mehr Menschen ins Land kamen, die es ausnutzten, die nicht arbeiten wollten, sondern sich nur an der Gutmütigkeit der Regierung bereicherten. Das war nicht mehr sein Land, nicht mehr seine Kultur. Und der Aufstieg Chinas, der zugleich den Abstieg Amerikas bedeutete: Wie konnte seine Regierung dem einfach tatenlos zusehen? Merkte sie denn nicht, was wirklich geschah? Die Welt würde nie wieder dieselbe sein, wenn China die Macht übernahm. Das war das Ende aller guten, freiheitlichen westlichen Werte.

Es musste etwas unternommen werden, er konnte doch nicht zusehen, wie alles, was sein Land groß gemacht hatte, Freiheit, Selbstbestimmung, das Recht des Stärkeren, einfach unterging! Aus Naivität, weil die Regierung nicht einsah, was wirklich geschah.

Und so hatte er sich mit Freunden, mit Gleichgesinnten, zusammengetan. Ein kleiner, sehr exklusiver Kreis von Vertrauten. Sie besaßen nicht nur unvorstellbare Vermögen, sondern teilten vor allem die gleichen Werte. Die richtigen Werte. Und sie hatten gemeinsam überlegt, was zu unternehmen sei. Macht, etwas zu ändern, besaßen sie in ausreichendem Maße. Wer auch immer im Weißen Haus saß, war ohnehin von ihnen und ihrem Geld abhängig. Die eigentlichen Entscheidungen wurden schon lange nicht mehr im Weißen Haus getroffen, wenn es denn je eine Machtzentrale gewesen war.

Aber was sollten sie tun? Es bedurfte einer grundlegenden Änderung, einer Katharsis, die alles wieder ins rechte Lot brachte. Und dann hatte einer die Idee aufgebracht, später konnte sich keiner der Teilnehmer mehr erinnern, wer sie zuerst formuliert hatte. Aber sie war grandios. In jeder Hinsicht. Keine sanften Korrekturen mehr, keine subtile Beeinflussung der Politiker, keine Wahlmanipulationen mehr. Damit sollte jetzt Schluss ein.

Und so hatten sie einen perfiden Plan entworfen. Bestechend einfach war die Idee, wie alles Geniale. Und das Beste war, dass sie nur gewinnen konnten. Das System würde verlieren, und sie, seine Freunde und er, würden die Gewinner sein. Ja, es käme zu Kollateralschäden, massiven sogar, aber das war es wert. Ohne Opfer kein Sieg. Aber da er zu den Profiteuren gehörte, spielte er mit. Er verstand die menschliche Psyche recht gut, darauf bildete er sich etwas ein. Die Konsequenzen einer weltweiten Anschlagsserie waren einfach vorauszusehen, und genauso war es nun eingetroffen: Der Ölpreis stieg und stieg, weil die Märkte Angst vor einer Unterversorgung im Falle eines Krieges bekamen. Der Goldpreis stieg, weil die Menschen Angst hatten, ihr Geld könne an Wert verlieren, und begannen, Goldbarren in ihren Safes zu Hause oder in der Bank zu lagern! Dummheit. Und, natürlich, die Börsen steuerten auf den schlimmsten Crash seit der Großen Depression vor hundert Jahren zu. Und gleichzeitig stiegen die Kryptowährungen, wie vorauszusehen, auch wenn sie durch ihre hohe Volatilität etwas in Verruf geraten waren: Jetzt schienen sie plötzlich eine sichere Alternative zu Aktien und Bargeld. Bargeld! Wer vertraute denn noch darauf? Die Chinesen waren schlau, sie hatten früh begonnen, elektronische Zahlungsmittel einzuführen, jeder zahlte schon seit Jahren nur per App, selbst im kleinsten tibetischen Dorf. Auch Indien war in weiten Teilen zum bargeldlosen Zahlungsverkehr übergegangen, nicht um die Bevölkerung zu kontrollieren, wie es die Chinesen taten, sondern vor allem, um der Korruption Einhalt zu gebieten. Aber ausgerechnet die entwickelten Staaten, die Industrieländer, allen voran die Europäer, gerade auch die Deutschen, klammerten sich an ihr geliebtes Bargeld und horteten es lieber auf ihrem Konto, wo es täglich an Wert verlor, oder gar zu Hause. Wer aber auf Risiko gegangen war und auf Bitcoin oder Etherum, die Spaßwährung Dogecoin oder andere gesetzt hatte, der stand jetzt auf der Gewinnerseite. Rational war das nicht, aber Menschen waren nun einmal nicht rational.

Man musste wahrlich kein Genie sein, um folgerichtig zu handeln (obwohl er sich schon ein wenig so sah, als Genie nämlich, das all dies vorausgesehen und ausgetüftelt hatte!): Er hatte nicht nur große Teile seines beträchtlichen Vermögens in verschiedene Kryptowährungen investiert, sondern rechtzeitig an den Börsen auf fallende Kurse gesetzt. The Big Short war sein Lieblingsfilm, er hatte ihn immer wieder angeschaut. Man verkaufte Aktien, die man gar nicht besaß, an einen Interessenten zum aktuellen Kurs; dann wartete man auf fallende Kurse, kaufte die Aktien billiger ein, als man sie verkauft hatte, und strich die Differenz als Gewinn ein. Aber nur Dummköpfe hofften und warteten auf fallende Kurse. Intelligente Menschen, und dazu zählte er sich nun auch in aller Bescheidenheit, sorgten aktiv dafür, dass die Kurse fielen.

Und auch für den Fall eines nuklearen Winters hatte er vorgesorgt. Zahlreiche Wohnsitze überall auf der Welt, atombombensichere Bunker, verschiedene Pässe – ihm konnte nichts passieren.

Als seine Augen über die verschiedenen Displays glitten, durchströmte ihn eine Wärme, die schöner war als alles, was er in den letzten Jahren erlebt hatte. Die Kurse stürzten ins Bodenlose, sekündlich immer tiefer, Panik breitete sich an den Börsen aus, Kleinanleger verkauften, um ihre Verluste zu minimieren, und die Algorithmen der Großen sorgten dafür, dass riesige Aktienpakete durch vorprogrammierte Stop-Loss-Befehle automatisch abgestoßen wurden, was die Kurse weiter in den Keller trieb. Das Chaos war perfekt, von New York bis Hongkong, von Mumbai bis London. Mit jeder Sekunde, die die Kurse fielen, stieg sein Gewinn ins Unermessliche. Er lachte leise und musste dann noch mehr lachen. Denn um seine Gewinne ging es gar nicht.

Er sah hinüber zu dem großen Tisch, auf welchem seine Weltkarte ausgebreitet war. Er blickte über die roten Stecknadeln in ihrer Plastikdose hinweg auf die vielen Holzfiguren, die umgeworfen auf der Karte lagen. Darum ging es.

DER PROFESSOR

Die Versammlung war beendet. Er beendete die Sitzung, loggte sich aus und lehnte sich zufrieden zurück. Normalerweise trafen sie sich immer persönlich, da sie eine Zusammenkunft in seinen privaten und abhörsicheren Räumen als sicherer betrachteten als jedes virtuelle Treffen. Sie waren nicht naiv, sie wussten, dass sie beobachtet wurden und vielleicht auch abgehört, jedenfalls im Einzelfall. So waren sie bis vor Kurzem noch regelmäßig zu ihren Treffen zusammengekommen, aufwendig koordiniert, immer mit dem Risiko, entdeckt zu werden. Andererseits war die Technologie ein Segen. Seit der Pandemie war es selbstverständlich, sich online zu treffen, auch anonym, weltweit vernetzt. Zwischen den zahllosen politischen, wirtschaftlichen und sonstigen Meetings, die in jeder Sekunde irgendwo auf der Welt im Netz stattfanden, war man praktisch unauffindbar. Hatten sie früher noch auf das Darknet ausweichen müssen, was aber gerade die Aufmerksamkeit der internationalen Geheimdienste erregte, so war es inzwischen einfacher, sich ganz offen und unter dem Deckmantel einer wissenschaftlichen Konferenz zu einem möglichst langweiligen Thema zu verabreden. Es gab zahlreiche angeblich sichere Seiten im Darknet, die längst gehackt worden waren und unter der Kontrolle aufmerksamer

Zuhörer standen, sei es die NSA, der russische SWR, die Chinesen, der deutsche BND oder der Mossad. Nur Anfänger waren noch im Darknet unterwegs und hielten es für sicher. Aber wen interessierte eine Konferenz zu einem sehr speziellen Aspekt der Frühphase eines obskuren Philosophen, der so unbekannt war, dass eine Internetrecherche auch nur wenige (von ihnen selbst sorgfältig formulierte) Sätze als Ergebnis brachte?

Sie hatten sich über wie immer sehr schlecht abgesicherte Hochschulserver in ein lokales Netzwerk gehackt, eventuelle Spuren würden erst um die halbe Welt und dann an eine der renommiertesten Universitäten der amerikanischen Ivy-League führen, dieser altehrwürdigen amerikanischen Hochschulen, deren Gemäuer oft mit Efeu, ivy, überwachsen waren. Unwahrscheinlich, dass ausgerechnet eine solche Institution in den Verdacht terroristischer Aktivitäten käme. Ein nordkoreanischer Hackerangriff würde vermutet werden, Nordkorea war immer ein guter Verdächtiger.

Das Treffen war sehr erfolgreich verlaufen. Die gewünschten Aktivitäten hatten wie geplant stattgefunden, man hatte die richtigen Partner gefunden, um die Anschläge vor Ort zu planen und auszuführen. Die internationalen Reaktionen waren wie gewünscht. Die nächsten Schritte waren besprochen. Finanziell gab es keine Probleme, ihre Ressourcen waren unerschöpflich. Ihr Geldgeber hielt sich bedeckt im Hintergrund, die Details der Ausführung des Planes interessierten ihn nicht. Auch gut, solange es dem einzigen Ziel diente: dem Tod möglichst vieler Ungläubiger.

Der Professor, wie die anderen ihn in Anspielung auf eine weltweit erfolgreiche Netflix-Serie nannten, obwohl er nie eine Universität besucht hatte, strich sich zufrieden durch seinen Bart. Dann beugte er sich wieder vor, trank einen Schluck stark gesüßten Tee, griff sich Papier und Stift und begann die nächsten Schritte zu skizzieren. Was nicht in einen Computer eingegeben wurde, konnte auch nicht gehackt oder unbefugt eingesehen werden. Da war er sehr konservativ, fast schon paranoid. Papier hatte sich bewährt.

Die Angriffsziele wie auch die Attentäter waren sehr sorgfältig ausgewählt worden. Selbst er wusste nicht, wer sein Auftraggeber war, aber er wusste, dass es galt, die Ungläubigen zu besiegen, sein Volk vor der Verunreinigung durch westliche Werte zu bewahren. Dafür lebte er. Sie mussten zur Reinheit zurückkehren, zur Sharia, so wie es im Koran geschrieben stand. Das war die einzig mögliche Lösung, um die Folgen der Globalisierung und der dadurch entstandenen Unreinheit zu besiegen. Ja, das war mühsam, man musste sich anstrengen, es bedurfte der Mühe, des Dschihad, des nötigenfalls auch gewaltsamen Kampfes gegen die Ungläubigen wie des friedlichen Kampfes gegen die Verlockungen des täglichen Lebens, des westlichen Lebensstils. Er wusste, dass die Ungläubigen die Meinung vertraten, islamische Fundamentalisten hätten keine Werte, wollten nur töten, nur zerstören. Nichts hätte der Wahrheit ferner liegen können. Natürlich hatten sie Werte, aber eben andere als der Westen. Und die, die den Dschihad betrieben, die Mudschaheddin, hatten im Grunde Angst vor der Verunreinigung. Deswegen kämpften sie. Und deswegen kämpfte auch er. So einfach war das. Für seine Auftraggeber, wo immer sie auch sitzen mochten. Er wusste, dass es für die richtige Sache war.

BANGKOK • WASHINGTON • BEIJING

Klaus Feld überlegte, wie er das, was er von dieser ungewöhnlichen Ingenieurin über Tibet gehört hatte, seinen Vorgesetzten beibringen sollte. Es war schon recht ungewöhnlich, ihre seltsamen Abenteuer dort oben in Tibet mit den vermutlich islamistischen Anschlägen weltweit und plötzlich auftauchenden Neonazis zu vermengen. Aber sie war überzeugend, das musste er zugeben. Wenn er sie nicht in Myanmar persönlich kennengelernt hätte, hätte er sie wohl nicht ernst genommen. Aber schon dort war ihm ihre tiefe Aufrichtigkeit aufgefallen, ihr Ernst, mit dem sie die Dinge betrachtete und hinterfragte. Eine ungewöhnliche Person. Als sie ihn anrief und ihm ihre Gedanken und Vermutungen schilderte, hatte er ihr daher aufmerksam zugehört, statt sie gleich als etwas überdreht abzutun. Es klang verrückt, was sie sagte, aber nach seinem gestrigen Gespräch mit Val in Langley betrachtete er das Ganze mit verstärkter Besorgnis. Die Welt stand am Abgrund, jederzeit konnte aus den vielen kalten Kriegen ein heißer werden. Das konnte niemand wollen. Oder doch?

Er wusste auch, dass wichtige Informationen bei Nachrichtendiensten oft nicht ihre Zielperson erreichten. Vieles wurde auf dem Weg nach oben verwässert und so lange angepasst, bis es dem Wunschdenken des zuständigen Vorgesetzten, letztlich des Ministers, entsprach. Das war bei der CIA nicht anders als beim BND oder anderen Diensten. Aber er musste es melden. Auch die anderen Dienste mussten davon erfahren. Feld war fest davon überzeugt, dass nationale Partikularinteressen hier nur hinderlich waren. Aber das überstieg seine Kompetenz. Er gab sich einen Ruck und griff zum Telefon, um seinen Vorgesetzten anzurufen.

Als er in groben Zügen geschildert hatte, worum es ging und welchen Verdacht er hegte, machte er sich darauf gefasst, ordentlich zusammengefaltet zu werden. Umso größer war daher sein Erstaunen, als sein Vorgesetzter ihm ruhig und unmissverständlich klarmachte, dass sich die Dinge längst weiterentwickelt hatten. Sein amerikanischer Kollege Val hatte offensichtlich ganze Arbeit geleistet und umgehend Himmel und Hölle in Bewegung gesetzt. Der CIA-Chef hatte sich, und auch das war ein Novum, mit seinem Kollegen vom BND abgestimmt, gleichzeitig waren die anderen Geheimdienste in Kenntnis gesetzt worden. Es galt, einen Weltkrieg zu verhindern. Und entgegen jeglicher Wahrscheinlichkeit gab es augenscheinlich doch ausreichend Vernunft, um dieses eine gemeinsame Ziel zu verfolgen.

»Hören Sie, Feld, hier übersteigt einiges Ihre Geheimhaltungsstufe, aber da Sie den Hinweis selbst geben, will ich mal darüber hinwegsehen. Informationen zu rechtsradikalen Aktivitäten werden gerade weltweit ausgetauscht. Die amerikanische NSA – die sind dafür am besten geeignet und technisch bekanntlich problemlos dazu in der Lage – konzentriert sich auf die für diese Anschläge spezifisch relevanten Datenströme und führt zusammen, was bisher nur separat beobachtet worden war. Auch in den USA hat man vieles, was als rechtsradikaler Anschlag eingeordnet worden war, Einzeltätern zugeschrieben. Jetzt sucht man nach Mustern, nach Querverbindungen. Zwischen unterschiedlichen rechtsnationalen Aktivitäten einerseits, aber ebenfalls zu islamistischen Kreisen. So, und kaum hat man den Fokus von den bisherigen islamistischen Kreisen – die Amerikaner sind da ja geradezu fanatisch – auf rechtsradikale Aktivitäten erweitert, nachdem man amerikanische White Supremacists, deutsche Neonazis und russische Anhänger des Russian Imperial Movement miteinander verband und Kontakte nachverfolgte, begann sich ein Bild abzuzeichnen.«

Es schien unglaublich. Was einzelne Geheimdienste oder einzelne Abteilungen zumindest geahnt oder auch gewusst hatten, wurde jetzt sehr schnell allen klar: Schon lange bestand ein weltweites rechtes Netzwerk, über alle Staatsgrenzen hinweg, hochprofessionell organisiert. Nun, da man sich angesichts der drohenden Gefahr und durch Sonderrechte nicht mehr an Datenschutzrichtlinien gebunden fühlte und auch so handelte, traten völlig neue Querverbindungen zutage. Und China, dem selbst seine stärksten amerikanischen Widersacher keine Unterstützung rechtslastiger Aktivitäten vorwerfen konnten, beteiligte sich mithilfe seiner weltweiten führenden Kompetenz im Bereich Künstlicher Intelligenz an der Suche nach den Hintermännern, wissend und insgeheim sicher auch hoffend, diese in den USA zu finden.

Die drohende Gefahr eines Krieges zwang sie alle zur Zusammenarbeit, wenn auch zähneknirschend und mit dem gebotenen Misstrauen einander gegenüber. Nachdem man sich gegenseitig erneut versichert hatte, dass keiner von ihnen hinter den Anschlägen stand, wurde die These der CIA, es könne da einen Zusammenhang zwischen islamistischen Kreisen und Rechtsradikalen geben, mit Interesse aufgenommen. Seitens aller Nicht-Amerikaner geschah dies sogar mit einer gewissen Genugtuung, denn wenn amerikanische Rechtsradikale in die Angelegenheit verwickelt waren, war das ein moralischer Sieg für alle anderen und ein weiterer Gesichtsverlust für das schon lange schwächelnde Amerika. In den USA dagegen wusste man sehr wohl, dass gewisse rechtsradikale Kreise vor nichts zurückschrecken würden, um ihre kruden Ziele zu erreichen. Und das konnte den Chinesen nur recht sein. Sie waren nur zu gern bereit, ihre eigene Kompetenz einzubringen. Auf dem Gebiet der Künstlichen Intelligenz waren die Amerikaner vielleicht noch theoretisch führend, aber in China hatte man die definitiv besten praktischen Erfahrungen mit Überwachung von Datenströmen sowie Privatpersonen, mit Gesichtserkennung und intelligenten Kameras. Es war erstaunlich, wie schnell Ergebnisse erzielt werden konnten, wenn nur alle zusammenarbeiteten. Und man die richtigen Fragen stellte. Und genau dies hatte Feld getan, nachdem er Cora ernst genommen hatte.

Folge dem Geld, das war schon immer eine gute Vorgehensweise gewesen, und auch diesmal führte eine winzige Nadel im sprichwörtlichen Heuhaufen internationaler Finanzströme zu einem wichtigen Hinweis. Und es waren die Chinesen, die schließlich die richtigen Schlüsse zogen und die entscheidenden Hinweise gaben. Vielleicht auch, weil sie nicht involviert waren, nicht selbst den Kreisen nahestanden, die ins Visier der Nachrichtendienste wie der Aufsichtsbehörden in den USA gerieten. Was dabei zutage trat und was die Öffentlichkeit, wie so vieles, nicht wissen durfte, war die Art und Weise, wie viele Informationen gesammelt worden waren. Die Chinesen lieferten erstaunlich gute Bilder von den diversen Anschlägen, und man fragte sich von Washington bis Delhi, wie sie diese eigentlich erhalten hatten. Erst später sollte sich herausstellen, dass viele Staaten zwischenzeitlich ihre Flughäfen, Bahnhöfe oder auch Straßenkreuzungen von Kameras überwachen ließen, deren Software aus China stammte. Erst als man in Italien bemerkte, dass diese Kameras eigenständig versuchten, eine Verbindung zu – den Italienern unbekannten – IP-Adressen aufzubauen, wurden die Behörden misstrauisch. Offensichtlich wurden viele Daten, die diese Kameras aufzeichneten, ohne Wissen der Kunden an China geliefert. Und diese Bilder nutzten die Chinesen nun, um Kontakte nachzuverfolgen. Zum Erstaunen der amerikanischen Geheimdienste auch auf amerikanischem Boden. Als die Geheimdienste dann die Geldströme verfolgten, die auf Konten des IS und anderer eingingen, ließen sich trotz aller Sicherheitsvorkehrungen, die getroffen worden waren, einige Hintermänner lokalisieren. Das Bild wurde zunehmend klarer.

BANGKOK, THAILAND

»Ihnen ist sicher bewusst, dass wir Sie nicht öffentlich nennen können, aber ich darf Ihnen den Dank zumindest der deutschen staatlichen Stellen aussprechen«, erklärte Feld. Er hatte Cora angerufen, um sie zumindest in groben Zügen über den Stand der Dinge zu informieren, wenn auch das meiste streng vertraulich war und er nicht befugt war, sie zu informieren.

»Kein Problem!«, meinte Cora erleichtert. »Ich möchte nicht genannt werden, ich bin ja froh, wenn ich etwas beitragen konnte. War mein Verdacht also begründet? Hat er Ihnen geholfen? Es gibt also wirklich weltweite rechtsradikale Netzwerke, die gut miteinander kooperieren? Was dürfen Sie mir denn sagen? Und was geschieht jetzt mit Britta?«

Klaus Feld musste lachen. Klar, dass diese Cora Remy sich nicht mit dem zufriedengab, was er bereits hatte sagen dürfen. Alles andere hätte ihn gewundert, so viel hatte er schon von ihr verstanden.

»Also, was ich Ihnen sagen kann, ist Folgendes. Nach dem 11. September konzentrierten die USA all ihre militärische, aber auch politische Macht auf den Krieg gegen den islamistischen Terror und die Schurkenstaaten, wie George W. Bush sie nannte. Und selbst jetzt, zwei Jahrzehnte später, sehen nicht nur die Amerikaner, sondern auch die meisten Staaten der westlichen Welt die Muslime als die größte Gefahr für die Stabilität und die Sicherheit unseres Lebensstils. Aber wir vergessen oder besser gesagt verdrängen den rechten Terror, und dieser hat enormen Zulauf erhalten. Wussten Sie, dass zwei Drittel aller inländischen Terroranschläge in den USA von weißen Supremacists und anderen Rechtsextremen verübt werden? Das betrifft Europa noch nicht, aber auch bei uns steigt der Anteil der rechtsextrem motivierten Gewalttaten im Vergleich zu muslimischen deutlich an. Und ja, letztlich haben wir dies selbst zu verantworten. Dadurch, dass gerade die USA sich auf die Muslime konzentrierten und diese als den Hauptfeind bezeichneten, spielten wir den Rechtsradikalen in die Hände. Diese haben schon immer vor Ausländern und vor allem vor Muslimen gewarnt, und jetzt nehmen wir ihnen die Propaganda auch noch ab!

Und in diesem Windschatten gewissermaßen konnten sich die Rechten besser organisieren, für sich werben, sich militarisieren, und wir waren und sind auf diesem Auge noch immer blind. Wir sind dabei, dies zu ändern, aber noch konzentrieren sich alle westlichen Geheimdienste primär auf vermeintliche und tatsächliche islamistische Gewalttäter. Wir geben Milliarden aus im Kampf gegen den Islamismus, aber der Rechtsextremismus wurde immer als lokales Problem betrachtet, nicht als etwas, das global zu wirken beginnt. Jeder Anschlag von rechts wurde als Einzelfall eingeordnet, nicht als echte Bedrohung nationaler oder gar internationaler Sicherheit. Aber inzwischen fallen mehr Menschen solchen Anschlägen zum Opfer als islamistisch motivierten Angriffen! Zwischen 2015 und 2020 stiegen rechtsextreme Gewalttaten weltweit um dreihundertzwanzig Prozent, sagt der UN-Sicherheitsrat. Und darauf sind wir nicht vorbereitet; die Konzentration auf den Islam hat eine Strategie hervorgebracht, die auf radikale Zellen abzielt, auf hierarchisch organisierte Strukturen wie den sogenannten Islamischen Staat. Wie aber sollen wir mit Einzeltätern umgehen, die sich höchstens online mit anderen austauschen? Das ist ein völlig neuer Kampf. Es gelten neue Regeln, und wir haben sie noch nicht wirklich verstanden. Aber wir lernen. Auch in Amerika haben das FBI wie auch Homeland Security verstanden, dass die größte Bedrohung Amerikas von den inländischen White Supremacists ausgeht.«

Das musste Cora erst einmal verdauen. »Sind denn diese Supremacists und andere Rechtsextreme so gut organisiert, vergleichbar mit Al-Qaida oder dem IS?«, fragte sie, und sie spürte eine Mischung aus Abscheu und Faszination, als sie all dies hörte.

»Nein, das ist ja das Problem. Überwiegend sind diese eher zersplittert, bis hin zu einzelnen *Lone Wolves*, die praktisch nicht öffentlich in Erscheinung treten, bis sie sich zu einer Gewalttat entscheiden. Das macht die Sache natürlich schwierig. Sicher haben Sie schon von den *Proud Boys* gehört, die übrigens bei der Erstürmung des Kapitols in Washington eine wichtige Rolle spielten? Oder von Milizen, aber auch anderen Gruppierungen dieser Art? Oder denken Sie an den Rechtsextremen Anders Breivik, der in Norwegen siebenundsiebzig Menschen ermordete und in seinem tausendfünfhundert Seiten umfassenden Manifest vor *Eurabia*, einem unter muslimischer Fremdherrschaft stehenden Europa, warnte. Er wurde als geistig instabiler Massenmörder portraitiert, obwohl er eindeutig politisch motiviert handelte. Und übrigens ein großer Anhänger von Al-Qaida war. Oder noch ist ... Also, wir finden hier keine organisierte Szene vor, sondern viele Formen der Aktivität, auch ganz unterschiedliche Ziele, vereint eigentlich nur in ihrer antidemokratischen Einstellung. Und jetzt kommt der gefährliche Teil: Manche diese Gruppierungen nutzen das Narrativ des gefährlichen Muslim und befeuern es, indem sie Bilder eines Kreuzzuges oder auch der Pogrome gegen Muslime und Juden heraufbeschwören, wie es sie zum Beispiel schon im 15. Jahrhundert bei uns in Europa gab. Und natürlich bei den Nazis. So gesehen war der 11. September ein Geschenk für alle Verschwörungstheoretiker und Fremdenhasser. Und was zum Beispiel amerikanische Soldaten vor Ort im Krieg im Irak oder in Afghanistan persönlich an Gewalt und Hass erlebten, hat natürlich auch viele zu radikalen Gegnern von allem werden lassen, was mit dem Islam zu tun hat.«

»Okay, verstanden«, erwiderte Cora langsam. »Was ich nicht verstehe, ist, wenn deutsche Rechtsextreme dafür sind, Deutschland den Deutschen zu lassen, und französische Nazis dafür, ihr Land von Ausländern zu befreien, wie kann es da überhaupt eine internationale Zusammenarbeit geben? Man kann doch nicht mit Ausländern kooperieren, wenn man sie hasst?«

»Oh doch, das geht durchaus. Die dominante Verschwörungstheorie ist die einer Rettung der weißen Rasse, der weißen Zivilisation überhaupt. Hier werden europäische Ängste vor Muslimen im Allgemeinen, amerikanischer weißer Nationalismus und krude Rassentheorien vermischt. Nationale rechtsextreme Szenen sind dabei durch Narrative miteinander verbunden, sie sprechen vom Untergang der ganzen ›weißen Rasse‹. Diese kann nur gerettet werden, wenn man gemeinsam gegen Feministinnen, Juden und andere kämpft. So gesehen sind die Rechtsextremen in aller Welt im Grunde zu genau dem Spiegelbild der Dschihadisten geworden, die sie doch so sehr hassen. Gerade unser deutsches Außenministerium sprach übrigens bereits von einer transnationalen und gewaltorientierten rechtsextremen Bewegung. Und diese orientiert sich, und das ist neu, zunehmend nach Osteuropa. Das wäre früher so nicht denkbar gewesen; deutsche Rechtsextreme hätten nicht mit polnischen, ukrainischen oder russischen Rechten gemeinsame Sache gemacht. Aber heute kämpfen Rechtsextreme auf beiden Seiten, auf Seiten der Ukraine wie Russlands, sammeln Kampferfahrung, die ihnen später hoffentlich zugutekommen wird, so jedenfalls die Vorstellung. Es klingt verrückt, aber die gleichen Rechtsextremen, die sich in der Ukraine auf verschiedenen Seiten bekämpften, treffen sich in Deutschland zu gemeinsamen Veranstaltungen, oft Musikfestivals, Kampfsportevents und mehr. Da gibt es eine regelrechte Industrie bis hin zu Fanartikeln und Sportkleidung. Wir jedenfalls müssen das Thema Rechtsradikalismus deutlich mehr in den Fokus der Geheimdienste rücken. Und am besten konzentrieren wir uns dabei nicht wieder auf ein Ziel, sonst verpassen wir die nächste große Gefahr. Aber noch mal: Derzeit verbinden sich Neonazis und Dschihadisten gewissermaßen im Geiste, eine einstmals für völlig abwegig gehaltene Kombination. Aber sie ist Realität geworden. Sie inspirieren sich gegenseitig. Der *Lone Wolf*, eine für Neonazis sehr typische Bezeichnung, wird inzwischen von Dschihadisten übernommen. Und die Neonazis lernen von den Islamisten, wie man Bomben baut und wie man Guerillakrieg führt. Neonazis auf der ganzen Welt arbeiten zusammen, von Amerika über Deutschland bis nach Russland! Es ist nur noch ›wir gegen die‹, und ›die‹ sind eben alle Nicht-Weißen. Das ist genauso gefährlich wie religiöser Eifer.«

»Religiöser Eifer ist möglicherweise noch nachvollziehbar«, meinte Cora nachdenklich. »Aber die Gedankengänge rechtsradikaler Terroristen …«

»Religion beziehungsweise religiöser Fanatismus war schon immer der einzige Grund für Terror, jedenfalls vor der

Bildung von Nationalstaaten oder von Theorien wie Marxismus und Anarchismus im 19. Jahrhundert«, erwiderte Feld. »Es ging immer nur um Religion. Und deshalb, ja, das passt auch hier am besten. Früher ging es immer um Religion, inzwischen hat sich das verändert … Selbst die Anschläge der nicht primär religiös organisierten Gruppen, wie die baskische ETA, der peruanische Sendero iluminoso, die deutsche Baader-Meinhof-Bande, die Roten Brigaden in Italien, fallen im Vergleich zu den islamistischen Attentaten kaum ins Gewicht. Jedenfalls«, kam er jetzt auf Coras Frage nach Britta zurück, »also, der Verfassungsschutz ist natürlich an ihr dran und versucht, etwas über ihre Hintermänner und Verbindungen zumindest in Deutschland herauszubekommen. Aber ob das für eine Anklage reicht, ist zu bezweifeln. Vieles von dem, was da in diesen rechtsradikalen Kreisen abgeht, ist kaum zu beweisen. Eingeschleuste Informanten, ja, die haben wir natürlich, aber ob man deren Deckung auffliegen lässt, das müssen andere entscheiden. Also, vermutlich wird sie bald wieder auf freiem Fuß sein. So ist das bei uns. Und in den USA auch, die wahren Drahtzieher sind nach wie vor nicht bekannt oder man kann ihnen nichts nachweisen. Zu schlau, zu mächtig, zu gut vernetzt. Diesmal ging es noch gut. Auch dank Ihnen, liebe Frau Remy, also nochmals danke. Ich … ich würde mich freuen, wenn wir in Kontakt bleiben. War sehr nett, Sie kennenzulernen!«, beendete Feld schließlich das Gespräch.

Auch Cora verabschiedete sich. Sie wollte das jetzt alles hinter sich lassen, und sie wusste, wer sehnsüchtig auf sie wartete.

KASCHMIR, INDISCHES GRENZGEBIET ZU CHINA

Ein Schritt. Noch ein Schritt. Und noch einer. Nur nicht an das denken, was hinter ihm lag, und schon gar nicht an das, was noch vor ihm lag. Kurze Schritte, wenn es steil wurde, längere an flachen Abschnitten. Vorsicht, wenn er den Fuß aufsetzte, um nicht auf dem Geröll auszurutschen, welches während des gesamten, mühseligen Aufstiegs die Bergflanke bedeckte; große Felsbrocken, zwischen welchen er sich leicht den Fuß brechen konnte, und kleine Kieselsteine, feucht und glitschig vom Nebel, der sie nun schon seit Stunden begleitete.

Sie waren früh aufgebrochen, in der Dunkelheit noch, hatten Tee und Tsampa zu sich genommen, und seither folgte seine Truppe ihm auf der Route, die sie auf ihrer routinemäßigen Patrouille dicht an der Line of Actual Control, der nach einhundert Jahren noch immer provisorischen Grenze zu China, entlangführte. Ihre Aufgabe bestand in der Kontrolle der Region, um zu prüfen, ob die Chinesen nicht erneut auf indisches Gebiet vorgedrungen waren, um dort befestigte Unterstände zu errichten, die sie dann als chinesisches Territorium reklamierten und nie wieder hergeben würden. Dies war in den letzten Jahren immer wieder geschehen, und die schläfrige indische Regierung hatte es stets zu spät bemerkt. Jetzt aber waren sie wachsam, Tausende von Soldaten waren in die Region verlegt worden, auch Artillerie, ja sogar Kampfjets hatte das Militär unweit von hier stationiert. Und er, Namgyal, war Teil dieser indischen Brigade, geboren unweit von hier und somit als Tibeter an die Höhe und die dünne Luft gewöhnt. Seine ganze Kompanie bestand nur aus Einheimischen, die auch in über viertausend Metern Höhe problemlos marschieren konnten, aber die eisige Kälte und der scharfe Wind, der die gefühlte Temperatur nochmals weit unter die tatsächlichen minus fünfundzwanzig Grad drückte, machten nach stundenlangen Märschen in voller Montur und mit der Maschinenpistole auch ihnen zu schaffen. Die Sicht war auf wenige Meter begrenzt, manchmal konnte man auch die sprichwörtliche Hand nicht vor Augen sehen. Dann blieb nur ein vorsichtiges Vorantasten, Schritt für Schritt, bei voller Konzentration. Sich darauf verlassen, dass der Vordermann den richtigen Weg weisen würde, der sich wiederum auf den vor ihm stapfenden Mann verließ. Ein Fehltritt konnte den Tod bedeuten, sei es ein Absturz in tiefe Schluchten oder auch nur ein sich Verirren an einer Abzweigung. Bei diesem Nebel kam es immer wieder vor, dass ein Kamerad seine Truppe nicht mehr fand und stundenlang umherirrte, bis er schließlich irgendwo im ewigen Eis erfror.

Er war heute der Kompanieführer, und seine Kameraden verließen sich auf ihn, vertrauten ihm ihr Leben an, in jeder Minute dieser gefährlichen Mission. Es kam auf ihn an, und dafür war er ausgebildet worden.

Der Wind war stärker geworden, schien ihm die Schneeflocken waagerecht direkt ins Gesicht zu blasen, und Namgyal hob die Hand, um einen Stopp anzuzeigen. Der Pfad war schmaler geworden, drückte sich eng an einer Felskante entlang, links unter ihnen gähnte eine Hunderte von Metern tiefe

Schlucht. Jetzt nur keinen falschen Schritt machen. Vorsichtig tastete er sich voran, um zu sehen, was hinter der nächsten Biegung auf sie wartete. Irgendwo hier mussten sie auf ihre Kameraden treffen, die ihnen auf der Patrouille entgegenkamen, dann endlich konnte sie umkehren. Er ging noch einen Schritt weiter, wischte sich noch einmal die Flocken von der Schneebrille und schaute um den Felsvorsprung. Da waren sie, den Göttern sei Dank, nur wenige Meter entfernt sah er die vertrauten Umrisse der ihnen entgegenkommenden Männer. Er hob die Hand zum Gruß, und auch wenn er wusste, dass sie ihn in diesem Schneesturm nicht würden hören können, rief er ein »Tashi delek!« in den Wind, die tibetische Begrüßungsformel. Jetzt stand er direkt vor dem Mann, der ihm entgegenkam, und erst jetzt erkannte er die gefleckte Tarnuniform mit dem auf dem Oberarm aufgenähten roten Banner mit den fünf gelben Sternen. Das waren nicht seine Kameraden. Das waren die Chinesen!

Namgyal, der Tibeter, der für die indische Armee Dienst tat, um seine Heimat gegen die Chinesen zu verteidigen, reagierte, wie man es ihm beigebracht hatte. Er ging ein paar kurze Schritte zurück und blieb dann stehen, beide Hände nach außen gestreckt, um zu zeigen, dass er keine Waffe im Anschlag hatte. China und Indien hatten sich darauf verständigt, dass kein Schuss fallen dürfe, wenn Truppen beider Staaten unvermutet aufeinandertrafen. Deeskalation hatte absolute Priorität. In der Theorie jedenfalls.

In der Praxis standen sich nun nicht einfach zwei Soldaten im eisigen Himalaya gegenüber, sondern zwei Atommächte. Namgyal wusste, dass er sich auf indischem Territorium befand, jedenfalls war er sich ziemlich sicher. Aber da die Chinesen hier auftauchten, hieß das vermutlich, dass auch sie glaubten, sich auf ihrem Territorium zu befinden, und das verhieß nichts Gutes. Oder hatten sie wieder einmal zielstrebig und strategisch feindliches Gebiet betreten, um es für sich zu reklamieren? Er musste eine Entscheidung treffen, hier und jetzt. Er konnte niemanden fragen, keinen Vorgesetzten, niemanden im Hautquartier in Leh oder gar in Delhi. Dafür blieb keine Zeit, und Empfang für Signale welcher Art auch immer hatte er ohnehin nicht. Sein Handeln war entscheidend.

Er blickte auf den Chinesen, hinter welchem nun mehrere Männer aus dem Nebel auftauchten. Was würden sie tun? Das Protokoll war eindeutig, Deeskalation, keine Schusswaffen, Rückzug auf beiden Seiten. Gerade wollte er seinen Männern, die inzwischen auch aufgerückt waren, die Maschinenpistolen im Anschlag, das Signal zum Rückzug gaben, als er sah, wie einer der Chinesen etwas in der Hand schwang. Eine Art Knüppel, ein Stück Holz, umwickelt mit … Stacheldraht! Instinktiv griff er sich seine Maschinenpistole und brachte sie mit einem Schwung in Anschlag. Was sollte das? Das entsprach nicht den Vereinbarungen. Aber die Chinesen rührten sich nicht, machten keine Anstalten, anzugreifen oder zurückzuweichen, sie standen einfach nur da. Und schienen abzuwarten. Vorsichtig senkte Namgyal seine Waffe. Was sollte er tun? Er wusste nicht hundertprozentig, ob er nun auf indischem oder chinesischem Gebiet war, er hatte bewaffnete Soldaten der chinesischen Volksbefreiungsarmee vor sich, und er war auf sich allein gestellt. Würde er jetzt schießen, würde er auch nur einen Schritt nach vorn machen, konnte das Ganze eskalieren mit unvorhersehbaren Konsequenzen. Aber zurückweichen? Den Chinesen das Feld überlassen, die vielleicht unrechtmäßig hierher vorgedrungen waren?

Namgyal entschloss sich, stehen zu bleiben. Er würde nicht angreifen, nein, aber auch nicht weichen. Der Wind hatte wieder an Stärke gewonnen, er musste sich mit einer Hand am

Felsen abstützen, um nicht ins Schwanken zu geraten. Diese rasche und rein instinktive Handbewegung musste einer seiner Männer missverstanden haben. Eine ganze Salve donnerte an ihm vorbei auf die Chinesen, und der, der den Knüppel in der Hand gehalten hatte, wurde von der Wucht der Schüsse von den Füßen gerissen und verschwand im Abgrund. Das Letzte, was Namgyal sah, war, dass auch die Chinesen ihre Waffen hoben. Dann begann sich der weiße Schnee, der die Felsen und den Weg bedeckte, rot zu färben.

DELHI, INDIEN

»Yashwant, wir haben ein Problem!« Yaswant Ambedkar, Chef des indischen Inlandsgeheimdienstes, saß kerzengerade an seinem Schreibtisch. Wenn sein chinesischer Kollege so einen Satz sagte, dann war es ernst. Erst recht, wenn er in den späten Abendstunden anrief, was nach chinesischer Zeitzone mitten in der Nacht war. »Schießerei in Kaschmir, schon ein paar Stunden her. Dauerte wohl etwas, bis einer mit der Nachricht durchkam. Offenbar haben deine Leute unsere angegriffen, die haben sich verteidigt, viele Tote auf beiden Seiten, keine genauen Zahlen. Wenn wir nicht aufpassen, läuft das aus dem Ruder. Kümmere dich! Ich muss auflegen. Pass auf dich auf!« Mit diesen Worten war die Verbindung beendet.

Auch wenn Ambedkar nicht direkt zuständig war, so hatte er doch beste Verbindungen in die Grenzregion und erfuhr als einer der Ersten von den verheerenden Ereignissen. Noch bevor er seinen sofort herbeigerufenen Wagen erreicht hatte, erhielt er die Nachricht, dass eine Viertelstunde später eine Online-Konferenz angesetzt war. Der Premierminister hatte einen Krisenstab einberufen und die wichtigsten Berater und Verantwortlichen hinzugezogen. Die Chinesen, so erfuhr es die Runde dann vom Verteidigungsminister, hatten unmittelbar nach Bekanntwerden des Vorfalls, den sie als Angriff Indiens auf chinesische Soldaten einstuften, ihre in der nordwestlichen Provinz Xinjiang geparkten Jets aufsteigen lassen und an die Grenze verlegt. Es galt nun zu entscheiden, wie Indien reagieren sollte. Schließlich hatten sich die chinesischen Soldaten auf indischem Territorium befunden, soweit es die Informationen hergaben. Aber wie zuverlässig waren diese Angaben? Die Grenze war nicht genau definiert, und schon gar nicht in dieser unwirtlichen Region und in dieser Höhe. Und ja, die Chinesen hatten offenbar die Inder mit Knüppeln bedroht, aber der erste Schuss war auf indischer Seite gefallen …

»Premierminister, wir müssen sofort und hart reagieren! Das dürfen wir uns nicht bieten lassen!«, rief der Verteidigungsminister, der endlich eine Chance sah, sich zu profilieren. Wann sonst, wenn nicht durch einen Krieg? Aber er wusste, dass das nicht so einfach war; es gab Berater des Premiers, die ängstlich waren und vor der chinesischen Übermacht zurückscheuten. »Mit Stacheldraht umwickelte Knüppel? Das ist ein klarer Bruch der Vereinbarung mit China!«

»Sir, wir sollten vorsichtig sein«, meldete sich nun der Außenminister. Diplomat durch und durch, hielt er überhaupt nichts von der aggressiven Vorgehensweise seines Kollegen. »Wir wollen keinen Krieg mit China, und wir würden ihn auch verlieren. Außerdem ist ja nicht klar, wer hier eigentlich angefangen hat. Wenn wir das eskalieren … nein, wir sollten erst mit denen reden.«

»Reden? Reden? Vielleicht um Entschuldigung bitten?« Der Oberbefehlshaber der indischen Streitkräfte lief rot an vor Wut, was auch über den Bildschirm bestens zu sehen war. »Die töten meine Männer, und wir sollen reden? Fragen, ob es in Ordnung ist, wenn wir einfach nichts machen, oder was? Premierminister, wir müssen den Menschen im ganzen Land zeigen, wie stark Indien ist, dass wir uns nichts gefallen lassen! Indien, China, Pakistan, ach was, die ganze Welt muss das sehen! Sonst werden wir nie eine Weltmacht! Und Sie, Herr Premierminister, werden sicher nicht wiedergewählt.«

Das war schlau, er wusste, wie man den Premier auf seine Seite zog. Die nächsten Wahlen waren wichtiger als ein Geplänkel irgendwo im Himalaya, und ein Gesichtsverlust vor China würde man ihm an den Wahlurnen nicht verzeihen. Das gab den Ausschlag.

Der Verteidigungsminister erhielt den Auftrag, die indischen Rafale-Jets in Leh aufsteigen zu lassen. Außerdem sollte er die Silos mit den Atomraketen in die höchste Stufe der Alarmbereitschaft versetzen lassen. Die Geheimdienste berichteten inzwischen, dass auch die Chinesen ihre Silos geöffnet hatten. Alles hing von den nächsten Stunden ab. Indien würde nicht nachgeben.

DELHI, INDIEN

»Mr President?« Der indische Premier war höflich, aber keinesfalls gewillt, sich von den Amerikanern sagen zu lassen, was er tun sollte oder nicht. Amerika hatte sich schon immer sehr zurückgehalten darin, die Inder in Kaschmir zu unterstützen, da war Russland stets ein verlässlicherer Partner gewesen. Amerika hatte ihm kein Öl oder Gas geliefert, auch das waren die Russen gewesen. Er wollte sich nicht nachsagen lassen, er laufe den USA hinterher, wie es die schwachen Europäer taten. Das würde bei der indischen Bevölkerung nicht gut ankommen. Als daher der amerikanische Präsident am Telefon auf Zurückhaltung drängte und sich sogar als Vermittler gegenüber China anbot, entlockte dies dem Inder nur ein bitteres Lachen.

»Mr President, Sie verwechseln da etwas. Wir sind nicht Europa. Wir haben eine eigene Meinung, eigene Interessen. Und die müssen wir schützen. Und China wird Sie sicher nicht als Vermittler akzeptieren, so feindselig, wie Sie sich die letzten Jahre denen gegenüber verhalten haben. Also danke, aber – nein danke. Wir lassen uns von den Chinesen nichts bieten. Sie waren eindeutig auf unserem Hoheitsgebiet, und das Töten unserer heldenhaften Soldaten werden wir nicht einfach hinnehmen. Und deshalb … einen Moment bitte, ich bekomme gerade eine Nachricht herein. Was? Mr President, ich muss auflegen. China hat soeben begonnen, Kaschmir zu bombardieren. Uns allen ist klar, was das bedeutet. Mr President, wir werden entsprechend antworten.«

WARTEN

Auf den Bildschirmen des Pentagon verfolgte man ebenso wie in allen Regierungszentralen in den Hauptstädten der Welt, wie sich Indien und China anschickten, in einen heißen Krieg einzutreten. Alle wussten, dass Indien der weit überlegenen chinesischen Macht nichts Gleichwertiges entgegenzusetzen hatte, aber auch, dass Indien nicht einfach tatenlos zusehen konnte, wie China schon wieder die Grenze verletzte – jedenfalls aus indischer Sicht. Hatte man nicht gerade erst das Schlimmste verhindert, indem der geplante Anschlag auf das Lake Palace Hotel in Udaipur in letzter Minute vereitelt worden war? Und dies ausgerechnet nach einem Anruf eines chinesischen Ministers, der aus unbekannter Quelle einen Hinweis erhalten hatte? Und jetzt waren die Jets tatsächlich aufgestiegen, und ob sie nuklear bestückt waren, war unklar.

Die USA erhöhten ihre Alarmbereitschaft auf DEFCON 2, die zweithöchste Alarmstufe. Das erste und letzte Mal war dies während der Kubakrise 1962 geschehen. Man rechnete nach dem chinesischen Bombardement Kaschmirs mit einem Gegenangriff der Inder, und das würde unwillkürlich zu einem Atomkrieg führen. Die alles entscheidende Frage war, wie sich die USA bei einem tatsächlichen Ausbruch eines solchen Krieges zwischen China und Indien verhielten. Eingreifen, zugunsten Indiens, wie es die Falken im Pentagon wollten, um China endlich in die Knie zu zwingen? Das wäre der Dritte Weltkrieg! Zusehen, wie China Indien besiegte? Und sich dann womöglich ermutigt sah, Taiwan anzugreifen? Das konnten die USA nicht dulden. Die Spitzen der NATO konferierten ebenso wie die Vereinten Nationen, aber letztlich waren sie alle machtlos. Würde Indien zurückschlagen? Und wenn, wie?

In Washington saßen der Präsident und seine engsten Berater im Situation Room, den »Football«, den Koffer mit den Codes für einen Nuklearschlag, wie immer in Reichweite.

In Beijing war der Generalsekretär der Kommunistischen Partei, der in Personalunion Oberbefehlshaber der Volksbefreiungsarmee war, bereit, den Befehl zum Abschuss der Atomraketen zu geben.

In Taiwan wartete man in stiller Ergebenheit, wissend, dass man keinen Einfluss auf das Geschehen hatte, aber mit Sicherheit darunter leiden würde.

In den Hauptstädten Europas wartete man darauf, was die USA tun würden, um diesen dann wohl zu folgen. Das war immer das Sicherste.

BEIJING, CHINA

»Zongshuji, Herr Generalsekretär, der indische Premierminister ist am Telefon!« Der Adjutant stellte auf ein Nicken des mächtigsten Mannes Chinas den Anruf durch und legte ihn auf den Tischlautsprecher, sodass alle im Raum versammelten Mitglieder des Ständigen Ausschusses des Politbüros sowie einige weitere wichtige Berater mithören konnten. Nervös setzte der zuständige Dolmetscher seine Kopfhörer auf.

»Herr Generalsekretär, ich grüße Sie!« Die Stimme des indischen Premiers war ruhig und gefasst, und nur wer ihn gut kannte, hätte den leicht nervösen Unterton entdeckt. »Wir müssen reden, bevor das alles außer Kontrolle gerät.«

»Das sehe ich auch so, Herr Premierminister«, antwortete der Generalsekretär ruhig. »Ihre Soldaten haben meine überfallen und viele getötet, und das ist inakzeptabel. Wir haben entsprechende Vergeltungsmaßnahmen eingeleitet, das verstehen Sie sicher. Wir raten Ihnen dringend davon ab, uns erneut anzugreifen. Sie wissen, dass unsere Schlagkraft der Ihren deutlich überlegen ist, viele Menschen würden sterben.«

»Auf beiden Seiten«, erwiderte der Inder nun. »Ja, es kam zu Toten auf beiden Seiten. Wer genau nun Schuld hat, wird sich wohl nicht endgültig klären lassen. Aber wir können die

Bombardierung Kaschmirs nicht hinnehmen. Wir werden darauf antworten …«

»Und damit Ihr Land ins Verderben stürzen!«, fiel ihm der chinesische Generalsekretär ins Wort, noch bevor der Dolmetscher den Satz beenden konnte. »Überlegen Sie sich das gut. Akzeptieren Sie doch einfach das Bombardement, und dann beenden wir das. Bevor es zu spät ist!«

Eine Weile herrschte Stille, und die Chinesen dachten schon, die Verbindung sei unterbrochen worden. Dann hörten sie wieder die Stimme aus Indien.

»Hören Sie, wenn ich das tue, wenn ich das hinnehme, bin ich erledigt. Wir haben hier eine Demokratie, wissen Sie, die Menschen dürfen ihre Meinung äußern. Das ist nicht wie bei Ihnen«, ließ sich der Premier die Spitze gegen den chinesischen Machthaber nicht nehmen. »Wir müssen eine andere Lösung finden. Ich schlage vor, wir rächen uns für Kaschmir mit einem Bombardement in Xinjiang, und dann lassen wir es dabei bewenden.«

Nun war es an Beijing, nicht direkt zu antworten. Der Generalsekretär sah sich am Tisch um und erwartete offensichtlich eine Antwort seiner Kollegen, eine Lösung. Einen Krieg konnte er überhaupt nicht gebrauchen, er war nur an wirtschaftlicher Entwicklung interessiert und nicht daran, den Indern wirklich zu schaden. Das band nur unnötigerweise Ressourcen und Kompetenzen, die er nicht entbehren konnte.

Schließlich schob ihm sein Außenminister einen Zettel zu. Er hatte schon während des Telefonats darauf herumgekritzelt, und nun sah der Generalsekretär, was der Minister da gezeichnet hatte. Ein Huhn war das, das aufgeschreckt davonzufliegen schien. Erstaunt blickte er seinen Minister an, dann breitete sich ein Lächeln auf seinem Gesicht aus, und er nickte anerkennend.

»Hören Sie, Herr Premierminister«, tönte es in Delhi aus dem Lautsprecher. »Ich habe da eine Idee. Wir wollen beide keinen Krieg. Wir müssen beide das Gesicht wahren, vor unseren Leuten, das gilt auch für mich hier in China. Kennen Sie die Geschichte vom Huhn und dem Affen?« Dann war die Verbindung plötzlich beendet.

Während der indische Premier ratlos auf den Lautsprecher starrte, ergriff sein Außenminister plötzlich aufgeregt das Wort. »Das ist es! So machen wir das!«, rief er in die Stille hinein. »Ich war in Beijing stationiert, als Botschafter, ich spreche Chinesisch, Herr Premier, das wissen Sie ja. Die haben da ein Sprichwort: *Sha ji gei hou kan: das Huhn töten, um den Affen zu erschrecken.* Also, statt das Große anzugreifen, geht man gegen etwas Kleineres vor, als Warnung gewissermaßen. Und da die Chinesen das vorgeschlagen haben, heißt das, sie würden es akzeptieren! Wir können nicht China angreifen oder zurückschlagen oder wie auch immer; aber wir können ihnen auf kleinerer Ebene Schaden zufügen, und sie werden es dabei belassen. Das hat er gemeint!«

Noch in derselben Nacht fanden die Militärs eine gesichtswahrende Lösung: Indien sprengte die chinesische Botschaft in Islamabad, der Hauptstadt Pakistans, in die Luft. Offiziell beklagte China den Tod zahlreicher Mitarbeiter, die aber zuvor evakuiert worden waren. Indien hatte sich an China für Kaschmir gerächt und gleichzeitig Pakistan blamiert, ein doppelter Gewinn. Alle Seiten wahrten ihr Gesicht. Der nukleare GAU war abgewendet worden, mit asiatischer List, dazu brauchte man keine USA. Es sollte ein Zeichen sein, dass der Weltpolizist USA endgültig obsolet geworden war.

WASHINGTON, USA

Als die chinesische Botschaft in Islamabad bei einem Bombenattentat zerstört wurde, rief der amerikanische Präsident sofort in Delhi an. Man stellte ihn nicht durch. Der Premierminister sei in einem wichtigen Meeting. Dann rief er in Beijing an; auch dort hieß es, der Generalsekretär sei derzeit sehr beschäftigt, er werde zurückrufen, was jedoch nicht geschah.

Der POTUS musste erkennen, dass die asiatischen Großmächte das Problem unter sich gelöst hatten und dass seine Macht plötzlich nicht mehr gefragt war. Asien würde von nun an völlig anders mit ihm und damit mit den USA umgehen. Das asiatische Jahrhundert hatte endgültig begonnen.

CORA

»Lieber Herr Minister, wie geht es Ihnen?«, fragte sie fröhlich, als Jiang abnahm. Der chinesische Politiker hatte ihr seine private Handynummer gegeben, und sie wollte sich bei ihm bedanken, dass er sie ernst genommen und ihrem unzusammenhängenden Bericht aus Tibet die richtigen Hinweise auf den Anschlag auf das QUAD-Treffen entnommen hatte.

»Cora! Sie haben sich wieder einmal überall eingemischt, in Dinge, die Sie nichts angehen! Hatten wir nicht vereinbart, dass das nicht mehr vorkommt?«, fragte Jiang dann, aber sie glaubte, ein Schmunzeln in seiner Stimme zu hören.

»Ja, das hatten wir, aber ich kann doch wirklich nichts dafür, wenn …«, begann sie sich zu rechtfertigen.

Aber Jiang unterbrach sie. »Schon gut, war nicht so ernst gemeint, wir zwei kennen uns nun ja doch ein bisschen. Und seit unserem letzten Treffen, damals im Base Camp des Mount Everest, ist viel passiert, politisch, meine ich. Wissen Sie, Cora, wir haben damals in Tibet über Staudämme gesprochen, die Wasserversorgung in Südostasien, aber jetzt geht es vor allem um das Thema E-Mobility. Wir brauchen Lithium aus Südamerika, Kobalt aus Afrika, Mangan aus Australien, Kupfer, Nickel, und die Seidenstraße, wie Sie das in Europa nennen, ist das perfekte Vehikel, um unseren weltweiten

Einfluss auszubauen. Ich habe damit ja nichts mehr zu tun, glücklicherweise, aber Freunde von mir sind Investoren und immer auf der Suche nach guten Objekten. Sie investieren besonders gern in deutsche Unternehmen, die insolvent sind oder eine Finanzspritze gebrauchen können. Und da gerade die bekanntermaßen weltbeste deutsche Automobilindustrie unter der Umstellung auf Elektromobilität leiden wird, jedenfalls die Zulieferer, wird es sehr gute Kaufgelegenheiten für China geben. Seidenstraße, Abhängigkeit von Ressourcen, Machtspielchen zwischen den USA und China, der Indische Ozean – all das gehört zusammen, Cora. Und natürlich macht das vielen Menschen Angst. Was wird mit China, was mit den USA? Gelten die alten Werte noch, kommen neue? Wer wird die Welt beherrschen? Und statt zusammenzuarbeiten, arbeiten wir alle gegeneinander. Die Amerikaner haben Angst und Sorge, wir würden ihnen ihre Kultur wegnehmen, was immer das auch sein soll … Aber Sie wissen, Cora, China möchte seinen ihm zustehenden Platz in der Welt wieder einnehmen. Wir waren anderthalb Jahrtausende lang die größte Wirtschaftsmacht auf der Erde, und jetzt, nachdem die Europäer dreihundert Jahre lang die Welt beherrschten, und die USA vielleicht gerade einmal hundert Jahre, sind wir wieder an der Reihe. So sehen wir das, und es ist unser Recht. Aber das muss doch nicht heißen, dass eure Welt zusammenbricht! Ihr braucht uns, und wir brauchen euch. Wir haben andere Werte, ja, okay. Bei uns zählt die Gemeinschaft mehr, bei euch das Individuum. Wir hätten nie einen Sturm auf das Kapitol erlaubt, das war für uns ein weiteres Zeichen des kommenden amerikanischen Niedergangs. Wir erlauben nicht, dass manche finden, sie müssten sich nicht impfen lassen, und das auf Kosten der Gemeinschaft. Wir finden, das geht nicht. Ihr seht das anders, gut. Wir müssen aber trotzdem zusammenarbeiten. Wir haben keine andere Möglichkeit. Die großen Themen, Wasserversorgung, Klimawandel, Energieversorgung – das geht nur gemeinsam. Wir müssen das hinkriegen, Cora! Vielleicht war dieser Warnschuss wenigstens dazu gut. Uns zu mahnen, es in Zukunft besser zu machen.«

RISHIKESH, AM FUSSE DES INDISCHEN HIMALAYA

»Noch einen Chai bitte!« Cora lehnte sich zurück und genoss die letzten Sonnenstrahlen auf der Dachterrasse des EllBee Hotels. Der Blick aus dem Sitting Elephant Restaurant über den Ganges hinweg war atemberaubend. Der heilige Fluss war hier noch nicht so gewaltig wie später flussabwärts; hier bei Rishikesh verließ er gerade erst die Himalayatäler und strömte hinab in die große Ebene. Jetzt waren sie endlich an diesem mystischen Ort, den Ganesh so oft erwähnt hatte. Schon die Beatles hatten hier gekifft und ihre Songs geschrieben, und man konnte die Höhlen noch bewundern, in denen sie angeblich gelebt hatten. Es gab keinen Alkohol und in der ganzen Stadt kein Fleisch zu essen. Perfekt um sich zu reinigen, innerlich wie äußerlich.

Das Wasser des heiligen Ganges schien relativ sauber, und wie Ganesh ihr erklärt hatte, war es der Wiedergeburt und dem nächsten Leben äußerst förderlich, mindestens einmal ganz im Fluss unterzutauchen. Cora hatte sich bisher nicht dazu durchringen können, ihr Karma zu optimieren. Sie wusste, dass Karma keineswegs Schicksal im Sinne etwas Unvermeidbaren bedeutete, sondern vielmehr so viel wie Tat, also aktives Handeln, um seine Zukunft zu beeinflussen. Aber in den Ganges tauchen? Kritisch hatte sie, mit Ganesh unterhalb des Hotels am Ufer stehend, das Wasser beäugt. Ihr Hotel lag flussabwärts von Rishikesh, sodass man davon ausgehen konnte, dass hier alle Abwässer der gesamten Stadt schon direkt in den Fluss geleitet waren. Vielleicht war das Untertauchen im Flusswasser nur eine Möglichkeit, schneller ins nächste Leben zu kommen? Weil man das nicht überlebte? Ganesh hatte sich empört abgewandt und spielte den Beleidigten. Cora hatte ihm versprechen müssen, vor ihrer Abreise einmal mit ihm in den Fluss zu steigen und ganz unterzutauchen.

Jetzt bereute sie es, ihm das Versprechen gegeben zu haben. Aber alles hätte sie ihm versprochen, als er sie in seinen Armen hielt. Sie sah nur seine braunen Augen, sonst nichts. Nicht die interessierten Blicke der zahlreichen Sadhus, der meist zerlumpten, stark geschminkten und in bunte Gewänder gekleideten heiligen Männer, die sie aufmerksam und misstrauisch zugleich beobachteten. Ganesh hatte ihr erklärt, dass nicht alle von ihnen so heilig waren, wie sie sich den Anschein gaben. Im Gegenteil, man konnte von einem gewissen Prozentsatz ausgehen, bei dem sich unter dem stark geschminkten Gesicht und den verfilzten Haaren irgendwelche Kriminelle verbargen, die aufgrund einer Straftat irgendwo in Indien hatten fliehen müssen und sich nun hier, in dieser heiligen Stadt, mit den Almosen der Touristen und in aller Sicherheit ein gutes Leben machten.

Sie sah auch nicht die Kinder, die um sie herum auf den schmutzigen Stufen der Treppen spielten, die zum Wasser herunterführten; nicht die Kühe, die etwas entfernt am Ufer standen, gemächlich ihr Futter kauten und sich nicht um die Sorgen der Menschen kümmerten; nicht die Stände mit Getränken und Souvenirs, die den Weg zur Straße hinauf säumten. Cora hatte in diesem Augenblick nur Augen für Ganesh, ihren Ganesh. Endlich waren sie zusammen, endlich hatte sie ihn ganz für sich. Ihr Urlaub in Myanmar war nicht so verlaufen wie geplant, ihr Trekking um den Berg Kailash in Tibet ausgefallen, und was dann alles geschehen war … Aber das war jetzt vorbei. Keine Anschläge mehr, keine Angst, kein: »Du musst stark sein.« Jetzt, hier, durfte sie loslassen. Ganesh war bei ihr, und alles war gut. Sie durfte schwach sein. Sie hatte ihrem Chef erzählt, sie müsse hier am Ganges mit den indischen Behörden zusammenarbeiten, daraus könne sich eventuell ein spannender Auftrag im Rahmen der indischen Pläne zur Wasserumleitung in Nordindien ergeben. Das hatte er akzeptiert, und so waren sie nun hier gelandet, um ein paar Tage für sich zu haben, nur sie und Ganesh, keine Terroristen, keine Anschläge, nur Zeit und Ruhe und Zweisamkeit.

»Also, Cora, das musst du mir noch mal erklären: Wie hat sich deine Britta gerechtfertigt? Sie muss doch etwas gesagt haben zu alldem.«

Cora funkelte ihn gespielt böse an. »Das ist nicht meine Britta! Wir haben keinen Kontakt mehr, und ich will auch nie wieder mit ihr zu tun haben. Sie wurde verhaftet, und das rechtsradikale Netzwerk in Mainz, dessen Teil sie war, ist vom Verfassungsschutz gründlich durchleuchtet worden. Die haben das bisher nicht wirklich ernst genommen. Man wusste natürlich, dass in Mainz eine Zelle des deutschen Neonazismus war, dass es dort ein privates Wohnhaus gibt, dessen Eigentümer Hitlers Geburtstag feierten und das in den Siebzigerjahren Stützpunkt der NSDAP Rheinland-Pfalz war. Stell dir das mal vor! Aber wirklich dagegen unternommen wurde nicht viel, man dachte, das habe sich inzwischen erledigt. Wie aktiv die noch immer sind und dass es internationale Verbindungen gibt, das kam erst jetzt heraus.«

»All das«, wie Ganesh es genannt hatte, das waren die Anschläge der letzten Wochen, das Beinahe-Armageddon, als die Atommächte China und Indien, aber auch die USA und andere kurz davorgestanden hatten, einen Krieg zu beginnen, der mit der Vernichtung aller hätte enden können. Cora hatte mit ihrem Bericht an den chinesischen Minister Jiang gerade noch den Anschlag auf das QUAD-Treffen im indischen Udaipur verhindert, aber die Eskalation damit nicht stoppen können. Erst als ihr einfiel, was bereits die ganze Zeit im Unterbewusstsein an ihr genagt hatte, nämlich das Hakenkreuztattoo des Jim Silk, und sie dann die Verbindung zu Britta gezogen hatte, konnte sie den Mitarbeiter des deutschen BND miteinbeziehen. Dessen Kontakt in die USA hatte dann den Stein ins Rollen gebracht. Durch die internationale Zusammenarbeit, so unwillig sie auch von den verschiedenen Diensten durchgeführt worden war, wurde recht schnell klar, dass die Anschläge von Islamisten ausgeführt worden waren, das ja. Aber diese hatten unter dem Eindruck gehandelt, für den Gotteskrieg zu kämpfen, für ihre Sache. Die komplizierten Netzwerke und die in islamistischen Kreisen übliche Geheimhaltung der eigentlichen Hintermänner hatte die perfekte Möglichkeit geboten, die eigentlichen Attentäter, die *Lone Wolves*, die Einzelkämpfer, zu manipulieren. Die Islamisten waren nur Marionetten gewesen im großen Spiel der kleinen Gruppe von alten, weißen Männern an der amerikanischen Ostküste, die mit ihren unerschöpflichen finanziellen Möglichkeiten und ihrem rechtsradikalen Gedankengut die eigentlichen Drahtzieher waren. Das weltweite Netzwerk rechtsextremer Vereinigungen hatte gut funktioniert. Nur den Anschlag auf den amerikanischen Außenminister in Beijing, den hatte man den Islamisten nicht überlassen; das hatte eine hochbezahlte chinesische Auftragskillerin übernommen. Sicher war sicher.

Und beinahe wäre der Plan aufgegangen, die Welt ins absolute Chaos zu stürzen. Abermillionen von Menschen wären ums Leben gekommen, gewiss. Aber war es das nicht wert? Eine große Säuberungsaktion, eine Katharsis, um endlich wieder die Zustände herzustellen, wie sie früher herrschten, als die Weißen noch das Sagen hatten und nicht im eigenen Land unterdrückt wurden. Dafür hatten die Drahtzieher auch einen Krieg in Kauf genommen, mit allen Konsequenzen. Sie waren überzeugt, dass letztlich die USA gewonnen hätten, da sie noch immer über die mit Abstand meisten Nuklearwaffen verfügten, noch immer die größte Militärmacht der Welt waren. Aber für wie lange noch? China holte schnell auf; in wenigen Jahren wäre ein Ausgang eines amerikanisch-chinesischen Krieges ungewiss. Es blieb nur ein kleines Zeitfenster, um zu handeln, und das hatten sie getan. Aus den Ruinen würde ein neues, weißes Amerika auferstehen, endlich.

Durch die zwangsweise Kooperation mehrerer Atommächte sahen sich auch die USA gezwungen, die Verbindungen zu den Hintermännern offenzulegen; es konnte nicht mehr vertuscht werden, welch massiven Einfluss rechtskonservative Kreise auf Wirtschaft und Politik hatten. Und ihre Handlager waren die Splittergruppen, die niemand ernst genommen hatte, nicht einmal nach dem Sturm auf das Kapitol.

Diese internationale Zusammenarbeit der Geheimdienste hatte zumindest eine weitere Eskalation der militärischen Lage verhindert. Bis dann in Kaschmir die Dinge außer Kontrolle geraten waren, aber nicht durch absichtliche Manipulation, sondern durch etwas viel Gefährlicheres, was jederzeit wieder geschehen konnte: durch Unachtsamkeit, durch menschliches Versagen. Und es hatte der Vernunft zweier Machthaber bedurft, um den seidenen Faden, an welchem das Leben der Menschheit hing, nicht reißen zu lassen. Und die Lösung war eine sehr asiatische, eine gesichtswahrende, gewesen.

Dass einige der Drahtzieher durch den vorübergehenden freien Fall der Börsenkurse noch reicher geworden waren, als sie es ohnehin schon waren, das hatte man nicht verhindern können. Das war das freie Spiel der Kräfte, der Markt eben. Aber man hatte sie identifiziert, auch wenn man ihnen keine Verbrechen nachweisen konnte. Oder wollte. Zu viele Politiker und andere mächtige Mitspieler waren involviert, da arbeitete man lieber mit einigen Bauernopfern. Die Hintermänner kamen zunächst ungeschoren davon. Aber die Welt war vor einem verheerenden Krieg bewahrt worden, und das war entscheidend. Im richtigen Moment hatten sich die Großmächte zusammengetan, um das Schlimmste zu verhindern. Die Vernunft hatte gesiegt. Würde sie es das nächste Mal auch tun? Und dass es ein nächstes Mal geben würde, daran zweifelte nun niemand mehr.

»Weißt du, Ganesh, was Jiang mir gestern Abend in einem Telefonat gesagt hat? Er sagte, China habe erkannt, wie gefährlich dieses Spiel mit dem Feuer ist. Schau mal, innerhalb weniger Stunden hat sich der vage Verdacht einer deutschen Ingenieurin, der eher auf ihrem Bauchgefühl als auf wirklichem Wissen beruhte, in eine handfeste These der CIA verwandelt. Wäre ich nicht zufällig in Tibet in etwas hineingeraten und wäre ich nicht meinem Instinkt gefolgt, Jims Hakenkreuztattoo und Brittas Nazitum in Verbindung zu bringen und dem BND davon zu berichten – was dann? Wenn sich jeder lieber nicht einmischt, statt sich zu engagieren – was dann? Die weltweiten Risiken werden immer größer. Die Wasserversorgung von Hunderten von Millionen von Chinesen kann zu einem Krieg um Wasser führen, das steht für viele Experten fest. Seltene und kostbare Ressourcen, wie Sand zum Bauen von Häusern, Lithium für die E-Mobility, Mangan, Koltan und viele mehr, sie alle bergen schon in naher Zukunft weitere Risiken für gewaltsame Auseinandersetzungen. Die Ausbeutung der Arktis steht unmittelbar bevor, nun, da das Eis schmilzt. Und der Weltraum ist nur die konsequente Fortführung dieser Entwicklungen. Die Chinesen haben konkrete Pläne zum Bau einer Basis auf dem Mond, und dabei arbeiten sie mit den Russen zusammen. Die USA werden an den Rand gedrängt. Werden sie sich das gefallen lassen? Und wenn nicht, was dann? Der Kampf um die Vormachtstellung in der Welt spielt sich zwischen der alten, im Niedergang begriffenen Macht USA und der neuen, aufstrebenden Macht China ab. Wie positionieren sich die anderen Staaten? Wie steht Europa dazu? Wie entwickeln sich die beginnenden Machtspiele im Indischen Ozean? Jiang sagte, China suche nicht die Art von Hegemonialverhalten, wie es die USA an den Tag legen. Sie wollen nicht die Weltpolizei werden und weit entfernt von zu Hause in kostspielige und sinnlose Kriege verwickelt werden. China will vor seiner Haustür der dominante Staat sein, den Indo-Pazifik beherrschen und somit eine ganz andere Art der Herrschaft ausüben. Das klingt doch erst mal ganz okay, oder? Was haben die Amerikaner vor China zu suchen?«

»Und das glaubst du?«, fragte Ganesh zurück. »Jetzt bist du aber doch etwas naiv. China als der Gute und wir sind die Bösen, oder wie verstehe ich das?«

Cora nahm sich noch einen der leckeren indischen Kekse, die der Kellner zum Chai gebracht hatte. Dann sagte sie langsam: »Nein, ich bin nicht naiv, was die Chinesen angeht.« Sie trank vorsichtig einen Schluck von dem heißen Tee. »Aber wenn wir im Westen China nicht verstehen, dann ist das gefährlich. Es geht nicht um Gut und Böse, es geht darum, dass wir miteinander reden müssen. Damit wir uns verstehen. Diesmal hat es funktioniert. Aber es war knapp. Und funktionieren muss es auch das nächste Mal, eine andere Möglichkeit gibt es nicht!«

Sie blickte zu Ganesh hinüber, aber der hatte die Augen geschlossen. Sie musste lachen. Woran er wohl dachte? Sicher nicht an das, was Cora schon wieder plante. Dort, hinter den Bergen, die in der Ferne sichtbar waren, da lag Tibet. Und der heilige Berg Kailash. Das Trekking dort stand fest auf ihrer To-do-Liste. Aber das sagte sie ihm lieber nicht. Nicht jetzt.

Cora lächelte verträumt in sich hinein. Mit niemandem hätte sie lieber ihre Pläne gemacht als mit ihrem Ganesh. Er war so anders als sie, und das war genau richtig. Sie brauchte ihn, seine Ruhe, seine Ausgeglichenheit, sein Urteil. Die Sicherheit, die er ihr gab. Nur damit konnte sie immer wieder vieles riskieren. Weil sie wusste, dass er da war. Für sie. Immer.

Und das Trekking um den Kailash, nun, das würde sie ihm schon noch schonend beibringen.

NACHWORT

Und dann noch …

Cora wieder in Tibet, aber auch in Myanmar – ich habe weitere spannende Schauplätze herausgesucht, die ich (fast) alle selbst besucht habe. Ich war noch nicht auf Bougainville oder Diego Garcia, auch nicht in Dschibuti, aber mehrfach im Himalaya, sei es am heiligen Berg Kailash in Tibet oder im indischen Ladakh, natürlich auch in Beijing, Delhi, Beirut etc. Die hier beschriebenen Risiken bestehender und möglicher weiterer Konflikte sind alle (leider) sehr real und hochaktuell. Der nun schon vierte Band der erfolgreichen Asienthriller um die deutsche Heldin Dr. Cora Remy schrieb sich somit einerseits fast von selbst, andererseits musste ich ihn mehrfach aktualisieren, da die Ereignisse (z. B. in Myanmar) sich überschlugen.

Neben dem derzeit (Sommer 2022) aktuellen Krieg in der Ukraine liegt eines der größten Risiken sicher in einem Angriff Chinas auf Taiwan, wie ihn die CIA, aber auch andere Beobachter für die nächsten Jahre voraussagen. Droht dann ein Weltkrieg? Und was wird im Indischen Ozean geschehen, wo Indien, China, Australien und die USA aufeinandertreffen? Und in Kaschmir, Brennpunkt zwischen China, Indien und Pakistan?

Unser aller Sicherheit hängt somit am »seidenen Faden«, es fehlt nur ein versehentlicher Schuss im Himalaya, ein unaufmerksamer Kapitän im Südchinesischen Meer, ein fanatischer Selbstmordattentäter …

Also auch in diesem Band keine reine »Fiction«, sondern wieder einiges an recherchiertem Wissen. Daneben darf natürlich die Spannung nicht zu kurz kommen. Die Welt ist durch das Verhalten Russlands gefährlicher geworden, Corona und das Problem der Gasversorgung haben uns unsere Verletzlichkeit vor Augen geführt. Aber wir müssen auch die andere – die nicht-westliche – Seite sehen. Ich habe daher die Ereignisse auch aus Sicht der Inder und der Chinesen beschrieben. Nur so können wir deren Verhalten einordnen, verstehen, damit umgehen.

Wenn dieses Buch ein wenig dazu beiträgt, dass wir nicht nur die »westliche« Sicht vertreten, sondern auch versuchen, uns in andere hineinzuversetzen, dann hilft es hoffentlich, diese anderen auch besser einzuschätzen und Konflikte zu vermeiden oder wenigstens beizulegen, bevor sie eskalieren.

Danke …

Wie immer danke ich zuerst meiner geliebten Lisa für ihre Geduld mit meiner gelegentlichen Unaufmerksamkeit, wenn sie mir etwas erzählt und plötzlich merkt, dass ich geistig wieder weit weg bin, irgendwo beim nächsten Kapitel … aber ich bin auch unendlich dankbar für ihr Verständnis für meine manchmal nicht ungefährlichen Reisen. Nicht jede Partnerin akzeptiert ein Trekking auf fast sechstausend Metern Höhe im Himalaya, auf dem wohl gefährlichsten Pilgerpfad der Welt, der »Kora« um den tibetischen Berg Kailash, oder Nachforschungen bei den chinesischen Triaden (*Das Jahr des Hahns*) oder der indischen Sandmafia (*Tod am Taj Mahal*).